시녀로
살아남기

시녀로 살아남기 2

구름고래비누 장편소설

초판 1쇄 찍은 날 | 2019년 5월 24일
초판 1쇄 펴낸 날 | 2019년 5월 31일

지은이 | 구름고래비누
펴낸이 | 권태완 우천제

편집책임 | 박은정
편집 | 박가연 김효주 천희진 유안진 손혜진

펴낸곳 | (주)케이더블유북스
등록번호 | 제25100-2015-43호
등록일자 | 2015. 5. 4
WFN | 제3-047호

주소 | 서울특별시 구로구 디지털로31길 38-9 에이스테크노타워 1차 401호
전화 | 02-867-4626 팩스 | 02-866-4627
E-mail | cl_production@kwbooks.co.kr

ⓒ구름고래비누, 2019

ISBN 979-11-293-3142-7 04810
      979-11-293-3140-3 (set)

시녀로
살아남기

구름고래비누 장편소설

Ⅱ

윗치북

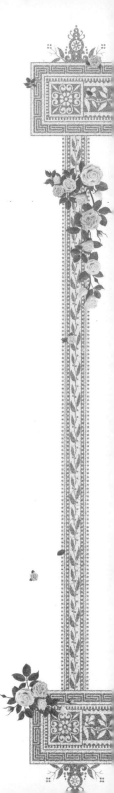

Contents

9장
낮별

생활에 소소한 변화가 생겼다. 아니지, 사실 소소한 건 아니군. 어제가 오늘 같고 그제가 내일 같고 보름쯤 전이랑 오늘을 비교하면 왕자의 사이즈만 커진 상황에서 이 정도면 어마어마한 변화라고 쳐도 될 것 같다.

첫 번째 변화는 시엘이 나를 아스, 혹은 아스 양이라고 부르게 된 것이다. 미오 경에게 목을 졸린 그 새벽 후였다. 미오 경이 강제로 역지사지를 가르치게 된 셈인지 시엘은 본인이 목 졸려본 날을 기준으로 사람이 좀, 음, 부드러워졌다. 뭘 좀 많이 내려놓은 것 같다. 뭘 내려놓았는지는 잘 모르겠지만, 계기가 목 졸린 경험이었다는 건 알겠다. 미오 경이 큰일을 해낸 것 같다. 전에도 부를 때 딱히 함부로 부른다는 느낌이 든 것은 아니지만 요새는 좀 더 정중한 느낌이 든다. 그렇지만 아스 양이라고 세야가 부를 때는 뭔가 아가씨 소리를 듣는 것처럼 몰랑몰랑 기분이 좋은데, 시엘에게서 그 호칭을 들을 때면 왠지 소름이 돋는다. 원래 이런 사람이셨어요? 하는 그런 기분이다. 그 개

망나니 같던 양반이.

그는 그날 꽤 진지하게 나에게 사과했고 보상하겠다고 했었다. 그러니 낙향을 부탁하면 들어줄 것 같은데 왜 나는 아직도 그에게 말을 꺼내지 못하는지 모르겠다.

설마 그에게 정이 들었나? 에이, 설마. 어디 정이 들 데가 없어서 시엘에게. 하지만 그는 인생을 열심히, 아주, 잘, 살고 있었고……. 그래서 그런가. 자기 인생 잘 사는 사람에게 떠나달라고 말하기가 어려운 것 같다. 열심히 살아가는 사람에게 무정하기 어려운 게 사람의 심리인가 보다. 시엘은 유르겔의 후광 장식품이었을 뿐이니 그 하나쯤은 별 영향이 없을 거라고 믿고 그냥 눈 감고 모르는 척해도 되는 게 아닐까 하는 생각도 들고.

두 번째 변화는 왕자가 배밀이를 시작했다는 것이다. 호러다. 아직 기어 다닌다고 말할 정도까지는 아닌데 엎드려서 끙차끙차 힘을 쓰고 있을 때 발 쪽을 손으로 좀 받쳐주거나 하면 앞으로 튕기듯이 밀고 나가는 정도는 가능해졌다. 뒤집기가 제대로 안 되면 깡패처럼 악쓰는 울음소리를 내거나 짜증 내던 모습이 눈앞에 훤한데 벌써 배밀이를 하다니. 하, 시간 참 빠르다. 아기들이 기기 시작하면 전혀 눈을 뗄 수가 없어진다는데. 그나마도 없던 내 프라이버시와 개인 시간은 안녕이 될 것 같다. 근데 이미 충분히 안녕이었던 것 같기도 하고?

하지만 보다 완벽한 안녕을 위한 소식은 세야가 들고 왔는데, 그게 세 번째 변화였다. 우리의 밤과 새벽 사이 피와 졸음이 튀는 과외는 오전으로 시간대가 옮겨졌다.

"해내셨어요, 선생님. 대단하세요."

"저희가 해냈습니다. 그런데 아스 양이 좋아하실지는 모르겠군요."

"왜요?"

"그간 글을 읽는 것만 배우셨습니다만 교육이 몇 개 추가되었습니다. 에티켓과 사교계 예절, 귀족 연감 및 문장에 대해서도 배워야 해요. 간단한 귀족식 교육이라고나 할까요."

교육 시간대와 교육량을 교환한 것 같은데 공평하게 교환한 게 아니라 사기를 당한 것 같다.

"제가 왜 그런 귀족용 교육을 받아야 하는 걸까요."

이제 낮에 교육하게 되었다고 낮에 찾아온 세야를 엘리와 안나가 눈을 크게 뜨고 스캔하고 있었다. 왕비 궁에는 왕래하는 사람이 워낙 없다 보니까 허우대 멀쩡한 사람이 이곳에 있는 게 이상한가 보다. 축제 구경하러 갔던 날, 세야가 날 데리러 와서 둘 다 세야를 보기는 했는데 기억을 못 하는 것 같다. 그날 세야가 물 찬 방울새처럼 잘 꾸미긴 했었지.

"아스 양이 좀 특수한 케이스이긴 해서 말입니다."

"낮은 신분에서 벼락출세한 케이스라서요?"

"그런 의미라기보다는, 왕족의 유모는 왕비 전하의 친정에서 데려오는 경우가 많았습니다. 보통은 하급 귀족이거나 아니더라도 어느 정도 귀족가에 익숙한 출신이 많아 이런 교육들이 추가로 필요한 경우가 없었습니다만."

세야가 돌려 말한다고는 했지만 낮은 신분에서 벼락출세한 거랑 귀족가에 익숙하지 않은 거랑 그 말이 그 말이 아닐까.

"하지만 제가 뭐 사교계 데뷔를 할 것도 아닌데 그런 것들을 다 알아야 할까요?"

세야는 조금 고민스러운 얼굴을 하며 나를 보았다. 내가 그의 수업을 잘 따라가지 못할 때, 어떻게 풀어서 눈높이에 맞게 설명해야 할까 고민하던 얼굴이 저랬었다. 세야는 참 좋은 선생님이다.

"동료들에게 제가 아스 양의 교육을 맡았다고 하니까 다들 부러워하더군요."

"어머, 그래요?"

"네. 아스 양은 지금 왕국이 탐내는 일등 신붓감이니까요."

"결혼 시장에서 인기가 많을 것 같다고는 생각했어요."

어쨌든 차기 권력자의 유모인데다 눈코입도 달린 미혼이라 저번 파티에서도 내 인기가 좀 대단했지. 정말 결혼 시장에서 잘나가는 일등 신붓감이 된 것 같았다. 듀5여, 날 가입시켜라. 하지만 그 전에 연애 시장에서부터 좀 날려보고 싶다.

"절 잡으면 신분 상승이라 생각하시는 분이 많으신 것 같아요. 전 준귀족일 뿐인데요."

날 보는 세야의 따뜻한 시선이 '정답입니다'라고 말하고 있었다. 물론 사람의 배움에는 나이가 없다고는 하지만, 세야는 나보다 어려도 한참은 어린데 저런 눈을 할 때마다 기분이 좀 이상해진다.

"선생님도 그러세요?"

"저도 신분 상승에 관심이 아주 많긴 합니다만……."

의외다. 이슬만 빨아 먹고 살게 생긴 세야가 권력과 신분 상승에 관심이 많았다니. 그도 세습영지가 있는 남작 신분이라 아주 하급 귀족은 아니지 않나?

"그보다는 아스 양 자체에 더 관심이 있답니다."

심장을 아예 어퍼컷으로 후려 맞은 것 같다. 요새 이 동네 남자들이 날 편히 숨 쉬게 두지를 않는다. 작업인가 아닌가 아리송한 부분에서 멈춰 서 내 취향을 정조준해서 화살을 쏘아대니 살 수가 없도다.

"그런 의미에서 수업은 다른 책을 읽거나 아니면 다른 텍스트를 찾아봐야겠습니다. 읽고 쓰기를 중점으로 계속 공부를 하다 보면…… 늘겠죠. 늘 거예요. 늘어야죠. 아스 양은 이제 사교계에 나갈 일이 있을 테니 그쪽 관련 책을 함께 읽어봐도 괜찮을 것 같고요."

"그럼 에티켓 관련 책들을 읽어야 할까요? 엄청 재미없을 것 같은데."

"저는 그걸 권하고 싶고 스사도 그러라고 하긴 했습니다만…… 아스 양의 읽기 실력으로 그런 본격적인 책들은…… 무리가……."

내가 그렇게 실력이 달리는 것은 아닌 것 같은데. 항의하기에는 세야의 창백한 얼굴에 대한 죄책감이 생긴다. 한번 틀린 철자들은 이상하리만치 제대로 외워지지가 않는단 말이야. 왜 그런지는 나도 몰라. 영원히 모르겠지.

"찾아보면 귀족 아가씨들의 생활이 잘 나온 소설이 있을 테니 그쪽으로 읽어볼까요, 아스 양? 소설 좋아하십니까?"

"그럼요. 밥 먹는 것보다 소설을 읽는 게 더 좋았어요."

"잠이랑 소설이면요?"

"잠이죠."

세야는 좋은 선생님이었다. 학생의 눈높이에 대해 환상을 갖지 않는 정말 좋은 선생님이어서 그가 골라주는 책들은 다 재미있는 내용이었다. 하녀의 딸이 멋진 기사님과 눈이 맞거나, 귀족가의 사생아가 잘생긴 백작님 쟁탈전에서 승리하거나 하는, 주로 신데렐라 로맨스류라 사람들 취향은 어디나 비슷비슷하다 싶었다.

하지만 그거랑 별개로 공부는 지겨웠다. 원래 스킨 떨어지면 로션이랑 에센스도 떨어지듯이 얼마 지나지 않아 집중력과 흥미, 인내가 동시에 사라지고 말았다.

내가 이 나이가 돼서까지 뭔가를 배워야 한다는 게 너무 싫다. 그동안 그만큼 배웠으면 됐지, 언어까지 하나 배웠는데 자격증 시험에 나오는 것도 아닐 걸 배우고 있어야 한다니 지겹다. 공부 좀 안 할 때도 되지 않았나.

차라리 암기 과목이면 수업 들으면서 멍 때리기라도 하겠는데. 예법은 그것도 아니라서 힘들었다. 서 있는 방법, 인사하는 법 같은 것부터 배우는데 이건 몸을 움직여야 하는 거라 체력이 깎인다. 거기다

동작이 틀렸다고 해서 다시 하면 맞다고 하거든? 그래서 또다시 하면 틀렸대. 근데 나는 세 번 다 똑같이 했단 말이다. 미묘한 뭔가가 있는 모양인데, 그 미묘한 뭔가를 모르겠으니 어렵다. 뭐가 문젤까.

하지만 다시 생각해 보니 암기 과목에도 문제가 많았다. 문장학은 암기에 가까웠는데도 힘들었다. 귀족가의 문장이라고 해봐야 각 가문이 기발한 문장을 사용한 것도 아니고 기호들이 거기서 거기다 보니까 이 문장이 저 문장 같고 저 문장이 그 문장 같아서 구분되는 게 몇 개 없었다.

"이런 걸 외우는 게 대체 무슨 의미가 있나요, 선생님?"

"어느 가문에 속하는 분인지 알아야 대화를 원활히 진행할 수 있지 않습니까, 아스 양. 가문의 소속을 아는 일은 중요한 기본입니다. 교양 수준을 나타내기도 하고요."

"계속 말씀드리지만 제가 사교계 데뷔를 할 것도 아닌데 대체 왜……."

"인생을 즐길 기회는 언제 찾아올지 알 수 없는 겁니다."

맞는 말인데, 몹시 맞는 말이긴 한데, 이 말을 세야에게 들으니까 몹시 놀랍기는 하다. 어디를 봐도 인생을 즐기는 종류의 사람은 아닌 것 같은데.

귀족 연감 같은 것도 보고 있기는 한데 귀족들 간의 통혼과 인척 관계 현황은 뭐, 재벌가 결혼 관계보다 훨씬 얽히고설켜서 이 사람이 저 사람의 이모면서 고모면서 형수면서 워……. 나도 누군가의 딸이면서 동생이면서 직원이면서 친구인 신분을 갖고 있지만 이곳의 사람들은 한 명 한 명이 훨씬 더 복잡한 인간관계를 형성하고 있었다.

"선생님도 이걸 다 외우세요?"

"사실 다 못 외워요. 못 외우기 때문에 문장학이 중요한 겁니다."

"정신이 혼미해질 것 같은데요."

"남자 같은 경우는 격식 있는 자리에서 가문의 문장을 꼭 몸에 달고 있어야 하니까요. 여성분은 옷 장식에 자유로운 편이긴 해도 엄격한 가문에서는 여성도 가문의 문장을 달아야 하니, 그걸 통해서 어느 가문 출신인지 짐작하면 아예 모르는 것보다는 낫지 않겠습니까?"

난 잘 모르겠지만 굳이 반박하지는 않았다. 어렵다. 외워야 하는 게 더블인데 재밌지도 않고 내 미래에 무슨 도움이 되는지도 모르겠단 말이다.

수업 진도가 지리멸렬한 가운데 어느 날은 세야가 뮤직 박스를 하나 가져왔다. 금은방에서 서비스로 담아주는 목걸이 상자처럼 생겼는데 뚜껑을 여니까 스피커를 통한 것처럼 클래식한 음악이 선명하게 흘러나오기 시작했다.

이 세계에서 사용하는 악기들은 내 세계에서의 악기들과 큰 차이가 나지 않는지 아예 낯선 선율들은 아니었다. 조금은 경쾌한 느낌의 음악이 방 안에 울려 퍼졌다.

"자, 아스 양"

세야가 내게 손을 내밀었다. 의미도 명백했다.

"저희, 춤 수업을 한 적은 없는데요."

"오늘은 실전으로 배우는 걸로 할까요?"

인생은 실전이지만 교육은 철저한 계획하의 예습과 복습으로 이루어진다는데, 세야는 자꾸 교육을 실전으로 하려는 경향이 있다.

"그동안 책만 읽어서 지루하실 테니 준비했습니다. 느린 곡이니까 따라가기 어렵지 않을 거예요."

아뇨, 제가 사실 몹시 인도어(Indoor)파고 책상물림이 체질이자 천직인 사람이라 방 안에 앉아 책을 읽는 것을 좋아해서 전혀 지루하지 않았는데 말입니다.

세야는 웃으며 내게 손을 내밀고 있었고, 나는 한숨을 푹 쉬고 그의 손을 잡았다. 전에도 그의 손을 잡아본 적이 있기는 한데 그때와는 느낌이 사뭇 달랐다. 나보다 훨씬 어리고 젊은 그의 손은 내 손과 무게를 충분히 지탱할 정도로 단단했다.

내 손을 잡은 세야가 가볍게 나를 당겨 허리를 안았다. 그는 천천히 나름의 스텝을 밟았고, 나는 그가 인도하는 대로 발을 옮겼다. 음악이 흐르는 동안 내 발은 꼬였을지언정 세야의 발을 밟지 않는 데는 성공했다.

클래식 음악을 즐겨 들을 걸 그랬다. 생소한 것 같기도 하고 들어본 것 같기도 한 느린 템포의 현악기 소리가 참새 발자국처럼 들리는 귀여운 곡이었다. 그러면서도 꽃의 왈츠 같은 화려함이 있었다.

"긴장을 풀고 음악을 즐기세요."

내가 긴장을 풀면 세야가 굉장히 고통스러워질 텐데, 그가 참으로 용감한 발언을 했다. 여자 힐에 새끼발가락을 밟히면 굉장히 아픈데 아직 나한테 안 밟혀봐서 모르는가 보다.

귓가에 세야의 작은 허밍이 들렸다. 청교도 같은 드레스라도 움직일 때마다 자락이 좍좍 펼쳐졌다. 그건 좀 즐거운 일이었다. 한 번씩 몸을 돌릴 때마다 왕자를 돌보는 엘라나 안나와 시선이 스쳤다. 미안, 친구들. 너나 나나 근무시간인 건 마찬가진데 유모란 것도 생각보다 할 만한 일인 것 같다.

음악은 잔잔하게 시작해서 아주 약간 덜 잔잔해졌다가 더 잔잔하게 줄어들었다. 세야와 나는 첫걸음마를 배우는 아기들처럼 붙어 서서 잘게 발을 아장아장 움직였다. 세야가 고개를 숙여 내게 말을 걸었다.

"저번에 갔던 식당…… 신메뉴가 나왔는데 같이 가시겠어요?"

저번에 갔던 식당이라면 클라인이 왕성에 입성하던 날 세야와 갔던 그 분위기 좋은 레스토랑? 나는 세야의 어깨만 보고 있던 시선을 들었다. 그는 평소와 똑같이 연녹색의 예쁜 눈을 살짝 휘며 웃고 있었다. 늘 이른 아침에만 보던 그의 눈동자를 한낮의 햇빛 아래서 바라보니 꽤 신선한 기분이었다.

"언제 갈까요?"

한 손은 내 허리를, 다른 한 손은 내 손을 잡고 세야가 부드럽게 웃었다. 그나저나 이거 혹시 데이트 신청인가? 이거 그린라이트인가요?

⚜

얼굴이 푸석푸석하다. 원래도 잘 챙기는 성격은 아니었지만 이 세계로 오고부터 얼굴에 팩이나 영양제 같은 걸 한 번도 못 올려봤다. 이러니 나보다 어린 것 같은 '아스'가 나랑 똑같은 얼굴인가 보다. 피부는 자본주의의 노예야. 돈을 투자한 것만큼 솔직해지지, 웃훗훗.

망했다. 어젯밤에 주방에서 감자라도 훔쳐다가 썰어서 올려둘걸. 춤춘다고 운동했으니까 얼굴이 좀 갸름해지고 윤기가 돌 줄 알았는데, 볼을 쓸면 가루가 날릴 것만 같다. 이런 얼굴로 데이트라니. 하지만 생각해 보니 단 하루 관리한다고 개선될 것 같지도 않은 피부 상태기는 하다.

세야는 생각보다 화끈한 남자였다. 어제 수업하다 말고 데이트 신청을 했는데 그 날짜가 오늘이었다. 쇠뿔도 단김에 빼자는 말을 데이트에 적용하다니, 이거 그린라이트 맞긴 한가요? 내가 오 분 대기조니?

나는 거울을 다시 한번 확인했다. 저번의 주황색이 어울리지 않는다는 말을 인정하고 오늘은 주황색 드레스랑 마지막까지 치열한 접전을 벌였던 하늘색 원피스를 준비했다.

날이 더워지고 있어서 계절감과 어울리는 드레스이기도 했다. 짙은 파란색에 하얀 레이스로 포인트까지 더해주고 길이도 발목까지 오는, 차밍함을 살린 디자인이었다. 그래, 성숙한 느낌의 드레스보다는 차라리 이런 게 나한테 잘 어울린다. 나쁘지 않다. 세야가 묶어줬던 검정 리본도 이 옷에는 포인트처럼 보인다. 사실 리본 자체가 검은색이라 어지간해서는 모든 옷에 무난하게 잘 어울리긴 한다.

그 상태로 나는 발아래를 기어 다니고 있는 왕자를 들어 올려 안았다. 엄밀히는 배밀이와 기어 다니기 중간쯤의 동작이지만. 이러다가 곧 뭘 붙들고 서고, 걷고, 뛰겠다. 하루하루 발육이 왕성하다.

미카엘 왕자가 아침부터 일찍 일어나 놀자고 설치는 통에 나도 잠을 못 잤다. 이 왕자가 기동력을 얻더니 굉장히 활발한 아이로 자랄 싹이 보이기 시작했다. 어떻게든 책과 앉아서 하는 놀이에 관심이 큰 아이로 길러내야 내가 살 것 같다.

내 방인 곁방으로 다시 들어가 내 침대에 앉아 젖과 꿀과 평화가 흐르는 미오 경의 침대를 바라보았다. 미오 경도 사람이 많이 변했다. 과거 내가 눈만 떠도 같이 깨어나던 그는 이제 어디론가 가버리고, 이렇게 쳐다봐도 잠에서 깨어나지 않는 피로에 전 직장인이 하나 남았다. 가엾은지고. 하지만 내 눈 밑의 다크서클도 미오 경의 다크서클과 크게 다르지 아니하겠지. 난 알아. 알 수 있어. 눈 화장을 하나도 하지 않았는데 왜 눈 아래로 마스카라랑 아이라인이 번져 있는 것이죠? 언젠가의 퇴근길 전철에서처럼 헛된 기대를 갖고 문질러도 지워지지 않아서 하마터면 울 뻔했다.

어쨌든 머리를 나란히 한 채 같은 이불을 덮고 누운 미오 경과 시엘은 사이좋은 부부 내지는 서로 다른 색의 긴 머리카락 때문인지 사이좋은 자매처럼 보이기도 했다. 둘 다 보기 좋은 얼굴들이라 눈이 호강한다. 둘이 살아 움직일 때는 모르겠는데 자는 얼굴을 보면 평화롭고 참 좋다. 그런 의미에서……

어느 놈을 고를까요. 딩동댕동 도시라솔파미레도 척척박사님, 알아맞혀 보세요. 미오 경이네. 근데 미오 경은 돈 없어 보여. 미오 경은 그래도 왕족의 호위 기사라 어느 정도 직책이 있는 몸이니 좀 다를지 모르겠지만, 시녀 친구들이 하는 말만 들어봐도 기사들은 박봉이라고 하니까.

나는 시엘을 고르기로 했다. 결단이 내려졌으면 행동은 빨라야지. 나는 왕자를 안고 그쪽으로 자리를 좀 옮겼다.

목표를 조준하고~ 쏘세요~! 손바닥을 크게 휘둘러 시엘의 뺨을 찰싹 때렸다. 소, 솔직히 찰싹보다 큰 소리가 나기는 했어. 그래도 내가 목 졸렸던 원한을 담아 친 것은 아니었다. 그냥 빨리 깨우려는 생각으로…… 그래, 기분이 좋기는 했어!

헉, 하고 시엘이 깨어났다. 그의 상태는 정말 좋아지기는 했다. 예전 같았으면 어떤 식으로든 반격이 돌아왔을 텐데 이제는 갑자기 잠에서 깨어난 사람의 일반적인 반응을 한다.

"뭐, 뭡니까?"

"제가 좀 급해서 깨웠어요. 죄송해요, 마법사님. 아프셨어요?"

"아프기보다…… 아니, 아픈 것도 맞는데 이런 무례는 대체……!"

"전에 마법사님이 제 목을 조르고도 이러셨어요."

이게 참 만병통치약인데 자주 써먹으면 약발이 안 먹히는 날이 올 것 같단 말이지.

"다시는 이런 방식으로 깨우지 말아주십시오. 무슨 일입니까?"

늘 생각하는데, 왜 미오 경이나 시엘은 자고 일어난 얼굴도 잘생긴 걸까? 난 아까 유리창에 비친 내 얼굴 보고 깜짝 놀랐는데, 시엘은 눈곱도 안 끼어 있다. 인종이 다른가? 종족이 달라?

"저 돈 좀 빌려주세요."

"왜요?"

"데이트해야 해요."

"……미오 경이 데이트할 돈이 없을 사람은 아닙니다만."

"미오 경이랑 하는 거 아닌데요."

그는 나를 빤히 보다가 아직까지 끈질기게 눈을 감고 자고 있는 미오 경을 내려다보았다가, 나를 다시 보았다. 그러고는 우아하게 이불을 걷어내고 미오 경을 발로 차서 침대에서 떨어뜨렸다!

"아, 진짜!"

침대에서 굴러떨어지기 직전에 어찌 몸을 돌린 미오 경이 잠자던 사람답지 않게 시엘을 정확하게 바라보며 짜증을 와락 냈다. 그나 나나 육아로 인해 서로의 바닥을 볼 대로 다 본 상태라고 믿었었는데, 아무래도 바닥 밑에는 지하실도 있는 것 같다.

"이게 무슨 소립니까, 미오 경?"

"제게 물을 말이 아니잖습니까."

"당신과 아스 양 교제하는 사이 아니었습니까?"

어디서 이런, 내 혼삿길을 막는 소리를 진지하게 하고 있어. 나는 꽤 진지해 보이는 시엘의 찌푸린 얼굴을 보며 고개를 살래살래 저었고 다시 침대 위로 기어 올라온 미오 경도 똑같이 설레설레 고개를 젓고 있었다.

"교제하는 사이도 아닌데 왜 같이 자는 겁니까?!"

"그냥 자는 거잖아요. 한방에서. 저스트 잠만."

"왕자님의 밀착 경호와 육아를 위해서."

맞아. 이 최소의 인원으로 최대한의 경호와 육아 효과를 내기 위한 효율적인 업무 동선 단축 노력의 결과가 이 아스's 게스트 하우스라고나 할까. 이걸 진정한 게스트 하우스로 만들어준 건 시엘이지만.

"그런 이유로 남녀가 한방에서 잔단 말입니까?"

"지금 육아 스트레스와 피로 무시하셨어요?"

"들어본 적이 없는 일이라 그렇습니다."

"다들 말만 안 했지, 역대 유모들과 호위 기사는 분명 한방에서 잤을 거예요."

"전적으로 동의한다. 각방을 유지하면서는 해낼 수 없는 일입니다, 대마법사."

시엘은 두 손에 얼굴을 묻고 한숨을 쉬었다. 그가 고개를 숙이니까 고운 백금발이 사르르 얇은 커튼처럼 내려와 그의 얼굴을 가려놓는다. 그는 그대로 '뭐, 미오 경 당신은 정상인 줄' 하는 소리를 입안에서 웅얼거렸다.

웃기시네, 그렇게 말하니까 나는 정상이 아닌 것 같잖아. 육아에 동참하지 않은 자 감히 육아 스트레스에 절어버린 자를 판단하지 말지어다. 물론 시엘은 미카엘 왕자랑 잘 놀아주고 잘 돌봐주기도 하지만 기저귀 갈아준 적은 없잖아.

"됐고, 돈 빌려주세요."

나는 공손하게 두 손을 모아 시엘에게 내밀었다. 미오 경은 모르는 사람처럼 미카엘 왕자를 바닥에 내려놓아 주고 있었다. 그리고 미카엘 왕자는 바닥에 배가 닿자마자 통통배가 튀어 오르는 것처럼 빠르게 방 안을 헤집기 시작했다.

시엘이 머리카락을 움켜잡고 논문이 풀리지 않는 대학원생 같은 소리를 냈지만 나는 꿋꿋하다. 꿋꿋하게 손을 내밀었다. 시엘은 돈이 많을 거야. 그냥 마법사도 아니고 대마법사니까 삥 뜯는 거에 죄책감은 없다. 나는 꿋꿋하다.

그렇게 해서 얻어낸 돈은 안나에게 까였다!

"어허, 나 쉬운 여자 아니거든?"

"왜 이러세요, 안나 여사님. 저번에 미오 경이 준 돈이 이거보다 많았을 리가 없는데?"

"그건 미오 경이라 받아준 거고. 네 뇌물은 필요 없다."

"헐, 이런 따뜻한 의리 감사합니다. 그럼 잘 놀고 오겠……."

"돈은 필요 없으니 너도 일하세요. 내가 일하는데 네가 놀겠다고, 지금?"

생각지도 못한 사태였다. 저번에는 특수한 경우라서 휴가를 얻을 수 있었던 거고, 이번은 갑작스러운 사태라 안나랑 엘리한테만 사바사바를 잘 해서 놀러 나갈 생각이었는데 안나가 몹시 강경했다. 오히려 엘리가 슬쩍 내가 내민 뇌물을 세어보면서 '가도 되지 않아?'라고 안나에게 물어볼 정도였다.

"안나도 데이트할 것 있으면 나가도 되는데. 우리끼리 안 겹치게 쉬면 되지 않을까?"

뭐랄까, 왕자의 육아실이라는 카페에서 점주는 나고 매니저는 엘리고 안나는 시니어 직원이라는 느낌이랄까. 셋이서 운영하는 곳이니 알아서 각자 조율하면 될 것 같은데 그 말을 하자마자 안나의 눈빛이 더할 나위 없이 싸늘해졌다.

"데이트할 남자를 주고 말해."

"네 성격에 네 얼굴에 대체 왜 남자를 못 만나는 건데?"

"여기 붙어 있느라고."

뭐라 할 말이 없는 비극이다. 연예인급 미모인데 집, 회사, 집, 회사만 하느라고 남자를 못 사귀는 직장 동료를 볼 때의 안타까움이 내 마음 깊숙하게 번져 나간다. 하긴, 다른 곳이라면 모를까 왕비 궁에서는 진짜 소개 없이 남자 만나기 힘들 거다.

"오늘 데이트 상대 세야 료민 남작님인데."

"알아. 어리잖아. 스무 살은 넘었니, 그분?"

"응. 일단 넘기는 했고, 그분 세무 쪽 관료인데 직장 상사들은 그분보다 나이가 많대."

"잘 다녀오세요, 유모님. 이곳은 저희가 프로페셔널하게 책임지겠습니다."

안나가 바로 허리를 절반으로 접었다. 인생이 무상하다.

"왕자님이 요새 부쩍 기어 다니시는데 이제 요람이 좀 작지 않을까?"

"그래서 시녀장님께 요람 치우고 침대 들이는 걸 건의하려고."

안나가 부드러운 수건에 물을 적셔 주었다. 나는 싫어하는 미카엘 왕자를 달래가며 입안을 닦아주다가 엘리를 불러 아무래도 요새 신경 쓰이는 것을 물었다.

"여기 만져봐, 아래쪽. 좀 딱딱하지?"

"듣고 보니 그런 것도 같고?"

"이가 올라오는 것 같은데 벌써 젖니가 나나?"

"동생들 보면 얼추 육 개월에서 칠 개월 정도에 났던 것 같으니까 이상한 건 아니야. 근데 왕자님은 이앓이를 안 하시나?"

"그건 또 뭐야?"

"이 올라올 때 아기들 엄청 짜증 내는 거 있어."

여전히 왕자가 내 아이 같고 사랑스럽거나 애틋하지는 않지만 누워만 있던 꼬물이가 점점 자라서 사람 형상을 갖춰가고, 사람 태가 나는 건 신기하다. 이가 나면 이제 이유식을 먹여야 하나? 왜 아기가 자랄수록 손은 더 많이 가요?

"이유식 슬슬 시작해야 하나?"

"아직은. 하지만 준비는 해야겠다. 너 이유식 만들 줄은 알지?"

"해본 적은 없는데 소고기랑 브로콜리랑 버섯이랑 복숭아 정도 넣고 끓이면 되지 않을까. 아주 묽게 끓여서 꿀 조금만 넣어 달달하게 하면 먹을 것 같아."

"나도 알아봤는데 너는 왜 아직도 몰라? 그리고 큰일 날 소리 하지 마. 아기들한테는 꿀 먹이면 안 돼."

"아니, 왜?"

"우린 없어서 못 먹지만 아기들은 약해서 해로울 수도 있대. 그리고 한 살도 안 된 아기 먹는 거에 누가 간을 해 먹여."

그런가. 이유식도 좀 달게 살짝 간을 했던 것 같은데 아닌가 보다. 먹은 지가 오래되어서. 아냐, 아기 음식에 간을 안 한다고 알고는 있었다. 생각을 안 하니까 잠깐 까먹었다.

"그리고 복숭아도 안 돼."

"왜? 이유식에 많이들 넣던데?"

"나도 이유식은 안 만들어봐서 잘 아는 건 아닌데 복숭아랑 땅콩 같은 건 대표적으로 안 넣는 음식이라네?"

심심할 때 들어가 보던 육아 갤러리아나 결혼과 시집과 친정 게시판에서 많이 봤는데. 재료까지 확실하게 써두지 않은 게시글도 좀 있었지만 사진으로 봤던 잘게 다져진 주황색 알갱이가 당연히 복숭아겠거니 했는데 아니었나 보다. 육아의 세계 너무 어렵다.

"왕비 궁 주방에서 이유식은 안 만들어주겠지?"

"간을 안 하니까…… 많이 힘들지는 않을 거야."

엘리가 날 위로해 주었지만 위로가 안 된다. 힘들고 안 힘들고보다 업무가 점점 늘어난다는 거 자체가 싫다. 애가 누워 있을 때가 제일 편하다는데, 그 말이 진짜 맞다. 그렇게 안나와 엘리에게 지난 미카엘 왕자의 발육 상황 핫이슈를 공유하고 머리카락을 빗는 걸 마지막으로 나갈 준비를 끝냈다.

'아스'가 다른 건 몰라도 머릿결은 나보다 더 좋은 것 같다. 그러니까 길렀겠지만. 나는 머리카락이 길어지기 전에 개털이 되어서 잘라냈었는데, 머리카락이 팔꿈치에 살랑살랑 닿는 감촉이 낯설고 부드러워서 너무 좋다. 엘리가 왕자의 손을 닦아주며 물었다.

"그래서 넌 미오 경이나 카펠라 백작님이랑은 무슨 관계인데?"

"맞아, 궁금했어."

글쎄, 무슨 관계일까. 생존 공동체의 관계? 유품과 유품의 관계? 일단은 실속 없는 관계?

"미오 경은 달리 좋아하는 분이 계셔."

"정말?"

"응. 이건 비밀이야. 밝히는 걸 별로 좋아하지 않으실걸."

안나랑 엘리가 동시에 고개를 갸웃거렸다.

"확실한 거 맞아?"

"응. 확실해. 그리고 미인이야."

"아. 확실히 얼굴 밝힐 것 같은 타입이긴 한데."

유모가 되면서 시녀 친구들과의 대화가 많이 줄었다. 퇴근 이후 몇 몇 방에 똬리 틀고 앉아서 안주 까며 이것저것 대화 나누는 재미도 한 몫했는데 그러지를 못하니까 아쉽다. 안나랑 엘리가 부지런히 가십들을 물어다 주긴 하는데 나도 같이 앉아 현장에서 듣는 것만은 못하다. 시녀들 사이에서 도는 미오 경의 평판이 문득 궁금해졌다. 그도 참 멀쩡하게 생겨서 인기가 좋았을 것 같은데.

"정말 분명한 거야?"

"응. 왕자님이 곧 걷기 시작할 것만큼이나 분명해."

"이상하다. 내가 볼 때 미오 경은 널 좋아하는 것 같은데."

"하하. 오해십니다."

그것도 어디서 그런 무서운 오해를. 유르겔 대신에 나를 좋아하는 미오 경이라니, 좀 두렵다.

"뭐, 계속 같이 있으니까 친근해지는 건 있겠지. 이 정도로 오래 붙어 있으면 완전 서로 공기 취급하는 사이가 되거나 친해지거나 둘 중에 하나잖아."

"그럴 수도 있지만 우리가 보기엔 아닌 것 같거든. 너도 아니라고만 생각하지 말고 가능성을 열어봐 봐."

"맞아. 마음은 변하는 거니까 이제 그 사람을 안 좋아할 수도 있지. 모든 가능성을 소중히 여겨."

글쎄, 〈탈출기〉에서 미오 경이 왕자에게 왕비의 이야기를 해줄 즈음 왕자의 나이가 몇 살인지 명확하게 나와 있지는 않았지만 혼자서 왕궁을 뛰어다닐 나이쯤이기는 했다. 그건 그때까지 미오 경이 유르겔을 사랑하고 있다는 방증 아닐까? 마음은 변하지만 사랑은 쉽게 변하지 않는다. 나는 그랬다.

"아스."

하마터면 생각하면 안 되는 걸 떠올릴 뻔했다. 나는 검은 리본이 감긴 손목을 움켜잡고 몸을 돌렸다.

"한 곡 추실까요, 아가씨?"

"진짜? 정말? 이런 이른 아침에?"

안나가 세야가 두고 간 뮤직 박스를 열면서 웃고 있었다. 어이가 없어 주춤주춤 물러나는데, 요람에 왕자를 던지듯이 내려놓으며 엘리가 달려왔다. 내가 보기엔 분명 왕자를 요람에 던졌는데 안 던진 것처럼 안락하게 안착했다.

"춤추는 데 시간이 어디 있어."

춤추는 데는 시간이 없을 수 있지만 층간 소음 항의가 보편적으로 인정받는, 양심 없는 시간이라는 건 존재하지 않을까.

엘리는 안나와 손을 잡고 춤을 추기 시작했다. 어제까지 세야의 손을 잡고 일대일 과외를 받은 건 난데 왜 눈으로만 배운 엘리랑 안나가 나보다 춤을 잘 추는 걸까? 새처럼 날아다니는 치맛자락 위로 꺄르르거리는 웃음소리가 실렸다.

"너네 왜 그렇게 잘 춰."

엘리가 두 손을 치켜들며 한쪽 발로 바닥을 탕! 쳤다.

"어렸을 때 내 꿈이 댄서였어."

"근데 왜 포기했어?"

"배고픈 예술가는 할 만할 것 같았는데 배고픈 장녀는 못 되겠더라고."

"놔두면 다 자기 살길 찾아가게 되어 있어."

"우리 막내가 지금 열 살이거든? 어른이 돼서 애를 어떻게 굶겨."

엘리는 그 어느 때보다 생기있는 얼굴로 춤을 추기 시작했다. 치마를 꽃다발처럼 잡고 흔들며 바닥을 차는 발동작이 리드미컬했다. 플라멩코와 발레의 사이쯤 되는 느낌의 춤이었다.

"아스, 이리 와."

안나가 내 손을 잡았다. 세야가 나를 잡던 것과 달리 거리낌 없이 잡고 바로 크게 원을 그리며 춤을 추기 시작했다. 우리의 구두 소리가 엉망으로 엉켰다. 바야흐로 막춤이었다.

"아스, 앞을 봐. 앞을."

"난 우리 우정을 지키고 있다고?"

세야의 발을 밟지 않기 위해 애를 쓸 때도 필사적이었지만 지금은 그보다 더 필사적이었다. 우리가 즐거워 보였는지 요람에 얌전히 앉은 왕자가 손뼉을 치면서 꺄아아아 돌고래 같은 소리를 내었다. 어린 아기의 즐거워하는 소리와 뮤직 박스의 음악 소리, 그리고 바닥과 마찰하는 우리의 구두 굽 소리가 경쾌하게 울려 퍼졌다. 사실 이쯤 되니까 뮤직 박스의 음악은 우리의 스텝과 거의 상관이 없어졌다.

"자자, 아스. 이번엔 턴이야."

"왼쪽? 오른쪽?"

"왼쪽!"

"왼…… 쪽이 아니라 오른쪽이잖아!"

"내 쪽에서 왼쪽이란 소리였지."

튕겨 나가듯이 턴을 도는 도중에 어이없는 얼굴로 왕자의 요람 옆에 서 있는 미오 경을 발견했다. 아, 왜. 살다 보면 근무시간에 땡땡이 좀 칠 수도 있지 그래.

그때 안나가 내 손을 놓았다. 턴을 돌던 원심력 때문에 나는 몇 걸음 튕겨 나갔는데 안나는 그대로 싱긋 눈웃음을 치고는 반바퀴 돌아 혼자 춤을 추던 엘리의 팔을 낚아챘다. 잠깐 발이 엉키는 소리가 나더니 둘은 함께 캉캉과 비슷한 춤을 추기 시작했다.

"미오 경."

나는 미오 경에게 손을 내밀었다. 미오 경은 마치 고민하는 것처럼 내 손이랑 얼굴을 번갈아 보았다. 이게 아닌가? 생각해 보니 세야도 나한테 춤을 청할 때 인사를 했던 것 같다. 몸을 세우고 다시 세야가 했던 것처럼 한 손을 가슴 위에 대고 인사를 한 후 미오 경에게 손을 내밀었다. 방금까진 그래도 괜찮았던 미오 경의 표정이 아주 안 좋아졌다.

"왜요?"

"뭐가?"

"그 표정 뭔데요?"

"내 표정이 뭐?"

띠꺼운데 잘생겼고 잘생겼는데 띠꺼워요.

"잠깐, 이럴 때가 아니야."

이럴 때가 아니었는데 춤을 추던 엘리가 급하게 뮤직 박스의 뚜껑을 닫았다. 갑자기 소리가 사라지자 공기가 서늘하게 느껴졌다. 안나가 나를 거울 앞으로 잡아당겼다. 덕분에 자연스럽게 미오 경에게 내밀었던 손을 회수할 수 있었다.

"너한테는 중요한 것이 없어."

"자자, 똑바로 서봐."

지금 내게 중요한 거는 어디에 두었는지 모를 내 급여뿐지만 시키는 대로 그녀들을 바라보며 오른손을 왼손에 포개고 섰다. 교복 상태를 점검하는 선도부 부장처럼 서 있던 엘리가 당장 내 손등을 때렸다.

"왜 때려!"

"상위 계급 앞에서 오른 손등을 보이는 건 아주 건방진 거야. 남작님이라며? 데이트 상대라고 해도 친해지기 전까지는 왼손을 위에 둬."

"맞아맞아, 시선도 살짝 아래로."

"하지만 직장 상사가 아니고 데이트 상대인걸."

엘리와 안나는 잠깐 고민했다.

"그럼 시선은 빼고 손만 가려. 움직이거나 그냥 있을 때는 괜찮아. 손 모을 때는 꼭, 알겠지?"

내 세상에서는 오른손을 위에 놓으라고 배웠는데 여기는 그 반대라 억울하기도 하고 헷갈린다. 평생을 그렇게 살아와서 바꾸려니 익숙해지지 않는다. 몇 번 왼손을 위로 올려봤지만 뭔가 어색하다.

"근데 나 준귀족이잖아. 그런데도 손 규칙 지켜야 해?"

"앗, 그러게."

하도 육아에 쩔어 있다 보니 나나 엘리, 안나, 모두 내가 준귀족이라는 걸 잊고 산다.

"같은 귀족이면…… 저거 안 지키지 않아? 귀부인들이 손 모으고 있는 거 못 봤어."

"귀족끼리는 상관이 없는 것 같은데, 근데 아스는 준귀족이잖아?"

"준귀족이랑 귀족은, 일단 같은 귀족이긴 한데……."

준귀족과 귀족의 차이는 준귀족이 영지가 없고 신분 세습이 안 된다는 것 말고 또 뭐가 있지? 안타깝게도 나도 답을 모르겠네.

그때 누군가가 문을 노크하며 나를 불렀다.

"아스 양, 준비 다 되셨나요?"

세야가 왔다. 나는 서둘러 옷매무시를 가다듬고 방을 나섰다.

왕비 궁의 시녀 중에 세야랑 나이대가 맞는 사람이 있던가? 일단 내 친구 라인 중에는 없는데 내가 왕비 궁의 모든 시녀랑 다 아는 사이가 아니라서 모르겠다. 세야랑 나이대가 맞는 시녀가 있다고 해도 세야의 액면가가 실제보다 세 살 정도 어리다 보니 짝을 맞추기가 쉽지가 않다. 그래서인가. 세야랑 나가는 나를 보는 스캔의 눈빛에 세야를 향한 기대가 조금도 안 보인다. 그저 너 놀러 나가니? 부럽다. 나도 월급 도둑질 좀…… 하는 느낌일 뿐.

"오늘은 걷기 편한 신인가요?"

"신고 뛰어도 돼요."

"다행입니다. 저번에는 아무래도 불편해하시는 것 같았거든요."

저번에는 페페의 신발을 빌려 신었는데 사이즈는 얼추 나랑 비슷했어도 아무래도 새 신발인 데다가 내가 신어보고 산 내 구두가 아니라서 불편하고 발이 아팠었다. 내색을 안 했다고 생각했는데 알고 있었나 보다. 조금 감동이다.

"선생님처럼 세심한 남자는 참 인기 좋죠."

"제가 세심해요?"

"그럼요."

"아스 양이 그동안 남자 운이 없으셨나 보군요."

그러면서 눈가를 접으며 사르르 웃는다. 이거 어디서 나온 생명체야. 어느 우주가 이런 생명체를 발명해 내고서 1 가정 1 보급을 안 해놓은 거야.

왕궁을 나오는데 성문 앞을 지키고 있던 감이랑 감자 농사 기가 막히게 짓고 있다던 알부자 문지기님이 세야에게 고개를 살짝 숙여 인사를 건넸다. 매일 출근하는 공무원님의 위엄이 느껴졌다.

"신메뉴 뭔지 알아요?"

"다양한 해산물을 이용한 매운 스튜…… 비슷한 것 같습니다."

"드셔보셨어요?"

"아뇨. 아스 양이랑 처음 먹고 싶었습니다."

밖은 화창하고 생각보다 많은 사람이 돌아다니고 있었다. 축제 때만큼 많은 사람은 아니었지만 다양한 나이 대의 사람들이 어둡지 않은 얼굴로 존재했다. 굉장하다. 내가 육아에 찌들어가는 동안에도 이 많은 사람이 태양 아래를 활보하고 있다니. 부럽다.

사회 초년생 시절에 처음 받았던 연차가 생각난다. 이렇게 야근하다가는 내가 죽든가, 내가 죽이든가 둘 중의 하나일 것 같아서 비장하게 연차를 내고 한낮에 카페에서 멍하니 앉아 지나가는 사람들을 바라보던 날이 있었다. 세상에는 생각보다 훨씬 많은 사람이 있었다. 낮 동안 다들 직장이나 학교에만 있을 거라 생각했었는데 너무 많은 사람이 태양 아래에 있어서, 내가 걸어온 틀 외의 세상도 있구나, 신기해했던 것 같다. 그때와 비슷한 느낌이다.

"아스 양, 무슨 생각 하고 있나요?"

"날씨가 좋다고 생각하고 있었어요."

길이 험한 곳도 아닌데 세야가 손을 잡아주었다. 나는 기꺼이 그 손을 잡고 앞뒤로 흔들면서 빠르게 걷기 시작했다.

"밥부터 먹을까요?"

"네, 배가 많이 고프네요."

한번 인식하기 시작하니까 허기가 걷잡을 수 없이 커지고 있었다. 이래서 내가 생각을 안 하고 살려고 노력하는 거다. 이놈의 팔자는 어떻게 생겨먹은 건지 참 이상한 곳에서도 노력이 필요하다.

여전히 모던한 분위기의 레스토랑에서 나온 신메뉴에서는 매콤한 향기가 났다. 심지어는 익숙한 느낌이다. 다양한 해산물을 이용한 매운 스튜라고 했던가. 틀린 말은 없긴 한데……. 매운탕이었다. 기리노 나쓰오의 소설에서 음식이야말로 문화와 삶의 질을 나타내는 척도라고 했던 게 기억이 난다. 사람은 먹어본 음식을 그리워하고, 먹어봐서 아는 맛이라 더 먹고 싶어 한다는 게 다이어트 실패자이자 선각자들의 명언이다. 먹어봐서 아는 그 맛이 좋은 맛이라 먹는 거지.

친절한 세야가 나를 위해 생선이나 조개같이 먹기 불편한 것을 손질하여 접시 위에 올려줘서 깨끗하고 깔끔하게 먹을 수 있었다. 하지만 이 세계에서 만나는 내 세계와 가장 친숙한 음식이 매운탕이라니. 우아함과 품위와 로망 어디 있어요? 난 내 세상에서도 매운탕은 안 좋아했던 말이다.

"아스 양, 그거 먹는 거 아녜요. 국물용으로 넣은 거라……."

이 세계는 국물에 넣은 멸치 안 먹나? 아니다, 나도 국물 낸 다음에는 건져내고 안 먹었지.

"제가 누굴 가르쳐 보는 것이 처음이라 아스 양께 부족함이 많습니다."

"아녜요, 잘 가르쳐 주시는데 제가 따라가지를 못해서요."

"역시 그렇죠."

으응? 지금 대화가 꼬인 거니, 아님 말이 꼬여서 본심이 나온 거니. 뭔지 모르지만 명태 맛이 나는 생선의 지느러미를 떼어내다 말고 고개를 갸웃하자 세야가 웃었다.

"아스 양은 틀린 부분에서 계속 틀리고 있어요. 계속 지적을 해도 고쳐지지 않으니 제 말을 귀담아듣지 않는 건가 싶을 때가 있습니다."

"그런 건 아닌데, 잘 고쳐지지 않네요."

대화가 더 억울한 지점으로 가기 전에 서둘러 부인했다. 내가 그 수업을 그렇게나 열악한 환경에서 얼마나 열심히 들었는데 그런 섭섭한 말을.

"처음에 잘못 잡힌 습관은 쉽게 고쳐지지 않지요. 처음 아스 양과 수업을 했을 때 글을 배운 적이 없다고 들었는데 글을 쓰는 습관은 들어 있어서 특이하다고 생각했었습니다."

그건 내가 내 세계에서 교육을 받았던 사람이기 때문에.

"제 스승님께 물으니, 글을 가르치는 것이니 제가 아스 양을 더 잘 알아야 한다고 하시더군요."

"교육과 친분의 상관성을 모르겠어요."

"제가 알고 있습니다. 소망이 무엇이죠?"

"제가 알던 사람이 말하길, 그런 거 묻는 건 사기꾼이랬어요."

"그럼 아스 양의 꿈에 대해 들어볼까요?"

"그건 다단계랬는데."

세야는 따뜻한 빛처럼 웃었다. 금발이라 그런지 유르겔이나 세야가 웃을 때면 유리로 지은 온실에 해가 내리쬐는 것처럼 화사하고 따스한 느낌이 난다. 색깔이나 농도, 온도는 다르지만.

"제 꿈은 역시 무위도식과 불로소득이죠."

"좀 더 뭐랄까, 자아실현 같은 거는요?"

밥을 먹느라 내 손은 식탁 위에 올라가 있었다. 하필이면 식탁보도 하얀 레이스라 왼손의 검은 리본 끈이 길게 늘어진 것이 너무 쉽게 눈에 들어왔다.

"전 제가 누군지 확실히 알고 있어서 더는 자아 성찰이 필요하지가 않네요."

새싹 같은 눈이 나를 들여다보았다. 그가 찾아낼 수 있는 것이 아무것도 없다는 걸 아는 나는 생긋 웃으며 아까부터, 정확히는 예전에 세야의 나이를 안 순간부터 궁금하던 걸 물었다.

"화장품 뭐 쓰세요?"

"저 말입니까? 딱히 대단한 걸 쓰지는…… 신경을 써서 사본 일이 없어서 상표가 지금 당장 생각나지 않는군요."

"친구들이 다 선생님을 엄청 젊게 봐서요. 저랑은 다른, 좋은 걸 쓰시나 했죠."

사실 어리니까 어리게 보는 거지만 말이다. 그 말에 세야는 한숨을 포옥 쉬었다.

"역시 어리게 보이나요?"

너네 집에도 거울은 있을 거고 너나 나나 우리 다 눈이 있는데, 댁의 눈으로 본 게 우리 눈으로 본 게 아닐까?

"여성분들 사이에 동안 메이크업이 유행이라고는 들었지만, 저는 아무래도 사회생활을 하다 보니 이런 얼굴로는 우습게 보이기 쉬워서 말입니다."

하긴, 남자들 사이에서는 어려 보이는 얼굴이 딱히 축복은 아닐 수도 있겠다. 회사에 29살짜리 대리가 빠득빠득 자기는 곧 생일이 지날 거니까 서른이라고 우기던 게 생각이 난다. 넌 그러세요. 내 나이는 만으로 세주시고요.

"괴롭힘당하시는 건 아니죠?"

"하하, 설마요."

"선생님은 착하셔서 주변에서 괴롭힐 것 같아요."

세야가 따뜻한 녹색 눈동자로 나를 직시했다. 인생을 부끄러움 없이 살아왔는데 클라인도 그렇고 미오 경도 그렇고 세야도 그렇고, 이런 식으로 주저 없이 눈을 이어오는 사람들을 만나니 나도 모르게 부끄러워 몸이 달아오르게 된다. 겨울과 초봄 사이에 피어난 새싹 같은 눈 색이었다.

"저도 그렇게 만만한 사람은 아니랍니다."

"만만한 거랑 착한 거랑 다르잖아요."

테이블 사이가 넓지는 않았다. 세야는 내 말을 듣고 테이블 위로 고개를 좀 숙이더니 콩, 하고 내 이마에 이마를 맞대고 내게만 들릴 목소리로 말했다.

"나빠야 할 때는 나쁜 짓도 할 수 있습니다."

네, 선생님. 그러신가 봐요. 지금 제 심장에 나쁜 짓을 하셨어요. 제가 어리석었습니다.

식사를 마치고 우리는 밖으로 나섰다. 그사이에 해가 머리 위로 올라갔는지 아까보다 햇볕이 따가워져 있었다. 얼굴 위로 해가 쏟아져서 손을 들어 눈가를 가려야 했다. 왕궁은 기온이 항시 조절되게 되어 있어서 몰랐는데 날이 따뜻해지고 있기는 했다. 곧 여름이려나? 내 세계는 겨울이었는데.

"모처럼 밖으로 나오셨는데 하고 싶은 일 있습니까?"

"저는 아무것도 몰라요. 선생님이 좋은 곳으로 데려가 주세요."

"선생님이라 부르셨으니 잘 배우셔야 합니다."

귀에다 그런 거 속삭이지 말아줄래? 음란마귀가 안 씌었는데도 야하게 들리거든. 이 동네 남자들은 왜 이렇게 플러팅을 숨 쉬듯이 날리는지 모르겠다. 영양가가 있는 플러팅이라면 모르겠는데 그것도 아니면서. 아닌가? 세야는 안전한 사람이던가? 나는 모든 상황과 가능성에 최선을 다하는 사람이지만 이 그린라이트에 대해서만큼은 모르겠다.

대충 읽은 〈탈출기〉 속에 절대적인 세계관이자 법칙이 있다면 유르겔의 마성이다. 돌아다니는 사람들과 방금 지나온 문지기 아저씨도 유르겔에게 반해 있다거나 팬이라고 소설 속에 서술되지는 않았지만, 그렇다고 해서 방심할 수 없는 게 유르겔의 반드시 사랑받는 속성이었다.

일단 무죄가 확실한 건 클라인뿐인데 세야는 모르겠다. 정확히는 안심을 못 하겠다. 그는 유르겔을 싫어하는 것처럼 보인다. 유르겔을 요물이라는 식으로 부르기까지 했었다. 그렇다고 그가 정말 유르겔을 사랑하지 않을 사람인가? 〈탈출기〉에 적히지 않았기에 안심할 수 있는 것이 있는 반면에 적히지 않았기에 또한 방심할 수가 없는 것이 있다.

세야 료민은 〈탈출기〉에 적히지 않을 정도로 작은 사람이라서.

"제가 제일 좋아하는 곳에 가기 전에 한 군데 들르도록 하죠. 아스양도 좋아하실 겁니다."

난 늘 그를 보며 의심한다.

❧❦❧

이 세계로 오게 되기 전, 내 세계에 있을 때. 마지막으로 데이트해 본 게 언제인지 기억도 나지 않는다. 뭘 했더라. 차 마시고 영화 보고 밥을 먹었던가, 밥 먹고 영화 보고 술을 마셨던가. 데이트 코스는 맨 날 거기서 거기고 소개팅을 해서 만나는 사람의 타입도 거기서 거기였다. 그 사람들에게도 나는 거기서 거기인 여자였겠지.

만나서 차 마시고 영화 보고 밥 먹고, 같이 쇼핑을 하고 가끔 전시회를 보고 아주 가끔 연극을 보고 정말 드물게, 혹은 아주 옛날에는 놀이공원 엘 갔던가. 그런 의미에서 이 세계의 사람들은 어떻게 데이트를 할까. 같이 쇼핑몰에 갈 수는 없겠고 영화를 볼 수도 없겠지. 놀이공원에 갈 수도 없는데 이 세계의 사람들은 어떻게 사랑을 하고 어디로 놀러 다닐까.

부드럽게 웃으며 나를 끌어당기는 세야의 얼굴을 나 역시 웃으며 마주 보며 그런 생각을 했다. 이 세계의 데이트는 어떤 것일까.

세야가 나를 안내해 간 곳은 저번 축제 때 가보았던 중앙 광장 쪽이 아니었다. 난 이곳의 지리를 잘 모르지만 저번에 갔던 곳과 조금 다른 골목길이었다. 왕성이 큰 만큼 뭔가 많은 길과 구역이 있는 모양이었다.

한 세 명쯤이 어깨를 좁혀서 걸어갈 수 있을 것 같은 골목이라 감히 소매치기 같은 사람들은 없을 것 같았다. 스쳐 지나가는 순간에 '동작 그만'을 외치면 도망치지도 못할 것 같은, 아니, 도망이야 칠 수 있겠지만 어깨가 갈릴 것 같은걸?

어디서 냐옹 하는 작은 울음소리가 들렸다. 그러고 보니 고양이나 강아지 같은 털 달린 짐승들의 온기를 느껴본 지도 오래되었다. 그래서 울적한가 보다. 털 달리고 귀 달리고 꼬리가 달린 존재들은 인간을 행복하게 하는 알 수 없는 묘한 능력이 있거든. 개 만지고 싶다!

골목을 돌기 전에 세야는 나를 한 번 돌아보았다. 그리고 먼저 골목을 빠져나가 꼭 마중 나온 사람처럼 내 손을 잡고 당겼다. 탁 트인 곳이 나왔다…… 고 하면 좋을 것 같지만 그렇지는 않고 거기가 골목의 끝이었다.

처음에는 뭔지 잘 몰라봤다. 고양이들이 울고 있었고 물소리가 났다. 찰박찰박 그 작은 생명체들이 움직일 때마다 작게 물이 튀었다. 골목 끝에는 분수라고 말해야 할지 물웅덩이라고 말해야 할지 모를 것이 설치되어 있었다. 굳이 따지자면 분수에 가까울 것 같았다. 물이 위로 솟는 것이 아니라 진실의 입 같은 장식이 벽에 붙어 있었는데, 그 입안에서 물이 끊임없이 졸졸졸 쏟아져 내렸다. 각각 털 색깔이 다른 고양이들이 그 주변을 방황하고 있었다.

"길고양이들의 낙원 같은 풍경이네요."

"고양이 좋아하세요?"

어미 고양이처럼 보이는 큰 고양이가 아직 털이 보송한 작은 고양이의 목덜미를 물고 바닥에 깔린 분수대에 넣어 씻기는 것을 보며 웃는데, 세야가 물었다.

"음, 싫진 않지만 전 고양이냐 강아지냐 하면 강아지 쪽이에요."

나는 대답하자마자 헉 하고 깨달았다. 이것은 레이냐 아스카냐, 피자냐 치킨이냐 하는 신앙 조사였다! 어쩌지? 세야는 아무리 봐도 고양이파벌이다. 이 길고양이들의 낙원으로 나를 데리고 온 것만 봐도……!

"물론 고양이도 좋아합니다! 고양이도 사랑스럽죠. 둘 다 사랑스러움으로는 견줄 수가 없는 소중한 존재들로."

"아니. 괜찮아요, 아스 양. 저도 고양이랑 강아지 둘 다 좋아하니까 그렇게 필사적으로 변명하실 필요까지는……."

"앗! 그러면 선생님은 고양이랑 강아지 중에서 어느 쪽을 더 좋아하세요?"

"전 새를 좋아합니다."

천잰데? 레이냐 아스카냐를 물었는데 카오루를 대답하다니.

"이 분수에는 전설이 있습니다."

주말의 광화문 서점만큼은 아니고 오후 4시의 계양역 환승 구간 정도 되는 사람들이 골목 안에 두런두런 몰려 있었다. 행복하거나 설레는 얼굴로 서서 자기들끼리 무언가를 속삭이는 연인들이 있었고 두 손을 꼬옥 잡은 어린 소년, 소녀들도 있었다. 나름 이 도시의 핫 플레이스인 모양이다.

"슬픈 전설인가요?"

"그런 계통은 아닌 것 같습니다만."

"저 입안에 손을 넣고서 거짓말을 하면 입이 다물어진다거나?"

"음…… 물이 나오는 곳인데 거기에 손을 넣으면 위생에 안 좋겠죠?"

로마의 휴일에 나오는 것 같은 전설은 여기 없나 보다.

"동전을 던져서 저 입안에 넣으면 소원이 이루어진다는 전설이 있습니다."

"손이나 동전이나 위생은 거기서 거기…… 죄송합니다. 태클을 걸 생각은 아니었어요."

세야는 대단히 친절하고, 좋은 선생님이었지만 방금 얼굴은 내가 그날만 6번 잘못 읽었던 단어를 7번째로 또 잘못 읽었을 때의 얼굴이랑 똑같았다. 얼른 사과했더니 웃는 얼굴에 실렸던 기백이 줄어들었다.

"어쨌든 그래서 이곳에 오는 사람마다 저곳에 동전을 던져대서, 보세요. 바닥에 동전이 많죠?"

"그러게요. 햇빛이 반사되는 게 꼭 비늘이 반사되는 것 같아서 예뻐요. 바닥에 커다란 인어가 살 것 같아요."

하지만 저 작은 입안에 동전을 넣는 건 쉬운 일이 아닌 데다가 입안에 들어갔던 동전도 나중에 다른 동전에 맞고 튕겨 나오게 될 거다. 그래도 이런 걸 말을 하지 않을 눈치 정도는 내게도 있었다. 로맨틱한 무드를 깨지 않도록 하겠습니다. 그나마 나랑 가장 정상적인 데이트 비슷한 것이 가능한 건 세야뿐이고, 난 모든 것에 최선을 다해 열심히 하니깐? 흑흑.

"그럼 여기서 소원을 빌고 동전을 던지면 제 소원도 이루어질까요?"

"입안에 넣으면요."

"돌멩이는 안 되나요?"

난 저만치 앞에서 애써 동그랗고 하얀, 예쁜 돌을 찾고 있는 열두어 살 정도 되어 보이는 아이를 가리키며 물었다. 세야는 '소원은 공짜가 아니죠'라며 웃었다. 내 세계에서도 어디를 가나 관광 명소에 저런 거 있던데 난 한 번도 동전을 던져본 일이 없었다.

"선생님, 동전 갖고 계신 거 있으세요?"

그때 나는 새하얗게 순결하고 아름답게 빛나는 세야의 미소를 보았다. 아하하하, 그렇죠, 선생님. 제가 선생님께 돈을 꿨었죠. 잊지는 않았습니다. 잊지는 않았고요. 잠시 기억에서 접어뒀다고나 할까?

나는 야심 차게, 시엘에게서 삥 뜯어 온 주머니를 꺼내 들었다. 엘리와 안나에게 뇌물로 쓸 돈이었는데 그들이 돈보다 연애를 선택해서 남은 돈이었다. 까까나 사 먹으려고 그랬는데 이런 데도 용도가 있었다. 나는 복주머니 같은 돈주머니의 끈을 살짝 당겨 느슨하게 만들고 한 움큼 동전을 꺼내 들었다.

"여기요. 선생님도 소원을 빌고 던지세요."

"자, 잠깐! 아스 양!"

나는 동전 하나를 들고 냅다 물을 쏟아내는 입을 향해 던졌다. 의욕은 가득했지만 동전은 진실의 입구 근처에도 못 가고 튕겨 나갔다. 그래, 내가 한 방에 저기다 동전을 넣을 거라고는 기대도 안 했지. 내 운동신경에 무슨. 하지만 이건 내 생각보다 난도가 높았다. 무려 콸콸 쏟아져 내려오는 물의 수압을 이길 정도의 스피드와 힘을 담고 각도까지 조절해서 던져야 하는 거였다!

"이거 잘 안 들어가네요."

"아, 아스 양!"

나 말고도 몇몇 사람이 각자 동전을 던져대고 있었다. 양궁에서 퍼 펙트 텐 나오는 것처럼 동전끼리 부딪쳐서 떨어지는 일도 있지 않을까 했는데 내가 보는 앞에서는 없었다.

시험 삼아 동전 하나를 더 들어 각도는 맞추지 않고 던져봤다. 어지 간한 힘으로는 수압에 튕겨 나갈 거고 그렇다고 너무 힘을 많이 주면 물줄기를 뚫고 나간다. 이거 어렵군. 마법사가 아니고서는 힘들 거야. 차라리 다음에 시엘을 데려올까? 근데 그래 봐야 이거 미신이잖아. 쳇.

"선생님도 해보세요?"

동전을 한 움큼 집어 들고서 세야를 돌아보았다. 그는 내가 보아온 중에서 가장 창백한 얼굴로 멍하니 허공을 바라보고 있었다.

"선생님?"

"아스 양, 지금 던지신 게 금화라는 거…… 알고 계시죠?"

아뇨, 몰랐어요. 이렇게 누리끼리하고 시커면 게 금화는 무슨 금화. 누가 봐도 개정 전 십 원짜리랑 똑같이 생겼는데요. 나는 동전 하나 를 집어 들었다. 납작한 동전은 몹시 시커멓고, 음, 시커먼데…… 잘 보면 금색인 것 같기도 하고? 어쩌지. 내가 던진 금화가 두 갠데, 그게 얼마 정도의 금전적 가치를 갖는 거지?

이 세계나 내 세계나 연봉에 관한 이야기는 금기라서 시녀 친구들 중 누구도 서로의 급여에 관해 이야기하지 않았다. 사회생활을 극단 적으로 하는 나는 그래서 이 세계의 화폐가치를 잘 모른다.

저번에 세야한테 돈을 빌렸을 때도 계산은 그가 해서 내가 실제로 이 세계의 화폐를 보는 건 오늘이 처음이다. 그러니까, 내가 지금 얼 마 치의 돈을 날렸기에 세야의 표정이 저런 걸까.

"헉?! 어두워서 잘 안 보여서 손이 미끄러졌어요!"

이따위 변명이 통할까? 나는 아예 내가 들고 있던 앙증맞은 복주머니를 닮은 클러치를 세야의 품에 안겼다.

"장갑 때문에 미끄러워서 또 실수할 것 같아요. 선생님이 들고 계셔 주세요."

되지도 않는 변명이 먹힌 건지 아니면 그냥 넘어가 주는 건지 모르겠다. 세야는 내 가방을 받아 들어 안을 벌려 보고 눈을 찌푸렸다.

"다 금화지 않습니까? 급여를 얼마나 찾아오신 겁니까?"

"아니, 다 찾아온 것은 아닌데요."

뼁을 뜯어 온 거라서요.

"돈을 섞어서 달라고 하지 않으셨던 겁니까? 아니, 그건 말을 하지 않아도 상식일 텐데……. 왕궁의 이율이 높으니 굳이 사제 은행을 이용하지 않고 용돈만 받아가려는 거였다는 걸 그쪽에서 몰랐을 리가 없고. 아스 양이 유모라 주목받고 있는 상황에서도 이런 장난질을 치는 것을 보면 왕비님의 입지가 많이 약하기는 한 것 같습니다."

세야는 되게 걱정스러운 눈으로 나를 보며 길게 말하고 가볍게 내 머리카락 끝을 위로하듯이 매만졌지만, 나는 반도 못 알아들었다. 그러니까 이 돈이 급여에서 찾아온 거라면 담당자가 장난을 친 거고, 그 장난을 칠 수 있는 건 왕비님이 약자여서라는 소리고, 왕궁 은행 이율이 일반 은행보다 높다는 거?

놀랍다. 우리나라는 1차 은행보다는 2차, 3차로 갈수록 이율이 내려가는데. 아, 뭐. 왕궁 은행에는 왕궁에 종사하는 사람들만 가입이 가능한 거라면 공무원 연금처럼 이율이 더 센 것도 이해가 갈 것 같다.

"혹시 그…… 사람과 아는 사이세요?"

"이름을 혹시 들으셨습니까?"

그럴 리가. 나는 절레절레 고개를 흔들었다.

"생김새는?"

"……남자?"

전혀 도움이 되지 않을 설명에 세야가 한숨을 쉬었다.

"뭐, 시중인들의 급여를 관리하는 부서는 크지 않으니 찾으려면 찾을 수 있을 겁니다. 찾으면 제가 반드시 한 소리 해두도록 하겠습니다, 아스 양."

이 돈은 시엘에게 받아 온 것이니까 꼭 안 그래도 될 것 같지만 나는 그냥 배시시 웃었다.

"그런데 선생님, 저야 엘리랑 안나랑 상의하면 그게 휴가지만요, 선생님은 괜찮으세요? 오늘 평일인데 출근하셔야 하지 않아요?"

"아스 양과 만난다고 했더니 모두가 이해해 줬습니다."

저물기 시작한 태양이 세야의 등 뒤에 있었다. 그래서 후광을 달고 웃는 세야의 미소는 참 싱그러워 보였다. 그렇구나. 남들 눈에는 우리가 데이트하는 걸로 보이겠구나. 이거 그린라이트 맞겠지?

마침 또 다른 연인이 찾아와 우릴 보고 머뭇거리는 게 보였다. 나는 얼른 자리를 비켜주었다.

벽에 설치된 진실의 입을 닮은 장식에서 물이 콸콸 쏟아져 나와 바닥에 있는 분수대에 고였다. 이곳 분수대에서 시작한 수로가 도시를 빙그르르 도는 것 같았다. 끝까지 안 가봐서 모르겠는데, 포석정처럼 길게 꼬리가 이어지며 또 다른 골목 사이로 연결돼 있었다. 도시를 아예 한 바퀴 도는 건가 싶어 쳐다보는데 작은 고양이 한 마리가 와서 내 종아리에 자기 뺨을 한번 슥, 그리고 다른 쪽 뺨으로 슥 비비고 지나갔다.

이곳의 고양이들은 내 세계의 닭둘기처럼 사람을 보아도 피하지를 않는다. 맨살에 부드러운 털이 닿는 감촉이 싫지가 않아서 잠깐 웅크리고 앉아 보들보들한 털을 만졌다. 그사이에 다른 연인은 분수에 동전을 던지며 즐거워하고 있었다.

"선생님은 동전을 못 던져보셨네요. 저 사람들 뒤에 하실래요?"

"전 이 도시에서 자랐습니다."

"차가운 도시의 남자셨구나."

차가운 도시의 남자라도 모든 학생에게 따뜻하겠지.

"그럼 소원은 이루어지셨어요?"

"이루어지는 중일 겁니다."

"그렇구나."

어릴 적에 내가 좋아했던 노래 가사 중에 '괜찮아, 지나가고 있어'란 게 있다. 세야의 말도 그거랑 비슷한 걸까. 상처 위에 상처가 다시 나서 아파죽겠어도 지나가고 있는 중이라 괜찮아질 거라는 그런?

꺄앗, 하는 환호성이 들려서 아까 온 커플 쪽을 돌아보았다. 여자와 남자가 서로 얼싸안고 환하게 웃고 있었다. 동전이 입안으로 들어간 모양이었다.

"아스 양은 소원으로 뭘 비셨나요?"

"무슨 상관이겠어요, 어차피 못 넣었는데."

"그동안 저 정도로 공물을 받았으니 기분이 좋아서 아스 양의 소원 하나 정도는 공짜로 들어줄지도 모르잖습니까."

그럴 리가. 세상이 기브 앤 테이크가 얼마나 확실한데. 동사무소 복지과만 해도 이름만 들으면 금방 뭔가 줄 것 같지만 복지를 얻기 위해서는 서류를 제대로 갖춰야 하지. 조건을 채우지 못한 내 소원을 저 진실의 입이 들어줄 리가 없다.

"고양이의 낙원은 됐고 이제 선생님의 낙원에 데려다주세요."

왕성은 꽤 넓었다. 수도 안에 왕성이 있고 왕성 안에는 왕궁과 생활이 밀접한 일부 사람이 사는 구조일 텐데 이 왕성은 성벽을 따라 한 바퀴 걷기 시작하면 하루 안에 걸을 수나 있을까 싶은 크기였다. 아마 안 될 것 같다. 이데아 속의 제주도 같은 느낌이다.

"성벽 밖에는 귀족들의 저택이 있어서 녹지가 많은 편이지만 왕성은 왕궁을 빼면 이곳 정도밖에는 공원이 없습니다."

한참을 걸어 거주지를 벗어난 후에 세야가 말했다. 진짜 한참 걸었다. 이래서 신발 편하냐고 물어봤던가 보다. 그는 기대한 방향과는 조금 다른 방향으로 세심하다.

"여기 되게 익숙한 느낌이에요."

"아스 양도 수도 출신이라면 자주 와보셨겠군요. 참, 수도 출신이십니까?"

저도 참 이 미스터리 우먼 아스 토케인이 궁금하니까 그런 거 묻지 말아줄래요?

"아뇨, 그게 아니라 본궁에 있는 후원이랑 느낌이 비슷해요."

"아…… 그래도 본궁의 후원은 정원사가 돌보는 곳이라 이곳보다는 훨씬 정돈되어 있을 겁니다."

"돌본 게 그 수준이면 제 장래 희망은 본궁 정원사예요."

에반스의 성질머리를 보면 거기도 곧 없던 TO가 날지도 모른다. 유모님이 죽은 건 흑마법사이기 때문이긴 하지만. 아니면 내가 TO를 창출해 내거나.

공원이라는 이름의 숲이었다. 보통 공원이라고 하면 사람들이 찾아오고, 깔깔거리면서 놀고, 걸을 만한 산책로가 있고 그래야 하는데 여기는 왕성 구석 진짜 사람이 한 명도 안 찾아올 것 같은 외진 곳에 있었다. 산책로는커녕 아무것도 없어서 부러진 나뭇가지를 밟고 올라가야 했다.

뭔가가 묘했다. 이 정도로 짙은 풀 냄새는 오랜만에 맡아서 기분이 좋기는 한데 뭔가 묘하다. 여기가 사실은 공동묘지 터였다고 해도 놀라지 않을 정도로 묘한 게 있었다. 그리고 뭔가 조형도 이상한 게……

이 숲인지 공원인지 자체가 되게 넓은 감이 드는데, 그 한쪽에 우주에서 날아온 원반 아니면 어디 거인이 짜증 난다고 집어 던진 재떨이 같은 게 박혀 끄트머리만 보였다.

이건 절대 자연적으로 형성된 지형이 아니라는 걸 내 고3 세계 지리 점수 80점으로 보장을 한다. 빌어먹을 퀘펜 기후만 아니었어도 내 점수는 더 높았을 텐데. 치마가 발끝까지 올 정도로 길지는 않았지만 나뭇가지에 걸릴 것 같아서 한껏 치켜들고 올라가고 있는데, 세야가 내게 손을 내밀었다.

"길이 험한 걸 생각하지 못했습니다. 잡으세요."

"안 잡아주셔도 괜찮아요. 아예 못 갈 길은 아니네요."

세야는 손을 내리는 대신에 몸을 숙여 치마를 잡고 있는 반대편의 내 손을 끌어 잡았다.

"가끔은 도움을 받으세요, 아스 양. 나쁜 짓을 할 줄 알지만 나쁜 사람은 아니랍니다. 아스 양이 절 선생님이라고 부르는 동안에는요."

"그럼 지금 세야 경이나 남작님이라고 부르면 저 두고 가실 거예요?"

"하하."

세야는 웃었다. 도움을 좀 받으라는 말에 살짝 뜨끔한 감이 있어서 농담했는데 분위기가 조금 더 누그러지고 부드러워졌다. 하지만 나는 세야가 웃지 말고 안 두고 갈 거라는 대답을 좀 해줬으면 좋겠다. 전담정녀가 좋습니다.

"조금만 더 가면 됩니다. 고생한 보람이 있을 거예요."

"선생님의 낙원이니까 그럴 거예요. 그런데 왜 이렇게 사람이 없을까요?"

"미켈레 숲은 유적지라 그럴 겁니다."

유적지에 사람이 들어와도 되던가? 석굴암이나 첨성대 같은 것도 유적지인데 사람들이 보러 다니고 하니까 상관이 없나? 잘 모르겠다.

하지만 유적지라 사람이 없다는 건 결국 들어오면 안 된다는 말이랑 같은 말 아닌가? 되게 혼란스럽다. 그래도 설마 세야가 범법 행위를 저지르지는 않을 테니까.

새벽의 공기가 푸른색이라면 이곳의 공기는 은빛인 느낌이었다. 공기가 아니라 옅은 빛을 마시는 것 같았다. 얕은 바닷속에 들어왔거나. 언젠가 겪어봤던 것 같은 신비로운 공간이다.

얼마를 걸었을까. 과연 세야는 심상치 않은 느낌의 커다란 나무 앞에서 멈춰 섰다.

"제가 제일 좋아하는 곳입니다."

나무는 고층 아파트 한 채 정도는 될 것 같은 사이즈였는데, 아까내가 멀리서 본 거인이 던진 재떨이같이 생긴 바위가 그 나무 몸통에절반 정도 파고들어 있었다. 그래서 절반은 시들고 절반은 싱싱하게녹색의 커다란 그늘을 드리우고 있는 거대한 나무는 누가 봐도 심상치 않아 보이는 물건이었다. 저거 혹시 세계수예요? 묻고 싶었는데 이세상에서 저게 상식이라거나 세계수라는 단어가 뭔지 모를까 봐 차마말을 못 꺼냈다. 저 나무가 우주로 이어져 있거나 나무에서 세계가 만들어졌거나 하는 세계수 신화가 있을 법한, 있어야만 할 것 같은 생김새였다.

나무 몸통 절반 가까이 이물질이 파고들어 있는데도 저 정도까지멀쩡히 잎이 나는 것이 참 경이로웠다. 그리고 그 나무 가까이 다가가손을 대고 서 있는 세야의 모습도 경이로웠다.

〈탈출기〉에 이종족이 안 나오는 건 아닌데 엘프는 없는 세계관이라 아쉽다. 가끔 세야를 보다 보면 엘프가 존재한다면 저렇게 생기고저런 분위기이지 않을까 싶거든.

"아스 양? 이쪽으로."

"그게, 너무 나무가 대단, 음, 아름다워서 저 같은 게 감히 접근하면 안 될 것 같아요."

군이 비유하자면 도끼가 절반쯤 들어간 나무 밑에 서 있자고? 농담이지? 아냐, 아파트 한 채 정도 되는 둘레의 나무가 도끼 반쯤 들어갔다고 넘어갈까? 넘어갈지도 모르겠다. 그래서 유적지인 것 같다. 사람들이 물색 좋게 돌아다니는데 어느 날 갑자기 문득 그러고 싶은 마음이 들어서 나무가 넘어가기라도 하면 대량 학살, 대형 사고다.

나는 진담이었는데 세야가 마치 농담을 들은 사람처럼 웃고 있어서 까치발로 그의 근처까지 다가갔다. 둘레는 아파트 한 채인데 키는 작은 나무였다. 한 23층은 되어야 할 것 같은 넓이인데 10층 정도밖에 안 돼서 좀 눌린 느낌? 확대한 버섯같이 생겼다. 사이즈가 이 정도인 나무라면 새싹이 손바닥만 할 것 같다.

"휴식이 필요할 때마다 이곳에 와서 누워 있었습니다. 공기가 맑지요."

그렇게 말한 세야는 내가 보는 앞에서 진짜로 바닥에 드러누웠다. 풀잎이 거의 쿠션 수준으로 푹신푹신해서 눕는다고 딱딱하거나 자갈이 등에 배기지는 않겠지만 진짜 드러누우니까 보는 입장에서 좀 당황스럽다. 옷에 풀물이 들지는 않을까. 나는 조심스레 구두 굽으로 바닥을 몇 번 눌러봤다. 오래된 숲이라 그런지 여린 새싹처럼 쉽게 상처를 입거나 짓물러지지는 않을 것 같아서 세야 옆에 조심히 앉았다. 그후 눕기까지는 오래 걸리지도 않았다. 현대인은 누워야 해. 먹었으면 누워야지.

하늘은 파랗고 그 하늘을 커다란 나무의 나뭇잎들이 가리고 있었다. 그럼에도 가는 금처럼 비어 있는 틈으로 들어오는 햇빛을 손을 들어 가렸다. 참 이상하게도, 이곳은 햇빛마저도 은빛으로 변하는 곳이었다.

"이곳은 조용해서 좋습니다. 가만히 누워 있으면 풀 냄새와 제 숨소리만 남아서 휴식이 필요하거나 생각할 것이 있을 때 자주 찾는 곳입니다."

"그러게요. 조용해서 좋네요."

새소리나 풀벌레 소리가 나지 않는 숲이라는 게 만화나 소설에서만 나오는 설정인 줄 알았는데 여기가 그래서 신기하다. 아, 하긴 여긴 소설 속이지.

눈으로 바로 들어오는 은빛의 햇살을 손으로 가리다가 눈을 감았다. 평화롭고 따스하고, 하나의 점처럼 쏴지는 햇빛도 눈을 감으니 따갑지가 않았다.

크고 예쁜 온실 같은 곳이다. 어딘가에 반쯤 부서진 궁전이나 비석이 있어도 놀라지 않을 거다.

"일설에 따르자면 왕궁과 이곳이 이어져 있다고도 하더군요."

세야의 목소리를 듣고 눈을 뜨고서 그를 봤다. 그도 눈을 감고 한쪽 손목을 이마 위에 걸쳐두고서 내게 말을 걸고 있었다. 그와는 이미 한 번 밖으로 나와 놀아본 적이 있는데도 수업을 벗어났다고 생각해서 그런지 아니면 야외 수업이라서 그런지 느낌이 사뭇 달랐다.

누운 자세를 조금 고쳐서 세야의 머리 근처로 몸을 옮겼다. 잠시 눈을 떠서 나를 본 세야는 부드럽게 미소 지으며 다시 눈을 감았다. 우리는 머리를 모으고서 부채처럼 누워 있게 되었다.

"저도 들어본 것 같아요. 근데 그거 신빙성 있는 말이에요?"

이제 눈을 떠도 햇빛이 눈 안으로 들어오지 않는 각도가 되었지만 나는 눈을 감고 가만히 짙은 풀 냄새를 맡았다. 뜨거운 여름에 연꽃이 핀 연못가에 서 있는 것처럼 흙냄새 섞인 풀 냄새가 진하게 났다. 이 냄새가 좋다.

"글쎄요. 그래서 본궁에서 이것저것 테스트를 해봤지만 숲에서는 아무런 반응이 없었다고 하더군요."

"숲이 너무 넓어서 반응을 못 본 것은 아닐까요?"

"하하. 하지만 마법사들이 한 일이니 잘못되었을 리는 없겠죠."

"아님 반대로 여기서 테스트하고 본궁의 반응을 봤어야 했을지도요?"

여기 마법사들은 만능 타이틀이라도 지고 있는가 보다. 마법사가 하는 일은 다 맞을 거라니. 어디 개발자들이야, 이거. 그래도 이 숲은 마법사가 아니라도 뭔가 테스트해 보고 싶을 거는 같다.

아무리 봐도 이건 세계수야. 〈탈출기〉에 이거 관련한 내용이 있었나? 별로 생각이 나지 않는다. 종교나 신화적인 내용을 다룬 부분이 극히 적었던 기억만 난다. 이러다 뭔가 일이 닥쳤을 때 떠오를 게 뻔하다. 왜 내 뇌는 이렇게 로딩 속도가 느릴까. 출시된 지 20년 넘은 사양이니까 그렇겠지.

"보세요, 아스 양. 하늘에 별이 있습니다."

혹시나 해서 눈을 떠봤다. 하지만 해가 지기에는 아직 지나치게 이른 시간이라 하늘은 높고 파랗기만 했다. 우리가 돌아다닌 시간을 고려해 봤을 때 아무리 늦어도 네 시를 넘기지는 않았을 거니까.

"그거 별 아녜요, 선생님. 빈혈이니까 간 드세요. 고기랑."

사람이 진심으로 걱정을 해줬건만 세야가 작게 소리 내서 웃었다. 나도 요새 아침에 일어날 때 시야 바깥으로 금가루 같은 별이 보이는 게, 빈혈인 것 같아서 걱정하는 중인데 왜.

"태양이 너무 밝아서 눈에 보이지는 않겠지만 저곳에도 우리가 밤에 보는 별이 여전히 떠 있습니다. 아스 양, 생각해 본 적 있으십니까? 보이지 않는 별과 다가오지 않는 꿈에 대해서요."

오늘의 테마는 꿈과 희망인가 보다. 내 교육 때문에 신청한 데이트인 줄 알았는데 세야도 직장에서 많이 힘든가 보다. 직장 생활의 위기는 삼 개월, 육 개월, 일 년, 삼 년, 오 년 단위로 온다는데 세야는 얼마나 되었을까. 난 일 년에 베팅하고 싶지만 말은 못 하겠군.

"선생님은 꿈이 뭐였어요?"

"마법사가 되고 싶었습니다."

이건 좀 의외다. 나는 바닥을 손으로 몇 번 두드려 본 다음에 반 바퀴 굴러서 팔꿈치를 바닥에 대고 상체만 들어 올렸다. 풀이 푹신해서 내가 몸 좀 돌린다고 뭉개질 것 같지는 않은데 팔꿈치는 좀 위험할지도? 내가 가벼운 것도 아니고.

"마법사는 타고나는 거라고 하지 않아요?"

"네, 그래서 포기한 꿈이죠. 포기했다고 미련이 안 남는 것은 아니니까요."

"아. 후회는 없지만 미련은 있다 그거네요. 그런데요. 누가 말한 건데요. 세상이 아무리 미쳐도 꿈꾸기를 포기하는 것만큼 미친 일은 없댔어요."

"하지만 마법사가 되는 꿈을 계속 꿀 수는 없지 않습니까."

"다음 꿈을 꿀 수 있잖아요. 선생님이 세무부의 대왕이 되는 꿈 같은 거요."

세야가 웃는데 그는 누워 있고 나는 엎드려 있어서 그 웃음이 진짜 편해서 나오는 웃음인지 아님 습관적인 웃음인지 각도가 안 맞은 탓에 알 수가 없었다.

"그럼 아스 양의 꿈은 뭔가요?"

"또 제 꿈이요? 그런 거 묻는 건 사기꾼이라니까요."

지금 내 꿈은 집에 가는 것이지만 이 세계에서는 누구도 내 꿈을 제대로 이해해 줄 사람이 없다. 낮의 별이 하늘에 떠 있다고 해도 보이지 않는 것은 보이지 않는 것이고, 이해받지 못하고 말할 수도 없는 꿈은 꿈이 아니다.

"제가 원하는 가정을 갖는 게 제 꿈이에요."

"아스 양이 원하는 가정은 어떤 가정인가요?"

외롭고 울적할 때 어머니 옆구리에 파고들 수 있고, 한가한 시간에 아버지랑 마트에 쇼핑을 나갈 수 있는 그런 가정이요.

"남들 같은 가정이죠."

녹색이 가장 찬란한 곳에서 세야의 연녹색 눈동자가 반짝임을 담아 부드럽게 휘었다.

"이룰 수 있을 겁니다."

"저도 그러기를 바라요."

은빛 바람은 은은했고 기온이 딱 맞았다. 나는 입을 가리고 길게 하품을 했고 세야는 아까부터 누운 자세에서 꼼짝도 안 하고 눈만 감았다 뜨고 있었다. 낮잠 자기 딱 좋은 기온과 습도다. 우리 몇 시까지 돌아가야 하더라? 성문이 닫히는 시간이…….

잠들기 직전에 내가 물었다.

"그런데 마법사는 왜 되고 싶으셨어요?"

"낮에 뜨는 별을 제 눈으로 보고 싶었습니다."

시대를 잘못 태어난 천재들처럼 세야는 세계를 잘못 타고난 꿈 지망생이었던 것 같다. 〈탈출기〉가 BL이 아니라 하다못해 SF만 되었어도 그의 꿈을 이루는 게 어렵지는 않았을 텐데. 하다못해 내 세계에 태어나기라도 했다면.

그런 생각을 하다 잠이 들었다. 깨어나 보니 어느새 어둑어둑한 밤이었다. 나는 밤하늘을 올려다보았다.

내 세계에서 본 밤하늘이 생각났다. 아마 강원도 쪽이었던 것 같다. 대학교 MT를 가서 술을 퍼마시며 흥청망청 즐기다 이런 곳의 별이 그렇게 예쁘다는 말이 생각나 하늘을 올려다봤었다. 뭘 기대한다고 해서 그 기대가 꼭 이루어지는 것도 아니고 모든 꿈이 다 이루어지는 것은 아니지. 내 꿈은 이루어져야 하지만.

"선생님 일어나 보세요. 별이 나왔어요."

나는 곤히 잠든 세야를 깨워 그때 보지 못했던 별이 가득한 밤하늘을 보여주었다. 하늘은 생각보다 낮았고 별들 사이로 손을 담글 수 있을 것 같았다.

세야는 누운 채 별을 보며 아름답다고 말했다.

"밤에 보는 별이 아름답죠?"

"아스 양 눈 속에도 그 별이 있네요."

나는 낮의 그처럼 내 이마를 그의 이마에 콩 부딪히며 새 꿈을 찾아야 할 그를 위로했다.

10장
청회색 눈동자

주중에는 나만큼 부지런한 사람이 있을까 싶다. 주말이 되면 하려고 생각해 둔 게 뭐 그리 많은지 연예인도 아닌데 시간을 30분 단위로 쪼개서 계획을 짜두고는 정작 토요일이 되면 그 절반만 하거나 아예 포기한다. 그리고 일요일은 뻗는다.

이 세계에서까지 마치 라이크 아무것도 안 하고 잠만 잔 일요일 같은 휴일을 보내고 귀가한 나를 반긴 것은 대체 무슨 사정인지 모르겠으나 술판을 벌이고 흥야홍야 늘어진 시엘과 미오 경이었다.

"내가 말이야, 어렸을 때는 드래곤을 꼭 한번 보는 게 소원이었어. 그렇잖아. 내 심장에 있는 게 용의 심장이라는데 얼마나 대단한 마력을 가졌는지 궁금하잖아."

"그랬군. 내가 어렸을 때는 어부가 되는 게 꿈이었다. 작살을 겨냥해서 커다란 물고기를 잡는 거지. 얼마나 멋있어. 그런 어업으로는 밥벌이를 못 한다는 걸 알기 전까지는……."

"파하하하하, 작살, 작살이래! 작살로 드래곤 좀 잡아주시죠. 드래

곤의 피는 마력 덩어리라고. 드래곤 두 마리 정도 잡으면 차원도 하나
만들 수 있을걸?"

대화가 통하는 듯 안 통하는 듯 통하는 것 같기도 하고. 얼마나 부
어라 마셔라 하고 있었는지 문을 열자마자 술 냄새가 진동했다. 그래,
다 큰 성인이 술 좀 마실 수 있지. 괜찮아. 다 괜찮은데, 이 미친 작자
들이 둘이서 술판을 벌이고 한쪽에다가 미카엘 왕자를 방치해 두고
있었다!

"아니, 두 분 지금 뭐 하시는 거예요!"

"오, 눈 달리고 귀 달리고 코 달리고 입 달리고 혹도 달린 아스 양이다!"

내게 왕자가 짐덩이고 혹 같은 건 사실이지만 그렇게 대놓고 말을 하
면, 아니, 왕자가 방 안을 뽈뽈 기어 다니게 둔 사람이 그런 말을 하면
내 기분이 퍽이나 유쾌하겠다. 방문을 다 닫아놔서 망정이지 문이 열려
있었으면 왕자가 왕비 궁을 햄스터처럼 기어 다니고 있는 게 발각되었
을 거고, 테라스 창문이 열려 있었으면 내 목이 몸과 안녕을 했을 거다.

"술 깨는 마법은 없어요?"

"저 안 취했습니다."

저것도 살짝 로망의 대사이기는 했는데 써먹을 일이 없던 사이에 시
엘이 먼저 대사를 쳤다.

"아스."

이 술판이 믿기지가 않아서 계속 쳐다만 보고 있으니까 미오 경이
나를 불렀다. 유난히 그윽하고 깊은 눈이 나를 응시했다.

"술은 많다."

뭐, 문 잘 닫아놓았으면 됐지. 나도 왕자가 밖으로 안 나가게 계속
보면서 마시면 되는 거잖아?

도수가 높은 술은 아니었다. 이 세계의 사람들이 식사할 때 물 대신
먹는다고 할 만한 약한 술이었는데, 이 정도로도 시엘은 겔겔거리고

있었다. 바닥에 나뒹구는 술병을 보다가 미오 경에게 살짝 입만 빠끔거려 시엘이 몇 병이나 마신 건지 물어보았다. 미오 경은 유난히 그윽한 암록색 눈동자로 나를 보다 말했다.

"금붕어 같군, 파하하하하."

"왜, 뭐? 미오 경, 뭐 본 건가?"

미오 경도 취하기도 하는 인간이었다. 방 들어왔을 때 둘 다 고주망태가 되어서 헛소리 주고받는 걸 봐놓고 잠깐 깜빡했다. 시엘은 발그레해져서 눈도 천천히 깜빡이는 게 딱 봐도 취한 사람인데 미오 경은 취했다기엔 너무 잘생긴 얼굴이라서 멀쩡한 줄 알았지.

"시엘, 드래곤의 심장에 연연하지 마. 용의 심장이 아니라도 담대한 심장을 갖고 있기만 하면 되는 것!"

"뭐, 그 심장 이미 내 심장이긴 하니까 맞아! 아무 상관없다!"

"마셔!!"

내가 없는 동안 둘이 헤드뱅잉이라도 하면서 술을 마신 건지 시엘은 산발 상태였다. 미오 경은 멀쩡한 거 보니 혼자 헤드뱅잉을 했나 보다. 그래서 머리카락이 귀찮은지 3초에 한 번씩은 머리카락을 쓸어 넘기는데 별 효과를 못 보고 있었다. 오히려 머리카락이 계속 살랑살랑 움직이니까 왕자가 깃털 장난감 본 고양이처럼 자꾸 달려들려고 한다.

"마법사님, 그거 그냥 묶어요."

"아무리 절 묶고 가둬도 전 자유를 향해 떠날 겁니다! 피스! 프리!"

맛이 갔네.

그냥 두고 싶지만 왕자가 진짜 달려들 것 같아서 그냥 둘 수가 없었다.

"이리 와봐요."

빗도 없으니 진짜 대충 묶어둘 생각이었는데 시엘의 머리카락은 내가 손가락으로 몇 번 빗었을 뿐인데 스르륵하고 풀려 나갔다. 결이 너무 좋다 보니 묶어도 금방 풀리겠다 싶어서 머리카락을 땋아 내렸다.

"아스, 뭐 해요?"

"머리를 땋는 거예요. 이러면 덜 흘러내려요."

"그거 어떻게 하는 거죠?"

무릎걸음으로 시엘 옆으로 옮겨 가서 아래쪽을 땋았다. 시엘은 신기한 듯이 그걸 보면서 뭐가 좋은지 어린아이처럼 방글방글 웃었다. 설마 마탑에 어린 시절의 시엘을 씻기고 빗기고 입혀주며 수발을 들어준 보모 비슷한 사람이 없었던 건 아니겠지? 긍정의 대답이 돌아올까 봐 물어보지는 않았다.

주정뱅이들과 한참 주거니 받거니 하다 보니 나도 취하는 것 같다. 사실 이만큼 마셨으면 아무리 도수가 낮은 술이라도 안 취하는 게 이상하긴 하다.

살짝 몽롱해진 눈으로 왕자를 보았다. 슬슬 잘 시간이 되긴 했는데 낮에 안 재운 건지 아님 열이 뻗치는 건지 왕자는 지치지 않고 좁은 방을 뱅뱅 기어 다니고 있었다. 하도 오랜만에 술 마시는 거라 신경을 안 쓰고 있었네. 저러고 다니는데 어디 부딪히지는 않았나? 그런 생각을 하자마자 왕자가 기세 좋게 벽을 향해 돌진했다! 연약한 아기 머리가 잘못될까 봐 벌떡 일어났는데 왕자의 머리가 벽에 닿기 직전에 금빛 빛가루 같은 것이 흩날리고 왕자는 안전하게 방향을 틀었다.

"마법사님, 방금 마법이었어요?"

넌 이렇게 고주망태가 되어도 마법이 되냐?

시엘은 미오 경의 술잔에 술을 따라주고 있었다. 얼마나 취한 건지 손이 덜덜 떨려서 반 이상은 그냥 흘러내리는 것 같았다.

"이 방에 걸어둔 방어 마법일 겁니다. 두 분께 수호의 마법을 거는 김에 이 방에도 방어 마법을 걸어놨습니다. 어지간한 피해가 있을 때도 이곳이 본궁보다 더 안전할 테니 여차하면 이곳으로 도망치세요."

그럴 바에야 그냥 왕자에게 수호 마법을 거는 게 낫지 않나 싶다.

시엘은 우리에게는 수호 부적을 주었고 왕자에게는 마법을 거는 대신에 방 전체에 방어 마법을 걸었다. 왕자가 어려서 직접적인 마법을 피한 건가.

"그거 아세요? 미오 경 왕비 궁 시녀들 사이에서 인기 되게 많아요."

"왜죠?"

"잘생겼고, 키 크고, 기사고, 말수 적고, 가만히 있으면 그림 되고, 눈이 녹색이고……."

"왜 모든 이유가 외모인 건데."

"그러게요. 미오 경은 찾아보면 장점이 많은 남잔데."

"그래도 철모르는 시녀들의 이상형이 될 만한 사람이긴 하니까요."

하긴, 좀 더 결혼 적령기 시녀들의 기준은 저거랑 좀 달랐다. 그래도 사람을 외모로 판단하면 안 된다고는 하지만 저 정도 잘생기면 외모로 판단해도 되지 않을까? 살면서 시비 걸려본 일이 없을 얼굴인데 그럼 인성이 좀 더 넉넉해야 하지 않…… 아, 맞다. 유르겔을 사랑하는 사람이었지. 아무리 왕비 궁 시녀들의 이상형이라도 안 될 사람이다.

"넌 이상형이 어떻게 되지?"

"저요? 전 말이 통하는 사람이요."

"겨우 그거? 보통 더 구체적이지 않나?"

"이게 왜요. 얼마나 찾기 힘든 조건인데요."

"나도, 시엘도, 클라인 경도, 다 말은 통하는 사람들이잖아."

글쎄. 라면 불을 끄고 싶은 내 소원이 어떤 건지 말해도 모를 텐데. 라면이 뭔지나 알까 몰라. 내 세상의 상식은 이 세상의 상식이 아니기에 내 그리움도 이 세계 사람들의 그리움과 다를 거다. 그나저나 아까부터 시엘, 시엘 되게 거슬린다. 내가 없는 사이에 언제 둘이 이름 부르며 지내자고 합의를 한 건지.

"그보다 미오 경 제 이름은 아세요?"

다분히 시비조로 물어봤는데 대답은 시엘에게서 왔다.

"아스아스아스."

어쩐지 사람이 아니라 개를 부르는 느낌이다.

"아니, 성까지요."

'아스아스아스'라는 발음이 웃겼는지, 미오 경과 시엘이 동시에 웃음을 터뜨렸다. 웃기냐? 웃긴가 보지. 내 성이 뭔지 모르나 보다. 하긴, 부를 일이 뭐가 있었겠어. 하지만 적당히 좀 웃었으면 좋겠는데, 둘은 웃다가 이제 허리까지 숙이고 바닥에 엎어져서 큭큭거린다.

"그만 좀 웃어요, 이 주정뱅이들아!!"

"아스 양, 이거 읽어보세요."

세야가 손대면 고운 종이 가루인지 먼지인지가 묻어날 것 같은 고색창연한 책을 하나 내밀었다. 난 차마 그걸 받아 들지는 못하고 세야가 편 곳을 그대로 읽기 시작했다.

"그는 마지막을 아름답고 숭고한 미켈레 숲에서 맞았다. 그에게 생명을 주었던 미켈레 숲에서 가져서는 안 될 사랑으로 환희와 고통에 몸부림치게 한 시들고 공허한 심장을 뽑아 장엄한 최후를 맞이…… 이거 뭐예요?"

"아주 오래된 책입니다."

"그렇겠죠? 여기가 고서점이니까요."

그날 이후로 나와 세야는 종종 같이 외출을 하게 되었다. 잠만 자며 보낸 일요일 같았던 그날처럼 하루 종일을 다 빼는 건 아니고 점심시간을 끼고 한두 시간 정도 가까운 곳을 산책하거나 함께 쇼핑하는 정도로 돌아다니고 있었다.

물론 이게 가능했던 건 세야가 정말 안나와 엘리에게 그의 선배들을 소개해 주었기 때문이다. 양다리인가 싶어서 길버트랑 빈센트라는, 그 이름마저 되게 부관 같았던 클라인의 부관들이랑 잘되던 거 아니었냐고 물으니 그들도 같이 나해로 가는 바람에 잠수 이별을 당한 것 같다고. 아아, 클라인……. 부관이니까 두고 갈 수는 없었겠지만 뭔가 아쉬운 마음이 드는 건 어쩔 수가 없다.

세야는 나와의 수업 방법을 바꾸려는 모양인지 틈틈이 자유 시간을 마련해서 나를 데리고 서점들을 다니기 시작했고 오늘은 고서점이었다. 이전에 고서점에 와본 적은 없지만 도서관 보존 서적실에 들어와 있는 것 같다. 싹 다 모아다가 목공용 풀로 땜빵을 하고 스테이플러로 찍어줘야 할 것 같은 상태의 책이 가득했다.

"아스 양은 굉장히 특이해요."

"부끄럽네요. 요새 그런 말 자주 들어요."

억울하다. 나만큼 평범한 사람도 또 찾아보기 힘들 정도로 평범하고 무난한 사람인데, 이 세계로 오고부터는 특이하다는 말을 듣기 시작했다. 역시 세계가 다르면 아무리 조용히 적응하고 있어도 튀는 부분이 있는 모양이다. 세야는 내 얼굴을 보지도 않고 내 억울함을 본 사람처럼 말했다.

"그 부분이 아니라 글을 읽는 부분이 말입니다. 현대 글은 난독증에 가까운 습관이 보이는데 옛날 글일수록 잘 읽는 경향이 있어요. 아스 양의 이런 경향성에 대해 한번 생각해 볼 필요가 있을 듯한데……."

"제가 고대어를 잘 읽는다고요?"

"고대어는 아니고, 현대문학보다 고전문학을 잘 읽으시는 편입니다. 고전 문법은 지금이랑 살짝 다르거든요."

그러니까 요즘 글은 잘 못 읽는데 나랏말싸미 듕국에 달아~ 같은 건 잘 읽는다는 소리 같은데, 이거 칭찬을 받은 건지 아닌 건지 잘 모르겠다.

"재능이 하나라도 있다고 하니 기쁘네요."

"처음 아스 양이 글을 배울 때 고전문학 위주로 읽으신 게 아닐까 합니다."

"그땐 아예 글을 못 읽었는걸요."

"대체 어디서 어떤 방식으로 글을 배우신 건지 궁금해요. 글을 접한 흔적이 보이니까요."

클라인의 레이디였다는 몸 약한 이티카 아가씨가 그 절벽 위의 하얀 집에 갇히다시피 한 동안에 고전소설들만 줄곧 읽고 읽다가 '아스'에게도 읽어줬나 보지. 할 수 없는 이야기들이 참 많기도 해서 난 그냥 웃으며 얼버무렸다.

세야는 뭘 생각하는 것처럼 혼자 중얼거리고 허공에 글자를 써보더니 역시, 하고는 나한테 읽게 시켰던 책을 포함해서 몇 권의 책을 계산했다.

오늘의 점심은 서점 근처의 작은 브런치 카페에서 해결하기로 했다. 세야가 수업 방식을 바꾼 후로 우리는 주로 나와서 점심을 해결하고 있는데 이제 급여 찾는 법을 대충 알게 되어서 번갈아가면서 밥을 산다. 솔직히 조금은, 세야가 왕궁에서 주는 식당 밥에 질려서 겸사겸사 수업 방식을 바꾼 게 아닐까 의심하는 중이다.

나는 가게 메뉴 중에서 제일 느끼해 보이는 걸 주문했고 세야는 간단한 샐러드 빵류를 주문했다. 세야 너란 남자 먹는 음식마저 초식인 남자. 음식이 나오길 기다리는데 세야가 사 온 책을 들어 보이며 말했다.

"아스 양의 학습에 실용적인 부분보다는 학문적인 부분으로 접근해 볼 생각입니다."

"그 의욕에 찬 모습 참 보기가 좋네요……. 최선을 다해 따라가 보도록은 하겠습니다."

뭘 어떻게 하겠다는 건지 잘 모르겠고 자신도 없지만. 계속하는 말이지만 왜 나는 이 나이가 되어서까지, 심지어는 다른 세계에서도 공부해야 하는 걸까. 나 어렸을 때는 분명 대학만 가면 놀아도 된다고 했었는데 대학 가서 놀면 학점이 펑크가 나고 학점이 펑크가 나면 취업을 못 하겠더란 말이지. 나 언제쯤 돼야 놀 수 있니.

드디어 음식이 나와서 한입 베어 무는데 큰길 쪽이 시끄러웠다. 고서점은 고서점답게 사람들이 잘 오지 않을 좁은 골목 안쪽에 있었고, 우리가 앉은 샌드위치 가게는 과연 테이블 회전율이 얼마나 나올까 싶게 유동 인구가 적은 골목 안쪽에 있어서 큰길가를 보려면 고개를 한껏 꺾어야 했다.

병사 같은 사람들과 어쩐지 되게 허름해 보이게 어깨를 숙인 사람들이 같이 지나가고 있었다. 뭐지? 세야를 돌아보니까 그는 알고 있었던 건지 설명을 해줬다.

"나해에서의 전쟁이 승리했다고 합니다."

가자마자 돌아오냐? 간 지 얼마나 되었다고 벌써.

"카펠라 백작님은 전장에서 신과 같은 분이니까요. 이번에야말로 관작이 올라갈 거라 사람들이 기대하고 있습니다."

세야는 좀 씁쓸해 보이는 얼굴로 말했다. 세야는 세습영지가 있는 남작이라고는 하지만 하급 귀족이라고 했던가. 평민이나 준귀족과 기꺼이 혼사를 치르는 건 위세가 정말 대단한 집안이거나 세가 기울어서 더 가릴 것도 없는 가문 둘 중의 하나라고 했는데, 세야는 뒤쪽에 해당하는 모양이다.

나는, 내 세계의 '공부만 잘하면'은 이제 신분 상승의 신화가 된 말이라고 생각하는 편이지만 아직 이런 신분 상승을 위해 노력해야 하는 세계에 사는 사람은 어떻게 살아가야 하는 걸까? 권력의 냄새를 맡아가며? 줄을 잘 서며?

스스로 자신을 증명할 능력과 기회를 얻고 있을 클라인을 보는 하급 귀족이자 관료인 세야의 심정이 아주 밝지만은 않을 것 같다.

"선생님, 힘내세요. 인생 마지막까지 아무도 모르는 거예요."

"고맙습니다, 아스 양. 많은 위로가 됩니다."

"별말씀을요."

전혀 위로가 안 된 것 같은데 별말씀을요.

"그럼 저 병사들 뒤로 오는 사람들은 누구죠? 병사나 패잔병은 아닌 것 같은데."

"전쟁 포로일 겁니다. 고위 귀족과 왕족들. 나해는 예전부터 왕족에 대한 충성심이 강해서 왕족을 사로잡으면 전세가 바뀌기도 했다더군요. 카펠라 백작께서 우선 왕족들을 포로로 잡으신 모양입니다."

양손이 묶인 채 걸어가는 사람들 외에 사극에서 귀양 가는 사람이 타던 것과 비슷한, 창살 달린 수레를 탄 사람들도 있었다. 차림이 멀쩡하기도 하고 지저분하기도 했으며 심각하게 다친 사람도 있었다. 저 사람들이 왕족일 것 같았다.

보는 내가 우울해지는 수레가 몇 대나 지나가고 맨 뒤에 창칼을 든 병사들이 유난히 많이 둘러싸고 있는 커다란 수레가 지나갔다. 특이하게 커다란 천으로 덮여놔서 그 안은 보이지 않았다. 움직이는 감옥 같았던 앞선 수레보다 한참이나 커서 짐승을 가두는 우리 같아 보였다.

그러고 보니 유르겔의 추종자 중에 이종족이 있었다. 스토리에 기여하는 바가 없는 추종자라 잊고 있었네. 패망한 왕국의 왕족이 어느 연회에선가 날개를 펴고 유르겔의 발 앞에 무릎을 꿇는 장면이 있었던 기억이 난다. 왜 이걸 기억하냐면 그 연회에 왕비도 나왔고 또 그 장면 묘사가 되게 예뻤거든. 유르겔이 신의 사자나 자손이지 않을까 하는 말이 나올 정도로. 그 이종족인가.

"저 사람들은 어떻게 될까요?"

"협상이 잘되면 원래 살던 곳으로 돌아갈 수도 있지만 아마 그렇지는 않을 겁니다. 나라를 잃고 땅도 잃었으니 이곳에서 살게 되겠죠, 평범하게."

글쎄다. 내가 가진 것들, 내가 만든 것, 내가 쌓아온 모든 것을 잃어 원래 살던 인생과 완전히 달라졌는데 내 나라가 아닌 곳에서 어떻게 평범하게 살 수 있다는 걸까. 내가 잃은 것 어디에도 내 의지가 없는데. 나는 내 세상에서 잘 살고 있었다. 내가 노력한 만큼 이룩한 내 자리에서 내가 나인 사람으로. 여기서도 잘 살고 있나, 평범하게?

나이프로 치즈와 베이컨이 잔뜩 든 샌드위치를 잘라내며 세야와 언제나 같은 일상 이야기를 계속해 나갔다.

"그건 그렇고 이런 데 나와서까지 제 교육을 신경 쓰는 선생님의 모습에 조금 감동받았다고 말씀드려도 될까요?"

"그날 이후로 저에게도 꿈이 생겼으니까요."

"새로운 꿈을 꾸기 시작하셨다는 거죠?"

"현실적인 꿈으로요."

마법사가 되지 못한 세무부의 하급 관료는 그렇게 말하며 봄 햇살을 받은 새싹처럼 웃었다. 유르겔은 아름답지만 세야 역시 유르겔과 다른 식으로 아름다운 사람이라는 걸 지금 깨달았다.

"역시 세무부를 지배하는 마왕이 되는 꿈인 건가요?"

"아뇨. 아스 양을 시작으로 해서, 과외계의 스페셜 리스트가 되도록 하겠습니다. 아스 양은 지금 그 어떤 사교계의 레이디보다 더 사람들의 이목이 집중된 사람입니다. 그러니 아스 양을 완벽하고 훌륭한 숙녀로 만든, 이라는 타이틀이 붙으면 더 잘나갈 수 있지 않겠습니까?"

네, 절 어떻게든 굴려서 숙녀로 만들겠다는 다짐 잘 들었고요. 세야의 미소에서 이제 기백이 느껴지는데, 그 계획 저는 몹시 반대고요.

"되게 큰 꿈과 야망과 포부를 품으셨네요, 선생님. 차라리 마법사를 다시 꿈꾸시는 게 나을 정도로."

"본인의 한계를 단정 짓지 마세요. 아스 양은 이미 훌륭한 숙녀랍니다."

"정말 제가 훌륭한 숙녀라면 이 모든 수업이 필요 없지 않았으려나요."

"훌륭한 숙녀는 노력 역시 아끼지 않으니까요."

그따위 훌륭한 숙녀, 안 하고 싶다.

세야가 산 책들은 결국 내 교재가 될 것 같다. 그는 밥을 먹으며 책한 번, 나 한 번, 음식 한 번 보며 뿌듯하고 배부르게 웃었다. 접대하러 간 자리에서 술에 전 거래처 진상도 날 저렇게 보지는 않았었는데, 세야가 저렇게 보니까 내가 소금에 절인 굴비가 된 기분이다.

왕궁에 돌아오니까 왕비 궁 앞에 이제는 익숙해진 외부 마차가 주인을 기다리며 서 있었다. 왕비님의 여동생인 카직 백작 부인은 꾸준히 일주일에 한두 번은 왕비님을 보러 온다. 그날 이후로 다시는 미카엘 왕자를 보러 오지는 않았지만, 저 정도로 사이가 좋은 자매 사이인데 왜 그 전에는 오지 않았는지를 모르겠다.

나는 조심스레 왕자 방의 방문을 열고 안으로 들어섰다. 왕자는 요새 기는 데 재미가 들렸는지 바닥을 한없이 뿔뿔 기어 다니고 있어서 잘못 문을 열었다가는 부딪칠 수도 있었다. 바닥에 왕자를 위한 공간을 마련하든가 아니면 커다란 침대를 놓아서 그 안에서만 왕자가 기어다닐 수 있게 제한을 해야지, 안 그러면 아무래도 큰일이 날 것 같다.

"왕비님의 여동생 오늘도 오셨던데?"

"자주 오시기는 하는데 왕비님이랑 한마디도 제대로 안 한대."

"얼굴만 봐도 반갑고 좋은 관계야?"

"그때 같은 방 안에 있으면 진짜 숨 막힐 것 같다고 미나가 그랬단말이야. 닮은 얼굴 둘이 똑같이 우울한 표정으로 아무 말 없이 앉아 있으니까 한낮인데도 밤인 것 같대."

그럼 자매 사이가 돈독한 건 아닌 모양인데 왜 이렇게 자주 찾아오는 걸까. 나는 잘 모르지만 귀부인들은 귀부인 나름대로 바쁜 스케줄이 있다. 사교 관계는 특히 신경 써야 하고 그걸 위해서 할애해야 하는 시간이 많다고 들었는데, 왕비님의 여동생은 얼마만큼의 기회비용을 지출하면서 왕비님을 만나고 있는 걸까.

"그분은 뭣 때문에 그렇게 우울하시려나."

"그야 결혼 삼 년째인데 아이가 아직 안 생겨서겠지."

"아직 젊으신데 그거야 뭐……."

나는 마침 내 쪽으로 기어 오고 있는 왕자를 안아주기 위해 바닥에 앉았다. 잠깐 멈칫하는 것 같았던 왕자는 더더욱 신이 나는지 꺄아아 아아 하는 소리를 내며 빠르게 기어 왔다. 순식간이었다. 아기들 기는 속도가 진짜 장난이 아니다.

"나 솔직히 말해서 왕자님이랑 달리기 경주를 했을 때 이길 자신이 없어."

"나도."

"바닥에 안 내려 드려야 할 것 같은데."

"나도 아직 아기라고 해도 일국의 왕자님이 바닥을 기어 다니는 걸 보고 싶지는 않은데. 못 내려가게 막으면 난리가 나니까."

나는 왕자를 안아 들고 등을 토닥토닥 두드렸다. 왕자가 어설프게 내 목을 끌어안았다. 코끝에서 아기 분유 냄새가 났다. 그러고 보니 미처 신경을 못 쓰고 있었는데 유르겔이 온 지가 오래된 것 같다. 유르겔이 바쁠 일이 요새…… 있던가?

의문은 생각보다 금방 풀렸다. 사실 의문이랄 것도 없었다.

"오늘 유르겔 님을 만났습니다."

시엘이 그 말을 했을 때 나는 물을 마시는 중이었다. 너무 놀라서 손아귀에서 힘이 제대로 빠졌다. 유리컵이라 그대로 컵이 떨어지며 산산조각이 났고 시엘이 쯧쯧 혀를 찼다.

"다치진 않았습니까? 아니, 움직이지 마세요."

바닥에 떨어졌던 물들이 허공으로 떠올랐다. 떨어지면서 사방으로 퍼졌던지 물방울들이 내 주변으로 넓게 자리했다. 그다음은 방 안의 불빛을 담은 유리 조각들이었다. 크고 작고, 눈에 간신히 보이는 것과 보이지도 않을 조각들이 모이더니 원래의 컵 모양대로 뭉치고 그 안으로 물방울들이 빨려 들어가듯이 담겼다.

시엘이 뭔가 마법의 주문을 외우거나 빛이 터지거나 하는 것도 없었다. 모든 것은 조용히, 빠르게 이루어졌다.

"이제 움직여도 괜찮습니다. 다친 데는 없는 것 같지만 회복 마법을 걸어드리겠습니다."

"그보다 이 물 마셔도 되는 거예요?"

"드세요, 정화 마법도 걸었습니다."

나는 아직도 허공에 떠 있는 컵을 잡고 한 모금 마셨다. 놀라긴 많이 놀랐다. 여러 의미에서. 차가운 물이 목구멍을 넘어가니까 그나마 정신이 든다. 미오 경이 어정쩡하게 침대에 앉지도 서지도 않고 있는 게 보였다. 그도 놀랐나 보다. 눈인사로 그에게 괜찮다는 표시를 했는데 알아들었는지는 모르겠다.

시엘이 내 어깨를 살짝 잡았다. 손가락 끝이 약간 빛나는 것 같았는데 기분 탓인지도 모르겠다. 그러고 보니 도서관에서 두 번째 만났던 날 내 목을 치료해 줄 때도 희미하게나마 빛이 나고 있었던 것 같다.

"마법사님의 마법은 소리도 없고 빛도 거의 안 나는 것 같네요."

당신과 다르게. 댁은 반짝반짝하니까.

"저는 대마법사니까요."

저 말이 이 세계에서 뭐 해외 유학파니까요, 대기업 다니니까요 등

등의 의미인지 잘 모르겠다. 대마법사가 무엇인지 내가 이해를 잘 못하고 있거나 그 진실에 대해 제대로 체득을 못 하고 있거나.

어쨌든 그 말을 하는 시엘은 뿌듯해 보이기도 했고 씁쓸해 보이기도 했다. 대마법사라는 것은 시엘의 아이덴티티이자 자긍심의 근원일 텐데 그것이 기쁨이면서 괴로움이라니. 어떤 감정인지 애매하다. 내가 조금만 더 상상력이 있는 사람이었으면 좋겠다. 그렇다면 내 주변을 둘러싼 상황을 더 많이, 그리고 자세히 알 수 있었을지도 모른다. 더 오지랖쟁이가 되었을 수도 있지만.

"그래서, 유르겔 님을 만났다고요?"

"그때 연회장에서 만나긴 했지만 그 후로는 본 적이 없는데 바로 알아보시더군요."

"뭐를요?"

"저를요."

나는 미오 경 쪽으로 돌아가려는 눈을 진정시키기 위해 노력해야 했다. 유르겔이라는 이름만 나오면 내 몸은 자동으로 그를 살피려고 한다. 이 방에 유르겔을 사랑하는 사람이 하나, 유르겔을 사랑하게 될 사람이 또 하나였는데, 바야흐로 사랑하는 사람이 두 명이 되려나 보다. 물을 한 모금 더 마셨다. 목이 자꾸 마른다. 긴장하는가 보다.

"어땠어요?"

"금빛이 반짝이는 아름다운 분이시더군요."

상대가 유르겔쯤 되면 표현이 다 화려해지는 모양이다. 그렇지. 유르겔이 얼굴 하나는 참 예쁘지. 호수에 반짝이는 윤슬 같은 화려함이 있는 남자다. 가장 깊은 숲의 호수 같고, 가장 깨끗한 파도 같고, 세상에서 가장 크고 커팅이 많이 된 다이아몬드 같은, 그런 찬란함과 화려함이 그에게 있었다.

"그래서요?"

"아, 불면증에 좋다는 허브티를 선물받았습니다."

"그러고는요?"

오히려 시엘이 내게 되묻는다.

"뭐가 더 있어야 합니까?"

그의 손에는 유르겔처럼 어여쁜 연보라색 리본이 묶인 작은 봉지가 들려 있었다. 유르겔이 줬다는 허브티가 저거일 텐데 유르겔이 새삼 허브 장사를 하는 게 아니라면 저걸 시엘에게 선물할 이유가 없다. 유르겔이 슬슬 치고 올 타이밍이라고 생각은 했는데, 이런 식으로 훅 들어오니까 당황스럽다.

"진짜 그게 다예요? 허브티를 선물받고, 아름답다. 이게 다예요? 다른 거 더 없어요? 다른 느낌은요?"

〈탈출기〉에는 유르겔이 시엘의 불면증을 돌보아주었고 그걸로 인해 그가 유르겔을 좋아하고, 추종자가 되었다는 아주 간단한 묘사밖에 없었긴 하다. 그래도 설마 저런 긴장감 하나도 없는 걸로 시엘이 유르겔의 추종자가 되었다고 생각하고 싶지가 않다. 아무리 유르겔이라도 내게도 로망이 있고 환상이 있다. 이렇게 딸랑 허브티 하나 준 걸로 추종자를 늘리는 거는 너무 허무하다.

"그게 답니다만? 아름다운 분을 아름답다고 느낄 뿐 다른 게 필요한 겁니까?"

이거 잘 모르겠다. 시엘이 유르겔에게 넘어간 것인지 아닌지. 말하는 것만 보면 어디 클림트 키스 원본 그림 보고서 '황금빛이 찰랑찰랑한 게 되게 예쁘더라' 하고 감상 말하는 거랑 크게 차이가 없지 않은가.

"그러니까, 아름답더라 이거죠?"

"……아, 아스 양도 아스 양 나름대로 아름다운 부분이 있기는 할 겁니다."

"위로할 거면 제대로 해주세요."

"그만큼 아름다운 사람이 흔한 것도 아니고, 굳이 그런 분과 비교를 해서 낙담할 건 없잖습니까."

"제가 아무리 미쳐도 유르겔 님과 저를 비교하진 않아요."

유르겔의 미모와 마성은 절대적이고 나랑 그 사이에는 넘을 수 없는 벽이 한 백 개 정도 있다. 그걸 이 세계의 절대 법칙 정도로 생각하면 훨씬 마음 편하고 인생 살기 쉬워진다. 하지만 진짜 아리송하다. 시엘은 유르겔에게 느낀 게 아름답다는 감상뿐인가. 그거 하나로 추종자가 된 건가? 아니면 원작이 바뀌기라도 하는 건가?

왜 거대한 사건이 벌어지고 큰 이변이 생겨났을 때 지진이 발생한다거나, 천둥이 친다거나, 이명이 들리거나 하는 큰 신호가 안 생기는지 모르겠다. 나도 모르는 사이에 빠이빠이한 인생의 다른 루트를 열 기회가 있었을 것 같잖아.

"그런데 제가 불면증인 걸 그분이 어떻게 아셨을까요. 그게 신경이 쓰입니다."

"마법사님 마법사 협회 같은 거 다니시잖아요."

"고대 마법 연구 모임입니다만."

"하여튼 그거. 거기서 말이 샜나 보죠. 거기밖에 안 나가시잖아요."

"그렇긴 합니다만……."

그렇긴 하지만 찜찜하겠지. 거기 마법사들 보면 거의 시엘의 팬클럽 같은 느낌이던데 시엘이 있을 때는 대마법사님, 대마법사님 하고 쫓아다니다 자기들끼리 있을 때는 시엘의 험담을 하다 이런저런 사적인 이야기가 샜다는 거잖아. 사생팬이세요?

"사람이 살다 보면 입단속을 잘 못 할 수도 있고 그렇죠, 뭐. 그러려니 하세요."

살다 보면 입안의 혀처럼 굴던 후임이 있지도 않은 내 험담을 하고 다니다 걸릴 수도 있고, 절친인 줄 알았던 애가 내 욕을 하고 다녔을 수도 있고 뭐, 그런 거지. 나는 토닥토닥 시엘의 허리를 두드려 주었다.

"그렇지. 마법사 너는 지금 왕성에서 제일 주목받고 있는 사람 중에 하나니까."

"뭐, 그것도 카펠라 백작이 귀환하면 달라질 문제죠."

"카펠라 백작이 벌써 귀환하나?"

그리고 약속된 소외감의 시간이다. 내가 보는 앞에서 시엘과 미오경이 서로 격의 없이 이름을 부르고, 반말하며 대화를 나눈다! 학기 초반에 나 모르는 사이에 반 친구들이 다 친해진 기분이군. 나는 쉬는 시간에 열심히 복습하는 척하고 있고 내 주위는 하하, 호호 어제 본 예능 이야기하는 그런 기분이다.

그건 그렇고 유르겔의 움직임이 이상하다. 시엘과 클라인은 왕국의 관심을 한 몸에 받는 투 톱이고 클라인이 없는 지금 왕성에 있는 시엘에게 관심이 몰리는 건 당연하다면 당연한 일이긴 하지만 유르겔이 먼저 나서서 불면증에 좋다는 허브티를 준비해서 선물했다고? 〈탈출기〉에는 유르겔이 시엘을 어떻게 포섭했는지 나오지 않아 잘 모르겠지만…… 뭔가가 석연치 않다. 가장 석연치가 않은 것은 유르겔을 본 시엘의 반응이지만.

유르겔의 어장에서 각자 지느러미를 휘두르게 될 물고기들은 거의 반드시라고 해도 좋을 만큼 유르겔의 얼굴을 보자마자 반했다. 그 아름다움을 직접 목격하는 순간, 유르겔의 목소리가 그를 향하는 순간, 유르겔이라는 그 경이로운 아름다움이 그들에게 관심을 집중하는 그 순간에 그들의 운명은 유르겔의 포로이자 추종자로 정해지는 것과 다름이 없었다. 그런데 그저 아름다웠다, 로 끝난다고? 시엘은 〈탈출기〉에서 유르겔에게 반했다, 이후로 다른 언급이 없기는 했다마는.

"정말로 이게 다라고?"

도저히 이해할 수가 없어서 훈훈한 바람을 날리며 대화 중인 시엘과 미오 경을 보며 그렇게 말을 했다. 시엘과 미오 경이 동시에 날 돌아본다.

"뭐…… 제가 대마법사이긴 합니다만, 그래도 일개 신하인 저의 불면증을 걱정하며 손수 이런 선물을 준비해 주신 것에 감동받았습니다. 세심하고 좋은 분이시군요. 왕비 궁의 시녀들이 그렇게 요물이나 여우라고 욕하는 것과는 다른 사람 같았습니다."

내 방에만 있는 사람이 어떻게 시녀 친구들이 유르겔을 요물이나 여우라고 욕하는 소리를 들었는지 모르겠다.

"말이 나온 김에 이거 한번 같이 먹어볼까요? 미오 경, 괜찮겠나?"

"물론. 마침 목이 마르기도 하군."

"차가 맛있으면 유르겔 님께 반하게 될지도 모르겠군요."

차는 미오 경이 끓였다. 사실 끓인다고 표현할 것도 없었다. 그리고 차는 진짜 맛있었다.

"맛없는데요."

"제가 끓여서 그래요. 미오 경이 끓인 건 맛있었거든요."

오전 시간 수업을 하러 온 세야에게 그간의 노고에 감사하는 의미로 내가 차를 타주었더니 세야의 반응이 저따위였다. 하긴 나는 내 세계에서 커피도 안 먹던 몸이다. 차를 어떻게 타야 하는지도 모른다. 그냥 물 끓여서 부으면 되는 거 아니었냐고.

"오늘은 문장학을 공부할 예정인데…… 차 그냥 제가 다시 끓이면 안 되겠습니까?"

"진짜 맛이 없으신 거구나."

"다음에 차를 타는 연습도 하도록 하겠습니다."

"숙녀 수업에 그런 것도 필요하다고요?"

"아마 아스 양께는요."

사람이 모처럼 친절을 베풀었다가 비극이 발생했다. 역시 안 하던 짓은 계속 안 하는 게 맞는 것 같다. 차라리 미오 경에게 다시 끓여달라고 부탁하고 싶은데 그는 지금 이곳에 없다. 이제는 아예 리카르, 휴, 크리스 중 한 명이 있을 때는 이 방에 안 있으려나 보다.

엘리와 안나는 한쪽에서 열심히 배밀이와 기어 다니기를 하고 있는 미카엘 왕자를 보면서 자수를 놓거나 손수건을 개키는 등의 소일을 하고 있었고, 우리의 수업 장소는 왕자 방의 한쪽인, 진짜 구석이었다.

이제 세야는 어느 정도 페이를 받는 눈치였지만 그렇게 큰 수입이 되는 것은 아니어서 세야의 여유 시간에 따라 수업 시간은 유동적이었다. 그래도 주로 점심시간에 나를 만나는 편이었는데, 오늘은 일찍 온 것으로 봐서 점심때 나가지 않을 모양이었다. 우리라고 매일같이 나가서 노는 것은 아니었다.

"저희 왕국의 문장은 알고 계시죠?"

"……빨간 거?"

"한동안 수업 시간에 농담은 금지하는 걸로 할까요?"

나는 발아래로 뽈뽈 지나가는 왕자를 보았다. 부디 세야의 눈에 내가 본업인 유모의 본분대로 기어 다니는 왕자를 지켜보고 있는 것이지, 잔머리를 굴리고 있는 것으로 보이지 않기를 바란다.

왕국의 문장이라는 건 국기랑 비슷한 의미일 텐데 멀쩡한 사람이 이 나이 먹을 때까지 국기를 모를 리가 없잖아. 머리를 굴려보자. 클라인이 출정할 때 휘날렸던 깃발 중에 분명 뭔가가…… 기사단의 깃발과 클라인의 가문의 문장 외에 남은 하나가 왕국의 문장일 테니까. 빨간 건 아니랬으니까 찍을 게 두 개, 두 갠데~!

"어…… 사슬에 휘감긴 날개가 있고, 사선으로 칼 꽂혀 있고, 그 아래로 백합이 피어나는?"

"묘사 잘해주셨습니다. 용의 날개에서 백합이 피어나는 문장이지요."

용이었구나. 박쥐인 줄 알았는데. 그것을 본 순간 되게 악취미적이
고 가학적인 문장이라고 생각했는데. 세야가 문장학 책을 펼쳐서 왕
실의 문장을 보여주었다. 사슬에 칭칭 휘감긴 커다란 날개의 앞뒤로
사선의 검이 두 개 꽂히고 피가 흘러내려야 하는 곳에서 대신 백합이
피어나는 모양이 이 왕국의 문장이었다. 피를 그런 식으로 미화하는
게 참 악취미적이라고 생각했다.

"문장은 문장들끼리 영향을 받습니다. 왕국의 문장의 핵심은 날개,
검, 백합 이 세 가지로 분류할 수 있는데, 문장에 저 셋이 들어가는 가
문은 왕실에 뿌리를 둔 가문이라 할 수 있지요."

"선생님 가문의 문양은 어떻게 되나요?"

"저희 가문은 등불 모양입니다."

원래는 왕실에서 갈라져 나온 유서 깊은 가문인데 영락한 것이 아
닐까 기대했는데 그건 아닌 모양이다. 혹시나 해서 물어봤다.

"그럼 왕비님은요?"

"왕비님은……."

세야는 종이에 세 송이의 백합을 그렸다. 무심한 듯 시크하게 슥슥
그리는데, 어디 대고 그리는 것처럼 반듯하고 예쁜 누가 봐도 백합인
그림이 그려졌다. 대단하다. 내가 줄기에 가시까지 달린 장미를 그려
도 아무도 못 알아볼 텐데.

"백합이네요."

"백합은 날개에서 나온 열매, 번영, 풍요를 상징합니다. 그래서 한때
왕비족이라 불린 적도 있지요. 문장에 단독으로 백합을 사용하는 건
근원이 대단한 명문가라는 뜻이랍니다."

열매, 번영, 풍요. 왕비의 가문이 다산으로 유명한 건 그래서인가.

"카펠라 가문은 어떻게 생겼어요?"

세야는 옆에 쌓아둔 문장학 관련 책자 중 하나에서 목차를 뒤져 페

이지를 열었다. 클라인 가문의 문장은 붉은 말과 사슴과 방패, 칼이 그려져 있었다. 다른 건 의외가 아니었지만 말은 좀 의외였다.

"독수리나 사자 그림이 있을 줄 알았는데 의외네요."

"직접 뵌 적은 없지만 카펠라 백작님이 독수리나 사자를 닮은 분은 아닙니다만……."

"말이랑도 안 닮으셨어요. 얼굴이 길지 않으신데."

"꼭 문장과 사람이 닮으라는 법은 없습니다. 저도 등불이랑 닮지는 않았잖아요."

등불처럼 반짝거리기는 한데 생각해 보면 세야의 반짝거림과 어두운 밤을 밝히는 등불이랑은 좀 밝기나 상황이 다른 것 같다. 세야의 반짝반짝은 아침이나 한낮 햇빛의 반짝거림과 닮았으니까.

고도의 주의를 요구하는 암기 과목인 줄 알았던 문장학이 의외로 재미있어진다. 다 외우라면 불가능하겠지만 이런 식으로 아는 사람들 위주로 배우다 보면 재미는 있을 것 같다. 일단 하기 싫어 죽을 것 같지는 않겠지. 근데 내가 아는 귀족이 없는 게 문제다. 미오 경은 귀족일까요, 아닐까요. 바닷가 작은 마을 출신이라니 귀족은 아닐 것 같지만 맞을 수도 있고. 근데 물어봤다가 정말 아니면 어색할 것 같다.

슬쩍 뒤를 돌아보았다. 미오 경 아직도 없지? 리카르와 휴를 굴리러 나간 미오 경은 당연히 없었고 엘리와 안나, 크리스만이 좀 산만하게 방을 왔다 갔다 하고 있었다. 이 기회에 물어볼까? 아니다, 세야도 미오 경과 모르는 사이도 아닌데 괜히 어색해질 수 있다.

나는 열심히 머리를 굴렸다. 어쨌든 받아야 하는 교육이라면 재미있는 게 나으니까, 내가 아는 귀족이 또 누가 있을까. 귀족이…… 유르겔밖에 없네.

"퀴테린 가문 문장도 있어요?"

"왕비님과 카펠라 백작님 다음으로 그 이름이 나오니 당황스럽네요."

"제가 아는 귀족분이 없잖아요."

세야는 책 몇 권을 오래 뒤적거린 끝에 유르겔 가문의 문장을 찾아냈다. 한 장은 하늘을 향해, 한 장은 땅을 향해 펼쳐진 두 장의 날개였다. 왕비 집안 문장보다 이게 더 간단한데 나라면 찾아서 보여줄 시간에 그냥 그렸겠다. 왕비는 백합이 세 송이였는데 여긴 날개가 둘이니까 왕비 쪽이 더 명문가인가.

"날개는……."

무언가 설명을 하려 했던 세야의 말은 날카로운 안나의 목소리에 끊겼다.

"어쩌지, 아스! 큰일 났어!"

수업 중에는 우리를 방해하지 않는 것이 암묵적인 규칙이자 부탁이었는데 안나가 울 것 같은 얼굴로 나를 불렀다. 그러고 보니 아까 산만하게 돌아다니던 엘리가 방 안에 보이지 않았고 오늘 담당인 크리스의 얼굴도 창백했다.

"왜, 무슨 일이야?"

나는 무슨 일이 일어난 건지 알지도 못하면서 불안해져 자리에서 벌떡 일어났다. 안나는 진정하려고 노력하고는 있었지만 하얀 앞치마를 뜯어내려는 듯이 움켜쥐고 있었다.

"왕자님이 안 보여……!"

아, 이건 대형 사곤데. '우물쭈물하다가 이런 일이 일어날 줄 알았지'가 버나드 쇼의 묘비명이었던가. 마음 한구석에서 언젠가 이런 일이 일어날 줄 알고 대비하고 있던 것처럼 평온함이 퍼져 나갔다. 이건 정상적인 반응이 아닌데.

"방금까지 잘 계시지 않았어?"

"엘리랑 나랑 돌아가면서 잘 보고 있었는데 갑자기 사라지셨어!"

"으으, 왕자님께 무슨 일이라도 생기면 우린 다 죽을 거야."

안 그래도 요새 부쩍 열심히 기어 다니는데 속도까지 빨라서 그, 개들 못 넘어오게 만드는 울타리 같은 걸 만들든가, 큰 침대를 들여놓고 안전 바를 설치하든가, 뭐든 건의해야 한다고 생각은 하고 있었다. 생각만 하고 있던 내 죄가 크다. 그 왕자 진짜 기는 속도가 너무 빨라!

"엘리는?"

"혹시 몰라서 밖에 찾으러 나갔어."

오, 주여. 믿진 않지만 주여. 그리고 신이시여.

방문이 열려 있었다. 그동안은 그래도 방문이 닫혀서 왕자가 기어 다니는 영역이 방 안으로 제한되어 있었다. 그런데 방문이 열려 있다는 것은 기어서 왕비의 방으로 갈 수도 있고, 더 기다가 어디 테라스 같은 곳에서 밖으로 떨어질 수도 있다는 의미다. 그러다 사람 눈에 띄기라도 한다면? 상상도 하고 싶지가 않다.

"왕자님이 바닥을 기어 다니게 만든 걸 들키면 너나 나나 진짜 죽을 거야."

"어쩌지, 아스?"

진짜 패닉이다. 아이들은 눈만 떼면 사라진다고는 하지만 어떻게 기어서 이렇게 순식간에 사라지지? 나랑 세야는 수업 중이었다고는 하지만 엘리와 안나에 크리스까지 있었단 말이다. 설마 아까 내가 본 모습이 방 밖으로 나가는 모습이었던가?

패닉에 빠진 우리를 세야가 정리해 주었다.

"일단 왕자님을 찾는 게 급선무입니다. 두 분은 혹시 모르니 방을 다시 한번 찾아주시고 아스 양과 저는 복도 쪽을 찾아봅시다. 멀리 가지는 못하셨을 거예요."

까놓고 말해 왕비 궁은 찾아오는 사람이 없었다. 국왕 에반스가 왕비 궁의 정치 개입을 절대적으로 막는 모양인지 애초부터 왕자는 방문자가 아예 없었다. 왕자가 아직 어린 것도 이유일 것이다. 평소 오지 않던 국왕이나 대신들이 오늘따라 왕비 궁에 찾아오지는 않을 거고, 왕비가 설마 왕자가 기어 다니는 걸 발견한다고 해도 별다른 코멘트가 있을 것 같지도 않았다. 모르는 척, 혹은 못 본 척 그냥 고요히 지나갈 거고, 그 뒤를 따르고 있을 시녀 친구 중의 하나가 왕자를 건져서 내게 데려와 줄 수도 있다. 그거면 해피 엔딩일 거다.

문제는 유르겔이다. 요새는 방문 전에 연락을 주는 편이긴 한데 그래도 아직 두 번에 한 번 정도는 예고 없이 찾아오는 그가 먼저 왕자를 발견한다면, 감히 왕자가 바닥을 기어 다니게 만들었다며 관리 소홀을 문제로 왕자를 빼앗아 가거나 내 목을 자를 것 같다. 그게 문자 그대로의 의미든 비유적인 의미든지 간에.

일단 나는 빠끔히 열려 있는 왕자의 방문 밖으로 고개를 내밀어 조심스레 동정을 살폈다. 조용하다. 누가 온 것 같지는 않지만 이 왕비 궁은 워낙에 조용하고 고시촌 같은 동네라 손님이 찾아와도 잘 모른다. 그래도 일단 눈에 보이는 복도에는 사람이 없어 보였다.

나는 자라처럼 기어 나가며 왕자가 사실 방 안 가구 뒤나 밑에 숨어 있어서 우리 눈에 안 보인 것이기를 기원했다. 가구 상태가 좀 그렇기도 하다. 바닥이 높은데 앞에 장식을 달았다. 그래서 기어 다니기 시작한 미카엘 왕자에게는 조금 위험하고, 우리는 조금 찾아내기 힘든 그런 구조다. 우리가 이렇게 찾는 걸 모르고 그런 데서 혼자서 숨바꼭질을 하고 있거나 아님 어딘가 뒤로 기어 들어가서 순식간에 잠들어 버린 거였으면 좋겠다. 애들은 스위치가 꺼진 것처럼 그렇게 순식간에 잠이 든다니까 그런 거였으면 좋겠다. 제발. 플리즈.

왕비 궁의 복도는 U자로 꺾인 구조였다. 가로 측에 왕비의 침실이 있고 우리는 왼쪽 세로 측 방에 있었는데, 일단 이쪽 안쪽 복도에는 뿔뿔 기어 다니는 생명체가 안 보였다. 나와 세야는 더욱 조심스럽게 발을 움직여 왕비의 침실 쪽으로 꺾어지는 코너로 고개를 기울여 봤다.

히이이익…… 오늘은 왕비 궁에 손님이 있나 보다. 알렉스 경이 문 바깥에 나와 서 있었고 그 반대편으로 낯선 시녀와 기사들이 예법에 따라 벽에 한쪽 어깨를 붙이고 고개를 숙인 채 대기하고 있었다.

망했다. 순간적으로 몸을 돌려서 다시 왕자의 방으로 갈 뻔했다.

설마 왕자가 저기를 지났을까? 설마. 사람이 저렇게 많은데 저기를 뽈뽈 기어 지나가는 동안 아무도 왕자를 못 봤을까? 설마. 설마. 방에 있겠지. 방에 있을 거야. 방에 있었으면 좋겠다.

하지만 알렉스 경은 굳게 서서 앞만 보며 낯선 시녀와 시종들을 감시하고 있었고, 알렉스 경의 감시를 받는 그들은 예법에 따라서 모두 일렬로 서서 먼 복도 끝을 보고 있었다. 옆으로 누가 지나가도 볼 수가 없는 예법이긴 하다.

아, 그냥 왕자가 방 안에 있었으면 좋겠다. 방 밖에 있더라도 왕비 궁의 식구가 아닌 사람에게 발견되지만 않으면 좋겠다. 그걸 기도하면서 방 안에 있고 싶다.

사실 그러려고 했다. 왕비 방의 문이 한 뼘가량 열려 있는 걸 보지 못했다면 그러려고 했었다. 아, 미친 알렉스 경 뭐 하는 거야. 그렇게 문이 열려 있으면 반대편 벽에 붙어 있는 시녀랑 시종들에게도 안에서 하는 대화 내용이 들릴 텐데. 하지만 저 모든 게 예법에 따른 결과이긴 했다.

기사들이 낫 닝겐 수준으로 감각을 단련한 비인간적이고 비상식적인 강자들이긴 해도, 그래도 사람이라 닫힌 문 안에서 벌어지는 모든 일을 알 수는 없다. 모시는 주인이 내밀한 대화나 행위를 위해 나가라면 나가 있어야 하지만 아무리 방문객이 친해 보이는 사이라도 그 안에서 생길 수 있는 사고와 사건을 방지하기 위해서 문은 조금의 틈을 두는 게 예법인데…….

문제라면 저 열린 각도로 미루어 볼 때 왕자가 기어 들어가지 못할 사이즈가 아니라는 거다. 아아아아아아악, 나 어떻게 해. 홀짝이라도 하고 싶다. 홀이면 방으로 돌아간다, 짝이면 전진한다. 솔직히 말해, 짝이 나와도 홀이고 싶다.

아냐, 저 사람들이 저렇게 표정 하나 없이 잘 서 있는 건 여기로 왕자가 기어서 지나가지 않았다는 증거 아닐까? 왕자를 보고도 '왕비 궁이니까 왕자가 기어 다니겠지. 하하하하' 하지는 않겠지? 않았으면 좋겠다. 않았기를 바란다.

하지만 내가 여기서 원하는 바만을 되뇌고 소망하고 있다고 해서 그것들이 이루어지는 것이 아니다. 먼저 맞는 매가 덜 아프다는 말의 의미는 일이 커지기 전에 몸을 던져 수습하라는 뜻이라고 고2 때 담임이 말했었다. 나는 천천히 몸을 숙여 바닥에 엎드렸다.

"아스 양?"

"다녀올게요, 조용히 계세요."

뭘 눈치챈 건지 아니면 직감이 말리는 건지 세야가 나를 불렀다. 모든 길이 혼자 가기 무섭지만 이거는 둘이 가면 더블로 망할 일이라 세야를 두고 나 혼자 무릎걸음으로 코너를 돌았다.

천천히 접근해 본다. 치마 앞부분을 입으로 물어서 카펫 바닥에 옷자락이 쓸리는 소리도 막았다. 천천히 접근하자 옆으로 돌아서 있는 시녀와 시종들은 나를 못 봤지만 알렉스 경이 나를 발견했다.

그는 내가 뭔가 되게 희한한 짓을 하는 것처럼 쳐다봤다. 하긴, 희한한 짓을 하고 있기는 하다. 그의 눈으로 볼 때, 멀쩡해 보였던 젊은 유모가 갑자기 복도를 네발로 기어 오는 게 얼마나 이상할까. 하지만 이상해도 할 수 없다.

나는 손가락을 세워 입 앞에 대고 그에게 조용히 모르는 척해줄 것을 부탁했다. 알렉스 경은 잠시 나를 응시하다가 뻣뻣하게 고개를 돌려 외면하고 옆으로 선 시녀들과 시종들에게 다시 시선을 고정했다.

그도 참 착하고 좋은 사람인데 어쩌다 유르겔과 얽혀서 평생을 지켜 온 긍지를 말아먹은 건지 모르겠다. 이놈의 세상은 안타까운 사람이 너무 많다.

알렉스 경의 외면에 힘입은 나는 외부 손님의 시중들 눈에 보이지 않을 각도로 천천히 왕비의 방 앞으로 접근할 수 있었다. 나도 절대 이러고 싶은 것이 아니다. 이런 쥐새끼 같은 일을 해가면서까지 밥 벌어 먹고살아야 하다니. 이 세계에서나 내 세계에서나 밥벌이가 너무 힘들다. 하지만 내 목은 소중하다. 이 세계나 내 세계에서나.

왕자의 방에서 왕비의 방으로 가는 이 코너 길은 짧기도 하고 길기도 했다. 찾아오지 않는 왕비를 생각할 때는 길이 지나치게 길었고, 세야나 클라인의 손을 잡고 나갈 때면 너무 짧았다. 지금은 그렇게 길 수가 없다.

한번 뒤를 돌아보았다. 천천히 왕비의 방으로 기어가는 내 뒤를 세야는 차마 따르지는 못하고 되게 말리고픈 얼굴을 했다. 나도 나를 말리고 싶다. 바로 눈앞에 알렉스 경의 다리가 있었다. 차라리 그를 잡고 왕자님을 보았느냐고 물어볼까? 좋은 생각이다. 나는 알렉스 경의 바짓단을 잡고 살짝 잡아당겼다. 그가 나를 당혹스러운 얼굴로 내려다본다. 그에겐 지금 이 순간의 모든 것이 당황스러울 거라 믿어 의심치 않는다. 나는 작게, 아주 작게 소리 죽여 그에게 물었다.

"혹시 미카엘 왕자님 보셨어요?"

"뭐?"

"왕자님이요."

"아니, 못 봤다."

이대로 믿고 돌아가고 싶다. 하지만 알렉스 경이 전방 주시를 하며 시녀와 시종들을 감시하는 데만 집중하고 있었다고 가정하면, 왕자가 재주 좋게 들어가는 것도 가능할 것 같다. 비약을 위한 비약일까? 그냥, 모든 게 확실했으면 좋겠다.

나는 한숨을 포옥 쉬고 알렉스 경의 발 앞을 기어서 넘어갔다. 알렉스 경은 내게 뭔가를 묻고 싶어 하는 눈치였지만 전방 주시의 의무가 있는 데다 앞에 있는 이들에게 들릴까 조심스러운지 무표정한 얼굴로 애써 앞만 응시하고 있었다.

지금이라도 돌아갈까? 어쩌면 좋을까. 어차피 왕비는 왕자에게 애정이 없으니 방에 기어 들어온 왕자를 봐도 감정의 동요가 없지 않을까? 아님 역시 불쾌해할까. 답을 알고 답대로 움직이고 싶다. 내가 이러지도 저러지도 못하는 사이에 안에서 목소리가 들렸다.

"우리 가문이 위세 있던 것도 예전 이야기죠. 언니는 이렇게 산송장처럼 왕궁에 앉아 있고……."

"그러는 너는? 널 원하지 않던 자와 억지로 결혼해 행복하니?"

왕비의 방문은 이제 코앞이라 안에서 하는 이야기가 살짝 새어 나왔다. 이 목소리는 카직 백작 부인이다. 운이 나빠 만에 하나 왕자가 저 방에 들어갔어도 방문자가 카직 백작 부인이면 그나마 다행일 것 같다. 왕비님 동생이니까 숨겨주겠지.

이제 다 왔다. 설마 저 안에까지 왕자가 들어가 있을까? 입구 쪽만 조금 살필 생각으로 열린 문틈에 손을 넣어 약간 더 벌리고 고개를 밀어 넣으려고 할 때였다.

"……저도 이제 어떻게 해서든 아이를 갖고 싶어요. 어떤 방법이든 어떤 대가든 상관없어요."

그때 눈앞에 긴 지팡이가 나타났다. 갑자기라고밖에 말할 수 없는 등장이었다. 그리고 그 지팡이는 어 할 시간도 주지 않고 내 머리를 후려쳤다.

시야가 흔들리고 머릿속이 띵했다. 아픔은 그보다 훨씬 다음이었다. 사람은 시야가 제압당하면 아무 생각도 할 수가 없구나, 멍하니 그런 생각을 했던 것 같다. 내가 바닥에 쓰러진 것도 나중에야 알았다. 어지러워서 균형을 잡을 수가 없다. 머릿속으로 머리카락이 꼬여 파고드는 것 같았다. 더듬더듬 바닥을 짚고 몸을 일으키자 그제야 관자놀이쯤에 통증이 느껴진다.

주변 사람들과 알렉스 경이 무어라 말을 하는 것 같았는데 잘 들리지 않았다. 귓속에 정규 방송이 끝난 후의 TV에서 나오는 삐- 하는 소리가 계속 들렸다. 아픈 관자놀이를 짚으니까 뭔가 주룩 흐르고 있는 것도 알 수 있었다.

뭔가는 무슨. 피겠지. 총체적 난국이다. 예쁘지 않은 얼굴이라도 열심히 아끼고 살아왔는데 얼굴에 상처가 났나 보다. 머리가 너무 아픈데, 지금 머리를 흔들면 큰일이 날까? 뇌진탕일까? 이 세계는 뇌진탕을 진단할 수 있을 만큼 의학이 발달했을까? 나는 천천히 몸을 움직이며 머리와 관자놀이를 눌렀다. 그제야 귓속의 기압이 맞춰지는 듯이 소리가 들려왔다.

"왕비 궁에서는 하녀들이 바닥을 기어 다니며 주인의 사담을 엿듣나? 관리를 어떻게 하는 거지?"

온몸에 소름이 돋을 정도로 좋은 목소리였다. 내 피가 묻은 지팡이가 눈앞에서 바닥을 짚고 있었다. 그 지팡이를 잡은 손을 따라 올라가니 날 보는 차가운 눈이 보였다. 청회색 눈동자였다. 머리에서 심장까지 전기가 내리꽂힌 것 같았다. 다른 방향에서 빛을 비춘 푸른 보석처럼 선명하고 차가운 청회색 눈동자가 나를 보고 있었다.

정말 놀랍게도, 이 세계에 와서 만난 그 수많은 사람 중에서도, 오직 그만이 전율을 일으킬 만큼 강렬한 인상을 주며 내게 존재를 알렸다.

세사르 카직.

그래, 그였다. 〈탈출기〉에서 세사르 카직을 치장하는 묘사는 '뱀과 같은 눈'이었다. 그를 본 순간에 그 말이 무슨 의미인지 알 수 있었다. 잿빛 머리카락에 둘러싸인 겨울 하늘처럼 옅은 청회색의 눈동자가 얼음보다 차가운 온도로 나를 내려다보고 있었기 때문이다.

내가 바닥에 쓰러져 있기 때문만은 아니었다. 내가 설령 그보다 더 높은 곳에 서 있더라도 그는 나를 내려다보았을 것이다. 그 냉혹한 눈동자에서 차가움 다음으로 발견한 것은 혐오감이었다. 그는 나를 같은 인간으로 보지 않는 듯이 멸시하고 혐오하고 있었다. 진저리 쳐지는 시선이었다. 그래서 〈탈출기〉에서는 그의 눈동자를 뱀이나 파충류에 비유했나 보다.

신분제 사회에서 상위 계급이 하위 계급을 같은 사람으로 취급하지 않을 걸 막연히 각오하고 있던 나도 역겨움을 느끼게 되는 눈빛이었다.

나를 후려쳤던 지팡이는 지팡이이기도 했고 검집이기도 했다. 그것이 내 피로 바닥을 지저분하게 더럽히고 있었다. 논리적으로 설명할 수 없는 모멸감이 들었다. 그 피와 그의 시선이 주는 모멸감이 상당했다. 불쾌하고 모욕적이었다. 이 세계에 온 후로 이 정도로 부정적인 감정을 느낀 적은 많지 않았다.

그는 단순히 아랫사람을 보는 것 이상으로 나를 멸시하고, 혐오하고, 증오에 가까운 눈으로 내려다보다 내 피로 더럽혀진 검집을 뒤에 따르던 기사에게 던지듯이 넘겨주었다. 더러운 것이 묻은 것을 버리듯이.

머릿속은 여전히 뾰족한 것이 빙빙 꼬여 파고들 듯이 아팠고, 왜 이렇게 이 모든 상황이 수치스러운지 모르겠다.

"카직 백작, 그녀는 당신이 함부로 대할 사람이 아닙니다."

알렉스 경이 뒤늦게 내 앞을 가로막아 주었다. 나는 그제야 숨을 쉬었다. 뱀처럼 차가운 그 청회색 눈 앞에서 나는 숨도 제대로 쉬지 못하고 있었다. 숨이 막히는 눈동자다.

"왕비 궁의 관리 소홀을 변명하는 건가?"

"그녀는 왕자님의 유모입니다. 무언가 이유가 있었을 겁니다."

"그래 봐야 시녀는 시녀다. 무슨 이유로 왕자의 유모가 왕비의 사담을 엿듣고 경은 그것을 방치하고 있었던 건가?"

"왕자님의 유모는 신분은 낮으나 백작께서 그녀에게 이유를 캐물어도 되는 위치는 아닙니다."

알렉스 경의 말은 공손했지만 또한 약한 경고를 담고 있었다. 내 위치는 특이하고 또 특수했다. 왕자의 유모는 준귀족으로 신분 자체는 높지 않았으나 차기 권력자의 어머니 같은 존재이기 때문에 권력과 멀지 않아 고위 귀족에게도 탐이 나는 존재였고, 그걸 떠나 아직 어린 왕자의 직속이기 때문에 왕과 왕비같이 왕자보다 훨씬 신분이 높은 이가 아니고서는 나를 취조하거나 추궁하는 건 또 지체에 맞는 일이 아니었다.

신분은 낮으나 위치가 낮지는 않은 존재가 나였다.

"문제를 크게 만들지 마십시오, 백작."

이쯤에서 끝내자는 알렉스 경의 제안이었다. 세사르 카직도 일을 크게 벌일 마음은 없었던지 몹시 불쾌한 얼굴로 반걸음 뒤로 물러섰다. 나는 그때까지도 바닥에 쓰러져 어지러운 머리를 달래고 있었다.

"안에 알려주시게. 나는 부인을 데리러 왔소."

"네, 백작."

알렉스 경이 신호를 보내자 오늘 왕비의 시중 담당인 미나가 질린 얼굴로 안에 카직 백작의 내방을 알렸다. 그는 찬바람이 일 것 같은 태도로 방 안으로 들어갔다. 알렉스 경이 나를 부축해 일으켜 주었다.

"아스."

"왕자님이 사라지셔서요."

"이쪽으로 오시지는 않았다."

그는 조금 주저하는 태도로 내게 깨끗한 손수건을 건넸다. 손수건을 받아 아픈 관자놀이에 살짝 대었다가 떼니까 피가 흠뻑 묻어났다. 대체 얼마나 세게 후려친 거냐. 레이디를 존중하겠다는 마음 자체가 없는 건지, 아니면 바닥을 기고 있는 시녀는 레이디가 아니라는 신념인지 알고 싶다.

"빨아서 돌려드릴게요, 감사합니다."

세사르 카직이 안으로 들어갔으니 왕자가 설마 안에 있다고 해도 더 찾아보지는 못할 거다. 나는 알렉스 경에게 감사 인사를 건네고 몸을 돌려 왕자의 방 쪽으로 돌아왔다. 코너를 돌기도 전에 세야가 내 팔을 부축하고 걱정스러운 듯이 관자놀이의 상처를 살폈다.

"젖은 수건으로 피를 닦아내야 할 것 같습니다. 제가 의사를 불러 오도록 하지요."

"맞은편 방에 왕자님의 주치의가 있어요. 유르겔이 붙여주신 분이긴 하지만 그분을 부르는 게 낫겠어요."

부인을 데리러 왔다는 세사르 카직은 정말 LTE 속도로 왕비의 방에서 나왔다. 거의 왕비의 출산 날에 왕자를 보러 왔던 에반스와 맞먹을 속도였다. 그는 나를 보지 않았지만 나는 뒤를 돌아 그의 잿빛 머리카락과 청회색 눈동자를 다시 한번 보았다. 윤기 나는 밤색 머리카락을 틀어 올린 우아한 그의 부인은 왕비 못지않게 어둡고 우울한 얼굴로 그에게 팔을 잡혀서 걸어가고 있었다.

아이를 갖고 싶다고 했던가. 저런 남자와의 사이에서 아이를 낳아도 그녀는 불행할 것 같다. 남의 부부 사이에 훈수를 두고 싶은 건 아니지만, 생판 처음 본 나를 이렇게 후려칠 수 있는 사람이라면 자기 부인에게도 어느 정도 강압적으로 굴 수 있는 거 아니겠는가.

"여보, 저는……."

"조용히 하십시오, 부인. 집에 가서 이야기하십시다."

"제가 잘못했어요, 여보. 왕궁에 드나들지 말라 말씀하셨는데 제가 너무 답답해서."

"부인, 집에 가서 이야기하자고 말씀드렸습니다."

왕비의 우아한 여동생은 쩔쩔매면서도 변명 한번 제대로 하지 못하고 그를 따라 걸었다. 팔뚝이 잡혀서 끌려 나가는 게 말 그대로 끌려 나가는 모양새라 보기 안쓰러울 정도였다. 관자놀이에서 피를 흘리고 있는 내가 할 말은 아니겠지만.

부인이 친정 나들이 한번 한 게 그렇게 큰 죄인가. 이 경우는 그냥 친정 나들이도 아니고 무려 왕비인 언니를 찾아온 건데. 비록 명목도 제대로 안 남아 있는 왕비지만 그래도 왕비는 왕비였다. 그 왕비의 사적인 장소에 들어가 왕비의 여동생을 저렇게 끌고 가다니, 저 남자도 대단하다. 왕비가 조금만 더 힘이 있는 사람이었다면 세사르 카직의 저 반응이 좀 달랐을까. 왕비란 보통은 권력의 핵심이다. 그런 사람과 만나는 자리였으니 좋아하거나 하다못해 지금처럼 불쾌하다는 듯이 끌고 나가려 들지는 않았을지도 모른다.

왕비의 친정은 다산으로 유명한 가문답게 왕비 역시도 세 자매 중의 한 명이었고 그 밑으로 제일 어린 남동생이 하나 있었다. 큰언니는 타국으로 시집가서 잘 사는지 모르겠지만, 왕비와 왕비의 여동생은 그렇게 행복한 결혼 생활을 누리지 못한다. 증명된 다산의 능력 때문에 여기저기서 혼처로 환영받는 가문인 걸로 아는데 이번 대는 다산과는 거리가 멀어 안타깝다. 다산과 부부 간의 금슬은 다른 문제일 수도 있지만 하늘을 봐야 별을 따지.

방으로 들어가자 엘리와 안나가 걱정스러운 목소리로 나를 불렀다. 다행히도 왕자는 방 안에 있었나 보다. 엘리의 품에 안겨서 다시 내려가고 싶다고 온몸으로 뻗대고 있었다.

"어디 계셨어?"

"저쪽 피아노 아래에. 괜찮아?"

"그럭저럭. 시녀장님께 말해서 정말 울타리라도 만들어야겠어."

"개 키우냐고 화내실 것 같은데."

"오늘 같은 일이 또 있는 것보다는 낫지."

그건 그렇지만…… 이라며 엘리가 말을 끌었다. 역시 시녀장 언니는 무섭다. 아무도 그녀에게 사적으로든 공적으로든 말을 걸고 싶어 하지 않는다. 나는 세야가 눈치채지 못하게 그를 살짝 보았다. 어떻게 그가 잘 말해줄 수는 없을까? 바랄 걸 바라야겠지?

날 걱정하긴 하는지 왕자의 눈에 어두운 빛이 반짝 스쳤다. 그럴 리가. 저렇게 어린데 뭘 알겠어. 그래도 날 걱정한다고 생각하고 싶다. 맞은 데가 많이 아프거든.

"정말…… 다 자라시면 저한테 보답하셔야 해요, 왕자님?"

나는 왕자의 통통한 볼을 꼬집듯이 쓰다듬었다. 물론 내 목표는 그 전에 내 세계로 돌아가는 것이다. 혹시라도 정이 붙을라치면 이 세계는 내게 '너는 이 세계의 일원이 아니다'라고 용트림을 하듯 나를 밀어낸다. 이번처럼 말이다. 정이 들고 있었던가? 아니다. 나는 이 세계에서 살아갈 수가 없다.

세야가 부른 왕자의 주치의는 나를 거울 앞에 앉히고 조심스레 상처를 치료했다. 왕자의 유모는 준귀족일 뿐이라 그가 나에게 정중할 이유가 없었음에도 불구하고 의사의 손놀림은 조심스러웠다. 참 애매한 위치다, 어린 왕자의 유모라는 위치는.

난 미용실 거울 같은 진실의 거울 앞에 앉아 내 얼굴을 바라보았다. 지팡이로 진짜 온 힘을 다해 후려쳤던지 관자놀이 쪽의 상처가 꽤 컸다. 그리고 어쩐지 아프더라니 차분히 멍으로 진행되고 있는 것 같았다. 내일이 되면 폭행 피해자의 모습으로 '계단에서 넘어졌어요'라고 말하고 다니게 될 것 같다.

"개새끼."

내가 필터링을 거치지 않고 말을 뱉자 관자놀이에 조심스레 소독솜을 대고 있던 의사의 손에 힘이 들어갔다. 말이 좀 헛나가기는 했다.

나는 의사의 눈을 바라보았다. 그가 시선을 피한다.

"저 아무 말도 안 했어요."

"네, 유모님."

"이 방에서 한 말이 다른 데서 들리면 선생님이 노망이라도 들어 이상한 말을 한 탓이겠죠?"

"그럼요. 저는 아직 정신이 맑으니 이상한 소리를 하고 다닐 사람이 아닙니다."

"선생님이 아직 한창이셔서 다행이에요."

나는 언제나 선량한 사람이고 싶었다. 거래처에서 날 띄엄띄엄 보고 계약 조건을 후려쳤을 때도, 거래처의 전무가 이상한 성희롱을 했을 때도, 상사가 말도 안 되는 이유로 날 승진 대상에서 밀어냈을 때도, 후임이 내가 하지도 않은 말로 날 이상한 사람으로 만들었을 때도, 난 선량한 사람이고자 했다. 하지만 나도 선량하지 않을 방법을 안다. 알기 때문에 선량하고자 노력하지만 세상 살기 참 힘들다.

의사가 조심스러운 손길로 내 관자놀이에 거즈를 붙이는 동안 그 뒤에서 엘리와 안나, 그리고 세야는 어쩔 줄을 몰라 했다. 나는 세야를 수업은 다음에 하자고 내보냈고 엘리와 안나에게도 잠시 쉴 테니 왕자를 부탁한다고 하고 내 주변에서 물렸다. 의사의 처치가 끝난 후 그에게도 감사 인사를 하고 내보냈다. 입막음 조로 뭘 좀 쥐어 주고 싶었는데 돈도 없고 대신할 만한 장신구도 없다. 이래서 좀 한다 하는 시녀들이 액세서리들을 그렇게 구입하나 싶었다. 돈 쥐여 주는 것보다 덜 노골적이라서.

나는 내 방 침대 위에 앉아 거울에 비치는 내 얼굴을 바라보았다. 요 며칠 방 안에 이렇게 혼자 있는 시간이 좀 많아진 것 같다. 완전 공식적인 땡땡이일세.

세사르 카직. 조각조각 나서 이어져 있지 않던 정보들이 한 번에 실에 꿴 것처럼 맞춰지기 시작했다. 그는 출생 콤플렉스로부터 그를 구원해 준 유르겔에게 심취하여 그를 위해 왕비의 친정을 몰락시키는 장본인이면서 왕비의 여동생의 남편이다. 그리고 클라인의 레이디인 이티카 카직의 오빠이기도 했다.

이렇게 연결되는 거였구나. 〈탈출기〉는 워낙에 에반스와 유르겔의 사랑에 집중하는 소설이라 언급되지 않은 부분이 많았다. 특히나 유르겔의 광휘를 장식하는 존재들에 대해서 묘사를 정성 들여 하지 않았는데, 그러다 보니 세사르 카직이 가진 문제의 출생 콤플렉스가 무엇인지는 알 수가 없었다.

작중에는 그가 평생을 시달려 온 그 콤플렉스를 유르겔이 말 몇 마디로 어루만져서 그를 새사람으로 만들었다고만 나와 있을 뿐이었다. 내가 기억하기로는 그렇다. 그리고 소설 밖에 있어서 알 수 없던 부분. 카직 백작가에서 무려 클라인 카펠라라는 걸출한 인물이 구애해 오는 데도 몸이 약해 결혼 시장에서 매력적이지 않을 딸의 혼처로 그를 거절한 이유.

나는 그것이 클라인의 비상식적인 집착과 카직 백작의 기사로서의 열등감 때문일 거라 지레짐작했었다. 하지만 이번에 세사르 카직을 직접 만나 보니 알 수 있었다. 나를 같은 사람으로 여기지 않는 그 차가운 청회색 눈동자를 마주하는 순간 알게 된 것이 있었다.

침대에 두 팔을 벌리고 벌러덩 드러누워 생각했다. 세사르 카직의 차가운 눈동자와 나를 따뜻하고 소중히 바라보던 클라인의 눈동자는 같은 색이었다. 다른 방향에서 빛을 비춘 하나의 푸른 보석처럼 같은 결과 빛을 가진 청회색 눈동자.

보는 순간 알 수 있었다. 어떻게 된 연유인지는 알 수 없는 노릇이지만, 세사르 카직과 클라인 카펠라는 같은 피를 공유하고 있었다.

"아스, 일어나 보세요. 얼른, 얼른!"

잠들었던 것 같다. 놀랍지도 않다. 요새는 누우면 잔다. 난 원래 낮잠도 안 자는 사람이었는데, 누우면 삼 초 안에 잠드는 것 같다. 몸도 피곤하고 정신도 피곤하고.

"깨어난 거 다 알아요. 빨리 일어나요."

"아, 잘 땐 개도 안 건드린다는데, 왜요?"

절대 일어나기 싫었지만 시엘이 계속 귀찮게 구는 통에 일어났다.

"이거, 이거 뭡니까?"

악 소리를 낼 뻔했다. 시엘이 조심성 없는 손길로 내 이마를 꾹꾹 눌러대는데 너무 아팠다! 맞다, 아까 세사르 카직에게 얻어맞고 드러누웠다가 그대로 잠들었지. 하도 아파서 잠이 깼다. 이제야 난리가 난 시엘과 그의 등 뒤에서 왕자를 안고 있는 미오 경의 모습이 눈에 들어온다.

"다쳤어요."

"맞은 거겠죠."

"그거나 그거나."

"누가 감히 당신을 때린 겁니까."

"원래 시녀 일이 그래요. 마법사님도 지나가는 시녀들에게 자상하고 친절하진 않잖아요."

하려나? 모르겠다. 시엘은 무슨 마법 연구회 같은 걸 조직해서 절찬리에 활동 중이라는데, 그래서 본궁에만 있단다. 나야 왕자의 힘없는 유모라서 본궁 시녀들의 소식까지 들을 길이 없다.

"당신은 왜 자꾸 다치는 겁니까."

기분이 묘하다. 나 자꾸 안 다쳤는데? 거기다 그 대사는 내 목에 멍을 남겼던 사람이 할 말이 아닐 텐데?

시엘이 한숨을 쉬며 손끝으로 내 이마를 스치듯 만졌다. 그의 손이 지나가고 나자 욱신욱신 파고들 듯이 아프던 이마의 통증이 사라졌다. 고쳐준 건가?

침대에서 일어나 거울 앞에 앉았다. 거즈를 떼어내니까 아까 피가 그렇게 어마어마하게 났던 이마가 흉터 하나 없이 깨끗하게 나은 것이 보였다. 오, 역시 마법이 좋긴 좋아. 아무리 그래도 내가 뭘 잘못해서 이 몸에 흉터가 생기는 건 싫었다.

"앗, 잠깐. 이렇게 다 고치면 사람들이 이상하게 생각할 텐데 어떻게 해요?"

"제가 그런 것까지 고려해서 고쳐줘야 하는 거였습니까!"

시엘이 왈칵 짜증을 냈다. 내가 도서관에서 책을 던져서 깨웠을 때도 저만큼 짜증을 내진 않았는데. 아니다, 훨씬 짜증을 내긴 했다. 하긴, 기껏 고쳐주니까 보따리까지 내놓으라고 하고 있으니 짜증이 나겠지. 내가 잘못했다.

나는 거울로 시엘과 미오 경이 각각 침대 끄트머리에 앉는 것을 지켜보았다. 미카엘 왕자가 꺄아 하면서 둘 사이를 기차처럼 왔다 갔다 했다. 영문은 모르지만 신이 났다. 큰일이야. 아무리 봐도 이 방 아무도 잘 생각이 없어. 근데 나도 없어.

나는 한숨 쉬며 거울 앞에 조로록 놓인 화장품을 피아노 치듯이 만져보았다. 그러다 손끝이 한쪽에 부드러운 수건으로 감싸둔 만년필에 닿았다. 시간이 오래 지나 확실하지는 않지만 처음에도 책상 한쪽에 이 만년필만이 따로 놓여 있었던 기억이 난다. 내가 방치하는 동안 먼지가 쌓였지만, 처음 봤던 그때에는 그 부분만은 먼지가 없었던 것을 기억하고 있다.

묘하게 닮은 부분이 많은 '아스'는 그런 부분도 나랑 비슷한 모양인지 청소나 정리, 정돈을 잘하는 성격은 아니었던 게 분명했다. 그걸 감안하면 만년필은 기적처럼 깨끗한 환경에 있었다.

나는 만년필의 옆에 아름다운 곡선으로 새겨진 이니셜 C.K를 손끝으로 만졌다. 이티카 카직이 갖고 있었다지만 그녀의 이니셜은 C.K가 아니다. 만년필을 보여주었을 때 클라인의 무관심한 태도로 보아 그 역시 C.K 이니셜의 주인이 아니다. 이티카 카직은 왜 이것을 갖고 있었고, 왜 '아스 토케인'에게 주었을까?

"넌 왜 쓰지도 않을 만년필을 계속 보고 있는 거냐?"

미오 경은 미카엘 왕자가 그의 머리카락을 잡아당긴 순간 침대에서 뛰듯이 내려와서 내 옆으로 다가왔다. 미오 경은 질색했지만 미카엘 왕자는 유독 미오 경의 머리카락을 좋아했다. 시엘의 머리카락도 좋아하지만 그는 순순히 왕자에게 머리카락을 쥐여 주기 때문에 꼭 한 번은 반항하는 미오 경이 더 두드러지는 것도 같았지만.

"미오 경. 그런 말 못 들어보셨어요? 소장용, 영업용, 감상용이라는 말이 있는데."

"생전 처음 듣는 말이다."

"그럴 줄 알았어요."

이 세계에 내 말을 모두 알아듣는 사람이 있어야 말이다. 하지만 미오 경이 받아들인 의미는 조금 달랐나 보다.

"그 말은 나 아니더라도 클라인 경이나 시엘도 모르고 있을 거다."

시비를 걸려는 의도가 아니었는데 굳이 평서문을 다큐로 받아들인 모양이었다.

"저요? 제가 뭘요?"

"마법사! 너마저 이러기냐!"

"질투가 나서요."

침대에서 왕자와 노닥거리고 있던 시엘이 무슨 마법을 부렸는지 왕자가 허공을 둥둥 날아와서 미오 경의 머리 위에 판다처럼 안착했다.

시엘이 말한 질투가 난다는 말이 나랑 미오 경을 말하는 건가 의심했는데 아마 왕자 쪽인 것 같다. 왕자가 미오 경의 밤색 머리카락을 안

고서 꺄륵 웃는데 되게 행복해 보였다. 밤색 머리카락이 뭐, 어디 초
콜릿처럼 보이는 건지 왕자는 미오 경의 머리카락을 돌돌 말아서 입
안에 넣어 질겅질겅 씹었다. 저 서울 도련님처럼 깔끔 떠는 미오 경이
왕자를 질색하는 이유를 알 것 같긴 하다.

"아스, 이것 좀 떼어줘……!"

"이거라고? 아스, 도와주지 마세요. 감히 왕자님을 이거라고 부르다니."

"미안해요, 미오 경. 제가 무슨 힘이 있겠어요."

"머리카락을 먹고 있잖아!"

"씹지는 않으니까 괜찮을 거예요."

"씹으셔도 제가 있으니까 왕자님은 괜찮습니다."

시엘은 왕자를 미오 경에게서 떼어내 줄 의사가 없어 보였고 덕분
에 왕자는 행복해졌다. 솔직히 말해 시엘이 왕자랑 놀아줄 때보다 미
오 경의 머리카락을 씹어대고 있는 지금이 더 행복해 보인다.

"왕자님, 그거 지지예요."

"내 머리카락은 지저분하지 않다!"

"별로 왕자님을 떼어내고 싶지 않으신가 보네요."

슬쩍 도움의 손길을 내밀어봤는데 미오 경이 아직 덜 급했나 보다.
나는 미오 경의 표정이 간절해지는 것을 무시하고 왕자에게 내밀던
손을 다시 내렸다. 나라면 시엘에게 달려가서 머리카락에 붙은 불을
끌 텐데 미오 경은 아직 거기까지 생각이 안 미치는가 보다.

"좋은 만년필이네요."

슬쩍 다가온 시엘이 만년필을 보며 말했다. 시엘은 처음 보던가?

"마법사님도 만년필에 대해 잘 아세요?"

"잘 모르지만 비싼 걸 알아보는 눈은 있습니다."

제일 중요한 안목인 것 같다. 한 번도 상처 입어본 적 없겠지만 누
구보다 강대한 힘을 가진 손가락이 만년필의 옆에 유려하게 수놓아진

C.K 이니셜을 만졌다.

"그러고 보니 마법사님이랑 이니셜이 같네요."

"제 선물인가요?"

시엘의 농담 수준이 대단히 발전한 것 같아서 나는 놀라움을 담아 그를 돌아보았다. 하지만 그는 농담기가 하나도 없는 눈으로 만년필을 보고 있었다. 진담이구나. 이 젊으면서 어린 대마법사에게 경이로움을 느끼는 포인트는 대단히 많지만 이런 점은 정말 경이롭다. 이런 자신감은 어디서 나오는 것인지.

"만년필 갖고 싶으세요?"

"그렇다기보다는."

시엘의 백금발이 내 어깨를 스치고 지나갔다. 시엘은 어쩐지 새댁 같다는 표현이 떠오르도록 수줍게 웃으며 말했다.

"아스에게 선물을 받고 싶습니다."

내가 시엘에게 뭔가를 선물한 일이 없던가? 곰곰이 머리를 굴려보니까 없는 것 같다. 우리 일상에서 선물을 주고받을 일이 많지는 않다. 시엘은 수줍지만 꽤 복잡해 보이는 얼굴로 웃고 있었다. 저 마법사가 살면서 타인에게 선물을 받아본 일이 있기는 할까?

뭘 주고 싶어도 시엘의 취향을 모르기도 하고 나 같은 서민이 대마법사님께 선물할 만한 게 있어야 말이지.

"마법사님, 여기다가 C.K 한번 써보실래요?"

시엘은 고개를 갸웃대다가 내가 준 만년필을 들고 C.K라는 이니셜을 썼다. 그리고 웃으면서 그 옆에다가 시엘 커퍼필드 본인의 이름도 적었다.

시엘의 글씨는 처음 보았다. 마법사들은 룬 문자처럼 장식적이고 화려하게 글씨를 쓸 줄 알았는데 시엘의 글씨는 폭이 더 좁고 길쭉했다. 악필은 아닌데 그렇다고 아름답다거나 단정하다고 말하기도 좀 난해한, 개성이 있는 필체였다. 시엘의 얼굴이랑은 안 어울리는 것 같기도 하고?

"아스도 제 이름을 적어볼래요?"

"제가요?"

"아스가 쓴 제 이름은 어떤 느낌일지 궁금합니다."

시엘이 내게 만년필을 넘겨주었다. 손끝에서 두근거림이 번지기 시작했다. 다른 사람이 쓴 내 이름이라. 나도 예전에, 내가 좋아한 사람이 내 이름을 써주었을 때 그 이름이 특별해진 것 같아서 꽤 오래 설렜었다. 안 돼, 지금은 그 사람 생각하지 말자.

나는 시엘이 쓴 그의 이름 아래 나란히 시엘의 이름을 썼다. 시엘의 필체가 아름다운 종류였다면 많이 부담스러웠을 텐데 그렇지 않아서 다행이었다. 폭이 좁은 시엘의 글씨 아래로 내 글씨는 꼬리가 길게 이어졌다. 나도 어디 가서 악필이라는 말은 안 듣고 살았는데 어린애가 어른 글씨를 흉내 내는 것 같은 어설픔이 귀퉁이에 조금 남아 있었다.

"마법사. 왕자님을 좀……"

미오 경이 드디어 시엘을 생각해 냈다. 왕자도 이제 미오 경의 머리카락을 갖고 노는 장난에 질렸는지 맑게 웃으며 시엘에게 손을 내밀었다.

밤새 다물려 있던 꽃망울이 터지는 것처럼 시엘이 웃었다. '왕자님' 하고 왕자를 부르며 미오의 목과 어깨에 올라 있는 왕자를 받아 안았다. 가만히 생각해 보면 에반스보다 시엘 쪽이 훨씬 아버지다운 얼굴을 하는 것 같다. 머리 색도 에반스보다 더 왕자랑 비슷하고.

"소장용, 영업용, 감상용이라더니 사용하는 물건이었나?"

"원래 쓰던 물건이에요. 좀 아까워서 요새 아끼던 거지."

그렇지. 이렇게 길이 잘 든 좋은 물건을 문맹인 '아스'가 왜 갖고 있는지 이상해지기 전까지는 잘 쓰고 있었다.

왕자를 떼어내고 홀가분해진 미오 경이 고개를 돌렸다. 왕자의 장난이 내키지 않아도 떨어뜨리지 않으려고 목에 힘을 주고 있었던지 우두둑하는 소리가 났다. 그는 시엘 커퍼필드라는 두 줄의 글씨를 보더니 내가 내려놓은 만년필을 들고 그 옆에 미오 조디악을 써넣기 시작했다.

"글씨랑 미오 경이랑 안 닮았네요."

"그런 말 많이 듣는다."

나는 필체에서 사람의 성품이 읽힌다고 생각했었다. 대체로 필체는 그 사람의 이미지나 성격과 닮은 것을 자주 보았기 때문이다. 하지만 시엘의 필체는 내가 상상한 거랑 좀 달랐고 미오 경의 글씨는 더 달랐다. 되게 기사의 정석처럼 생긴 미오 경인데 그의 필체는 동글동글하고 섬세한 쪽에 가까웠다. 필체에 성별이 있다고 하면 좀 웃기긴 한데, 남자보다는 여자들의 동그랗고 부드러운 느낌의 필체였다.

만년필을 넘겨받아서 미오 경의 이름 아래에도 내 글씨를 써보았다. 미오 경의 필체가 워낙 동글동글해서 이번에는 그 글씨 위로 미오 경의 글씨가 모자처럼 남았다.

그러자 뒤에서 놀고 있던 시엘이 어깨 너머로 종이를 보더니 만년필을 받아 가서 미오 경의 이름을 종이에 새겨 넣었다. 같은 이름, 다른 필체가 세 줄로 나란히 이어졌다. 시엘이 미오 경의 이름을 다 쓰자마자 이번에는 미오 경이 펜을 넘겨받아 시엘의 이름을 적었다. 그러고 다시 시엘이 '아스 토케인'이라는 내 이름을 적고 미오 경의 손에 만년필을 쥐여 주어 내 이름을 적게 했다. 극단적으로 짧고 긴 이름이 써지고 미오 경이 내게 만년필을 넘겼다. 사각사각 종이가 긁혔다.

나란한 세 줄의 이름들이 어쩐지 귀엽다. 시엘의 이름은 아래로 내려올수록 길어지고 미오 경의 이름은 아래로 내려올수록 짧아진다. 그리고 내 이름은 짧았다 엄청 길어졌다가 다시 짧아졌다.

"아스의 글씨는 되게 아스랑 비슷한 느낌이네요."

이거 디스인가? 딱히 내가 악필이라고 생각하지는 않지만 그래도 예쁜 글씨는 아닌데. 일 잘하게 생겼다는 말은 많이 듣고 사는데 이 글씨는 좀 뭐랄까…… 서툴고 허술해 보인단 말이야.

"음, 그건 그렇군."

미오 경마저 동의했다. 셋 중의 둘이 동의한 걸 보면 내 필체랑 나랑 이미지가 비슷한가 보다. 내가 생각하는 나랑 남들이 보는 나는 많이 다른 모양이다. 일 못하게 생겼나. 시엘에게서 종이를 받아 들고서 가로로도 보고 세로로도 보고 뒤집어도 봤지만 잘 모르겠다.

내가 우스워 보이는지 미오 경이 살짝 웃더니 내 머리카락을 쓰다듬는 건지 치는 건지 모를 독특한 손놀림으로 건드리고는 왕자가 그를 습격하기 전까지 있던 침대에 외투를 벗고 올라갔다.

나는 마지막으로 종이를 들어 올려서 불빛에 비춰보았다. 시엘은 글씨를 좀 천천히 쓰는 습관이 있는지 종이가 유독 그의 잉크를 많이 먹어서 드문드문 뒷면이 젖어 있었다.

클라인의 필체는 어떠려나. 이 종이가 세 줄이 아니라 네 줄이면 재미있을 것 같은데, 여기다가 그의 이름도 적고 다른 사람들의 이름을 적어달라고 하면…… 싫어하려나? 부탁하면 해줄 것 같은데 상상이 가질 않았다.

"아스, 안 자나?"

침대에 이미 반쯤 몸을 뉜 미오 경이 나를 불렀다. 시엘도 그 옆에 누워서 베개가 평평해지도록 어깨로 꾸욱꾸욱 누르고 있었다. 그는 내가 방심한 사이에 이미 왕자까지 데리고 가서 옆구리에 눕혀둔 상태였다. 사실 나도 한 번쯤은 못 본 척하고 편하게 자고 싶은 마음이 없는 건 아니다만, 정말 모르면 모를까 봤는데 그냥 두기에는 양심이 많이 켕긴다. 아무도 안 보니까 모를 텐데도 많이 켕긴다.

"잠깐만요."

서둘러 숄을 벗어 의자에 걸어두고 침대로 다가갔다. 시엘이 슬쩍 이불로 왕자를 가리려고 했지만 모르는 척 안아 들고 내 침대에 왕자와 나란히 누웠다. 내가 자리를 잡는 것을 본 후 미오 경이 스탠드의 불을 껐다.

"안녕히 주무세요."

"네, 아스. 좋은 꿈 꾸시길."

"자라."

누워서 보이지 않는 천장에 시선을 두고 잠시 클라인이 종이에 자신의 이름을 써넣는 것을 상상해 보았다. 그의 이름은 아니지만 그와 같은 이니셜이 새겨진 만년필을 잡고 우리들의 나란한 이름 위에 자신의 이름을 적는 그의 손이 떠올랐다. 눈을 감으니까 사각사각 종이가 긁히는 소리가 나는 것도 같았다. 그의 이름을 적고 내 이름, 그리고 시엘과 미오 경의 이름 밑에 그의 필체로 각자의 이름이 적히는 광경을 상상해 보았다.

조금 재미있고, 조금 뿌듯한 광경이었다.

사회생활하면서 많이 느꼈다. 원래 상(上)것들은 예의가 없다. 아랫사람들이 어떠한 스케줄이 있는지, 무슨 예정이 있는지 그들과는 상관이 없는 문제인 것이다. 겪어본 바에 따르면 금수저라 아랫사람이었던 적이 없는 상(上)것일수록 특하나 예의가 더 없었다. 우리 사장이 그랬다. 그러니 내추럴 본 투 킹, 지배하기 위해 태어난 에반스는 얼마나 상(上)것으로서 예의 없음을 갖추고 있을까. 이해한다. 이해만 한다. 거지발싸개 같은 놈.

그래서. 그리하여서 에반스와 유르겔이 소식 없이 왕비 궁을 찾았을 때 왕비 궁은 발칵 뒤집혔다. 안 그래도 유르겔도 세 번에 한 번 정도는 소식 없이 찾아와서 사람 환장하게 만드는데, 이번에는 무려 국왕이었다.

상(上)것이 소식 없이 아랫사람을 찾아오다니. 재앙이다. 사장은 원래 출근을 안 해주는 게 제일 고맙고 회장은 암행어사 순시 같은 것에 취미를 붙여서는 안 된다.

"안녕, 아스."

유르겔이 싱그럽게 인사를 해온다. 내 머릿속은 복잡한데 유르겔은 오늘도 더럽게 예쁘다. 너 예쁜 건 익히 인정한다만 사태의 원흉이 아마도 너겠구나. 뚱한 얼굴의 에반스와 다르게 샤방한 금가루를 사방에 뿌리고 다니는 유르겔이 내게 다가와 관자놀이 쪽에 붙인 거즈를 손으로 꾸욱 눌렀다.

"들었어. 다쳤다며. 아파?"

네가 그렇게 누르면 안 아파도 아플 것 같아요.

"걱정해 주셔서 괜찮습니다."

"미카엘은?"

에반스의 입에서 그 이름이 나온 게 두 번째라 그런가, 잠깐 왕자 이름인 줄 못 알아듣고 어디 개를 부르는 줄 알았다.

"왕자님은 요람 위에."

계십니다, 라고 말하려고 했다. 하지만 말도 안 끝났는데 내 상처에서 관심을 끊은 유르겔이 에반스의 손을 잡고 왕자의 요람 쪽으로 걸어가 버렸다. 그러곤 요람에서 혼자 잘 놀고 있던 미카엘 왕자를 안아 들어 올린다.

"예쁘죠?"

네 애냐? 빈정 상하는 걸 티 안 내려고 하는데 어쩔 수 없이 띠껍다. 내 마음을 읽은 것처럼 요새 부쩍 안을 때마다 뻗대고 있는 미카엘 왕자가 두 발로 유르겔의 배를 주욱 밀어낸다. 에이! 잘했어, 왕자! 굿 보이. 새벽마다 우유병 물리고 두상 예뻐지라고 굴려가며 공들여 키운 보람이 있구나, 예아!

"봐봐. 다리에 힘도 줄 줄 알아."

하지만 유르겔은 강력했다. 미카엘 왕자의 방어를 능숙하게 튕겨냈다! 심지어 포장까지 했다!

에반스는 관심 없는 척 다가와서 왕자를 내려다보았다. 전에 유르겔이 내게만 들리도록, 사실은 에반스가 아들을 좋아한다고 말했던 게 생각난다. 좋아하는 건가? 표정만으로는 그를 판단할 수가 없었다. 하긴, 표정만으로 사람을 판단할 수 있다면 나는 세상에서 유르겔을 제일 존경하고 사랑하는 사람 같아 보일 거다.

그보다, 조금 전부터 문밖이 소란스러운 것이 되게 신경이 쓰인다. 상(上)것들이 갑자기 찾아오면 아랫것들이 분주해지는 건 당연한데 이 소란스러움은 어째서인지 신경이 쓰인다. 그냥 불규칙적인 분주함이 아니라 무언가 개미의 움직임처럼 규칙이 있는 느낌이라 묘하게 거슬리고 신경이 쓰였다.

왜 불길한 예감은 빗나가지를 않는지 문이 열렸다. 왕비였다. 그 달밤의 산책 이후 제대로 얼굴을 보는 건 처음이다. 왕비는 여전히 창백하고 아름다웠지만 빛이 없는 그 달밤이 지금보다 더 생기가 돌고 자연스러워 보였었다. 낮의 왕비는 물론 아름답고 우아하긴 하지만 현숙한 왕비를 연기하고 있는 사람처럼 딱딱하고 생기가 없어서 조금 가슴이 아프다. 내가 뭐라고 그녀를 동정하는지는 모르지만.

"전하."

"왕비."

부부는 그들이 낳은 아이를 사이에 두고 낯선 사람들처럼 예의 바르게 인사했다. 아기를 안고 있는 유르겔만이 웃고 있는데 사실 그게 더 어색한 것 같다.

"유르겔한테 들었는데 어제 왕비 궁에 소란이 있었다고?"

그 왕비 궁의 소란을 유르겔이 어떻게 알았는지 모르겠다. 카직 백작은 본인의 집안일이 걸려 있으니 소문을 낼 입장이 아닐 텐데. 애초에 그런 걸 말하고 다닐 만큼 따끈따끈한 타입도 아니어 보였다. 그런데 유르겔은 시엘의 불면증도 알고 있고…… 유르겔 너, 나 스토킹하니?

"왕비 궁의 시녀들은 모두 직무 태만이야. 소중한 후계자를 맡겼는데 어떻게 그 후계자 하나 제대로 지켜보지 못해서 잃어버렸다고 난리를 피울 수가 있지? 왕자는 아직 걸음마도 못 하는 어린 아기인데?"

사실 이 문제에 대해서 내가 변명할 수 있는 부분이 하나도 없이 잘못한 게 맞기는 한데, 원래 사람은 한 것 이상으로 질책을 당하면 욱하게 된다. 난리를 피운 건 아닌데. 그저 내가 바닥을 기면서 왕자를 찾아다닌 것뿐이고, 왕비의 감독 소홀도 아닌데.

"황공하지만 전하. 그것은 다 제 불찰일 뿐, 왕비님의 불찰은 아닌 것 같습니다. 모든 것은 소중한 왕자님을 잘 보필하지 못한 제 탓이니 이 일에 아무 관련이 없는 왕비님을 탓하지 말아주세요."

유르겔의 눈이 빛난다. 난 유르겔이 저런 식으로 웃을 때가 가장 불안하다. 이 방에 들어와 처음으로 에반스의 눈이 나를 제대로 바라본다.

"오호. 이게 그 아스 토케인?"

"예, 전하."

"여전히 유르겔 네가 말한 대로인 것 같군."

등 뒤로 소름이 쭉 돋았다. 국왕씩이나 되는 에반스가 날 기억 못하는 것이 당연한 건데, 저 절대 함께하고 싶지 않은 바퀴벌레 커플의 사석 험담이자 잡담거리로 내가 오르내린단 말이야?

그런데도 나는 밥 잘 먹고 잘 자면서 귀가 가렵다거나 소름이 끼친다거나 하는 일 없이 잘 살았단 말이지. 아니, 그것도 그렇지만 둘이 같이 있으면 그냥 사랑을 속삭일 것이지 왜 아무 상관 없는 내 이야기를 하냔 말이다.

"내가 잘못 생각한 모양이오. 그간 왕비는 정치 풍파에 관심이 없다고 생각해 왔는데 왕비 궁을 훌륭하게 다스리고 있었군."

이상하게, 하드 디스크 파티션을 합치다가 하드 포맷을 해버렸을 때의 쎄한 감각이 든다. 내가 뭔가를 잘못했는데 어디서 뭘 잘못 건드렸는지, 뭐가 문제였는지는 모를 때의 그 쎄함이.

내가 지금 뭔가 국왕의 역린을 건드린 것 같은데 문제가 뭐였는지 도통 모르겠다. 허락 없는 발언을 한 거? 왕비의 편을 든 것? 진실이라도 왕의 계획과 다른 발언을 한 것? 한 짓이 너무 많구나. 이 주둥이는 왜 이럴 때마다 필터기가 달리지 않는 건가요. 방 안의 공기가 너무 차갑다. 성에가 가득 낀 냉동실에 고개를 처박아도 이것보다는 따뜻할 것 같다.

나는 왕자를 보며 간절히 빌었다. 울어! 제발 울어라. 왕자가 울기라도 하면 분위기가 환기될 것 같은데, 너무나 순했던 왕자는 한동안 유르겔의 품 안에서 어리둥절해하더니만 이제 적응이 되었는지 까륵거리면서 팔을 휘두르기 시작했다. 저 왕자가 내 인생에 보탬이 되지 않을 거라는 것은 내 처음 만났을 때부터 진작 알고 있었지. 내가 유모에 임명되던 그 순간부터.

"제 다스림에 모자람이 있었나요?"

"왕비는 넘침이 있을지언정 모자람은 없는 사람이지."

"모자라지 않다면 넘치지도 않습니다."

"그것을 왕비가 자신할 수 있소?"

"수년에 걸쳐 증명해 드리지 않았습니까."

초월 대화가 이루어지고 있었다. 대화의 순기능은 대화를 통해 서로의 의사를 전달하고 교환하는 것인데 난 하나도 모르겠다. 유르겔의 얼굴에 걸린 미소가 조금씩 변하는 걸 보면 유르겔은 알아듣는 것 같다.

학창 시절에 세계 지리가 아니라 정치를 열심히 공부했어야 했다. 전공은 상담 심리로 하고. 인생을 잘못 산 게 너무 많아서 슬프다. 하지만 그 시절 나는 모험과 사랑이 있는 이세계로 가고 싶어 했지, 이 나이가 되어서야 이렇게 정신과 상담이 필요한 사람들이 사는 곳으로 날아오게 될 줄은 예상도 못 했다.

다행히 내가 이해할 수 없는 기 싸움이 끝났는지 유르겔이 왕자를 다시 요람에 내려놓았다. 그리고 에반스는 왕자를 돌아보지 않고 왕비 곁을 스쳐 나갔다. 사실은 왕자를 좋아하고 귀여워한다면서. 그러면 한 번쯤 안아주고 머리를 쓰다듬어 주지.

에반스가 그렇게 나가고 반달처럼 빛이 나는 우아한 왕비도 가늘게 숨을 쉬다 왕자의 방을 나갔다. 아버지고 어머니고 간에 아무도 왕자를 안아줄 의사가 없는가 보다. 왕자에게 다가가려는 나를 유르겔이 불러 세웠다.

"전에도 말했지만 난 널 참 좋아해."

"아, 네. 감사합니다. 저도 유르겔 님의 아름다움을 보며 늘 감사함을……."

"넌 참 대단하단 말이야."

네, 제가 좀 대단하죠. 이 바퀴벌레 같은 적응력과 생존 본능이 일단 대단하고요, 미오 경의 가슴에 있다는 분수처럼 쏟아져 나오는 아부도 좀 대단한 것 같고요. 제 재능은 그거 말고도 많이…….

"시엘 커퍼필드 님께."

이어지려던 생각이 유르겔의 말소리에 끊겼다. 세상 모든 소리가 유르겔의 입술로 끊어진 느낌이었다. 유르겔은 여전히 천사처럼 웃으며 내게 작은 봉지를 내밀었다.

"대마법사님께 전해줄래? 불면증에 좋은 차랑 약이야. 차는 저번에 드렸지만 부족하실 것 같아서."

"대마법사님이요? 제가 어떻게 그분을……."

"아스."

공식적으로 나와 시엘은 아무런 연관이 없다. 그는 왕궁에서 그가 할 일을 하며 알아서 잘 살고 있고 그가 왕비 궁의 내 방에서 같이 잔다는 것은 아무도 모른다. 아무도 모르게 해달라고 내가 시엘에게 첫날부터 입단속을 부탁했고 그는 마법으로 뒤를 들키지 않게 다닌다고 말했었다. 그와의 관계를 단호하게 부정하려는 내 말을 유르겔의 목소리가 다시 끊어냈다.

"말했다시피 난 너를 좋아해. 네게 얼마나 고마운지 몰라. 그래서 네가 생각하는 것보다 더 널 귀여워하고 있어. 그러니까 말해줄게. 이 궁에서, 적어도 이 궁 안에서 내가 모르는 일은 아무것도 없어."

너 사실 나를 사랑하니? 그래서 날 스토킹하는 거니? 이렇게 당당하게 날 스토킹하고 있다는 걸 밝히다니. 시엘이고, 미오 경이고, 유르겔이고, 이 세계는 사람을 스토킹하고 있는 걸 뭐 자랑스러운 일이라고 이렇게 당당하게 말을 하는지 모르겠다. 당당한 일들이 아니세요.

문밖에서 에반스가 유르겔을 불렀다. 유르겔은 아름다운 새의 노래를 듣는 것처럼 자신을 부르는 에반스의 목소리를 유심히 들으며 웃었다. 유르겔이 나라는 사람의 존재를 잊은 것처럼 천천히 몸을 돌렸다. 그러다 문을 나가기 직전에 내게 봉지를 던졌다. 매우 안 받고 싶었는데 사람이란 게 눈앞으로 완벽한 포물선을 그리며 날아오는 작은 물건은 본능적으로 받게 되어 있는 것 같다.

유르겔이 완전히 나가고 난 후에야 요람 안의 왕자를 살필 수 있었다. 무슨 일이 있었는지 모르는 건 나와 왕자뿐인 것 같다. 내 이해력이 신생아 수준이라니. 아니다. 오늘 당번인 휴도 모르려나? 돌아보니까 그는 처음 에반스와 유르겔이 들어올 때의 바싹 긴장한 얼굴 그대로다. 아까 대화 들었냐고 물어보면 분명 고개를 저을 것 같다. 긴장해서 못 들었다고. 휴가 원래 소속되어 있던 기사단은 에반스를 만나볼 일이 잘 없나? 아, 에반스보다는 눈부신 유르겔을 볼 일이 별로 없었겠군.

왕자는 다시 기어 다니는 연습을 하고 싶다는 듯이 내게 앵앵거리고 투덜거리며 요람 끝을 잡고 있는 내 손등을 두드려 왔다. 이 작은 것도 생명이라고, 손으로 치니까 느낌이 있고 살짝 아프기까지 하다.

"왕자님. 어머님이 왕자님이 걱정되어서 찾아오셨어요. 아버님도 왕자님을 보러 오셨고요. ……아무래도 두 분 다 왕자님을 걱정하시나 봐요."

네 아버지는 아무리 생각해도 개새끼야. 그리고 이걸 일찍부터 미카엘 왕자에게 알려주어야 하는데, 이렇게 어린아이에게 아무런 죄의식 없이 네 아버지가 너를 사랑하지 않노라고 말하는 것에 거부감이 느껴진다.

내가 이런데 미오 경은 미래에 어떻게 그 일을 하게 되는지 모르겠다. 그도 대단한 것 같다. 나는 하게 될 날이 올까? 이 작은 아기가 나랑 무슨 상관이라고. 내 아이도 아니고 내 혈육도 아닌 이 아기가 예쁠 게 뭐가 있어서 이렇게 전혀 믿지 않는 거짓말을 하게 되는지 모르겠다.

하지만 내 손등에 겹쳐오는 작은 손은 내 손에 비해 너무 작고, 너무 뜨거웠다.

"왕자님이 너무 작으셔서 두 분 다 안아 들기 무서우신가 봐요. 저도 사실 왕자님 처음 안을 때 무서웠거든요. 조금만 더 자라시면 안아주고 키스해 주고 머리를 쓰다듬어 주실 거예요."

그런 날이 오기는 올까? 그리고 한편으로 궁금해지기도 한다. 날 애지중지 사랑하시지만 표현이 인색한 내 아버지는 어리고 유약해서 혼자 서지도 못하던 시기의 내 머리를 쓰다듬어 주신 적이 있었을까. 있었겠지.

클라인 카펠라가 돌아왔다.

그가 정말 신적인 존재이기는 한 모양인지 소국 나해와의 전쟁은 모두가 기대한 것보다 훨씬 이르고 완벽하게 끝이 났다. 국왕은 사로잡지 못했다고는 하지만 그 외 왕족은 모두 포로로 잡아 끌고 온 완벽한 승리였다. 아무리 나해가 약소국이라고는 해도 두세 달은 갈 거라 생각했던 전쟁이 한 달이 채 되지 않아서 끝이 난 거다. 이제 곧 지도에서 나해라는 이름이 지워진다.

클라인 카펠라는 하얀 아이리스를 한 아름 안고 오는 것으로 내게 귀환을 알렸다. 그가 내 품에 가득 안겨준 하얀 아이리스는 꽃을 싸는 포장지도 없었고 꽃을 묶는 리본도 없어서 그가 직접 따 온 꽃이라는 것을 알 수 있었다. 나에게 꽃을 안겨주는 그에게나 꽃을 받아드는 나에게나 같은 아이리스 향이 났다.

"돌아오셨다는 소식을 못 들었는데."

"저만 먼저 돌아왔습니다. 당신이 보고 싶어서요."

이렇게 시도 때도 없이 아무렇게나 둘만의 세계로 들어갈 수 있는 이 사람도 굉장한 사람이다. 하지만 나는 정말 평범한 기준을 갖고 평범한 생각을 하는 평범한 사람이라서, 아직도 내 허리에 감겨 있는 세야의 손을 무시할 수가 없었다.

"아, 그런데 제가 지금 수업 시간이라서요."

종전은 나해의 입장에서는 재앙이고 놀랍게도, 이 왕국의 입장에서도 난리의 시작이었다. 누구도 클라인이 이렇게 일찍 전쟁을 끝내 버릴 거라 예상하지 않아서 의전 준비가 되어 있지 않았던 것이다.

그건 나와 세야도 마찬가지여서 요샌 다른 수업은 다 때려치우고 각종 댄스를 배우고 있다. 차근차근 직무 교육을 할 여유가 없어서 그때그때 필요한 것만 가르쳐 로테이션을 돌리던 왕비 궁 시녀들의 근무 상황 같다.

문장학 시간 때 카펠라가와 카직가 사이에 최근 혼인이 있었나를 좀 물어보고 싶었지만 부질없다. 클라인과 세사르 카직이 사촌지간이라면 세사르가 클라인을 싫어하는 것을 이해할 수 있을 것 같다. 사촌이 땅을 사도 배가 아픈데 저렇게 날아다니고 있으면 온몸이 다 아프겠지. 이티카 카직이랑 연애하는 걸 반대한 것도 사촌이라서 그랬다면 말이 되고. 가만, 이 세계는 사촌 간에 결혼해도 되던가? 과거 유럽 왕실에서는 했었는데. 그렇지만 이 가설로도 세사르 카직의 출생 콤플렉스는 해결이 안 되는군. 어머니가 나처럼 시녀 출신 하위 계급인가.

어쨌든 계획이란 해서 무얼 한단 말인가. 모든 것이 다 부질없고, 나는 며칠 내내 호두까기 인형의 설탕 인형처럼 빙글빙글 돌고 있다. 오늘도 그 수업 시간이었는데 예고도 없이 클라인이 무지개가 지듯이 나타난 것이다. 내 생애 이런 날이 올 줄은 몰랐는데.

"무슨 수업 중이셨습니까?"

"요샌 왈츠를 배워요."

요즘 사교계에서 유행하는 춤은 셋 정도가 되는데 세야는 그 중에서 그나마 왈츠가 가능성이 있다고 생각한 모양이다. 아무리 생각해 봐도 내가 이걸 배운다고 해서 써먹을 수 있을 것 같지는 않지만 말이다.

그나마 잘할 가능성이 있는 걸 먼저 끝내고 다음으로 넘어갈 예정인지 줄곧 화려한 음악을 배경으로 함께 빙글빙글 돌며 춤을 추고 있었고, 지금도 내 허리에는 아직 세야의 손이 감겨 있었다.

이쯤에서 고민이 된다. 클라인에게 세야를 소개해 줘야 하나? 세야는 입신양명에 관심이 많다고 했고 클라인 쪽은 언제인지는 모르겠지만 〈탈출기〉 기준, 책의 절반이 안 된 부분에서 공작으로 승급이 되니까 클라인과 아는 사이가 된다면 세야에게는 소중한 인맥이 되어줄 수 있다.

"저 백작님. 이쪽은 세……."

"그럼 저와 수업을 마저 할까요?"

클라인의 손이 부드럽지만 단호하게 내 허리를 감아 당겼다. 어느 한 부분에선가 세야와 클라인의 손가락이 닿았을 것 같은데 클라인은 그대로 나를 당겨 안으며 정신이 멍해질 정도로 부드럽게 나를 내려다보았다.

"걱정 마세요. 전 춤을 아주 잘 춘답니다."

네. 그러게요. 그 얼굴로 춤을 못 추면 그건 그거대로 사기일 것 같아요.

"하하하하하하."

난 일단 웃어서 기선 제압을 시도했다. 실패했다.

"제가 아직 선생님이 아닌 사람과 춤을 출 수 있는 실력이 아니라서……. 하하하. 참, 백작님. 이쪽은 제 선생님인 세야 료민 남작님이고요. 선생님, 이쪽은 클라인 카펠라 백작님이요. 잘 아시죠? 하하하."

공허한 내 웃음소리를 배경으로 두 남자가 마주 보았다. 클라인은 여전히 부드럽고 미남답게 웃고 있어서 잘 모르겠는데, 세야는 그간 그를 보아온 내 세월이 말해주는 감에 따르자면 예상과 사뭇 다르게 이 상황을 반가워하고 있지 않았다. 출세에 관심이 많아서 클라인을 반가워할 줄 알았는데.

하긴 그는 내 교육을 위해 무려 그 귀한 휴가를 내기까지 했던 사람이었다. 거기다 어쨌든 클라인을 환영하는 개선식이 곧 있을 시기. 즉, 대망의 프레젠테이션 발표 날이다. 그런 시기에, 이런 열정을 가진 사람이, 수업 시간 중에, 이렇게 크나큰 방해를 받았으니 별로 좋아할 것 같지 않긴 하다.

그래도 인맥인데!! 가끔은 실력보다 인맥이라고.

"뵙게 되어 영광입니다."

"나 역시, 료민 남작. 그럼 나는 아스에게 용건이 있는데 그만 실례를 해도 될는지?"

이거 오늘의 수업이 끝나는 소리인가요. 공권력은 아니고 어쨌든 신분제 사회 수직 구조에 의한 정치적 압박에서 비롯한 강제적 수업 종료 사인인가요.

"……물론입니다, 백작님."

나를 보는 세야의 시선이 아련하다. 아마 내 시선도 그럴 거다. 보강…… 보강인가요, 선생님? 오늘 못 한 시간만큼 진짜 보강인가요. 교재와 뮤직 박스를 챙겨서 나가는 세야의 등 뒤로 안나와 엘리가 마치 하이파이브를 하는 것처럼 손을 겹치는 것을 나는 보았다. 무슨 의미가 있는지는 모르겠다.

"잘, 있었는지요?"

"전쟁에 나가신 백작님이 문제지, 왕궁에 있는 제가 무슨 일이 있었겠어요."

"괴롭히는 사람은 없었나요?"

유르겔.

유르겔.

유르겔이요.

그가 딱히 날 괴롭힌 건 아니지만 존재 자체가 괴로움이라.

아, 그리고 세사르 카직.

나는 손을 뻗어서 클라인의 눈가를 만졌다. 청회색 눈동자.

이상한 일이지. 분명 같은 색인데 나는 전쟁의 신이라고 불리는 클라인의 눈동자에서 오히려 따뜻함과 온화함을 느끼고 세사르 카직의 눈동자에서는 얼음 동상이 되어버릴 것 같은 차가움을 느꼈다. 분명 차이가 없이 같은 청회색 눈동자인데. 물어보고 싶다. 당신에게 형제가 있나요? 당신과 똑같은 눈빛을 가진 형제가 있는 걸 알고 있나요?

클라인의 손이 내 손등을 감쌌다. 나는 그제야 그의 청회색 눈 안에 깃든 기쁨을 알아보았다. 그의 질문이 뭐였더라? 아, 괴롭히는 사람. 나는 빠르게 대답했다.

"아뇨. 아무도 없었어요."

"다행입니다. 늘 당신이 걱정이었습니다."

그쯤에서 나는 품 안에 가득 안긴 아이리스를 처리하기 위해 몸을 돌렸다. 테이블 위에 아까까지만 해도 없던 꽃병이 솟아나 있었고 벽 끝에 서 있는 안나가 급하게 움직이느라 흐트러진 치맛자락을 단정히 정리하고 있었다. 이 앙큼한 친구들 같으니라고.

"백작님은 다치신 곳이 없으신 거죠?"

꽃을 꽂고 클라인에게 자리를 권했지만 그가 고개를 저어 거절했다.

"저는 나해 정도로는 부상을 입지 않습니다. 그보다 날이 좋으니 같이 밖을 걷지 않겠습니까, 아스?"

내가 꽃을 좋아하는 줄 아는 이 남자는 맨날 나랑 바깥에서 산책하더니만 이제 내가 걷는 걸 좋아하는 줄 아는 모양이다. 움직이는 거 극혐인데.

"물론이죠."

거절을 못 하는 나도 문제가 있다고 생각은 한다. 생각만 한다.

"이번에야말로 개선식을 제대로 하나요?"

"네, 그래서 의전부에서 열흘 후에 입성하기를 바라더군요."

"아마 그 열흘도 최소한으로 불러놓고 매일 야근에 야근해서 부족한 시간을 때울 생각일걸요."

"그렇겠지만, 전쟁 중이라면 모를까 전쟁도 끝났는데 당신을 보는 걸 열흘이나 더 미루고 싶지 않았습니다."

열렬하다. 없으면 아예 죽겠다. 이 남자가 '아스'가 없는 동안 어떻게 멀쩡히 살고 있었는지 모르겠다.

"오시는 줄 알았으면 깜짝 선물이라도 준비했을 텐데."

"당신이 무사한 것이야말로 제게 기적 같은 선물입니다."

바깥은 찬란한 계절이었다. 유르겔과 에반스의 사랑을 제외한 것에는 그다지 공을 들여 묘사하지 않는 〈탈출기〉지만 날씨와 풍경만큼은 혼을 실어 아름답게 서술했었다. 그 찬란함의 한중간을 지나고 있는 계절은 아름답고 눈이 부셨다.

클라인과의 산책 코스는 거의 정해져 있다. 왕비 궁의 후원 한쪽에 작은 분수대가 하나 있는데, 후원을 관리할 인력이 거의 없는 왕비 궁이라 그 분수대에서 물이 안 나온 지 오래되었다. 사실 한 번도 물이 나온 적이 없는 건 아닌가 살짝 의심한다.

약간 이끼가 끼고 약간 흙먼지가 있지만, 폐허가 되어가는 풍경이 주는 특유의 아름다움이 있는 곳이라 우리는 그곳에서 나란히 무릎을 붙이고 앉았다.

"선물이 있습니다, 아스."

내 손끝을 톡 건드리며 클라인이 말했다.

"선물? 제게요?"

"네, 나해에서 얻은 보물은 모두 전하께 진상했지만 두 가지는 당신을 위해 남겨두었습니다."

"저, 그건 횡령이나 뭐 그런 거 아닐까요?"

클라인은 또 나를 보며 부드럽게 웃었다. 하기야 전쟁 영웅씩이나 되는 인물이다. 보물 한두 개 먼저 빼돌린다고 에반스가 그를 적대하지는 못할 것 같다.

실제로도 타국에서 그를 회유하기 위해 공주님과 결혼시키려고 했는데 거부해서 클라인의 에반스 트루러브설이 읽는 사람들 사이에 정설로 퍼진 거 아닌가. 그 공주님과 결혼하면 부마가 되어 잘하면 왕위를 노릴 수 있는 상황이었는데도 그는 논개처럼 모든 회유와 유혹을 거절했다. 그런 마당에 보물 한두 개 정도가 대수일까 싶다.

곧 그가 품에서 꺼내 준 것은 작은 상자였다.

"제가 열어봐요?"

"네, 마음에 드실 겁니다."

상자를 여는데, 무슨 게임 퀘스트 보상 상자 여는 줄 알았다. 열린 뚜껑 틈으로도 휘황찬란하더니 상자 뚜껑을 다 열어 올리니까 눈이 아파 제대로 볼 수 없을 정도로 빛이 나는 귀걸이가 그 안에 들어 있었다.

"대대로 나해의 여왕만이 끼는 귀걸이라고 하더군요."

"음……."

잘했어, 워리! 하고 칭찬해 주고 머리를 격하게 쓰다듬어 줘야 할 것 같은 분위기다. 하지만 이 애매한 기분은 뭐라고 말하기가 힘들다.

"감사합니다, 백작님. 잘 간직해서…… 제가 귀를 뚫는 날이 오면 그때 사용하도록 할게요."

난 귀를 뚫지 않았다. 저번 연회에서는 아예 귀걸이를 착용하지 않았고 세야와 데이트를 할 때도 세브가 귀를 뚫지 않고도 달 수 있는 귀찌를 빌려주어서 그걸 착용했었다.

이렇게 아름다운 것이 내 것이라고 생각하니 솔직한 마음이야 당연히 뿌듯하고 기쁘지만…… 뭐랄까, 이 남자 나한테 진짜 관심이 없었긴 했구나 싶다. 귀걸이를 선물하면서 귀를 뚫었는지 여부를 모르다니.

"귀를, 제가 뚫어드려도 괜찮겠습니까?"

"아니요!"

제안이 너무 빠르다! 설마 진짜 목적이 그거였냐! 스무 살이 된 기념으로 귀를 뚫었다가 내리 2년을 고생한 경험이 있다. 난 도통 상처가 잘 아물지 않는 체질이었던 거다. 내가 그러니 아마 '아스'도 그러지 않을까? 난 그 고생을 반복하고 싶지 않았고, 무엇보다 내가 있는 동안 '아스'의 몸에 아무런 흔적도 남기고 싶지 않았다. 그게 아니라면 왜 손등에 흉터를 만드는 대신에 손목에 리본을 감는 귀찮은 짓을 하고 있겠는가.

"뚫고 싶어지면 그때 백작님께 말할게요. 지금은 용기가 없네요. 아플 것 같아요."

"전 절대 당신을 아프게 하지 않습니다."

"그럼 그 상자 좀 닫아주세요."

뭔가 나 좋다고 달려 들어와서 꼬리를 흔들고 있는 개를 발로 걷어찬 느낌이다. 상식적으로 귀를 뚫어주겠다는 게 나쁜 거지, 그걸 거절한 게 뭐가 잘못이라고 이렇게 미안한 기분이 들지?

조금 기가 죽은 클라인이 다시 꺼낸 것은 작은, 손바닥 위에 올릴 수 있을 것 같은 사이즈의 오르골이었다.

"나해는 음악으로 유명한 나라입니다. 그곳에 있는 동안 당신을 위한 오르골을 주문했습니다."

"백작님 이름으로 주문하신 거예요?"

"온 대륙에 유명한 장인이라 주문을 할 수 있다는 것만으로도 영광이라 하더군요. 그래서 당신의 이름으로 주문했습니다."

그렇구나. 적어도 그 장인은 자기가 자기 나라를 망하게 한 사람을 위해 물건을 만들었다는 것은 모르겠구나. 다행이다.

클라인은 너무 강해서 높은 위치의 삶을 사는 사람이라 그런지 사소한 부분에서 잔인한 구석이 있지만, 지금처럼 기대를 품고 나를 내려다보는 눈빛은 부드럽고 온화하기만 했다.

오르골 뚜껑을 열자 부드럽고 달콤한 음악이 흘러나왔다. 학창 시절에 줄곧 듣던 사계 중의 하나랑 닮은 것 같다.

"어떻습니까?"

"멋지네요."

오르골 위에서는 등을 돌린 연인들이 빙글빙글 돌아가고 있었다. 내가 가진 것과 되게 비슷한 테마의 오르골인 것 같은데 이 세계의 메인 감성이 이런 건가? 그런데 인형 중 하나가 엄청 눈에 익다?

"이건, 백작님……?"

"당신이 주신 인형으로 오르골을 만들었습니다."

클라인의 손이 여자 인형의 머리 위를 콕, 눌렀다. 오르골의 모양이 저 모양이 된 것은 이 세계의 메인 감성일 수도 있지만, 한 손을 앞으로 내밀고 있는 여자 인형의 자세 때문에 다양한 시도를 할 수 없었기 때문인 것 같다. 마치 여자 인형이 도망치고 있는 것 같아 보였다. '아스'가 갖고 있던 것은 그래도 영원한 원 위에서 서로 다가가려는 모양처럼 보이기도 했는데.

"감동적이에요, 백작님."

덕분에 남자 인형 하나는 영원히 짝을 잃겠지.

오르골의 모양보다는 오르골의 음악이 너무 마음에 들었다. 원래 익숙한 것이 제일 좋은 것이다.

"기뻐하실 거라 생각했습니다."

이 좋은 분위기 속에서, 물어봐도 될까? 혹시 형제 관계가 어떻게 되시는지? 잘만 하면 호구조사 같을 텐데, 잘못하면 그의 아픈 상처를 건드리는 질문이 될 수도 있을 거다. 하지만 세사르 카직에게는 이미 아픈 상처이다. 그러니 그의 출생 콤플렉스를 유르겔이 극복시켜서 그를 자신의 추종자로 만들었겠지. 물어봐도 될까?

"백작님. 물어보고 싶은 게 있는데요."

나는 클라인을 올려다보았다. 여전히 부드럽게, 따뜻한 물이 출렁거리고 있는 것 같은 그의 청회색 눈을 마주 보았다. 그래서 그의 어깨 너머로 그것을 볼 수 있었다.

밝게 빛나는 붉은 불이 파란 하늘을 가로지르고 있었다. 이거 무슨 앙골모와 대왕의 지상 강림도 아니고 빛나는 붉은 불? 갑자기 떠오르는 게 있긴 한데 그런 건 아니겠지? 설마? 진짜로? 하지만 익히 알고 있듯이 불길한 예감은 절대 빗나가지를 않는다. 내 바람에 아랑곳하지 않고 붉은 불은 내 머리 위를 지나쳐서, 조금 떨어진 곳으로 떨어져 내렸다.

유성우, 그러니까 메테오의 시작이었다.

동시다발적으로 사방에서 굉음이 터졌다. 내 생애 이보다 큰 소리를 들어본 일이 없었다. 유난히 태풍이 심했던 여름에도 이것만큼 큰 소리로 천둥이 내리쳤던 적은 없었다. 반사적으로 눈을 감고 귀를 막았지만 소리와 빛은 막은 틈을 파고들어 와 나를 후려쳤다.

무슨 일이 벌어진 거지? 파악을 못 하는 사이에 클라인이 나를 끌어안았다. 그런 것 같았다. 아이리스 향이 났다. 그리고 나는 중력을 잃었다. 어디에 떠 있는 건지 모르겠다. 밝게 빛나던 붉은빛이 가까이 오자 붉고 어둡게 빛이 났다. 찰나의 빛 직후에는 어둡고 뜨거웠던 것 같다. 잘은 모르겠다. 드럼 세탁기 한중간에 던져진 것만 같이 어지럽고 난폭하고 혼란스러웠다.

온몸을 사방에서 후려치는 것 같았고 나는 젖은 낙엽처럼 이리저리 뒹굴었다. 몸이 아픈 것도 같고 뜨거운 것도 같았다. 그 와중에도 커다란 소음은 그치지 않고 있었다.

모두의 공주님이 되어 사랑받는 게 내 이세계 판타지였는데 정작 이 세계에 오게 되니 그 소망을 이루는 건 불가능했고 세계를 구한 용사가 되어 명예와 권력을 얻는 두 번째 판타지도 불가능한 일이었다.

그래, 사람이 모든 걸 다 이루고 사는 건 아니니까 자잘한 로망이라도 챙기고 살자고 알아서 타협했다. 그런데 메테오라니. 메테오라니!! 메테오에 맞고 뒈지는 건 내 로망에 없었다!! 무엇보다, 난 살 거야! 살아남고야 말 거야! 살 거란 말이다! 근데 메테오? 그것도 이 밝은 대낮에 장난하냐고!

"······스! 정신 차리십시오."

클라인이 나를 부르는 소리에 정신을 차리자마자 온몸에서 통증을 느꼈다. 어떻게 온몸에 안 아픈 곳이 없었다. 머리도 아프다. 여기 세사르 카직이 후려쳤던 곳 같은데. 아, 씨.

"괜찮으십니까?"

바로 눈앞에 청회색의 눈동자가 가득 들어왔다. 하늘을 가로지르고 내리꽂힌 붉은 메테오보다 더 붉고 선명한 핏빛 머리카락이 흩날렸고 그의 청회색 눈동자 안에는 혼란스러움을 지우지 못한 내 얼굴이 비치고 있었다.

"괜찮으십니까?"

전혀 안 괜찮아 보이는 얼굴을 한 내게 그가 다시 물었다. 그러자 놀랍게도 클라인의 눈동자 속의 여자는 조금씩 괜찮을지도 모르는 얼굴이 되어갔다. 놀라운 일이다.

뚝, 하고 클라인의 상처투성이 얼굴에서 내 얼굴로 피가 떨어져 내렸다.

"백작님, 다치셨어요."

"아스, 괜찮으십니까?"

그가 내게 세 번이나 같은 것을 묻고 있다. 알고 있을까? 어쩌지? 그가 안 괜찮아 보인다. 그는 상처투성이다. 당장 보이는 얼굴의 절반이 머리에서 흘러내린 피로 빨갛게 물들어 있었다. 끔찍한 광경이다.

"피가 나요."

"아스, 절 보십시오."

나는 그러려고 했다. 하지만 다시 한번 멀지 않은 어디선가 붉고 밝은 빛이 터졌고 얼굴이 불 앞에 선 것처럼 뜨거워지더니 이번에는 가까운 곳에서 와르르 무너지는 소리가 났다. 빛이 아플 수 있다는 걸 지금 처음으로 알았다. 손을 들어 얼굴을 쓸어내렸다. 화상, 얼굴에 화상을 입은 건 아닐까?

"아스. 제 눈을 보십시오."

아, 그래. 클라인. 그가 있었다. 고개를 들어 그의 눈 안에 있는 내 모습을 보았다.

"아스, 괜찮으십니까?"

그의 눈 안의 여자는 조금 더럽고 조금 다치긴 했어도 괜찮아 보였지만 내게 네 번째 같은 질문을 하는 클라인 카펠라는 절대 안 괜찮아 보였다.

아까까지는 피에 물든 그의 얼굴만 보였는데 이제는 내 머리 위로 나뭇가지처럼 뻗은 그의 팔이 보인다. 그곳에서 아까부터 계속 피가 뚝뚝 떨어지고 있었다. 피가 짙고 무거웠다. 내 뺨과 어깨 위로 떨어지는 그 피는 마치 살점처럼 느껴졌다. 어쩌면 진짜로 피와 살점이 섞여 있는지도 모른다. 이런 것들을 알아보기에 나는 너무나 무지하고, 내가 생각해도 지금 난 패닉 상태였다.

투둑, 투두둑. 내 얼굴과 어깨 위로 클라인의 피가 비가 되어 내리는 것 같다.

"백작님. 팔에서 피가 나고 있어요."

어디선가 날아온 기둥인지 아니면 건물 잔해인지가 내 머리 위로 기울어져 있었는데 클라인의 팔이 그것을 지탱하며 내가 건물에 압사하는 것을 막고 있었다. 하지만 그것 때문에 그의 팔은 5년 이상을 쓴 걸레처럼 너덜너덜 찢겨 나가고 있었다. 내 머리맡에서.

그는 오른손으로도 내 머리 위로 떨어지려는 커다란 낙석을 잡아 지탱하고 있었다. 건물 일부였을 것 같은 파편이 그의 손바닥 절반 이상을 파고들어 있었다. 저대로 두면 손가락이 절단될 것 같아 보였다.

"전 괜찮습니다."

"하지만 팔이……."

"당신만 무사하시면 됩니다, 아스. 괜찮으십니까?"

다섯 번째 질문이었다. 나는 괜찮지 않다. 하지만 내 눈앞에서 팔이 찢기고, 으스러진 남자가 피투성이가 된 얼굴로 괜찮냐고 묻고 있었다.

"전 괜찮아요. 다친 데는 없어요. 저보다 백작님이⋯⋯."

"저도 괜찮습니다. 당신을 위해 존재하는 몸입니다. 괘념치 마십시오."

그는 전쟁터의 신이라고 불리는 사람이다. 보통 사람들보다 훨씬 뛰어난 육체와 재능을 지녀 보통의 검사보다 한 차원 높은 곳에서 그를 위해 헌정된 말로 불리는 사람이고 온 대륙이 그의 재능을 사랑하고 탐을 낸다. 나와 같은 평범한 사람과는 다르니까 괜찮을 거다. 그렇게 믿고 싶었다. 솔직히 말해서 그의 왼팔은 이제 팔보다는 새빨간 막대기라 부르고 싶을 정도의 모양이었다. 그러니 그의 말을 믿고 싶었다.

"하지만 아프시잖아요."

나는 강한 사람이고 싶었다. 클라인의 반만큼이나 강한 사람이라서 그가 원하는 대로 눈을 감고 귀를 막고서 모르는 척, 들리지 않는 척, 보이지 않는 척을 하고 싶었다. 하지만 나는 너무 약하고 하찮은 사람이라 바로 앞에 있는 아픔을 보지 못한 척할 수가 없었다. 도움이 되지도 못할 거면서 남이 아프면 나도 아프다. 나도 언제나 이런 내가 싫다.

"백작님, 어떻게 해요. 피가 이렇게 나는데⋯⋯."

"아스, 괜찮으니까 울지 마십시오."

"전 백작님 때문에 우는 게 아니에요. 무서워서 우는 거예요."

내가 소설 속의 여주인공이라면 '당신이 걱정되어서 눈물이 나요'라고 할 텐데 곧 죽어도 그런 말은 나오지 않았다. 어떻게 메테오가 주변으로 떨어지고 초토화가 되는 상황에서 다른 사람이 걱정되어서 눈물이 나올 수 있을까? 이런 상황에서, 이렇게 무서운데? 내가 그래서 세상의 주인공도 공주도 되지 못하는 모양이다.

"제가 곁에 있는 한 당신은 아무것도 무서워할 것이 없습니다."

"백작님이 지금 절 무섭게 하고 계세요."

에반스가 찌른 유모의 피는 내 온몸을 덮었다. 나를 위해 온몸으로 낙석을 막은 클라인의 피도 내 몸 위로 흘러내리고 있다. 타인의 피는 나를 위한 것이든 아니든 어쨌든 끔찍한 것일 수밖에 없다.

메테오가 또 떨어질까? 나는 조심스레 클라인이 만들어준 작은 동굴을 벗어났다. 그대로 숨어 있고 싶었지만 그랬다가 진짜로 클라인의 손가락이 잘리거나 팔이 아작이 나버릴 것 같았다.

내가 몸을 피하고 나서야 클라인은 건물의 잔해를 내려놓았다. 그 밑에 있을 때는 몰랐는데 나와보니까 그는 절대 인간의 힘으로 지탱할 수 없는 것을 지탱하고 있었다. 거대한 짐을 내려놓으며 그는 약하게 신음을 했다. 전쟁터에서라도 그가 이렇게 상처를 입은 적이 있었을까?

"이게 무슨 상황이에요?"

"메테오입니다."

내가 아무리 패닉이라도 그건 안다. 메테오는 보통, 되게 고급 마법 아닌가? 그걸 함부로 부릴 수 있는 사람이 나는 대마법사인 시엘밖에 생각이 나지 않는다. 그가 미쳤나? 자고 있는 옆에서 누가 전쟁 나팔이라도 불어댔나??

"나해에서 도망친 여왕을 사로잡지 못했는데 아마 그녀가 한 짓인 것 같습니다."

"메테오는 강력한 마법 아닌가요? 그걸 할 수 있는 사람이 어떻게 전쟁에서 져요."

"전쟁에서 졌기 때문에 메테오를 부른 것이겠죠."

어차피 졌겠다, 이판사판, 너 죽고 나 죽자고?

그때 메테오 여러 개가 또 긴 꼬리를 끌고 하늘을 가로지르는 것이 보였다. 어디로 떨어질지도 모르겠다. 아마 내가 비명을 질렀던 것 같다. 클라인이 나를 끌어안으며 바닥으로 몸을 던졌다.

새빨간 클라인의 머리카락이 흩날리는 뒤로 진짜 앙골모와 대마왕이 강림하는 것 같은 불덩이 세 개가 나란히 특공대 출동처럼 떨어져 내리는 것이 보였다. 그리고 왕비 궁이 눈에 들어왔다. 메테오 다발이 관통한 왕비 궁은 구멍 난 벌집 꼴이 되었는데 그 한가운데 얼추 왕자 방으로 보이는 곳이 꽤나 멀쩡했다.

"두 분께 수호의 마법을 거는 김에 이 방에도 방어 마법을 걸어놨습니다. 어지간한 피해가 있을 때도 이곳이 본궁보다 더 안전할 테니 여차하면 이곳으로 도망치세요."

시엘이 그렇게 말했었다. 그때는 그런 일이 이렇게 빨리, 그것도 메테오가 떨어지는 형태로 이뤄질 줄은 몰랐지만. 그렇다면 저곳에 지금 엘리와 안나, 그리고 미카엘 왕자가 있다는 거겠지.

나는 팔을 뻗어서 피 냄새와 아이리스 냄새가 어지럽게 섞인 클라인의 목을 꽉 끌어안았다. 나는 그처럼 피 흘릴 정도로 부상을 당하지는 않았지만 나에게도 그가 가져온 아이리스와 그의 피 냄새가 나고 있을 것 같았다. 아주 잠깐, 그가 끊어지다시피 숨을 멈추는 게 느껴졌다.

클라인은 검사인데 왼팔이 너덜너덜해졌다. 오른손잡이던가? 그 손도 엉망인데 오른손잡이와 왼손잡이가 의미가 있나? 무서워 죽을 것 같다. 이대로 고슴도치처럼 몸이나 웅크리고 앉아 있고 싶다. 왜 하필 지금 저걸 봐버렸을까. 왜 하필 지금 멀쩡할지도 모르는 왕자 궁을 봐버려서는······.

나는 클라인의 목을 끌어안고 속삭였다.

"저 가봐야 할 것 같아요."

"······어디를, 아스?"

눈물이 날 것 같은데 사실 이미 울고 있는 건지도 모르겠다. 아, 방금까지 나 울고 있었지. 그럼 여전히 울고 있을 거다.

나는 패닉이고 이 패닉은 계속되고 있다. 패닉 속에서 중요한 결정을 내리면 안 될 것 같은데, 그렇다고 신중하게 기다리고 있을 상황도 아닌 것 같다. 내 인생에서 중요한 결정을 내가 안 내리면 누가 내리냐 말이다.

다시금 하늘을 가로지르는 불덩이가 보였다. 도대체 메테오를 몇 개를 불러낸 건지 모르겠다. 아예 이 왕국을 가루 내지 그러냐. 적국의 왕이니 이 왕국을 아예 깡그리 가루를 내고 싶을 만은 한데, 여기에 포로로 끌려온 자기 백성들 생각을 하나도 안 하지 않고서야 메테오를 이렇게 때려 부을 수는 없을 거다.

"왕자님을 찾으러 가야 해요. 저는 유모잖아요."

나는 왜 유모일까. 에반스는 왜 하필 내가 담당일 때 유모님을 체포해서는 나를 유모로 임명했을까. 엘리가 아이를 얼마나 잘 돌보는데, 미나가 아기를 얼마나 좋아하는데. 그들이었다면 조금 더 갈등이나 고민 없이 저 불구덩이에 뛰어들었을지도 모르겠다.

하지만 나는 미카엘 왕자가 귀엽지도 않고 사랑스럽지도 않았다. 왕자가 점점 사람 같은 모양새를 갖춰갈 때 뿌듯한 순간도 있지만 그것이 내 기쁨은 아니었다.

하지만, 그래도. 그게 어떤 상황일지라도, 설령 스스로를 어른으로 느끼지 않더라도 성인이라면, 그리고 왕자가 아무리 짐덩이 같아도 그가 내 책임인 이상은 내 임무를 다해야 한다고 믿는다. 무섭고 죽을 것 같은 상황에서라도 말이다.

돈을 받았고 나는 어른이며 왕자의 유모였다. 어떤 상황이라도 어른인 나는 내가 책임져야 하는 어린아이를 보호해야 한다. 그러니 저 불구덩이를 뚫고 들어가야 한다.

클라인이 피를 많이 흘렸다. 지금도 흘리고 있다. 왼팔이고 오른손이고 쳐다보기가 힘들 지경이다. 그를 안전한 곳으로 데리고 가야 하는데 내 방까지 가기 전에 실혈로 졸도하지나 않을까 걱정이 된다. 바보 같은 사람. 하지만 이 바보 같은 사람이 없었다면 나는 날아온 건물의 잔해에 깔려 죽었다.

현실적으로 저 메테오를 뚫고 그와 무사히 내 방까지 당도할 수 있을까. 자신이 없다. 시엘은 왕자 방이 안전하다고 했지만 그가 말하는 왕자 방은 왕자 방 전체가 아니라 우리가 머무르던 내 방, 왕자 방에 딸린 곁방일 거다. 시엘은 그 방 밖에 나간 적이 없으니까.

나는 치맛자락을 들어 올려 힘을 주어 당겼다. 안 찢긴다. 그래서 이로 끝을 물어서 다시 당겼다. 그래도 안 찢긴다. 아, 이거 진짜 가지가지 너무하잖아. 온갖 소설 속의 공주님과 연약한 레이디들 대단한 분이셨다. 천이란 게 이렇게 질겨서 안 찢기는 건데 어떻게 이 옷자락들을 붕대 삼아서 죽죽 찢어댔지?

우주가 나를 돕지 않는 걸 보면 내가 덜 간절한가 보다. 하긴, 지금 그 우주는 나해 여왕의 간절한 바람을 도와서 이 왕궁으로 투신 중이었다.

결국 나는 주변에 떨어져 있는 날카로운 조각으로 옷 끝을 찢어내고 나서야 치맛자락을 클라인의 팔과 손에 감아줄 수가 있었다. 학교 다닐 때 붕대 감는 법을 배웠는데 당장 일이 눈앞에 닥치니까 손이 덜덜 떨려서 그냥 칭칭 감아주는 것 말고는 제대로 할 수가 없었다.

그 와중에도 메테오는 간간이 한두 개씩 왕궁으로 떨어져 내리고 있었다. 왕비 궁은 진짜 쥐가 파먹은 치즈 덩어리 수준으로 폭격을 맞고 있는데 의외로 본궁으로 떨어지는 메테오는 얼마 없었다. 유르겔이나 맞았으면 좋겠는데 〈탈출기〉는 이런 종류의 테러들을 대단히 평화롭게 묘사했었다. 미친. 이 난리가 났는데. 탈출기에서의 묘사가 평이했다라는 것은 유르겔과 에반스가 앞으로도 굉장히 평화로울 거란 소리일 거다.

고2 담임은 운도 실력이라고 했고 살다 보니 극복 불가능한 운빨이라는 것도 존재한다는 것을 인정하게 되긴 했는데 그래도 억울하다. 난 이렇게 구르고 있는데, 망할.

"백작님, 왕자님의 방으로 가야 해요. 가실 수 있겠어요? 메테오가 아직 떨어지고 있어요."

"위험합니다, 아스."

"그러니까요. 이곳에 있으시겠어요, 같이 가시겠어요?"

클라인은 손을 들어 피로 물든 얼굴을 닦아내려 했지만 양손이 모두 피투성이라 피를 더 묻힐 뿐이었다. 그래서 내 손을 아직 멀쩡한 치맛자락에 문질러 닦고 그의 얼굴을 쓸어주었다. 아, 치마로 닦을 걸 그랬나. 하지만 이미 피가 반쯤은 말라붙어서 잘 닦이지 않는 상태라 치마로 닦으면 얼굴을 벅벅 문지르는 느낌이었을 거다.

손이 한번 그의 얼굴을 지날 때마다 부드러운 청회색 눈동자와 시선이 스친다. 세상을 멸망시킬 것 같은 유성이 떨어지는 순간인 데도 그는 나를 보며 어떻게 저렇게 부드럽게 웃을 수가 있을까.

"아스."

왼팔이고 오른손이고 간에 구제 불능으로 보이는 그가 그래도 멀쩡한 왼손을 열심히 옷에 문질러 닦더니 내게 무언가를 내밀었다. 피로 된 지문이 좀 남기는 했지만 이 상황에서 기적처럼 깨끗한 오르골이었다.

"당신이 갈 일 없는 지옥이라도, 만약 당신이 가고 싶으시다면 저는 당신과 함께 갈 겁니다."

그때 피부 안쪽부터 솜털까지 같이 진동할 정도로 우웅- 하는 소리가 울려 퍼졌다. 설마 메테오 말고 뭐 다른 게 더 오나 싶어 놀라서 소리의 진원지로 고개를 돌리니까 디스토피아 설정의 게임에서 생존

자들 마을에 뒤덮여 있는 것 같은 반원구 모양의 실드가 본궁을 감싸는 것이 보였다. 지름의 꼭대기에서부터 반원구가 빠르게 생성되어 바닥으로 달려가는데, 그사이에 날아온 메테오 하나가 실드에 닿자마자 흔적도 없이 사라졌다.

그리고 그 본궁의 지붕 쪽에서 흩날리는 백금색의 머리카락이 보였다. 시엘인가 보다. 너 본궁에 가 있었냐? 그래서 본궁의 피해가 적은 건가. 왕비 궁은 어떻게 저게 아직도 서 있는지 모를 수준으로 공격을 당했는데.

이런 말은 좀 그렇지만, 나해 여왕 그 망할 것은 이왕 공격할 거면 제대로 좌표 찍어서 공격할 것이지. 어떻게 본궁도 아니고, 원래는 별궁이었던 왕비 궁에 집중포화를 해댈 수가 있냐. 너 유르겔한테 돈 받았니?

"그럼 왕자님을 구하러 가요."

이럴 상황이 아니라는 것은 알지만, 이것도 내가 생애 해보고 싶었던 대사 100선 중의 하나였다. 메테오에 맞는 게 로망에 있는 사항은 아니었지만 그래도 사소한 로망은 착착 이루어진다. 그럼 내 로망 베스트 1순위, 살아남기도 잘 이루어졌으면 좋겠다. 저 메테오가 날 족족 피해 떨어지는 행운은 없어 보이니까.

"메테오 100개가 한꺼번에 막 떨어지는 일은 없겠죠?"

"원래 메테오는 그런 거라고 알고 있는데 이번 나해 여왕은 나이가 어려서 그런지 아직 그렇게까지는 안 되는 모양입니다."

"그럼 빨리 가야겠네요."

지금도 운이 좋은 거였구나. 나는 그나마 멀쩡한 클라인의 오른쪽 팔뚝을 잡고 왕비 궁을 향해 전력 질주를 했다. 현대인의 망한 체력으로는 전력 질주 3분을 하면 폐가 입으로 나오는 게 어떤 느낌인지 절실하게 알게 된다. 그 전까지 갈 수 있는 만큼 최대한 가야 하는데,

내 체력은 망했어.

몇 발자국 뛰기도 전에 헉헉거리는 나를 클라인이 '잠시'라며 안아 들었다.

안 돼, 이러지 마. 나는 44 사이즈를 입는 날씬한 아가씨가 아니란 말이야. 공주님 안기는 내 로망이긴 했지만 그 로망은 이세계로 가면 미인이 된다는 공식이 지켜졌을 때의 로망이란 말이다. 거기다 그 반쯤 뼈와 근육이 분리된 팔로 나를 안아 들면…….

"실례. 이쪽이 빠를 듯하여서."

"백작님 무거우실 거예요. 왼팔이랑 오른손이 그렇게 엉망인걸요, 지금."

"전 괜찮습니다."

"백작님의 붕대가 안 괜찮대요. 남색 천인데도 피 배어나는 게 보이거든요?!"

"아스. 집중하게 해주십시오."

그가 말하는 집중이 고통에의 집중이 아니길 바란다. 나는 자유로운 손으로 그의 흩날리는 붉은 머리카락을 만졌다. 인상적일 정도로 선명한 붉은 빛깔. 처음 봤을 때부터 불꽃 같다고 생각했는데 그게 맞았다. 피가 말라붙은 색상과 그의 머리카락 색은 많이 달랐다. 그러고 보니 머리에도 상처가 났구나. 이따가 조금 여유가 나면 그쪽 상처도 봐야겠다. 여유가 생긴다면.

우리가 방금까지 서 있던 곳에 작은 불덩이가 떨어져 내렸다. 큰 소리를 내며 땅이 파였다. 클라인이 나를 들고 달리고 있어서 다행이다. 내 걸음으로는 사정거리일 뻔했다.

왜 이렇게 왕비 궁에 집중포화일까. 나해 여왕 저 망할 것이 그래도 동포를 생각해서 자기 동포가 없을 왕비 궁에 집중사격을 퍼붓고 있어서?

"머리를 감싸고 숙이십시오."

"네??"

왕비 궁의 현관이어야 할 곳인데 눈앞에는 커다란 불의 장벽이 보였다. 이성적으로 생각했을 때 저길 두고 돌아서 갈 곳도 없긴 한데 그렇다고 저걸 정면 돌파하냐!!

나는 얼른 두 손으로 머리를 감싸고 클라인의 품 안에 고개를 파묻었다. 후끈한 기운이 따갑게 온몸을 덮쳐왔다. 클라인은 괜찮을까? 그도 뜨거울 텐데. 멀쩡할 때면 또 몰라도 많이 다쳤는데. 뜨거운 기운이 좀 사라진 다음에 나는 얼른 그를 올려다보았다. 그는 처음 다친 모습 그대로, 상황에 어울리는 말은 아니지만 멀쩡해 보였다. 더 다친 곳은 없어 보였다.

"저는 소드마스터라…… 마력으로 제 몸을 보호할 수 있습니다."

그나마 다행이긴 한데 그럼 처음엔 왜 다친 거지. 날 보호하느라고? 클라인과 시엘이 붙으면 자기가 이긴다고 시엘이 당당히 대답했던 게 갑자기 생각이 난다. 마법이 진리다. 하지만 난 마법에 재능이 없지. 그게 처음으로 아까워졌다.

"아스, 여기서부터는 걸으셔야겠습니다."

"네, 그럴게요."

현관을 지난 후 클라인이 나를 바닥으로 내려주었다. 그는 괜찮다고 말했지만, 그의 팔은 고통으로 부들부들 떨리고 있었다. 고통일까? 아니면 죽어가는 신경이 몸부림을 치는 걸까. 나는 그의 부상에서 눈을 돌렸다.

왕비 궁은 메테오로 거의 박살이 나 있었고 거기다 메테오의 여파로 불까지 난 덕에 원래 형상이 이제 거의 없었다. 별궁이었긴 하지만 왕궁이니만큼 웅장하고 아름다운 멋이 있던 현관과 로비가 지금은 뼈대만 앙상하게 남아 있었다. 어디를 밟아야 무너지지 않을지 알 수 없는 모습으로. 불은 순식간에 궁을 불사르고 꺼진 모양이었지만 사방이 조용해질 때면 아직 꺼지지 않은 불꽃이 타닥타닥하고 타오르는 소리가 났다.

한 걸음, 한 걸음이 조심스러웠다. 이곳에서 몇 해를 살아온 왕비의 인생이 이랬을까.

클라인이 먼저 발치를 확인하며 안전한 곳을 찾아 걸었고 내가 그 뒤를 따랐다. 그는 때로 내 손을 잡아주었고 지반이 안전하다 싶은 곳에서는 나를 안고 걸었지만 그 시간이 길지는 않았다.

"여기 다시 사람이 살지 못하겠죠?"

"다시 지으면 예전처럼 살 수 있을 겁니다."

"예전같이라……."

왕비에게 있어서 예전처럼 사는 게 좋은 일일까? 나나 시녀 친구들에게 있어서는 나쁘지 않은 직장이었지만, 죽은 사람처럼 살아가는 게 왕비에게 좋은 일이었을지는 모르겠다.

어떻게 2층까지 올라온 건지 모르겠다. 오랜 시간이 걸린 것 같다. 본궁을 지키고 있을 시엘이 여기에 있었으면 좋겠다. 그리고 엘리와 안나가 눈치를 채고 내 방으로 들어가 있으면 좋으련만. 기분 탓인가 어린 아기의 울음소리도 들렸다.

"아기 울음소리가 들리는 것 같아요."

"기분 탓입니다."

다행이다. 나보다 감각이 발달한 클라인이 하는 말이면 내 느낌보다 정확하겠지. 왕자는 울고 있지는 않은가 보다. 그럼 안전한 거겠지? 왕자는 엘리를 좋아하니까 엘리가 잘 달래주고 있으면 울지 않고 있을 것 같다.

"피해요!"

갑자기 클라인이 큰 소리를 내며 나를 덮쳐눌렀다. 피할 곳도 없는 곳이라 뒤로 넘어지며 등이랑 뒤통수에 온갖 무너진 잔해가 부딪혀 배겼다. 왕비 궁에 들어오면서부터 그 참혹함에 비명을 안 지르려고 애써 이를 악물고 있던 탓에 소리를 지르지는 않았지만 약한 신음이 잇새를 타고 흐르긴 했다.

머리가 어지럽다. 조금 진정이 되는 대로 고개를 들자 아까와 달리 뻥 뚫린 벽이 보였다. 2층의 앞과 뒤가 조금 비스듬하게 관통되어 파란 하늘과 붉은 불덩이와 그 불덩이가 내뿜는 회색 연기가 그대로 보였다.

너 진짜 유르겔한테 돈 받았니? 아님 누구한테 정보를 잘못 샀어? 왕비 궁을 본궁으로 알고 좌표를 찍지 않고선 이렇게까지 집요하게 공격을 해댈 수는 없는 노릇이다.

"아스……."

그래도 여태까지 왕비 궁에서 시신은 만나지 않았다. 다들 잘 대피한 모양이다. 아무리 내가 되지도 않는 책임감과 윤리를 갖고 뛰어 들어왔다고 해도 아는 사람의 시신이 이 폐허 사이에 누워 있는 것을 봤다면 견디기 힘들었을 거다.

나도 사람이다. 지금도 무서워 죽을 것 같다. 클라인에게 큰소리를 쳐놓고 뛰어 들어왔지만 그가 없었더라면, 그리고 내 방으로 가면 안전하다는 보장이 없었더라면 당장에 다시 뛰어나가 여기가 아닌 다른 곳으로 도망쳤을지도 모르겠다. 일단 나해 여왕이 삐끗한 건지 돈을 받아먹은 건지 좌표를 여기로 찍은 것 같다는 느낌이 든 순간부터 말이다.

"아스, 앞을."

클라인이 부르는 소리에 앞을 돌아본 나는 할 말을 잃었다. 메테오가 어떻게 지나간 것인지 3층의 앞과 뒤는 비스듬하게 뻥 뚫려 있었고 바닥은 내가 아무리 다리를 학처럼 찢는다고 해도 지나갈 수 없는 크기로 무너져 내려 있었다. 그대로 1층과 지하실…… 은 안 보인다.

부엌이 의외로 튼튼한 곳이었다! 그래도 그 구멍을 통해 1층까지는 그대로 내려다볼 수 있었다. 그 정도로 큰 구멍이었다. 그런데 위로 가려면 저기를 지나야 하는데 어떻게 지나가지? 체육 실기 점수 최하점을 찍었는데, 난.

클라인이 물었다.

"아스, 절 믿으십니까?"

"믿어요. 무조건 믿어요, 백작님."

그가 웃으며 손을 내밀었다. 나는 홀린 듯이 그 위로 손을 올렸고 그는 그대로 나를 당겨 다시금 공주님 안기로 들어 올렸다. 사방이 화염과 연기로 채워져 있지 않다면 좋았을 텐데.

"제 눈만 보고 계십시오. 제 눈 색이 무슨 색입니까?"

"청회색이요. 가장 추운 겨울에 눈이 내리기 직전의 하늘 같아요."

"제 눈이 그런 색이었군요."

"네, 그래서 보고 있으면 뜨겁지가 않아요."

"차가운 빛깔입니까?"

"아녜요. 늘 온화하고 부드러우셨어요."

나를 안고 이야기를 하며 몇 발자국 뒤로 물러선 클라인은 그대로 달려서 바닥의 구멍을 뛰어넘었다. 달리는 그의 몸과 두근거리는 가슴, 그리고 잠시 붕 뜨는 몸을 모두 느끼면서, 나는 클라인이 시키는 대로 클라인의 청회색 눈과 그 안에 있는 검은 머리와 눈을 가진 여자의 얼굴만을 바라보았다. 이상한 일이지. 이렇게 무서운 상황에서, 이렇게나 무서운데도 나는 평화로운 얼굴을 하고 있었다.

도약은 가벼웠지만 내려앉을 때는 누군가가 내 어깨를 잡아 누르는 것 같았다. 나는 내 무게가 클라인의 다친 팔을 짓누르는 것을 걱정했지만 그의 목에서 신음이나 비명이 나오지는 않았다. 그러나 그의 가슴에 고개를 기대고 있던 나는 가슴 안쪽으로 억지로 눌러 참은 그의 비명을 들을 수 있었다.

나는 클라인이 자신의 팔에서 떨어진 새빨간 피를 자신의 발로 짓밟고 지나가는 것을 모르는 척했다. 서툴게 동여맨 붕대는 제 역할을 하지 못했고 그의 팔과 손은 계속 피를 흘리고 있었다.

"백작님. 피를 흘리고 계세요."

3층을 절반쯤 지나왔을 때 내가 말했다. 왕비 궁은 3층도 이제 거의 다 부서져서 골조만 보이지 예전의 모습이나 장식은 흔적도 찾아볼 수 없었다.

메테오가 왕비 궁을 중구난방으로 아무 방향에서나 몇 번씩 관통해 대서 뻥 뚫린 벽들을 통해 밖이 보일 정도였다.

본궁은 시엘이 방어막을 쳤고, 그 후로 마법사들의 반격이 시작되었는지 혹은 뭐 다른 이유 때문인지 불덩이는 이제 왕궁이나 땅이 아닌 하늘 저편에서 터지고 있었다. 붉고, 검고, 회색인 불꽃놀이다.

"드레스에 피가 묻고 있군요. 죄송합니다."

"그게 아니라……."

피를 흘리는 그가 내게 피를 묻히고 있는 것을 사과한다. 그런 사과를 받고자 한 말이 아니긴 하지만 무슨 대답을 들으려고 한 말인지도 모르겠다. 피를 흘리니까 여기서 전진하지 말라고? 조금만 더 서두르자고? 마치 내가 클라인에게 그런 명령을 할 자격이 있는 사람인 것 같은 말들이다.

"4층에 거의 다 와가요, 4층은 계단이 남아 있네요."

2층에서 3층으로 올라올 때는 계단에 메테오의 여파가 지나가서 올라갈 계단이 사라지고 없었다. 언제 메테오가 날아올지 모르는데 계단이 없는 곳을 기어오르는 건 진짜 고역이었다. 내 운동신경이 좋은 편도 아니라서 클라인이 올려준 대로 그의 어깨를 몇 번이나 걷어찬 후에야 겨우 바동바동 올라갈 수 있었다.

콰르르르 하는 굉음은 여전히 들려왔다. 하지만 이제 메테오가 떨어질 걱정은 덜 해도 될 것 같았다. 나해의 여왕이 소환했을 메테오들은 거의 하늘에서 무언가에 격추당하듯이 터져 나갔고 그 파편 같은 것들만 간간이 지상으로 떨어지고 있었다. 그 역시도 위협적이긴 하지만 메테오보다는 나았다, 메테오보다는. 슬픈 비교급이군.

왕궁이 이 지경인데 왕궁 밖은 어떨까? 진짜 나해의 여왕이 왕비 궁으로 좌표를 찍고 메테오를 날리고 있는 걸까, 아니면 그냥 무작위로 날리고 있는데 내 눈에 남의 떡이 더 커 보이는 것처럼 유독 왕비 궁만 아작 난 것처럼 보이는 걸까.

내가 생각하기로 나는 아직도 패닉 상태다. 내 판단을 내가 믿을 수가 없다. 그리고 이쯤 되니까 내가 왜 생각이라는 걸 하고 살고 있나 회의적이 되어간다.

신기하게도 4층은 거의 원래의 형상을 유지하고 있었다. 아래층은 거의 빈약한 뼈대만 남아 있는 상황이라 위도 엉망일 줄 알았는데. 문제는 이게 더 불안하다는 것이다. 아래층의 그 빈약한 뼈대가 이 정도의 부피와 무게를 언제까지 버틸 수 있을지 갑자기 불안과 공포가 엄습한다.

가끔 사자성어를 몸으로 배우게 될 때가 있는데 이번은 그게 그렇게 달갑지가 않다.

사상누각.

나는 클라인의 허리를 밀며 4층을 내달렸다. 조금이라도 덜 불안할 때 빨리 미카엘 왕자에게 도착해야 했다. 나는 방문을 박차며 엘리와 안나, 그리고 미오 경을 불렀다.

"엘리! 안나! 미오 경! 다들 무사해요?!"

왕자의 방은 결코 무사하지 않았다. 작은 메테오 하나가 천장에서 아래로 비스듬히 뚫고 지나갔는지, 정오의 햇살과 허공에서 터지고 있는 불꽃들이 여과 없이 방 안으로 비치고 있었다. 빠르게 둘러본 바로는 엘리도 안나도 보이지 않았고 오늘 당번인 리카르도 보이질 않았다.

"엘리! 미오 경! 안나!"

찢긴 깃발처럼 나부끼는 치마를 붙들고 폐허가 되어 듬성듬성 뼈대를 드러낸 바닥을 뛰어다니며 사람들을 불렀다. 이런 데서 그들이 죽었을 리가 없다. 하지만 〈탈출기〉는 엘리와 안나의 안전까지는 보장해 주지 않았다.

다시 한번 이름을 부르려는데 애앵, 하는 익숙한 소리가 들렸다. 미카엘 왕자의 울음소리였다. 나는 외침을 멈추고, 하늘에서 떨어지는 메테오와 그 메테오가 산산이 흩어지는 소리 속에서 신중히 미카엘 왕자의 울음소리에 귀를 기울였다. 내 곁에 선 클라인이 손을 들어 한쪽을 가리켰다.

나와 세야가 수업을 하던 책상 아래에 안나가 있었다.

"안나!"

새파랗게 질린 안나는 울음을 터뜨리려는 미카엘 왕자의 입을 손바닥으로 막으려고 들 정도로 정신이 나가 보였다. 그 발아래에 미오 경이 있는데, 엎드린 채 움직임이 없었다. 옆구리에 작살 같은 게 꽂혀서 흘러내린 피가 작은 웅덩이처럼 고여 있었다.

"우리를 감싸주시다가……."

클라인이 다가와 바닥에 떨어진 미오 경의 칼을 주워 작살 같아 보이는 것의 윗부분을 잘라냈다. 잘린 부분에는 클라인의 손에서 묻은 피가, 아직 미오 경에게 꽂혀 있는 부분에는 미오 경의 피가 묻었다.

"지금 뽑는 건 위험합니다."

그렇겠지. 영화나 드라마를 보면 꼭 저런 거 스스로 뽑아내면 스멀스멀 기어 나오던 피가 확 튀어서 죽게 되더라고.

"안나, 엘리는?"

"엘리는, 엘리는……."

"아스, 피해야 합니다."

클라인의 말이 끝나기도 전에 왕자 방 바닥에 뚫린 구멍 근처로 부서진 메테오 파편이 내리꽂혔다.

붉은 섬광과 커다란 소리.

왕자가 결국 울음을 터뜨렸다. 나는 서둘러 미카엘 왕자를 빼앗아 안아 들고 안나의 팔을 당겨 일으켜 세웠다.

"안나, 내 방으로 들어가. 어서! 아니다. 미오 경 팔을 들어. 백작님, 다리 쪽 들어 올릴 수 있어요? 아님 왕자님을 백작님이 잠깐 안아줄래요?"

"뜻은 알겠는데 상처가 벌어질 수 있습니다."

"죽는 것보다는 나아요. 제 방은 안전해요."

반박이나 질문은 받지 않겠다는 강한 의지를 담아서 외쳤다. 지금은 설명하고 말고 할 시간적 여유도 없다.

창백한 클라인과 넋이 나간 안나가 힘을 합쳐서 미오 경을 내 방으로 끌고 오는 데 성공했다. 예상대로 노숙자 외투 같은 꼬락서니가 된 왕비 궁에 비해 내 방은 흔들려서 떨어지고 흐트러진 부분을 빼면 아침에 내가 나갈 때 모습 거의 그대로였다. 이 더러운 몰골을 정신이 남아 있는 안나랑 클라인이 메테오 때문에 왕궁이 흔들려서 그런 거라고 생각해 줬으면 좋겠다. 보고도 잊어주면 더 좋고. 왜냐면 사실 내가 더럽힌 게 맞거든.

다행히 안나는 더러워지고 생채기가 이곳저곳에 났지만 크게 다친 데는 없었고, 울음을 그친 미카엘 왕자도 볼때기에 먼지 하나 안 묻어 있는 상태였다.

문제라면 미오 경과 클라인, 두 남자다. 하지만 〈탈출기〉가 두 명의 생존을 약속하고 있었다. 미오 경은 미카엘 왕자가 자라나 혼자 넘어지지 않고 뛸 수 있는 나이까지 무사히 살아 있다. 클라인도 아마 그때까지 무사할 거다. 그러니 이 둘은 오늘 죽지 않는다.

이제 왕궁은 간헐적으로 와르르와르르 흔들리고 있었다. 안전한 방공호 안에 들어와 있는 것 같은 느낌이라 밖의 상황을 자세히는 모르겠지만 이곳은 무려 대마법사인 시엘이 안전을 보장한 곳이다.

이런 대재앙이 〈탈출기〉에서는 되게 간단하게 넘어갔었다. 워낙에 유르겔과 에반스의 로맨스가 아닌 곳은 페이지 할애를 적게 하는 소설이긴 했지만 어떻게 왕궁이 아작 나는 부분의 묘사를 그렇게 간단하게 건너뛸 수가 있는 건지 신기하다.

유르겔과 에반스의 우주에서는 그들이 서로 사랑하는 일이 빅뱅급으로 충격적이고 가장 중요한 사건인 것이다. 이런 메테오가 떨어지는 난장판보다 훨씬 더. 그러나 그들에게는 별것 아니어서 〈탈출기〉에 간단하게 언급되고 지나가는 이벤트라도 주인공이 아닌 나에게는 대재앙이고 죽다 살아나는 재해일 수도 있다. 그걸 지금 깨달았다.

"안나. 엘리는?"

"같이 있었는데…… 모르겠어. 같이 있었는데 갑자기 사라졌어. 불이 번쩍하더니 천장이 무너지고 엘리가 사라졌어. 엘리가!"

왕자 방의 한가운데를 뚫고 있던 그 흔적은 내가 3층을 지나가기 전에 생긴 걸까, 그 후에 생긴 걸까.

"엘리는 잘 피했을 거야! 밑으로 떨어졌는데 여기까지 다시 올라오지 못한 것뿐. 엘리는 아래에서 무사할 거야."

나는 미오 경의 칼로 내 남은 드레스를 자르며 그렇게 말했다.

"그렇겠지?"

"응, 그럴 거야."

불안한 안나의 얼굴을 보았다. 내 얼굴이 불안하지 않았으면 좋겠다.

나는 잘라낸 드레스로 미오 경의 허리를 둘둘 감기 시작했다. 내 드레스 치마는 이제 무릎길이 원피스가 되었다. 미오 경은 머리색이 짙어서 그런가, 피를 잃고 하얘진 얼굴이 유난히 창백하다. 그리고 그건 클라인도 마찬가지다.

갑자기 커다란 충격이 내 방을 흔들었다. 벽에 등을 기대고 앉아 있던 클라인이 놀라 일어서 내 머리를 감싸 안을 정도의 충격이었다. 아마 방 근처로 메테오가 떨어진 게 아닐까 싶다.

내가 왕자에 대한 시엘의 사랑을 좀 쉽게 평가했나 보다. 절대적으로 안전한 곳, 심지어는 메테오로부터도 안전한 장소를 만들어내다니. 어쨌든 설령 왕비 궁이 깡그리 무너지더라도 내 방만큼은 모든 것이 말짱한 상태로 상자가 데구루루 구르듯이 바닥에 내려앉을 것 같다.

"아스, 왜 이곳이 이렇게 안전한지 물어봐도 되겠습니까?"

"마법이 걸려 있어요."

"무슨 마법입니까?"

"설명하기에는 너무 긴 이야기예요, 백작님. 제가 비밀을 가지려는 게 아니라요."

미카엘 왕자는 내가 안은 후부터 빠르게 안정을 찾아갔다. 빠르게 두근거리던 심장이 조금씩 느려졌고 신경질적으로 휘젓던 손도 얌전해졌다. 얼굴이 새빨개지도록 악쓰던 울음도 그치고 내 품 안으로 파고든다. 다행히 많이 놀랐던 것 같지는 않다.

그쯤에서 나는 가엾은 안나에게 아까부터 신경 쓰이던 것을 물어보았다.

"안나. 혹시 왕비님의 행방을 알아?"

아까는 이곳으로 급하게 뛰어오느라고 살펴볼 생각을 안 했는데 이제 안전하다는 확신이 드는 곳에 앉아 있으니까 슬슬 걱정이 되기 시작한다.

누가 왕비님을 돌보고 살펴주고 있기는 할까? 알렉스 경이 있지만 이 나라에서 가장 강한 기사인 클라인이 저 꼴이 났는데 알렉스 경도 무사하다고 가정하기는 어려울 것 같다.

"아니, 몰라. 난 여기에만 있어서."

누군가 왕비님을 대피시켜 줬으면 좋겠는데⋯⋯. 그게 가능할까? 시엘만 해도 본궁을 사수하고 있고, 아무도 왕비에게 신경을 안 쓸 텐데. 나도 신경 안 쓰고 싶다. 나는 왕자를 찾아온 것에서 이미 임무를 다 완수했다. 돈 받는 만큼만 일하고 살고 싶다.

〈탈출기〉는 왕비의 무사함도 보장해 주었다. 왕자가 혼자 뛰어놀다 왕비의 궁에 몰래 숨어들 수 있는 나이가 되기까지 왕비는 왕궁 안에서 메마른 화석처럼 살아남으리라. 그러니 그 보장된 미래에 내가 굳이 간섭할 필요는 없을 거다.

내 용기는 나와, 미오 경과, 시엘과, 미카엘 왕자가 함께 잠들던 이 작은 곁방 정도의 크기일 뿐이다. 사실 지금도 무서워 죽을 것 같다.

"오늘 밤에도 네가 같이 있었으면 좋겠다고 생각했어."

하지만 메테오의 열기가 아직 남아 있는 어깨 위로 그때 닿았던 레이스 숄의 감촉이 느껴졌다.

나는 맹세코 오지랖이 넓은 사람이 아니다. 세상은 어둡고 위험하고 누구나 그 안에서 혼자 살아남아야 한다. 험한 세상 뭘 믿고 남을 믿고 의지할까. 인생은 자력갱생이다.

그러니까 만약에.

내가 그 밤을 기억하지 않았다면.

그 밤에 수줍게 웃던 왕비의 얼굴을 기억하고 있지 않았다면.

눈을 감았다 떴다. 앞에 보이는 광경은 변한 게 없었다. 키 큰 남자를 사랑한 고전소설의 여주인공은 용기를 내는 건 생각보다 커다란 일이 아닌 것 같다고 말했는데, 내가 생각하기로 용기를 낸다는 건 아주 큰일인 것 같다. 문밖으로 나가는 데는 많은 용기와, 진짜 많은 용기가 필요하다.

"왕비님을 데려와야겠어."

좋았어, 예상 범위 내의 반응이다. 안나는 미친 여자 쳐다보듯이 나를 보았고 클라인은 살짝 미간을 찌푸렸다. 미오 경은 움직임이 없다. 죽은 것 같다. 그럴 리가 없을 텐데?

살짝 툭 쳐보니까 다행히 움직인다. 그래, 피를 많이 흘리긴 했지만 이걸로 죽을 미오 경이 아니다. 미래가 그를 보장해 줬기도 하고 묘하게 생명 줄이 질겨 보이니까.

"아스, 제가 함께……."

"아뇨. 바로 옆이니까 저 혼자 다녀올게요. 위험할 일은 없을 거예요."

우리 모두 살아남을 사람들이니까.

클라인은 뭐라 더 말하고 싶어 하는 것 같았지만 내가 듣지 않았다. 그도 피를 많이 흘렸다. 나를 여기로 데려오기 위해 무리한 것도 있어서 아까보다 더욱 얼굴이 창백하다.

젖은 붕대를 풀고 새 붕대를 감을 때 안나는 그의 왼팔에서 시선을 돌렸다. 사람의 팔이라 볼 수 없이 참혹했다. 그는 검사인데 몸이 이렇게 상해서 괜찮을까?

시엘은 대마법사니까 그를 낫게 해줄 방법이 있으면 좋겠다. 방법이 있을 거다. 여기는 다른 세계니까.

나는 방문을 한 뼘 정도 열어서 바깥을 살폈다. 메테오가 다시 시작될 것 같지는 않을 느낌이긴 한데…… 원래 확률이라는 것도 남의 일일 때나 확률 몇 % 이렇게 말하는 거지, 내게 일어나면 100%가 되는 거라 신중해질 수밖에 없다.

용기가 필요하다, 진짜. 나는 심호흡을 하다가 잽싸게 문을 빠져나와 왕비의 방으로 달려 나갔다. 메테오는 안 떨어지겠지? 이 왕국의 마법사들이 막겠지? 시엘을 둘러싸고 있던 마법사들만 해도 한 무더기던데.

"왕비님!!"

문을 박차고 들어가며 왕비님을 불렀다. 늘 문 앞에 있던 알렉스 경도 없다. 내 방과 달리 폐허였다. 메테오는 내 방에서는 튕겨 나갔지만 그 외에는 예외 없이 모든 것을 부순 모양이다.

"왕비님!!"

왕비가 어디에 있을까. 무사히 피했다면 다행인데 그렇지 않다면 어디에……?

누가 그녀를 대피시켜 주었을까? 내가 여기 온 게 허사로 돌아가고, 괜한 위험 앞에 나온 꼴이 된다 해도, 왕비가 이미 다른 곳으로 피신해 있었으면 좋겠다. 왜냐면.

"……아스?"

저런 모습을 보고 싶지 않았기 때문에.

메테오는 왕비 방의 천장에서 바닥을 꿰뚫고 지나갔다. 왕비의 방 한가운데가 뻥 뚫려 있었고, 그 가장자리에 왕비가 혼자 웅크려 앉아 있었다.

메테오가 진짜 갑작스럽게 떨어져 각자 살아남기에도 빠듯하고 바빴다는 건 알지만, 정말로 이렇게 망가진 왕비 궁에 왕비 혼자 있는 것을 보고 싶지는 않았다.

"왜 여기 계세요. 알렉스 경은요?"

"저 아래에."

저 답의 의미가 알렉스 경이 혼자 살겠다고 도망쳤다는 건지, 아니면 왕비를 구하려고 하다가 메테오와 함께 바닥으로 수직 낙하를 했다는 건지. 둘 중의 어느 것인지 모르겠다. 내가 어느 쪽이기를 바라는 것인지도.

알렉스 경이 언제까지 왕비의 곁에 있었는지 서술이 있던가? 기억이 안 난다. 이따위 패닉 상태에서 생각이라는 거 자체가 불가능한 일인 것 같다.

"여긴 위험해요."

왕비에게 다가가고 싶은데 방법을 모르겠다. 왕비의 방은 왕자 방보다 훨씬 심하게 망가져서 바닥에 발 디딜 곳 자체가 없었다.

왕비는 반대편 벽 쪽에 웅크리고 있는데, 어떻게 우회해서 가야 할까. 왕비의 방은 문 바로 앞부터 바닥이 푹 꺼져 있었다. 저 밑 1층까지, 아마.

나는 발끝으로 툭, 푹 꺼진 바닥의 끝을 쳐보았다. 부스러기들은 좀 떨어졌지만 더 부서지진 않았다. 힘을 조금 더 주어서 툭툭 쳐봤다. 불안하다.

내 무게를 감당할 수 있을까? 다 부서지고 남은 잔해가 나를 감당할 수 있을까?

왼쪽으로 가는 게 그나마 왕비랑 가까운데 거기는 게걸음으로 가야 할 것 같고, 중간에 한 구간은 푹 꺼져서 아무리 발을 넓게 벌려도 걸어서는 건널 수 없는 구멍이 파여 있었다.

중간에 손바닥만 한 나뭇조각이 남아 있으니 그걸 밟고 건너뛰어야 할 것 같다. 문제는 한 번 도약은 가능한데 되돌아올 수가 있을까? 버텨줄까?

"왕비님, 이쪽으로 오실 수 있겠어요?"

바보 같은 질문이라는 걸 알면서도 나는 한번 물어봤다. 왕비는 새끼를 배 아래에 깔고 있는 다친 고양이처럼 조심스러운 경계가 담긴 눈으로 나를 보며 고개를 저었다. 그럴 것 같았다. 올 수 있었음 진작에 왔겠지.

여자라서 행복해요~ 하는 인생을 살아본 적도 없지만 그렇다고 다음 생은 남자로 태어나겠다고 이를 갈 정도의 인생도 아니었다. 하지만 지금 내가 힘세고 강한 남자였으면 좋겠다. 왕비 정도의 가냘픈 여자는 자신 있게 양팔에 들고 성큼성큼 걸어 나올 수 있는 남자.

아니다. 그러면 무게 때문에 고민할 것도 없이 바닥을 밟자마자 떨어질 거야.

첫 메테오 이후로 이만큼 시간이 지났으면 좀 놓친 정신 줄이 잡히고 집 나간 멘탈이 수습될 만도 한데 나아질 기미가 보이질 않는다. 멘붕의 연속이다.

생각을 하자. 왼쪽으로 가서 오른쪽으로 돌아오는 게 가능할까? 게걸음이어야 한다는 사실은 변하지 않겠지만. 어느 쪽이든 한번 지나가면 다시 지나올 수가 없을 것 같은 길이다. 돌아올 때는 두 사람의 무게를 감당해야 한다. 그러니 그나마 조금 더 튼튼해 보이는 왼쪽을 둘이 걷는 게 낫겠다.

나는 심호흡을 하고 오른쪽으로 한 걸음씩 발을 내밀었다. 무섭다. 진짜 무섭다. 왕비의 방 한가운데에 뚫린 저 구멍이 꼭 내 마음 같다. 내 마음은 폐허요, 그대 도끼를 들고 노 저어 오시오.

중간 정도 왔을 때 내가 밟은 바닥 조각이 투둑 하더니 갈라졌다. 나는 기우뚱하는 몸을 서둘러 앞으로 옮겼다.

걸어온 길을 돌아보지 말고 앞만 봐야 하는데 앞이 캄캄하니 뒤를 돌아보고 싶어진다. 갈 길이 머니까 얼마나 왔는지라도 위안을 받고 싶은가 보다.

여기서 떨어지면 난 어떻게 될까? <탈출기>가 생존을 보장해 줬으니 죽지는 않겠지. 이런 트립물들은 떨어지며 원래대로 돌아가기도 하던데 나도 그럴까? 아니면 많이 다친 채로 살아갈 수도 있겠지. 가능성이 원래 가장 잔인하다.

"왕비님."

나는 광대처럼 걸어 드디어 왕비에게 도착했다. 한낮의 그녀는 내게 손을 내밀어주었다. 나는 그 손을 잡고 말했다.

"저쪽으로 가야 해요. 저랑 같이 여기서 나가요. 안전한 곳이 있어요."

알렉스 경은 어떻게 되었을까. 왕비 지근에 있었을 시녀 친구들은 어떻게 되었을까. 클라인과 내가 방을 떠나고 얼마 안 돼서 메테오가 떨어졌는데, 세야는 무사히 왕비 궁을 떠났을까? 생각하면 무서워진다. 생각하지 않는 게 이 세계에서 살아남기 위한 중요한 방법 중 하나가 되어가고 있다.

그녀는 꽃을 본 사람처럼 웃더니 한 사람이 겨우 웅크리고 앉아 있을 만한 공간에서 일어섰다. 이미 내가 지나온 길은 다시는 갈 수 없는 상태가 되었다. 나는 왕비의 손을 잡고 내가 온 길과 반대 방향으로 발길을 틀었다.

우리의 손은 가끔은 떨어졌고 그 뒤에 다시 잡혔다. 벽에 붙어 걸어가야 할 때는 손을 놓을 수밖에 없었다. 반쯤 왔을 때 갑자기 건물이 와르르룽 흔들렸다. 안 그래도 발끝으로 겨우 서 있는데 이게 흔들리면……!

졸지에 줄 없이 번지점프를 할 뻔한 나를 왕비가 잡아주었다.

"가, 감사합니다. 죽을 뻔했네요."

메테오나 그 파편이 떨어진 건 아닌 것 같고 건물 아래쪽의 붕괴가 너무 심해서 그 여파가 지금 오고 있는 것 같았다. 진짜 건물이 폭삭 무너지고 그 위에 내 방만 상자처럼 데구루루 구를 수도 있을 것 같다.

"왕비님, 서둘러야겠어요."

물론 살기야 살겠지만 〈탈출기〉의 에반스와 유르겔 외에는 얄짤없이 생략하는 경향성을 생각해 보면 잘못했다가는 정말로 살아남더라도 후유증이 좀 있을 수도 있겠다는 생각이 어렴풋이 들었다.

입구까지 거의 다 왔다. 그 말은 처음 나를 고민에 빠뜨린 바로 그 앞이라는 말이다. 걸어서는 통과할 수 없고 뛰어서 건너가야 하는데 성인 여자 무게를 두 번이나 감당해 줄까 알 수 없는 곳.

나보다 가벼운 왕비를 먼저 건너가게 해야 할 것 같은데, 귀하게 살아온 여자라 그만큼의 운동신경이 있을까 모르겠다. 사실 나도 운동 신경이 없지만 어떻게 가야 하는지에 대한 그림은 머릿속에 그려지는 상태라 내가 먼저 가서 왕비를 잡아주는 게 나은데……. 내가 도움닫기를 하고 지나간 곳이 남아 있을까?

"먼저 가렴. 뒤따라갈게."

하하, 언니. 그런 사망 플래그 같은 대사 꽂지 말아주세요. 우리 모두 살아남기는 한답니다. 그래도 왕비 말이 맞았다. 내가 먼저 가야 한다. 나는 심호흡을 하고 달려서, 중간에 아직 버티고 있는 손바닥만 한 나뭇조각을 밟고 뛰어올랐다!

와지끈하는 소리가 났다. 아슬아슬하게 나는 넘어왔지만 그 손바닥만 했던 나뭇조각은 이제 손가락 두 개만 한 크기가 되어버렸다. 저걸 왕비가 정확하게 밟고 밑으로 떨어지거나, 못 밟고 떨어지거나, 정확하게 밟아서 넘어오거나 셋 중 하나인 것 같다. 저 가냘프고 우아한 언니가 나처럼 할 수 있을까?

다행히 왕비는 정확하게 손가락만 한 나뭇조각을 밟고 우아한 학처럼 내게 떨어져 내리기 시작했다. 나는 뒤꿈치에 힘을 주고, 왕비를 받으려고 했다.

이제 마지막이다. 무사히 착지만 하면 이대로 뒤도 안 보고 내 방으로 달려 들어가면 된다. 하지만 왕비의 뜀이 좀 짧았다.

"어……?"

내 눈앞에서 왕비는 바닥으로 떨어져 내렸다. 바로 그 끝이 보이지도 않는 구멍 속으로.

언제나 입만 빨랐던 내 몸이 이번만큼은 생각보다 빨리 움직여 주었다. 나는 몸을 바닥에 내던지다시피 해서 겨우 추락하는 왕비의 손을 잡아챌 수 있었다. 하지만 어쩌지. 잡긴 했는데 왕비를 끌어 올릴 근력이 없다.

'아스'나 나나 체력이 나약하기 이를 데가 없어서 솔직히 잡고 있는 것만으로도 벅찼다. 그리고 나도 왕비에게 끌려서 점점 몸이 구멍 쪽으로 딸려가고 있는 것 같았다. 기분 탓이겠지. 기분 탓일 거야. 기분 탓이어야 한다.

아주 잠깐인데도 팔이 피가 통하지 않는 것처럼 뻐근하고, 뜨거워졌다. 왕비의 손을 잡은 손목 아래의 피부가 고무장갑을 늘리는 것처럼 당겨져서 진짜 아팠다. 이대로는 둘 다 떨어질 것 같았다.

다른 손으로 바닥을 잡고 버티는 데도 질질 끌려 나가서 결국 날카롭게 조각난 가장자리를 움켜잡아야 했다. 부러진 나뭇조각과 철골이 손바닥에 파고든다. 내 평탄했던 생애에 이런 아픔은 없었다. 아파 죽겠다.

"아스, 손을 놓으렴."

"그러면 왕비님이 죽어요."

"이대로는 너도 죽을 거야."

"기다려 보세요. 제가 힘을 내볼 테니까."

이 언니가 왜 자꾸 사망 플래그를 꽂아대는지 모르겠다. 왕비는 산다. 원작이 보장해 줬다. 그러니까 살려야 한다.

"안 되는 일에 군이 애쓸 필요는 없단다."

"이건 되는 일이에요."

알렉스 경은 어디에 있을까. 이럴 때 왕비의 기사가 왕비를 구해야 하는 건데.

나는 왕비의 기사가 아니라서 왕비를 구해주지 못하겠다. 내 인생에는 왕자도 기사도 없지만, 왕비에게는 왕자와 기사가 있는데 왜 아무도 그녀를 구해주지 않는 걸까.

"울지 말고 손을 놓으렴."

내가 울고 있나? 이 세계로 오고부터 눈물이 참 흔해진 것 같다. 나 원래 잘 우는 사람 아닌데.

무섭다. 무서워 죽을 것 같다. 내가 이렇게 무서워서 우는 거 보면 우리 엄마 가슴 아파하실 텐데.

왜, 무엇 때문에 무서운지 모르겠지만 무섭다. 살면서 지진 한 번도 겪어본 적이 없는데, 지금은 건물이 무너지고 하늘에서는 불이 떨어지고 친하게 잘 지냈던 사람들은 생사를 모른다. 그리고 눈앞에 내가 손을 놓으면 죽을지도 모르는 사람이 있다.

"무서워 죽을 것 같아요, 왕비님. 근데 손을 놓으면 더 무서워질 것 같아요."

내 세계로 돌아가고 난 후에도 '그때 손을 놓지 않았으면' 생각하게 되는 건 질색이다. 하지만 내 몸은 왕비의 무게를 감당하지 못하고 딸려서 내려가고 있었다.

이대로는 나도 얼마 버티지 못할 것 같다.

어쩌지? 이대로 버티면서 도와달라고 소리를 쳐볼까? 내 방까지 소리가 닿을까? 아니면 바닥을 짚고 있는 한 손을 놓고 양손으로 왕비를 끌어당겨 볼까? 내가 왕비의 무게를 버텨낼 수 있을까?

그때였다. 건물이 다시 흔들렸다. 안 돼! 겨우 버티고 있는데, 왜!

왕비의 손이 내 손안에서 빠져나간다.

"제가 같이 가겠다고 했죠?"

클라인이 왕비의 손목을 잡아채며 말했다. 그 목소리는 기이할 정도로 귓속에 파고들었다.

"너는 진짜 자주 다치는구나."

그리고 미오 경이 바닥을 짚고 있던 내 피투성이 손을 잡아 올리며
말했다.

클라인과 미오 경이 왔다.

나의 기사님.

외전 4

클라인 카펠라

피를 너무 많이 흘렸다.

몸이 으슬거린다. 팔다리는 이미 차갑고 이제 그 한기가 머리까지 올라왔는지 어지럽던 머리에 두통이 일기 시작했다. 클라인은 이미 힘이 빠져나간 머리를 뒷벽에 기대 지탱했다. 슬쩍 팔을 움직여 본다. 고통은 그에게 익숙한 것이었는데도 신경 한 줄기, 한 줄기가 찢기는 것 같은 고통에 꼼짝을 할 수 없었다.

십 년이 넘는 시간 동안 전쟁터를 떠돌며 이 세상의 잔혹한 것들을 가득히 보아왔던 클라인의 눈에도 왼팔의 부상은 심각해 보였다. 뼈와 근육이 분리되다시피 한 것은 왼팔이었고 오른손도 만만치는 않았다. 반으로 갈라지다시피 한 이 손으로 무언가를 다시 쥐는 일이 가능할까? 다시는 검을 쥘 수 없는 건 아닌지?

살짝 손끝을 움츠려 보려다가 바로 온몸을 타고 올라오는 격통에 신음을 목구멍 뒤로 삼키며 온몸에서 힘을 풀었다. 아프다는 것은 아직 신경은 살아 있다는 것일 테니 아직은 괜찮을 거다. 혹은 이미 이 팔과 손은 틀렸는지도 모르고.

마력으로 손을 보호했어야 했다. 하지만 그때, 아스 토케인의 머리 위로 건물이 무너져 내렸던 순간 다른 것을 생각할 수가 없었다. 팔이 무언가를 더 들어 올리지 못하게 되더라도, 이 손이 다시는 검을 쥘 수 없게 된다 할지라도 그녀를 보호해야만 했다. 이 손과 팔의 존재 의의는 오직 그것이었다. 다시 쓸 수 없게 된다 할지라도, 아스 토케인을 보호했다면 그것으로 족하다.

다만 아쉬운 것이 있다면 이 팔로 그녀를 안고, 이 손으로 그녀의 얼굴을 만지는 일이 불가능할지도 모른다는 것뿐이었다. 그래도 아스 토케인은 살아 있고 그녀는 안전하다. 클라인은 그것만으로 모든 것에 만족했다. 그녀가 있어야 클라인도 살아갈 수 있다.

클라인은 엉망이 된 손으로 멍해지는 머리 한쪽을 눌렀다. 피를 너무 많이 흘렸다. 지혈을 더 빨리 했어야 했을까.

"백작님, 피를 흘리고 계세요."

하지만 예상치 못했던 그 순간이 너무 달콤했었다. 아스 토케인의 눈이 그를 보는 순간, 그 까만 눈에 다른 것은 모두 의미가 사라지고 그만이 담기던 그 순간이. 그는 그것이 그토록 당황스러울 정도로 달콤한 기분일 줄은 몰랐다.

"아스, 왜 이곳이 이렇게 안전한지 물어봐도 되겠습니까?"

"마법이 걸려 있어서요."

"무슨 마법입니까?"

"설명하기에는 너무 긴 이야기예요, 백작님. 제가 비밀을 가지려는 게 아니라요."

그렇겠지. 안전할 수밖에. 방 전체에서 시엘 커퍼필드의 마력이 진동하고 있었다. 그 나약하고 태만한 대마법사가 전쟁터에서도 이 정도로 공들여 마법을 쓰는 것을 클라인은 본 적이 없었다. 만약 대마법사가 전쟁터에서 이 정도만 신경을 써서 마법을 썼더라면 왕국은 승리했을 것이고 대마법사가 당했던 불미스러운 일도 없었을 것이다. 구원을 요청하는 아군을 제 손으로 죽였다는 그것이 과연 전쟁터에서 불미스러운 일이었는지는 그로서는 모를 일이지만.

머리가 어지럽다. 가끔 시야도 캄캄해지는 것이 지혈하는 게 너무 늦었던 것 같다. 상처 자체도 컸지만 흘린 피가 너무 많았다. 클라인은 잇새로 신음을 흘리면서 뒷머리를 짓이기듯이 벽에 기댔다.

방 안에 있는 또 다른 기척들이 신경에 거슬리기 시작했다. 주변을 서성이며 안절부절못하는 작은 여자와 칭얼거리는 어린아이, 그리고 미약한 숨 하나까지도.

"안나. 앉도록."

그래, 안나. 그런 이름이었다. 아스 토케인이 다정한 목소리로 몇 번이나 안나라고 부르는 것을 들었다. 그녀는 아스 토케인이 좋아하는 사람이다. 난폭하지 않게, 고압적이지 않게, 그리고 상냥하게 굴어야 한다. 그걸 잊을 정도로 바닥은 아직 아니다.

그의 명령대로 안나는 바로 자리에 앉았다. 안절부절못하는 건 여전했지만 주변을 끊임없이 맴돌던 거슬리던 기척은 사라져서 견딜 만했다. 하지만 그때부터는 미약하게 이어지는 숨소리 하나가 그의 머릿속에 파고들었다.

미오 조디악.

그의 피후견인인 미카엘 왕자의 호위 기사인 자로 아스 토케인을 만나러 왕비 궁을 오갈 때마다 스치듯 보게 되는 인물이었다.

아스 토케인이 반갑게 '미오 경'이라고 부르는 자. 그리고 건방진 자.

"그녀를 제게 넘겨주십시오."

그날은 아직도 잊지 못하고 있다. 아스 토케인을 다시 만난 날이었다. 이티카 카직이 세상을 떠나고 삼 년 후, 아스 토케인을 찾아 헤맨지 이 년이 지난 후였다.

삼 년 전 클라인은 제정신일 수가 없었다. 에반스는 상실과 슬픔에서 헤어나지 못하는 클라인을 전쟁터로 보냈고 그는 그곳에서 한 해를 보내고 나서야 정신을 차릴 수가 있었다. 그때부터 그는 아스 토케인을 찾아 헤맸다. 그러나 클라인이 상실과 슬픔에서 헤어나지 못하고 있던 일 년 사이에 세사르 카직이 먼저 아스 토케인을 세상에서 숨겨 버렸다.

클라인에게도 쉽지 않은 시간이었다. 그는 홀로 대륙의 지도를 바꿔놓을 수 있는 사람이었지만 그 대륙에 살고 있는 작은 여자 하나를 찾기에는 너무나 미약했다.

이 년은 짧지 않았다. 아스 토케인이 어디에 있을지 모르는 채로 모든 국경을 떠도는 시간이었다.

그녀는 왜 나를 찾아오지 않을까. 몸을 의탁할 곳은 있는가. 내가 찾고 있다는 것을 모르는가. 그녀도 이티카 카직이 그리운 날이 있지 않을까. 살아 있다면 이렇게까지 소식을 알 수 없을 수가 있을까. 어디에서 무엇을 하고 있을까. 죽었더라면 시체라도 나올 텐데. 온갖 생각과 근거 없는 추측들이 매일같이 교차했고 그리움은 이티카 카직과 아스 토케인 사이를 오갔다. 그러나 살아 있을 거라 믿어야 했다. 이 세상 어딘가가 그녀를 품어 숨기고 있을 거라 믿어야 그도 살아남을 수 있었다.

긴 시간이었다. 가끔은 그도 자신을 알 수가 없었다. 셋이 함께이던 시절에 그는 아스 토케인을 그렇게 눈여겨보며 아끼지 않았었다. 그 시절이 영원할 줄 알았기 때문에.

이 절박한 감정은 어디에서 오는 것인가. 어느 순간부터는 그가 그리 워하는 것이 이티카 카직인지 아스 토케인인지 그도 알 수가 없어졌다. 그때는 아스 토케인을 만나면 그 모든 해답이 풀릴 것이라고 믿었다.

오랜만에 돌아온 왕궁에서 아스 토케인을 봤을 때는 꿈인 줄 알았 다. 본 적 없는 표정을 짓고 낯선 얼굴을 하는 것을 보고서야 꿈이 아 닌 줄 알았다. 그토록 찾아도 없던 아스 토케인을 다시 만난 순간 세 상의 모든 소음이 사라지고, 그녀의 심장 소리만 들릴 것 같은 침묵의 세계가 그를 감싸 안았다. 아침의 첫 번째 햇빛을 맞은 것처럼 아름답 고 평화로웠다. 그가 일찍이 삼 년 전에 잃어버려야 했던 천국이었다.

이 년은 짧지 않았다. 절대로.

이티카 카직이 황혼으로 떠난 후 그는 해도 달도 뜨지 않는 망망대 해에 홀로 버려졌다. 등대는 존재하지 않고, 방향도 알 수 없었고, 손 에 쥐고 있는 노는 부러졌다. 모든 꿈과 미래가 좌초된 바다에서 한 해를 살고 나서야 아스 토케인을 다시 만날 희망만으로 버텨낸 이 년 은 길고 고통스럽고, 아름답고 황홀했다.

"당신이 안전히 오래, 제 곁에 있어주시길 바라는 겁니다."

거짓말은 아니었다. 겨우 다시 찾은 구조선을 다시 잃어버리고 싶은 사람은 없을 테니까. 캄캄하게 색을 잃은 밤의 세계에서 오지 않는 아 침을 기다리는 건 삼 년이면 충분했다.

"죄송하지만 저도 제 인생이 있어요."

"당신이 안전하길 바라는 게 제 과한 욕심입니까?"

"저희가 그럴 사이인가요?"

전쟁터에서 창에 옆구리를 관통당했을 때도 그것보다 아프지는 않았다. 심장을 가시로 찔린 것처럼 잠시 숨을 쉴 수가 없었다.

우리가 그럴 사이냐고?

당연히.

세사르 카직이 끝까지 아스 토케인을 숨겼다면 모를까, 그렇지 못한 순간부터 클라인 카펠라의 모든 것은 아스 토케인의 것이었다. 그의 모든 것은 아스 토케인의 발밑에 놓여 그녀에게 종속되어 있고 아스 토케인의 손에 클라인 카펠라의 심장이 들려 있으니 그녀가 안전하고 행복하기만을 바랄 자격은 충분했다.

찬란한 아침을 잃어버린 노예가 빛을 들고 온 여왕에게 자비를 간청하는 것은 당연한 일이다. 그러니 클라인은 얼마든지 아스 토케인의 앞에서 낮아질 수 있었다. 그때 아스 토케인이 균형을 잃고 호수에 빠지지 않았더라면, 클라인은 기꺼이 그녀의 발 앞에 무릎 꿇고 곁에 있게 해달라고 빌었을 것이다.

왜 그녀를 찾았을까. 처음에는 이유를 알고 있었던 것 같지만 이 년을 찾고 기다리는 동안 그마저 잊었다. 그저 매일 아스 토케인의 무사를 빌던 마음이 언제부턴가 그녀가 보고 싶은 것으로 바뀌었다. 평생 쓸 숨결은 그녀가 없는 삼 년 동안에 모두 사라져서 이제 다시는 그녀가 없는 곳에서 숨을 쉴 수 없었다. 어쩌면 그는 절망으로 채운 바다에서 그를 죽게 할 소금물을 마시며 희망을 삼키고 있다고 착각했을 수도 있다. 하지만 그게 어때서?

물속에서 차가워진 아스 토케인의 몸을 안고 클라인은 다시금 숨을 쉬었다. 행복했다.

"그녀를 제게 넘겨주십시오."

정신을 잃은 아스 토케인을 안고 호수 밖으로 나왔을 때 그자가 있었다. 미약하고 미약한 주제에 연회장에서 클라인을 경계하며 거슬리는 기운을 보내던 기사였다. 그를 바라보던 아스 토케인의 얼굴은 부드럽고 편하고 친근했다. 그의 손에 잡혀 연회장을 벗어나던 그녀가 바라보던 것도 그였다.

그가 아스 토케인을 찾아다닌 시간 동안 그녀에게는 그가 모르는 역사가 생겨난 모양이다. 클라인이 모르는 사람과 시간이. 그때부터 거슬렸다.

"왕자의 호위 기사라고 들었는데 자리를 비워도 괜찮은가?"
"왕자의 유모가 자리를 비우는 것도 좋은 일은 아니지요."
"그녀에게 용건이 있다."
"정신을 잃은 자에게는 용건이 없으실 겁니다."

클라인은 아스 토케인을 끌어안은 팔에 힘을 주었다. 깊이 반짝이던 눈은 감겼고 옅은 붉은빛의 입술은 찬바람을 쐬어서 하얗게 질렸다. 온화한 계절이긴 했지만 차가운 물속에 들어갔다 나온 몸은 바깥바람을 맞으며 빠르게 차가워지고 있었다. 이대로는 병에 걸릴까? 클라인은 아스 토케인을 품 안에 끌어안았지만 그 역시 물에 젖어 아스토케인에게 전해줄 온기가 남아 있지 않았다.

"그녀의 처소로 안내해라."
"제가 데려가겠습니다."

단단한 목소리를 듣고 클라인은 조금 웃었다.

"내가 지금도 그대를 많이 인내하고 있다는 것을 기억하라."

대륙의 지도를 바꿀 수 있는 클라인 카펠라 앞에서 그는 조금 버티는 것 같았지만 그래 봐야 미약하고 한미한 일개 기사일 뿐이었다. 클라인 카펠라의 아래로 모든 기사는 평등했고 그의 앞에는 아무도 없었다. 그저 그의 옆에 그녀가 있길 바랄 뿐이었다.

미오 조디악이 숲길을 인도했다. 본궁의 정원에서 왕비 궁으로 가는 길은 길고 멀었지만 클라인에게는 부족했다. 왕비 궁 앞에서 미오 조디악은 다시 한번 클라인에게 말했다.

"그녀를 제게 넘겨주십시오."

그를 베어버리고 싶었다. 좀처럼 난폭해지지 않는 클라인은 오랜만에 충동을 느꼈다.

"왕비 궁입니다. 백작께서 그녀를 데리고 들어가실 수 없습니다."
"나는 왕자의 후견인이니 왕비 궁에 출입할 만한 충분한 자격과 지위, 그리고 명분이 있다."
"하지만 백작께서 지금 그녀를 안고 들어가신다면 그녀의 평판에 큰 해가 될 것입니다."

왕자의 유모라고 했던가? 삼 년간 사라졌던 그녀가 왜 하필 지금 왕비 궁에서, 그것도 유모가 되어 나타났는지 알 수가 없었다. 이것 또

한 세사르 카직의 수작일까? 무엇을 노리는지 알 수 없었고 사실 세사르 카직과 관련된 일이라면 어떠한 것도 알고 싶지 않았지만 그것이 아스 토케인과 관련된 일이라면 그도 알아야 했다.

클라인은 눈을 가늘게 뜨고 미오 조디악을 살폈다. 저자는 아스 토케인에게 도움이 될 인물인가. 그녀가 그를 아낄까? 그러나 클라인에게 있어서 탐색은 의미가 없는 일이었다.

평판이라. 그런 걸 생각하기는 해야 했다. 아스 토케인은 일개 시녀가 아니었고 클라인도 일개 기사가 아니었다. 처음으로 그에게 아무 의미가 없던 이 모든 것이 거추장스럽게 여겨졌다.

"여기서부터는 제가 데리고 들어가겠습니다."

미오 조디악이 다시 한번 재촉했다. 시간이 없긴 했다.

본래 왕비 궁 쪽으로는 사람들이 왕래하지 않았다. 본궁에서 화려하고 사치스러운 시간이 지나가고 있는 지금은 가장 인적이 드물고 조용한 곳이었지만 언제라도 다른 사람의 눈에 뜨일 수 있었다. 클라인 자신은 가장 하찮게 죽더라도 아스 토케인에게 해를 끼칠 수는 없었다.

미오 조디악의 품으로 몸이 차가워진 아스 토케인을 넘겼다. 소중히 품고 왔음에도 그와 닿아 있지 않던 곳은 차가웠고, 그의 품에 안겨 따뜻했던 부분도 미오 조디악의 품에서는 빠르게 식어가겠지. 대신에 그가 따뜻하게 해줄 수 없는 부분이 따뜻해지리라. 그런 생각을 하니까 목에 삼켜지지 않는 것을 물고 있는 것 같아졌다.

"그럼 들어가 보겠습니다. 백작께서는 빨리 돌아가시지요."

그렇게 말하고 미오 조디악은 아스 토케인을 데리고 어둡고 작은 왕비 궁 안으로 들어가 버렸다. 빈손이 허전했고 녹슨 문을 돌리듯이 심장이 둔탁하게 뛰었다.

문은 굳게 닫혔고 그는 다시 아스 토케인을 잃은 것만 같아서, 갈증이 났다. 한번 인식한 갈증은 영원히 채워지지 않을 것 같았다.

그때를 생각하고 클라인은 눈을 감았다. 갈증은 여전했고 알 수 없는 것들은 여전히 알 수 없었다. 머리가 다시 핑 돌고 시야가 캄캄해졌다. 피를 너무 많이 흘렸고 지혈은 사실상 의미가 없었다. 클라인은 이제 찌를 것 같은 두통이 이는 이마를 엉망이 된 손으로 눌렀다. 이 두통이 피를 너무 많이 흘려서인지, 아님 미오 조디악을 생각해서인지는 그도 알 수가 없었다.

그녀는 이 방이 절대적으로 안전하다고 말했다. 아마 그 말이 맞을 것이다. 방 전체를 채운 대마법사의 마력은 클라인도 느낄 수가 있었다. 하지만 이곳에 그녀가 없다.

쿠구궁 하고 왕비 궁이 다시 흔들렸다. 아스 토케인과 이 방까지 올라오는 동안 본 왕비 궁은 언제 무너져도 이상하지 않을 정도였긴 했다. 지상에 메테오가 떨어지고 있는 지금, 가장 안전할 곳에 그녀가 없다.

클라인은 엉망이 된 팔을 내려다보다 다리에 힘을 주었다. 다친 것은 팔이지 다리가 아니었다. 설령 다리가 무사하지 않더라도 기어서라도 아스 토케인에게 가서 너덜거리는 몸을 방패로라도 써야 했다.

그녀를 위하여.

이티카 카직이 이곳에 없는 지금 클라인이 살아 숨 쉬는 이유는 오로지 그것이었다. 아스 토케인을 위하여.

다리에 힘을 주고 몸을 일으켰다. 눈앞이 핑 돌며 시야는 검은 안개가 낀 것처럼 어두워졌지만 걸을 수는 있었다. 안나가 뭐라고 말을 하는 것 같았는데 잘 들리지 않아서 무시했다. 한 걸음, 한 걸음이 위태로웠지만 시야를 가리고 있던 안개는 걸을 때마다 조금씩 걷히고 있었다.

"카펠라 백작."

그때 희미하고 낮은 형편없는 목소리가 그를 불렀다. 천천히 고개를 돌려 보자 쓰러져 희미한 숨을 유지하고 있던 미오 조디악이 안나의 부축을 받아가며 일어서고 있었다. 관통당한 옆구리를 한 손으로 누르고 있는데도 피는 왈칵 쏟아졌다.

"아스는 어디에 있습니까?"

"지금 찾으러 가려고 한다."

"저도 같이 가겠습니다."

클라인은 피가 쏟아지고 있는 미오 조디악의 옆구리를 보며 건조하게 대답했다.

"그 상태로는 도움이 안 될 텐데."

"백작님의 상태도 정상은 아닌 것으로 보입니다."

피를 정말 많이 흘렸다. 일개 평범한 기사에게 저런 말을 듣고도 반박을 할 수 없다니.

"아스가 위험할지도 모릅니다."

그 말이 맞았기 때문에 클라인은 다시 한번 미오 조디악을 인내하기로 했다. 오래지 않아 그녀를 찾아낼 수 있었다.

아스 토케인은 멀지 않은 곳에 있었다. 그녀는 늘 그랬다. 그가 그녀를 찾아 헤매고 있을 때도 그녀는 결국 그에게서 멀지 않은 곳에 있었다.

피 냄새가 났다. 그리고 무너진 바닥에 엎드린 아스 토케인의 손끝에도 누군가가 매달려 있었다. 아스 토케인은 울고 있었다. 건물이 다시 흔들렸고 그녀의 얼굴이 절망에 어두워지는 것이 보였다. 그것은 정말로 심장을 관통당한 것 같은 고통이었다.

누가 먼저 몸을 날렸는지는 모른다. 아스 토케인의 양옆으로 몸을 던진 클라인과 미오 조디악은 동시에 손을 뻗어 아스 토케인의 손을 잡았다.

"제가 같이 가겠다고 했죠?"

"너는 진짜 자주 다치는구나."

그녀가 웃었다. 아스 토케인이 그의 곁에서 숨을 쉬고 그를 바라보며 웃고 있었다. 그것은 가슴이 찢어지는 것처럼 달콤한 감각이었다.

11장

아스트리드

클라인이 왕비의 손을 잡는 것을 보고도 나는 한동안 몸을 일으키지 못했다. 그 자세 그대로 굳은 나를 미오 경이 일으켜 세워주고 옷에 묻은 흙을 털어주었다.

클라인은 내가 잡고 버티는 게 고작이었던 왕비를 거의 반으로 갈라진 손으로도 한 번에 들어 올렸다. 상대적 박탈감이 느껴질 정도로 쉬운 몸짓이었다. 왕비는 한동안 클라인의 손자국이 남은 손목을 보다 그에게 말했다.

"고마워요."

"제가 영광입니다, 왕비님."

"아뇨, 정말로. 고마워요."

클라인이 왕비님의 처지에 대해 얼마나 알고 있을까. 에반스가 유르겔을 사랑해서 찾지 않는 정비로? 이런 사고가 터졌는데 아직까지도 왕비를 대피시키려는 움직임이 하나도 없다. 그거 하나만으로도 이 왕궁에서 그녀가 어떤 처지인지 알 수 있으려나.

왕비가 안전해진 것을 확인한 후 나는 미오 경을 돌아보았다.

"미오 경은 괜찮으세요?"

대답 대신에 그는 아직 작살 끄트머리가 삐져나와 있는 옆구리를 누르면서 작게 신음을 했다. 아프겠지. 살 속에 그런 게 박혀 있으면 움직일수록 안을 들쑤셔서 많이 아플 텐데.

"네가 묻기 전까지는 괜찮았다."

"안 괜찮았는데 까먹었던 거겠죠."

왕비를 제외한 모든 사람이 피를 흘리고 있었다. 나도 손바닥 가득히 나뭇조각과 가시들이 박혀서 통증으로 손끝이 다 떨렸다. 내가 이런데 미오 경이나 클라인의 고통은…… 상상하고 싶지 않다.

"왕비님, 이제 제 방으로 가셔야 해요. 거기는 안전해요."

왕비는 대답 대신 아직도 나뭇조각들이 박혀 있는 내 손바닥을 들여다보았다. 흑, 나는 슬퍼지고 아파져서 일부러 안 보려던 건데 왜 굳이.

"아프겠구나."

"전 견딜 만해요."

그녀가 내 손바닥에 박힌 커다란 나뭇조각을 아무런 예고 없이 뽑아내었다. 악! 손에 힘을 주지 않기 위해 노력해야 했다. 하지만 너무 아파서 반사적으로 손을 오므리려고 했다. 손바닥에 침났는데 그 손으로 바닥을 짚을 때의 고통이다.

"왕비님, 호의는 감사드리는데 지금은 그거 건드릴 때가 아닌 것 같아요……."

나는 안쓰러운 눈으로 미오 경을 보았다. 손에 박힌 가시를 뽑는 것도 이따위로 아픈데 그의 옆구리에 박힌 걸 뽑을 때는 얼마나 아플까. 꼭 옆에서 봐야지. 그러다 쌍으로 비명 지를 수도 있지만. 내 주변에서는 아무도 믿어주지 않은 말이지만, 나는 꾸준히 주장한다. 아픔은 전염된다.

다치지 않은 손으로 왕비를 부축하고 양옆에 기사들을 낀 채 개선식 하듯이 내 방으로 돌아오니까 안나가 우리를 눈물 젖은 눈으로 맞이하다가 기절할 것 같은 얼굴로 왕비에게 어설픈 예를 표했다.

"왕비님, 미카엘 왕자님도 무사하십니다."

그사이에 왕자도 다시 울다가 그쳤는지 커다란 호박색 눈동자에 눈물이 그렁그렁 매달려 있었다. 주변에 사람이 바글바글하다가 사라져서 그런가 보다. 왕비가 손을 내밀어 손가락 끝으로 빵빵한 왕자의 볼을 건드렸다. 수유할 때 이후로 가장 가깝고 친밀한 접촉인 것 같다.

"안아보시겠어요?"

왕비는 아이를 좋아하지 않는다고 말했고, 나도 아기를 좋아하지 않지만 아기의 놀라운 효과는 안다. 혼자서 아무것도 하지 못해서 사람의 손길이 필요한 아기지만 끌어안고 있으면 평화롭고 온화한 기분이 들게 한다. 나는 그녀가 불안하거나 외롭지 않았으면 좋겠다.

"아니다. 아기도 놀랐을 텐데 익숙한 심장 소리가 좋겠지."

"왕비님과 열 달을 함께하셔서서 아직 왕비님의 심장 소리를 기억하고 계실 거예요."

"난 아기를 좋아하지 않아. 머리 색 때문인가 내가 낳은 것 같지가 않구나."

"그러시구나. 그럴 수 있어요."

방이 워낙 좁아서, 내 침대 위에 왕비가 앉고 미카엘 왕자를 안은 안나가 미오 경의 침대 위에 앉았다. 나머지는 바닥에 오종종 앉아 있는데 뭔가 한심하고 뭔가 여유롭고 뭔가 이상한 기분을 지울 수가 없었다.

"그런데 아스. 이 방에 왜 침대가 두 개나 있는 겁니까?"

클라인이 물었다. 그래, 이 방으로 사람들을 데리고 오면서 저런 질문이 나올까 봐 무서웠다. 안나마저 칭얼거리는 왕자를 안고서 대답을 기대하듯이 나를 쳐다보았다. 물론 나는 사회생활을 한 여자다. 이런 질문에 대처할 대답 같은 건 몇 가지 정도 미리 생각해 놨단 말이다!

"그러면 안 되는데 가끔 너무 힘들 때 미카엘 왕자님을 모시고 여기서 잤어요."

"그거랑 침대가 둘인 거랑 무슨 관계가……."

"어떻게 제가 감히 왕자님과 같이 누울 수가 있겠어요!"

양심을 조금 버리면 세상 살기 편해진다. 거기까지 변명하고 최선의 방어인 공격을 감행했다. 사실 되게 궁금했던 거기도 하다.

"그보다 공격이 왕비 궁으로 치우쳐진 것 같은데 제 생각만일까요?"

"본궁으로도 갔는데 거기는 대마법사가 실드를 쳐서 그럴 겁니다."

"실드가 쳐지기 전에도 본궁은 거의 무사했었어요."

나해 여왕이 굳이 왕비 궁을 표적으로 설정한 이유가 뭘까나. 나는 왕비의 표정 없는 단정한 얼굴을 보았다.

"왕비님, 혹시 왕비님이나 친정 가문에서 소국 나해와 원한 관계있으세요?"

저 세상사 다 관심 없어 보이는 왕비가 딱히 원한을 샀을 것 같지는 않지만 가문의 일이라면 좀 다를지도 몰라서 스케일을 키워 물어봤다. 예상대로 왕비는 고개를 저었다.

"나해는 소국이긴 하지만 왕국이라, 타국의 일개 후작가와 사사로운 원한을 가질 일은 없어."

아, 후작가 출신이셨구나. 그러고 보니 왕비의 가문 이름도 모르고 있었다. 가문의 문장과 특성만 알고 있었네. 왕비나 그 가문에 원한이 있는 것도 아닌데 좌표를 여기로 찍은 이유가 뭘까. 그냥 대충 찍고 날려서? 공기 반, 소리 반으로? 진짜 유르겔한테 돈을 받았거나, 왕비 궁 지하에 있는 정체불명의 마법진을 없애고 싶었거나? 나라가 쑥대밭이 된 그 여왕의 심경을 어떻게 일개 서민인 내가 알 수 있을까.

우리는 간간이 대화를 나눴지만 많은 시간 침묵에 빠져 있었다. 미카엘 왕자의 생애에서 명명식을 제외한다면 가장 많은 사람을 한꺼번에 본 날이 오늘일 것 같다. 왕자는 잠시 신나 하며 칭얼거렸지만 피곤했는지 분위기가 안정되자 꾸벅거리며 안나에게 안겨 잠에 빠졌다.

얼마나 시간이 지났는지 모르겠다. 밖은 어느덧 꽤 조용해졌다. 그리고 어쩐지 좀 더워진 것도 같았다. 메테오는 끝난 건가. 나해 여왕의 마력도 무한대는 아닐 테니까 끝이 난 건지도?

나는 고민하다가 밖을 한번 내다보기로 했다. 문을 열고, 바로 문을 닫았다. 하하. 미친. 해도 해도 너무 심하잖아, 이거. 왕비 궁에 불이 나서 타닥타닥 조용하게 잘도 타오르고 있었다. 남아 있는 마지막 뼈대마저 다 홀라당 태워먹겠다. 이 방을 데굴데굴 굴리겠다는 심사가 아니고서는 이럴 수가 없다.

"아스, 밖은 어때?"

웅. 불이 났어, 안나야. 나는 침대 위와 그 앞쪽 벽에 쪼르르 앉은 면면을 돌아보았다. 우아한 왕비님과 영유아를 안고 있는 안나, 옆구리에 작살이 관통해 있는 미오 경과 양손에서 피를 뚝뚝 흘리고 있는 클라인. 훌륭한 노약자와 부상자 조합이다.

"왜 그렇게 봐?"

"아니. 전원이 부축을 받아야 할 것 같아서."

우리가 전부 4층에서 뛰어내릴 게 아니라면 말이지.

그때 달빛 같은 은빛 가루가 허공으로 모여들더니 갑자기 휘황찬란한 백금발이 떨어졌다. 본궁에 있을 줄 알았던 시엘이었다.

"아스! 무사하십니까?"

"네, 저희는 거의……."

퍽이나 빨리 나타났다 싶지만 그도 본업 때문에 바빴으니까 이해하기로 한다. 나는 대마법사로서의 그의 업무나 일에 대해서 모르지만 어쨌든 비상시에 국가와 국왕을 위해 충성하는 것이 왕자와 왕자의 유모를 보호하는 것보다 우선한다는 것을 이해할 정도로 남의 돈을 벌어먹어 봤었다. 무엇보다 본진이 털리고 있는데 왕비 궁을 신경 쓸 여유가 있을까 싶었다.

"어떻게 오신 거예요? 공격은 이제 다 끝난 거예요?"

"네, 아스. 여왕이 붙잡혔습니다."

내 방에 들어온 후부터는 창밖을 보지 않아서 몰랐는데, 왕국 마법사들의 역공이 성공했나 보다. 다행이다.

시엘은 상처 난 내 손을 잡고 눈을 찌푸렸다. 사실 나도 보기 참혹해서 자세히 안 들여다보고 있던 손이었다. 나뭇조각들과 가시들이 박혀서 어떻게 붕대를 감을 수 있는 상태도 아니라서 이건 내 손이 아니다, 선인장이 내 팔에 매달려 있다고 암시를 걸며 열심히 무시하고 있던 참이었다.

"당신은 정말 너무 자주 다치는군요."

아까 미오 경도 저 말을 했던 것 같은데. 내가 좀 자주 다치는 것 같긴 한데 그렇게 많이 다치고 있는 걸까? 아닐걸?

시엘의 마법은 빛도 소리도 없는 것이었는데 이번은 좀 달랐다. 그는 마치 내 손바닥 위에 키스하듯이 가까이 입술을 내려 후- 하고 숨을 내쉬었다. 그 숨결에 내 손아귀에 박혀 있는 나뭇조각들은 약한 빛 줄기가 되어 사라졌고 시간을 돌린 것처럼 빠르게 상처들이 아물어갔다. 빠르게 아무는 탓인지 시엘의 숨결 탓인지 손바닥이 간지럽다.

"마법사님. 이쪽은 왕비님이시고 이쪽은 카펠라 백작님, 그리고 제 친구 안나예요. 미오 경은 아실 테고……. 그런데 미오 경과 카펠라 백작님도 다쳤어요. 고칠 수 있으세요? 그리고 저, 이건 비밀인데요. 밖에 불이 났어요."

대마법사에게 왕비를 소개하는 문구로는 너무 성의 없었지만 나는 급했다. 의료 만화만 봐도 자주 나오는 대사가 '너무 늦었어. 조금만 일찍 왔더라면……!'인데, 미오 경은 그렇다 치고 클라인은 다친 지가 너무 오래되었다. 거기다 그는 검사인데 손과 팔을 다쳤다. 그가 나 때문에 몸에 후유증이 남는다면 죄책감에 그를 마주 보지 못하거나 그의 말에 무조건 고개를 끄덕이는 모두 끄덕 인형이 되어버릴 거다.

"전 대마법사입니다. 대마법사가 뭔지 아십니까, 아스?"

"대단한 마법사요."

"아뇨. 대마법사는 법칙을 만드는 자입니다."

한순간 시엘의 머리카락이 조금 흔들린 것 같았다. 약간 후덥지근 하던 실내 공기가 쾌적하게 변했다. 굳이 문을 열지 않아도 홀라당 타 고 있던 왕비 궁의 불이 멎었다는 걸 알 수 있었다.

그리고 시엘은 폭풍 같은 포스를 뿜어내며 벽에 기대앉은 미오 경 과 클라인 쪽으로 다가갔다.

"심하게 다치긴 했군요."

그가 한쪽 손을 들어 올렸다. 그러자 미오 경의 옆구리에서 작살이 완전히 빠져나와 빛이 되어 사라지고 시엘의 손바닥 위로 핏빛 구슬 이 하나 생겨났다. 구슬이 커져갈수록 창백하던 클라인과 미오 경의 얼굴에도 혈색이 돌기 시작했다. 상처가 나은 것 같다.

오오. 시엘이 진짜 대마법사처럼 보였다!

클라인이 거의 반으로 갈라지다시피 했던 오른손과 넝마가 되었던 왼팔을 들어 올리는 게 보였다. 옷이랑 피부에는 피가 묻어 있었지만 하얗게 새살이 올라와 있는 것이 보였다.

그가 몇 번 손을 접었다 폈다. 말은 안 했지만 그도 손을 다시 못 쓰는 것이 아닐까 걱정했다는 것을 지금 느꼈다. 그래도 그는 손을 희 생해 가며 나를 지켰다. 그걸 계속 생각하면 감동받을 것 같다. 마치 그가 나를 사랑한다고 착각하게 될 것 같아 두렵기도 하고.

미오 경도 옆구리가 다 나았는지 주먹으로 몇 번 옆구리를 두드려

보고 있었다. 그 옆에서 안나가 눈물을 글썽거리며 그에게 괜찮은지 물었다. 그러면 이제 엘리는 어딜 갔을까. 엘리, 미나, 세브, 페페, 세야…… 모두 무사할까?

"마법사님. 왕비 궁 사람들이 어떻게 되었는지 알 수 있으세요? 제 친구가 안 보여요."

대마법사는 보라색 눈동자로 나를 보다 눈을 감았다가 떴다.

"왕비 궁의 사상자는 많지 않습니다. 사상자는 5명이 있는데…… 그중에 누가 당신의 친구인지는 모르겠습니다."

"아마 그 모두가 내 친구였을 거예요."

"전 위로가 서툴러 이렇게 말하는 게 당신 마음의 짐을 덜어주는 것인지도 모르겠습니다. 그래도 아직 많은 이가 살아남았고 당신도 무사합니다. 그러니 괜찮을 겁니다."

그래. 나는 살아남았다. 살아남을 사람들과 함께 나는 살아남았다. 그러니까 괜찮다. 이야기는 아직 진행 중이고, 갈 길이 머니까…….

그날 저녁이 되기 전에 엘리의 시신이 다른 사람들의 시신과 함께 발견되었다. 집에서 감자 농사를 그렇게 큰 규모로 한다는 문지기도 죽었고 얼굴을 알던 시녀 친구 몇도 죽었다. 알렉스 경은 많이 다친 채 1층 구석에서 발견되었지만 시엘은 이미 본궁으로 떠난 후라 도움을 줄 수는 없었다. 그래도 그는 살아남았다. 나 역시 살아남았고 내가 아는 사람들 대부분이 살아남았다. 그걸로 이번 횡액이 끝난 줄 알았다. 말도 안 되는 희망 사항이었다.

나와 왕자는 유르겔의 궁으로 가게 되었다.

⋯⋯⋯⋯⋯

사극에서 많이 보던 풍경이 있다. 저 높은 데에 중전마마나 왕의 총

애를 받는 후궁이 앉아 있고, 그 아래에 갓 승은을 입은 궁녀 같은 사람이 무릎 꿇고 달달 떠는 광경. 디테일한 내막은 다르지만 겉보기엔 지금 내 상황과 되게 비슷하다. 유르겔은 접견실 높은 의자 위에 앉아 있고 나는 식모살이 온 하녀처럼 보따리 하나랑 왕자만 안고 바닥에 앉아 있으니까.

그날 도저히 걸어 내려갈 수 없는 꼴이 된 복도와 계단을 대신해 시엘이 마법으로 왕비 궁 밖으로 우리를 옮겨주었다. 푹푹 팬 공터에서 그야말로 개박살이 난 왕비 궁을 보고 당장 오늘 야외 취침을 하게 될 것을 걱정한 게 잘못이었던 걸까. 살아남은 왕비 궁 사람들은 피난민처럼 떠돌게 되어서 왕자와 나는 유르겔에게 오게 되었다.

"왕자님을 내 궁에서 모시게 되어서 참 기뻐, 아스."

유르겔은 기분이 좋아 보였다. 얼굴에서 아주 광이 나는 게 정말 기뻐 보이긴 한다. 삐끗했다가는 본궁에는 미카엘 왕자가 가고, 유르겔의 궁에는 왕비가 올 뻔했다. 누구 아이디어인지는 모르겠지만 그랬다가는 처첩이 한 지붕 아래에 있는, 가슴이 쫄깃해지는 광경을 볼 뻔했다. 그러니 기쁠 만도 하겠지. 비록 그 대신에 왕비가 본궁으로 갔지만.

언니, 파이팅. 간 동안에 국왕을 어떻게든 녹여봐요. 근데 언니 팔자에 국왕을 꼬시는 게 더 나은 건지, 아님 국왕이랑 쌩 까는 게 좋은 건지 모르겠네요.

"자, 그러고 있으니 내가 꼭 핍박하는 것 같네? 이리 와. 차라도 한 잔하자."

핍박까진 아니더라도 기선 제압을 시도한 건 맞지 않을까?

소리도 없이 움직이는 시녀들이 일사불란하게 티 테이블을 챙겨 와 유르겔을 부축해서 앉은 자세를 고쳐주며 쿠션까지 여기저기 세팅을 해주었다. 오늘도 변함없이 예뻐서 잘 모르겠는데 어디 아픈가? 한 시녀가 유르겔의 어깨 위에 숄까지 걸쳐주었다, 이 계절에. 좀 초췌한 것 같기도 한데 더럽게 예쁘네.

시녀들의 모든 움직임에는 소리도 없고 군더더기도 없었다. 제대로 된 시녀라면 저런 식으로 움직여야 하는 게 맞겠지. 모든 게 야매인 왕비 궁 시녀 중에 저런 이들은 아무도 없었지만. 왕비 궁 시녀 중에는…….

엘리의 시신은 어떻게 되었을까. 안나가 잘 수습해 주고 있을까? 원래는 안나도 이곳에 와야 했지만 엘리의 시신 앞에서 안나가 통곡을 하는 바람에 함께 오지 못했다. 다섯 명밖에 안 된다는 사상자에 왜 하필 엘리가 있어야 했을까. 나는 엘리의 시신을 알아보지도 못했다.

"왕비 궁이 다 타버려서 네가 많이 놀랐겠구나."

왕비 궁이 다 타버리면서 시녀들의 인적 사항 기록도 다 타버렸다. 언젠가 시녀장 언니의 방에 잠입해서 아스 토케인의 기록을 빼내는 게 내 원대한 꿈이었는데, 날개도 못 펼쳐보고 끝났다. 아스 토케인에 대해 아는 사람은 이제…… 클라인 정도일까. 암울하다.

"메테오가 심지어 왕비 궁으로만 떨어져서 더 놀랐어요. 이곳은 되게 멀쩡하네요?"

"설마. 이곳에도 떨어졌는데 대마법사께서 다 복구해 주셨어. 참 고마우신 분이지."

원래 역대 왕비들의 궁이었던 유르겔의 궁은 크고 화려하고 우아했다. 내 서민적인 눈에는 별궁이던 왕비 궁도 충분히 화려하고 예뻤는데 화려함의 극치인 유르겔의 궁을 보니 그곳은 정말 소박한 곳이었던 것 같다. 베르사유 궁전과 원룸의 차이라고나 할까. 그런데 이걸 마법으로 복구했다고? 복구가 되는 거였냐?!

시엘이 클라인과 미오 경을 치료해 줘서 역시 사람은 비 안 오는 날에 주워야 한다고 나 혼자 만족하고 있었더니만, 건물 복구도 가능한 인재였어? 근데 내 쪽은 안 해주고 튀었다 이거지.

아니, 뭐. 저런 일이 일종의 재능 기부고 열정 페이니까 강요할 수야 없지만, 사람이 양심이라는 게 있으면 그간 잠을 잤던 자기 둥지를 먼저 복구하는 게 인지상정 아닌가. 살짝 서운해지려고 하는데, 이거.

"왕자님을 위한 물건은 다 준비되었는데……."

유르겔이 예쁘게 웃으면서 고개를 갸웃거린다. 회사의 남자 대리나 남자 사원들이 저따위 예쁜 척을 하면 일 폭탄을 떨어뜨려 주고 싶어지던데, 유르겔은 예쁘다. 언제부터 그가 왕자를 위했나 싶어 마음은 띠꺼운데 눈에 보이는 유르겔만은 정말로 예뻤다.

"넌 없어서 불편하겠네."

"다행히 전 필요한 게 많지가 않답니다."

"내가 준 것들도 다 사라졌겠고."

이게 나를 부른 본론이라는 직감이 들었다. 유르겔은 예쁘게 웃으며 옆쪽으로 손을 내밀었다. 그러자 시녀 한 명이 공손하게 유르겔의 손 위에 비단 주머니를 올려놓았다.

"대마법사께서 많은 일을 해주셨는데 보답해 드릴 게 없잖아? 편치 않으신 몸이라 굉장히 노고가 많으셨을 텐데, 이런 거라도 해드려야 하지 않을까 싶어서. 불면증에 좋다는 차랑 약이야. 지금 네가 먹고 있는 차랑 같은 건데, 어때? 향이 좋지?"

솔직히 말해서 은비녀라도 하나 빌려와서 꽂아보고 싶어서 안 먹고 있었다.

유르겔은 조금 어린아이 같은 구석이 있었다. 에반스를 제외한 남에게 무신경한 경향은 있어도 나쁜 사람은 아니고 내게 해를 끼친 것도 없는데, 왜 자꾸 이렇게 경계를 하게 되는지 모르겠다. 나랑 상극인 사람인가 보다. 사람 자체는 문제가 없는데 그냥 상극인 사람이 있다. 바로 직속 상사와 평사원의 관계처럼. 우리 차장님도 바깥에서 보면 참 좋은 사람인데 같이 일할 때는 그런 개새끼가 또 없었다.

유르겔은 나를 오래 잡지 않았다. 약과 차를 건네주고 시녀로 하여금 나를 머물 곳으로 안내하게 했다. 과연 대대로 왕비들이 썼던 궁이라 그런지 규모가 내가 있던 왕비 궁보다 컸다.

우리는 작은 별장으로 안내를 받았다. 왠지 아기만 둘러업고 집을 나온 70년대 가정불화 새댁이 된 기분이다. 별장은 2층짜리 작은 펜션 같은 곳이었는데도 왕비 궁에 있던 원래 거처보다 훨씬 크고 정원까지 딸려 있었다.

아직 미오 경이나 안나는 도착하지 않았다. 나는 이제 진심으로 안기 버거운 무게가 된 데다가 기어 다니고 싶어 버티는 왕자를 안고 정원을 산책했다.

"왕자님, 저기 보세요. 왕자님보다 큰 잉어가 있네요. 빠지면 왁~!"

이런다고 애가 알아듣겠느냐마는.

여름이 되면 연꽃이 한껏 피어날 것 같은 연못 가운데에는 정자도 있었다. 여름 되면 벌레 많이 나오겠다. 곧 여름인데 그 전에 돌아갈 수 있으면 좋겠다. 시엘이 여기로 찾아올까? 찾아오면 멱살 한번 잡아봐야겠다. 유르겔 궁은 복구를 했으면서 왕비 궁은 안 해서 나를 더부살이시켜? 더부살이의 한이 어떤 건지 좀 보여줘야겠구먼.

그건 그렇고……. 유르겔이 준 주머니를 꺼냈다. 묵직하다. 대체 얼마나 먹이라는 거야. 하루 한 번이니 식후 세 번이니. 차는 인체 실험 삼아 내가 먹어봐서 딱히 문제가 없는 것 같다만 약이 좀 걸린다. 색같은 게 저번에 준 것과 좀 달라 보였다.

이걸 왜 나를 줬을까. 다른 사람이 줬으면 문제가 생겼을 때 나한테 모든 걸 뒤집어씌울 셈이라고 판단했을 거다. 그러나 유르겔이 그렇게 눈에 보이는 수를 쓸까? 하지만 유르겔이 나를 경계한다거나 신경이라도 쓸 것 같지가 않아서 잘 모르겠다. 어쨌든 먹이기도 찜찜하고 안 먹이기도 찜찜하고. 인체 실험을 하기에도 찜찜하고.

"……."

내 앞에는 팔뚝만 한 잉어가 꼬리를 참방거리고 있는 연못이 있었다. 내 안에서 지킬과 하이드가 싸운다.

하지만, 하지만……. 아, 진짜 솔직히 말해서 잉어의 동물권이 걱정되는 것보다 이런 데다가 저 약 흘려보냈다가 한강에서 튀어나왔던 괴물이 나올까 봐 무섭다. 여긴 이세계잖아? 무슨 일이 가능할지 누가 알아. 그렇지만 원래 양심이라는 게 버리면 버려지는 거라서……. 나는 천천히 작게 포장된 약 봉지를 하나 뜯어 약을 연못에 탈탈 털어 넣었다.

미카엘 왕자의 관찰 일기 /일.

오늘은 잉어에게 밥을 주었다. 사방에서 잉어 떼가 밥을 먹겠다고 발밑에 개 떼처럼 몰려들었다. 장관이긴 했지만 쪼금 징그러웠다.

오늘의 일기 끝.

저녁이 되자 대강 짐을 챙긴 미오 경이 안나와 함께 왔다. 안나는 옷을 갈아입고 온 것 같았지만 아직 소매 끝이나 머리카락 끝에는 엘리의 피가 묻어 있었다.

"안나…… 괜찮아?"

"응. 죽은 사람들은 내일 아침에 다 같이 화장하기로 했어. 워낙에 다들 참혹해서. 어쩌지? 엘리는 진짜진짜 시골에 살아서 내일 아무도 못 올 텐데."

안나는 내 무릎을 잡고 오열하기 시작했다. 새파란 눈을 가졌던 내 친구 엘리는 내가 기억할 수 없는 모습이 되어서 정말로 떠나갔다. 〈탈출기〉는 전쟁이 많아 사망자도 많은 소설이었음에도 나는 내 주변에 있는 사람이 그 대상자가 될 거라는 생각을 하지 못했다. 내 안에서 엘리와 안나라는 각자의 이름을 가진 이 친구들이 '죽은 사람들'이 될 수도 있다는 것을 생각지도 않았다.

댄서가 되고 싶었다던 내 엘리는 착하고 동생도 많아서 그 동생들을 다 업어 키운 다정한 친구였다. 집이 가난해서 현실적이지 않은 꿈은 사치라고 말하지만 작고 소소한 일상의 로망을 아는 친구이기도 했다. 엘리. 내 친구. 서툰 내가 유모가 아니었다면 그 자리에 있지도 않았을 텐데.

"넌 내일 거기 못 가, 아스."

"어째서?"

"내가 물어봤는데 네가 거길 가면 왕자님도 거길 가게 되잖아. 일국의 왕자님이 일개 시녀와 시종들의 장례식에 이런 식으로 가는 건 옳지 않대."

"그럼 나는? 엘리는 내 친구였는데, 내 친구 장례식에도 못 가?"

"넌 유모잖아."

바닥에 내려놨던 왕자가 이제 자리에 앉아 우리를 올려다보았다. 하루가 다르게 무럭무럭 자라나는 이 왕자를 엘리는 나와 달리 정말로 귀여워했었다. 죽은 동생과 닮았다면서. 나는 아마 평생 이 왕자를 좋아하지 못할 텐데.

"붙잡힌 나해 여왕은 어린 소녀였대. 그리고 조만간 처형한대."

"나는 거기도 못 가겠지?"

"응."

그날 밤 시엘은 오지 않았다. 그에게는 다행인 일 같다. 나는 많이 화가 났고 많이 흥분해 있었다. 밤새도록 잠은 오지 않았고 귀신같이 눈치챈 미오 경이 내내 맥락 없이 아스, 아스 하고 내 이름을 불렀다. 대답하면 용건도 없을 거면서.

"아스."

"……."

"아스."

"……왜 자꾸 불러요."

"그냥."

"부르지 마요. 잘 거니까."

"아스."

"아, 잘 거라니까요!"

미오 경도 엘리랑 친했을까? 오며 가며 얼굴 보고 인사한 게 벌써 몇 달인데 그도 엘리에게 정이 들었을 수도 있겠다. 엘리는 다정하고 따뜻한 아이였으니까. 사실 아직도 엘리가 죽은 게 실감이 안 난다. 기억 속의 엘리와 시신인 엘리가 닮았으면 받아들이기 더 쉬웠을 텐데, 죽은 엘리에게는 얼굴이 없었다. 그래서 나는 아직도 엘리의 죽음을 실감하지 못한다. 다른 사람이지 않을까? 엘리는 어디 지하실에 아직도 숨어 있지 않을까, 말도 안 되는 생각을 하게 된다.

아침 일찍 안나는 엘리의 장례를 위해 궁을 나갔다. 밤새 머리를 식히고 엘리를 위해 상복이라도 입으려고 했는데, 평소 내가 입고 다니는 옷이 상복이랑 다를 게 없었다. 그러고 보면 엘리랑 안나가 내 옷을 두고 맨날 상복이라고 놀렸었다.

왕자는 이제 기기도 하고 앉기도 해서, 조만간 걷기까지 할 것 같다. 이도 나기 시작해서 짜증도 부리는데 말문은 언제 트이려나. 차라리 왕자가 빨리 걸어 다녔으면 좋겠다.

이상하게 하루가 길다. 엘리랑 안나가 없어서 나 혼자 미카엘 왕자를 돌보니까 더 바쁘고 더 분주해야 하는데 시간이 너무 안 간다.

견디다 못한 나는 양팔로 왕자를 끌어안고 미카엘 왕자의 관찰 일기 2일째를 쓰기 위해 작은 연못을 향해 걸어 나갔다. 어제 시엘이 오

지 않은 게 다행이다. 왔으면 정체불명의 이 약을 그냥 먹여 버렸을지
도 모른다.

연못가에 거의 다다랐을 때 그 앞에 키가 큰 남자 하나가 뒷짐을 지
고 서 있는 게 보였다. 손에는 영국 귀족들이 지니고 다닐 것 같은 지
팡이도 쥐고 있었다.

누굴까? 일단 세야는 아닌데⋯⋯. 여기는 유르겔의 궁 안에서도 되
게 외지인데 내가 여기에 있다는 걸 알고 있는 사람일까? 왕자의 유모
가 이제 유르겔 궁으로 나와서 완전히 권력의 중추가 된 것 같으니까
꼬셔보려는 사람?

인기척을 느꼈는지 남자가 서서히 뒤를 돌기 시작했다. 꾹 눌러쓴
모자 밑에 보이는 머리카락이 잿빛이었다. 쿵쿵쿵 가슴이 뛴다. 이미
다 나은 이마의 상처가 쑤셔왔다.

세사르 카직이었다.

그가 여전히 얼음처럼 차가운 청회색의 눈으로 나를 혐오하고 멸시
하듯이 내려다보며 등골이 오싹해지는 근사한 목소리로 말했다.

"배신의 사유를 들어볼까, 아스트리드."

정말 대단히 유감스럽게도. 그 '아스트리드'란 게 '아스 토케인'의 본
명일 거라는 예감이 들었다. 추가로 세 가지 생각이 더 들었다.

첫 번째는 '아스트리드' 그 이름 한번 되게 귀족 같다는 거였고, 두
번째는 저 사람 그럼 저번에 내가 누군지 알면서도 지팡이로 그렇게
있는 힘껏 피가 날 정도로 후려쳤단 말이야? 였으며, 세 번째는 여기
서 내가 클라인에게 했던 것처럼 기억상실증이라고 발뺌한다면 어떻
게 될까? 하는 호기심이었다.

또 후려치겠지. 아무런 죄책감도, 미안함도 없이 저 지팡이로 다시
나를 내려칠 것이다. 주변에 말려줄 사람도 없으니 이번에야말로 비
오는 날에 개를 패듯이 두들겨 팰 수도 있겠다.

내가 안일했다. 그가 클라인과 엮여 있다는 걸 알았을 때 좀 더 빨리 그에 대해 조사해야 했다. 조심스레 움직인다고 움직인 것이 이렇게, 준비 없이 그를 만나게 되는 최악의 결말을 맞이하게 될 줄은 몰랐다. 내가 모르는 게 어디 한두 가지겠느냐마는.

"변명할 생각도 없는 건가, 아스트리드?"

저번에도 생각한 것이지만, 저런 인간이 저런 말을 하는 데 사용하기에는 지나치게 좋은 목소리였다. 이 세계에 온 후 들어본 목소리 중에서 가장 근사한 목소리라 그가 말을 할 때마다 내용과는 상관없이 등골이 저릿저릿했다.

"제가 백작님을 배신했나요?"

그의 미간이 꿈틀거린다. 미오 경이나 클라인만큼은 아니더라도 저만하면 냉미남 계통으로 잘생긴 얼굴인데 그는 얼굴을 너무 막 쓰는 것 같다. 내 말 어디가 대체 그의 심기를 거스른 건지 모르겠지만, 그는 지팡이로 내 목덜미를 겨누며 말했다.

"말조심해라, 아스트리드. 난 너의 주인이다."

아. 호칭이 틀렸나 보다. 나도 한때는 찍신이라 불렸던 몸인데 수능이 끝난 후로는 클라인도 그렇고 이쪽도 그렇고 호칭 찍기가 참 안 먹힌다.

나는 왕자를 품 안으로 끌어안아 어설프게나마 프렌드 실드를 완성하고 보란 듯이 한숨을 푹 쉬었다. 자, 뻔뻔해지자. 사기 칠 때는 애매모호하게 태세 전환을 하는 것보다 당당하게 나가는 쪽이 잘 먹힌다고 했다. 이 세계에 온 후로 내 모든 하루하루가 사기의 연속이다.

왕자가 있으니 저자가 미치지 않고서야 날 후려칠 수는 없다. 〈탈출기〉에 가끔 미친 뱀이라는 표현이 있기는 하지만 설마 왕국의 유일한 후계자를 안고 있는 사람을 후려칠 정도로 미치지는 않았겠지? 갑자기 몹시 칠 수도 있을 것 같단 생각이 드네.

"죄송합니다. 제가 주인님을 배신했나요?"

그가 바라는 대로 고쳐서 주임님 같은 주인님으로 그를 다시 불렀다. 이 세계에서 하녀가 고용주를 주인님이라고 부르는 게 일반적인 호칭인지 잘 모르겠다.

판타지 소설들 볼 때 일반적인 하녀가 저런 호칭을 쓰는 건 못 봤었다. 예를 들어 암살자라거나 자객이라거나 첩자라거나…… 불안해진다. 미스터리 우먼 아스 토케인. 너 뭐 하던 애냐.

"몇 달간 보고가 없던 게 배신이 아니고 뭐지?"

올레. 보고해야 한다는 거 봐서 '아스'의 임무는 적어도 암살 계통의 확실한 실행력이 필요한 일이 아니었나 보다. 하긴, '아스'도 나 못지않게 신체 운동 능력은 제로에 가까운 몸이었다. 이런 능력치로 암살하라고 보낸 거면 그냥 네가 죽었으면 좋겠어의 다른 표현이었겠지.

"사정이 있었습니다."

"사정?"

그는 대놓고 나를 비웃었다.

"유모가 되었다고는 알고 있다. 보는 눈이 전보다 많아졌다고는 하지만 그게 그 긴 시간 동안 아무런 보고가 없었을 이유가 되나?"

그의 지팡이가 아직도 내 목을 겨누고 있다. 아무래도 내 품 안에서 엄지손가락을 쪽쪽 빨고 있는 미카엘 왕자가 눈에 아예 안 들어오나 보다. 진짜로 프렌드 실드가 먹힐 위인이 아닌 것 같다. 그러니 여기서 정말 발랄하게 '네! 제가 기억을 잃어서 지금 댁이랑 초면입니다!' 소리를 했다가는 발랄하게 두들겨 맞는 데서 끝나지 않을 것 같다.

생각, 생각을 해보자. 우리 대리님이 나에게 왜 보고 없이 일을 처리했냐고 따질 때 내가 뭐라고 대답을 했더라?

"말씀하시는 대로 보는 눈이 많아져서, 일상적인 보고를 하는 데 위험을 무릅쓸 이유가 없다고 판단했습니다."

"건방져졌구나, 아스트리드. 판단은 내가 한다. 넌 내 명령에 따르기만 하면 돼."

맞아. 우리 대리님도 저랬다. 언제까지 일일이 물어보면서 일 처리할 거냐고 성질부려 놓곤 그래서 안 물어보고 일 처리하면 또 왜 자기 맘대로 판단해서 일하냐고, 언제부터 일 그따위로 했냐고 꼬장을 부렸지. 어쩌라고, 시발아. 내가 진짜 이번에 대리 진급 시험 붙기만 해봐라, 너랑 계급장 떼고 다이다이로 붙는다 진짜.

갑자기 세사르 카직이 더 싫어졌다. 아오, 씨. 내가 왜 여기까지 와서 업무 보고를 하는 스트레스를 받아야 하나요?

"죄송합니다. 제 충성심이 과했습니다."

살짝 아부를 섞었더니 그 말이 마음에 들었는지 여태 겨누고 있던 지팡이가 치워졌다. 내가 여기까지 와서 직장 생활 사바사바를 해야 하다니 인생 참 더럽다. 하……. 내 적성이 노동직인 것 같은 건 좀 씁쓸하긴 했지만 그래도 직속상관인 왕비가 엄청난 방임주의라서 어지간한 일은 모두 내 맘대로 해도 되는 것 하나만은 맘에 들었는데, 어디서 구르던 거대한 돌이 튀어나왔다.

"그래서. 마법진은 찾았나?"

마법진? 무슨 마법진? 내가 아는 그 마법진? 이유 없이 등골에 소름이 돋아 파르르 몸을 떨었다. 세사르 카직은 똬리를 튼 커다란 뱀처럼 청회색 눈을 번들거리며 나를 보고 있었다.

야, 너 진짜 인간적으로 얼굴 그렇게 쓰는 거 아니다.

시엘이 지하실로 갈 수 있는 보석을 만들어주며 두 번 사용할 수 있다고 말했었다. 아직 한 번이 남았다. 나는 보석이 든 로켓을 누르면서 대답했다.

"아직 찾지 못했습니다. 일개 시녀라 행동반경이 넓지가 못해서……."

"무능한 것."

진짜 솔직히, 진짜진짜 솔직하게 말해서 여기가 내 세계고 또 회사고 저게 내 직속상관인 대리기만 했어도 '그럼 대리님이 해보세요'라고 대답했을 거다. 물론 조금 돌리고 사근사근해 보이게 웃으면서. 하지만 지금은 당장 눈앞에 있는 주먹이 깡패였다.

"좀 더 노력하겠습니다."

"그래야지. 이티카가 죽은 지금 너는 내 소유다. 내가 널 주워서 이름 짓고 먹이고 입히고 길러주었으니 머리부터 발끝까지 모두 내 것이야. 네 모든 것은 나를 위해 쓰여야지. 쓰임이 있어 은혜를 갚을 수 있다는 데 감사하도록."

그는 그렇게 말하면서 지팡이로 내 머리부터 발끝까지 내리긋는 시늉을 했다. 그걸 보고 나는 저 인간을 유르겔보다 더 싫어하기로 결심했다. 아동노동 착취했다는 소리를 어떻게 저렇게 당당히 할 수가 있지? 그 주제에 먹이고 입혔으니 자기 거래. 월급 주니 주말까지 회사 거라던 사장이 생각나네.

참 싫은 인간이다. 출생 콤플렉스가 인간을 삐뚤게 만든 건지, 그냥 삐뚠 인간인지. 알고 싶지도 않고, 그냥 다 싫은 인간이다. 저 인간은 분명 친구가 없을 거다.

"하지만 저는 아직도 잘 모르겠습니다. 그 마법진을 찾는 게 주인님께 어떤 도움이 되는 건지……."

세사르 카직을 위하는 것처럼 말했지만 중요한 문제였다. 〈탈출기〉에 따르자면 세사르 카직은 유르겔을 사랑하기 때문에 왕비를 몰락시켰다. 하지만 지금은 아직 세사르가 유르겔을 사랑하게 된 시점이 아닐 거다. 하도 대충 읽어서 어느 지점인지 기억은 못 하지만 지금이 아닌 거는 확실했다.

그 마법진을 어떻게 써먹으려는지는 모르겠지만 그것을 찾는 게 왕비에게 좋은 일은 아닐 것 같은데 그걸 벌써 세사르 카직이 찾는 이유를 알아야 했다. 원작이 달라진 것인가, 아니면 〈탈출기〉에 쓰이지 않은 그 이상의 것이 있는 것인가.

내 말에 그는 처음으로 부드러운 얼굴을 했다. 얼음장 같은 게 조금 녹았을 뿐인데 그는 놀랍도록 온화하고 부드러운 얼굴이 되었다. 클라인과 많이 닮아 보이는 얼굴이기도 했다.

"넌 알 것 없다. 알면 위험해지기만 할 뿐이니."

"하지만……."

"그걸 찾으면 필요한 모든 무기를 다 갖게 되는 셈이지."

그렇게 말하면서 그는 내 앞으로 손을 내밀었다. 손가락 끝이 움찔거렸다. 마치 내 머리를 쓰다듬어 주기라도 할 듯이 내밀어진 손에 나는 물론이고 그 본인도 흠칫 놀랐다. 그는 다른 손으로 마치 그 손을 누르기라도 하듯이 꾸욱, 자신의 왼쪽 가슴 위로 짓눌러 고정했다.

뭔가 알 수 없지만 묘하다, 이거? 눈앞에서 숫자 판이 열나게 돌아가는 걸 봤는데 그게 어느 로또 번호인 줄 모르는 느낌인데.

"그건 왕비 궁에 반드시 있다. 단서는 왕비 궁이라는 것밖에 없으니 최대한 은밀히, 여러 군데를 찾아보도록. 그러기 위해서 널 입궁시킨 거니까."

최대한 은밀하게라니. 그 경력 많은 신입 같은 요구 조건은 뭐지. 하지만 적어도 의문 하나는 풀렸다. 두메산골 절벽 위의 하얀 집에 박혀 있던 '아스'가 어떻게 아무리 운영이 막장인 왕비 궁이라도 왕궁에 들어올 수 있었나 궁금했는데, 세사르 카직의 뒷배가 있었다면 가능한 일인 것 같다.

클라인도 이티카라는 아가씨의 사후 그가 '아스'를 빼돌려서 절대 만나지 못하게 했댔고, 처음 만났을 때도 쫓겨난 거냐고 물었었다. 아마 세사르 카직이 '아스'를 이 가혹하고 고난스러운 삶에 밀어 넣었나

보다. 일이 이따위로 될 줄 알고 넣은 건 아니겠지만 내가 이 꼴이 난 게 너 때문이구나.

나는 혹시라도 내가 그를 노려볼까 봐 고개를 숙이고 대답했다.

"예, 주인님."

내 생각에 그의 용건은 이걸로 끝난 것 같은데 그는 좀처럼 가지 않았다. 빨리 미카엘 왕자의 잉어 관찰 일기 2일째나 적고 싶은데 그는 무슨 할 말이 더 있는 건지 빤히 나를 보고 있다.

"뭔가 더 당부하실 일이라도⋯⋯?"

네가 빨리 갔으면 좋겠어를 돌려 말했다. 그는 딱히 눈치가 발달한 타입은 아닌지 저 말을 의미 그대로 받아들여서 냉큼 질문을 던졌다.

"이마는?"

유르겔과 '아스' 사이에 이마라는 공통 지인이 있는 건가. 머리를 굴려보았다. 아니겠지. 타인의 안부를 물어볼 타입이 아냐. 이마란 무엇일까. 일본어? 설마 내 머리에 있는 이마는 아닐 거야. 비록 그의 시선이 내 이마에 닿는 것 같지만, 설마 자기가 때려놓고 멀쩡하냐고 물어보는 의도는 아니겠지. 대답을 안 하고 있자 그의 시선이 내 이마에서 떨어져 내렸다.

"손이 거칠어졌구나."

"네?"

"클라인 카펠라랑 만났다고 하던데."

"네, 주인님."

그냥도 안 좋던 표정이 더 안 좋아졌다. 세사르 카직은 클라인을 정말로 싫어하나 보다. 대체 그가 가진 출생 콤플렉스가 뭔지 모르겠다. 혈연인가⋯⋯? 뭐, 그 집 아버지가 바람이 나서 밖에서 애를 낳아 왔나? 어머니가 바람이 났나? 옛날 절대왕정 시대의 사교계는 그런 식의 사생아가 생기는 일이 왕왕 있었다는데 혹시 여기도?

"그렇게 그리워하던 얼굴을 만나서 기뻤겠군."

아스가 과연 클라인을 그리워했을까. 저번 절벽 위의 하얀 집에서 클라인이 해준 말들로 추론해 보면 그녀가 그다지 클라인을 좋아했을 것 같지 않던데. 설령 좋아했어도 클라인이 이티카 카직이 죽고 한참이 지난 후에야 찾은 시점에서 마음이 완전 돌덩이가 되지 않았을까.

하지만 자신이 없다. 세사르 카직이 하늘은 파랗고 자기는 기분이 나쁘다는 확고한 진리를 말하듯 너무나도 확신하고 있었기 때문이다. 저 정도 단단한 얼굴이면 근거 없는 확신은 아닐 것 같은데. 정답이 뭔지 몰라 대답을 못 하고 머뭇거리고 있으니까 그가 흥! 소리가 날 것 같은 움직임으로 몸을 돌리곤 지팡이를 짚으며 앞으로 걸어 나갔다.

"저, 주인님! 앞으로 그럼 보고는……."

"되었다. 이곳은 유르겔 님의 궁이니 왕비 궁보다 더 경비가 삼엄하고 보는 눈이 많겠지. 가끔 내가 직접 찾아오겠다."

그는 뒤도 돌아보지 않고 말을 남기고는 걸어갔다. 저렇게 말하고 가버리니 그 백작님 참 할 일이 없으신 것 같다.

나는 앞으로 언제 올지도 모르는 세사르 카직을 대비하며 지내야 하는 건가. 그가 찾아오면 미오 경이나 안나한테 어떻게 변명해야 할지 갈 길이 멀고 캄캄하고 그렇다. 산 너머 산이라는 말을 누가 먼저 했을까. 안녕, 제가 당신 동지인데요. 근무 환경이 점점 사나워져 가네요.

나는 한숨을 푹 쉬며 긴 시간 아앙거리면서도 참아준 왕자를 그네 태우듯이 흔들어주며 잉어 떼가 있는 연못으로 걸어 나갔다.

미카엘 왕자의 관찰 일기 그잎째.

봉지를 탈탈 털어 연못에 약을 넣으니까 오늘도 잉어 떼가 개떼처럼 몰려든다.

뭔가 맛있는 거라도 든 것처럼 열렬하다. 나도 저렇게 단순한 인생을 살아보고 싶다. 오늘의 일기 끝.

그래도 알아낸 것이 몇 개 있었다. 세사르 카직은 '아스'를 주워서 이름 짓고 길러주었다고 했다. 그렇다는 것은, '아스'는 원래 고아라는 거다. 다행이다. 이곳에 '아스'의 피붙이가 없어서. 나는 적어도 이 몸의 혈연에게는 거짓말을 하지 않아도 되는가 보다.

세사르 카직은 아마도 왕비 궁의 지하실에 있는 마법진을 찾아내라고 날 여기에 첩자 비슷한 무언가로 넣은 것 같은데……

대체 그가 지금 시점에서 마법진을 찾아야 할 이유가 뭔지 모르겠다. 그 마법진이 대체 그에게 무슨 역할을 하게 되는지도. 왕비는 뭘 더 아는 것 같았는데. 부모가 될 이의 피로 진을 그리고 가운데에서 의식을 치르면 된다고 하길래 불임 치료 마법진인 줄 알았다. 그 외에 뭔가가 더 있는 걸까?

왕비는 저 부부가 결혼한 지 3년이 지나도록 아이가 없다고 했었다. 카직 백작 부인도 뭔가 많이 긴한 느낌이던데, 그런 이유로 세사르 카직도 마법진이 필요한 걸까? 하지만 뭔가 안 어울린다.

눈이 통통 부은 안나가 돌아온 것은 저녁 늦게였다. 엘리를 비롯한 사망자의 시신은 왕성 밖에서 화장이 치러졌다. 나해 여왕이 진짜 왕비 궁으로 좌표를 찍고 날려댔던 건지 왕궁 밖 서민들의 피해는 거의 없었다고 한다. 왕궁에서 건물 밖에 있다가 파편을 맞고 죽은 이가 가장 많았고, 그렇게 따지자면 정작 왕비 궁은 건물에 비해 인명 피해는 적은 편이었다고 한다. 주방장 아저씨의 진두지휘로 다들 부엌으로 피

했는데 부엌이 꽤 튼튼했는지 그곳까지 메테오가 뚫지는 못했다고 들었다.

그 건물 지하 쪽은 여하간 뭐가 있긴 있나 보다. 부엌까지 이렇게 비범하다. 나는 그게 아마 그 아래에 마법진이 있기 때문이 아닐까 의심하고 있다. 단순히 불임 치료 마법진이라고 생각했는데 내가 모르는 뭔가가 더 있을 것 같다. 그게 뭔지 모르겠지만. 나보다 머리가 좋은 사람이 이 세계에 왔어야 했다. 아니면 추리소설 마니아거나. 난 원래 추리소설을 읽을 때도 맨 뒤에서 범인을 먼저 확인하고 스토리를 즐기는 사람이다. 이런 추리는 내 적성에 맞지 않는다.

저녁 이슬을 맞은 안나의 몸은 차가웠다. 온몸으로 눈물을 흘리고 있는 것 같았다. 나는 울고 있는 안나를 얼싸안고 엘리를 생각했다.

책 속의 세계라고 해서 그들이 사람이 아닌 것은 아니다. '그들은 행복하게 살았습니다'란 문장 뒤에는 더 많은 이야기가 있다. 마음속에서 이 사람들은 내 세계 사람이 아니라고 계속 경고 등이 빨간불을 반짝이고 있었지만, 나도 사람이다.

같이 있으면 정이 생기고 닿으면 정이 붙는다. 내가 사이코패스가 아닌 한 짧지 않은 시간 동안 함께 생활하고 있는 사람들에게 정이 붙지 않는 게 더 힘든 일이다. 그것도 이렇게 다정하고 상냥하고 매력적인 사람들에게.

"엘리는 잘 보내고 왔어?"

"응…… . 갑작스러운 일인데도 엘리의 제일 큰동생이 마지막에 급하게 찾아왔더라."

"엘리 마지막 가는 길을 동생이 봐준 거야?"

"나랑 같이 엘리의 시신에 불을 붙였어."

"다행이다. 엘리는 동생들을 많이 좋아했잖아."

"응."

어쩌면 내 인생과 내 세계도 누군가의 책장에 꽂힌 책일 수도 있겠지. 나는 거기서도 엑스트라 1일 테고.

시엘은 오늘 밤도 들어오지 않았다. 어디 가서 뭘 하고 있는지 모르겠다. 물어보고 싶은 게 많은데 계속 볼 수가 없으니까 내가 과연 뭘 물어보려고 한 건지, 그걸 물어보면 궁금증이 다 해소가 되는 건지, 내 머릿속도 같이 엉키고 있다.

어디에 있는지 모를 시엘은 잠은 자고 밥은 먹었을까? 메테오가 떨어지고 난리였는데, 그것 때문에 다시 전쟁터를 생각하지는 않았을까? 아무것도 모르는 나도 무서워 죽을 것 같은 상황이었는데 이미 알고 상상할 능력이 있던 시엘은 더 무섭지 않았을까?

영원히 피 흘리기를 멈추지 않는 상처도 있지만, 어느 정도 시간이 지났고 우리 방에서 잘 잤으니까 다른 곳에서도 잘 자면 좋겠다. 사람이 잠을 못 자면 미친다. 그래, 그도 잠을 못 자서 미쳤었지.

그리고 자기 궁에 우리가 있으니 매일같이 부르거나 들러서 괴롭힐 거라 생각한 거랑은 달리 유르겔이 조용하다.

그도 바쁜가? 바쁠 일이 있나? 아니면 아픈가? 저번에 좀 초췌하긴 했었다. 사실 이곳이 왕비 궁보다 훨씬 외진 느낌이라 바깥 반응을 살필 수가 없었다. 그 전에는 다른 시녀 친구들도 돌아다녔고 엘리랑 안나가 퇴근 후에 시녀 친구들과 나눴던 이야기를 내게 들려주었는데, 이제는 안나도 나도 갈 곳이 없다. 여기가 섬인가 보다.

"다들 어디로 갔을까."

아침에 우리가 거실로 쓰고 있는 1층에 모여 각자 소파 하나씩을 차지하고 누운 상태에서 안나한테 물어봤다. 엘리의 장례식에서 그래도 시녀장 언니나 누구를 만나서 소식을 듣지 않았을까 해서 물어본 거다.

"본궁으로 많이 간 모양인데……. 여기 있는 거 팔자 편하다."

"맞아. 엘리도 있었으면 좋았을 텐데. 엘리는 바지런한데 또 의외로

게을렀단 말이야."

안나는 또 울 것 같다. 안나는 엘리를 화장하는 걸 봐서 그런가. 주변인의 죽음을 받아들이는 올바른 단계를 밟고 있는 것 같다. 나는 내 세계에서도 의미 있는 상실을 겪어본 적이 없어서 그런가, 엘리의 죽음 자체가 실감이 안 난다.

그냥 같이 회사를 다니던 동료가 다른 회사로 이직한, 그런 기분이다. 엘리를 생각하면 잘 살고 있겠지, 그런 기분이 든다. 다시는 만날 수 없는 상실을 나는 아직 겪어본 적이 없다.

"그래도 왕비 궁으로 돌아가고 싶다. 다들 보고 싶네."

"맞아, 나도. 근데 여기 독채인 건 좋네."

미카엘 왕자는 조만간 혼자 힘으로 일어설 것 같다. 우리가 보는 앞에서 왕자는 무언가를 잡고 일어나려고 용을 쓰고 있었다. 배밀이를 시작할 때도 저랬다. *끄응끄응* 혼자 애를 쓰다가 힘이 달리면 결국 좌절과 짜증이 밴 울음을 터뜨리고는 맘마 열심히 먹고, 또 한숨 잔 다음에 다시 시도하고, 울고 먹고 자고, 울고 먹고 자고, 울다가 성공했었다.

인생을 가장 단계적으로, 그리고 성공적으로 잘 살고 있는 게 미카엘 왕자인 것 같다. 그리고 이 생각을 한 시점에서 뭔가 인간의 위엄 같은 게 떨어진 기분이다. 갓난쟁이가 하루 종일 바닥을 기면서 노는 만큼 열심히 의욕적으로 살아야 한다던데, 왕자를 보면 그건 너무 심하게 열심히 살라고 독려하는 말 같다.

이곳으로 옮겨온 지 얼마 되지는 않았지만 무기력하다. 이 정도로 무기력했던 적이 없다. 생각할 것이 한가득하기는 한데, 그걸 굳이 내가 생각해야 할까? 흘러가는 대로 흘러가다 보면 어딘가에 도달하지 않을까? 어차피 구조선도 오지 않는 난파선 위에 올라타 있는데 이 망망대해에서 어딘가로 노를 저어 가려고 하는 일 자체가 무의미한 짓 같다. 이 거대한 흐름에 내가 어떻게 대항을 해.

아무것도 하고 싶지가 않다. 이미 아무것도 안 하고 있지만 더욱 적극적으로 격렬하게 숨만 쉬고 싶다. 하지만 왕자는 자꾸 뭔가를 잡고 일어나려고 용을 쓰고 있다.

"안나, 왕자가 일어서면 우리 일이 더 험난해지겠지?"

"응. 절대 눈을 떼면 안 되게 될 거야."

"나 요새 늙은 기분이야."

"나도."

생각해야 한다. 자꾸 생각을 안 하려는 습관을 붙였더니 머리가 참 금방 녹슬어 버렸다. 생각하는 방법 자체를 잊은 것 같다. 뭘 생각해야 하지? 마법진이랑 세사르 카직이 마법진을 찾는 이유랑 클라인과 세사르 카직의 관계.

이야, 이거 그냥 대놓고 물어보고 싶다. 두 분 혹시 친척이세요? 배다른 형제 아니면 아버지 다른 형제가 있어요? 하고. 그런데 둘이 형제면 누가 형일까?

"왕자님이 아무래도 지루하신 것 같다."

"혼자서 잘 놀고 계신 것 같은데."

"아냐. 저러다 짜증 내실 거야. 내가 데리고 산책 다녀올게."

안나는 소파에 얼굴까지 박은 채로 손만 들어 흔들어주었다.

한때는 한 팔로 위엄 있게 왕자를 안아 들 수가 있었는데, 요새는 두 팔에 힘을 주고 안아야 한다. 나는 내려달라고 버둥거리는 왕자를 안고 연못으로 걸어갔다. 요새 같아서는 차라리 왕자가 걸음마를 떼면 손을 잡고 걷는 게 나을 것 같다.

인체 실험, 아니다, 잉어체 실험을 하려고 잉어한테 약을 먹이고 있긴 한데, 여기가 우리 별장과 거리가 좀 있어서 귀찮다. 그냥 물에 타서 화분이나 나무 밑에 뿌릴 걸 그랬나 보다. 반반씩 해볼까? 아냐, 그게 더 귀찮겠다. 하던 거나 해야지.

미카엘 왕자의 관찰 일기 3일째.

기분 탓인지 잉어들이 되게 통통하고 비늘이 반들반들 윤기가 돈다.

약이 무슨 보양식이었나 보다. 약을 뿌려주자 앞다투어 달려들어 먹는다. 3일째 보는 것이지만 역시나 징그럽다.

오늘의 관찰 일기 끝.

산책로를 한 바퀴 돌고 돌아오니까 안나가 미카엘 왕자의 황금 요람과 벽 틈새 같은 곳을 샅샅이 살펴보고 있었다.

"왜? 갑자기 건축가나 목수로 전업할 생각이 들었어? 잘했어. 이런 위험한 직업 관두고 떠나는 거야!"

내 세계의 건축업계는 페이가 종말을 향해 달려가는 중이었는데 이 세계는 모르겠다. 보통 이런 데는 인건비가 세던데 고급 인력으로 분류가 되려나? 아예 건축은 힘들더라도 인테리어나 리모델링 쪽으로 어떻게 하면 나도 이 세계에 혁명을 일으킬 수도 있을 것 같다. 이런 생각으로 사업을 시작하다가 망하는 거다.

"아니, 보니까 말이야. 이 별장 관리가 되게 잘되어 있다?"

"뭐 그렇지?"

"이렇게 한적한 데에 있는데 천장 같은 데 거미줄도 없고 창틀에 먼지도 안 쌓여 있고."

"그건 그러네? 왕비 궁은 좀 안 쓰던 방에 들어가면 바로 거미줄투성이였는데."

"그치. 그거 그래도 시녀장님이 초반에 관리하려고 시도하다가 안 돼서 관둔 거잖아."

왕비 궁의 극한 인력으로는 사실 사용하는 곳만 유지하는 것도 힘들다.

"여기는 평소에도 관리를 하나 봐."

"그런 거겠지? 이 궁은 인력이 남아도나 보네."

"건축가 대신에 유르겔 님의 궁으로 이궁 신청할래?"

나는 우스갯소리로 말했지만 평소라면 '그 여우한테 가라고?' 하고 난리를 피웠을 안나가 의외로 조용했다. 놀랍다. 평소에 안나가 유르겔을 얼마나 벌레처럼 싫어하는지를 아는데 이런 반응이라니. 역시 사람이 메테오 한번 맞아보면 생각이 변하는가 보다.

"난 네 선택을 존중할게, 안나. 근데 이 육아를 나에게만 맡기지 말아줬으면 해. 살려줘, 왕자님이 곧 걸으실 거야."

안나를 말릴 수는 없어서 나는 절절히 빌기만 했다. 왕자가 걷기 시작하면 진짜 나 혼자서는 감당이 안 될 거다. 지금 이 혼란 속에서 원활하게 인력이 붙을 것 같지 않고, 재수 없으면 유르겔 궁의 사람이 붙을 것 같은데 그건 내가 불안하다.

왜 이렇게 이유 없고 근거도 없이 유르겔이 경계가 되는지 모르겠다. 나한테 한 게 없는데 말이다. 뭘 했나? 기분은 나쁘게 했지. 〈탈출기〉에 따르자면 유르겔도 나쁜 사람은 아닐 텐데. 아마도. 메이비. 어쩌면.

안나가 웃었다.

"나 어디 안 가. 왕자님의 시녀라는 게 경력상 얼마나 큰 이점인데. 결혼 시장에서도 인기 많고."

"그치? 내가 열심히! 아는 분들 다 쥐어짜서 좋은 남자도 많이 소개해 줄게."

"야, 저번에 그 카펠라 백작님 부관. 슬슬 돌아오셨을 텐데, 언제 오신대?"

"카펠라 백작님이 오실 때?"

"그게 언젠데?"

"글쎄, 여기 내가 있다는 걸 알기는 하실까?"

우리는 킥킥거리다가 하루 종일 벽의 꽃처럼 소리 없이 벽에 붙어 있는 미오 경을 보았다. 그는 팔짱을 끼고 무언가를 생각하고 있는 것 같았는데 쉴 새 없이 조잘거리던 우리가 갑자기 조용해지니까 조금 늦게 흠칫하고 팔을 풀었다.

"왜 나를 보는 거냐?"

"아니, 상대적으로 우리 중에서 제일 바깥으로 움직이기에 자유로운 게 미오 경인 것 같아서요."

육아에 참여하고 있지 않아서 그런 거겠지만.

리카르와 휴, 크리스는 어떻게 되었는지 모르겠다. 죽지는 않았을 텐데 어디로 갔을까. 원래라면 그 셋 때문이라도 움직일 수 없었겠지만, 그들은 없고 이곳은 미오 경의 밀착 경호가 필수가 되기 전에 능력 있는 경비원이 한차례 걸러내는 유르겔의 궁이다. 권장은 밀착 경호지만 잠깐 자리를 비우는 것 정도야, 뭐.

다른 사람들 안부가 궁금하다는 우리의 희망 사항을 알아들은 미오 경은 웃었다. 그 우수 어린 얼굴로 웃으니까 되게 그림 같아서 나도 안나도 잠시 멍해졌다.

"얼마든지."

이 별장이 외지다, 외지다 해도 원래 별궁이던 왕비 궁만큼 외진 곳은 또 아니라서 그는 15분도 걸리지 않아서 돌아왔다. 딱히 뭐 클라인이 많이 보고 싶다거나 그런 건 아니지만 이런 한적한 별장에 딱 삼 일 있었는데도 바깥소식이 알고 싶어서 견딜 수가 없었다.

클라인은 자상하고 세심하니까 내가 알고 싶은 만큼 왕비 궁의 정보를 모아 올 수 있지 않을까? 언제쯤 올까? 그 김에 길버트인지 빈센트인지 하는 부관을 데리고 오면 갑자기 직업적 회의에 몰린 안나에게 새로운 활기를 줄 수 있을 텐데. 그리고 엘리의 죽음이 주는 우울함을 벗겨내고.

안나는 나와 대화를 하고 있지 않을 때는 무언가를 깊이 생각하고 있는 것 같고, 대단히 침울해 보였다. 나는 우울증에 대해 잘은 모르지만 저대로 두면 안 될 것 같다.

⁂

미오 경은 대단한 일을 해냈다. 미카엘 왕자의 관찰 일기 4일 차를 찍기 전에 이 별장에 드디어 우리 네 명이 아닌 다른 사람이 찾아오게 만든 것이다.

세야 료민이었다.

"잘 계셨나요, 아스 양. 저희 수업을 계속해야죠?"

나는 어렸을 적에 참 이것저것 학습지를 많이 했었는데 자라나 학습지 밀린 어른이 되었다.

지금 이 순간 호환, 마마, 전쟁보다도 세야가 더 무섭다. 그는 안부를 묻기보다 앞서 음악이 나오는 상자의 뚜껑을 열었다. 이제는 공포스러운 꽃의 왈츠 풍의 음악이 흘러나오고 그가 내 앞에서 예를 갖춰 절을 하고는 손을 내민다.

다짜고짜 실전이라니! 나는 억지로 따라서 같이 절을 해 겉모양을 대충 갖추고서 그의 손을 잡고 춤을 추기 시작했다. 하지만 내 머리의 CPU 사양은 지극히 달려서 메테오와 세사르 카직이 지나간 후의 부족한 메모리로는 춤의 스텝을 불러올 여유가 없었다.

"……음."

세야는 진짜 신사였다. 젊다기보다 어리다는 말이 더 어울리는 그는 눈물이 날 정도로 참된 신사였다. 첫 수업 때보다 훨씬 더 많이 발을 밟히면서도 작게 신음은 흘릴지언정 결코 아픈 티를 내지 않았다.

사실 이게 발을 밟히면 아픈 것보다 예상치 못한 시점에서 밟혀 놀라는 게 더 문제가 될 것 같은데, 세야는 그때마다 내 허리랑 손을 잡은 손을 꿈쩍도 하지 않았다. 그는 마치 밟힐 것을 예상한 사람처럼 굳건하기만 했다.

그는 진짜 신사고 나는 구제불능이다. 곡이 하나 끝날 때까지 세야가 나에게 밟힌 횟수는 세지를 못하겠다. 많이 미안해서 차마 세야의 얼굴을 쳐다보지 못했다. 세야가 얼마나 헌신적이고 좋은 선생님이었는지를 내가 제일 잘 아니까 더욱 그렇다. 정규 수업이 끝난 후 열정적으로 나머지 수업까지 해가며 곱셈을 가르쳐 놨더니 열정적으로 덧셈 뺄셈을 까먹고 온 학생이 바로 나다.

"아스 양, 카펠라 백작의 개선식이 이번 주로 잡혔습니다. 이런 식으로라면 아스 양은……."

"이번 주요? 메테오 때문에 다들 난리였는데 어떻게 이번 주에 그런 큰 행사를 치러요?"

사상자들을 화장한 게 바로 그제였다. 급해도 너무 급하다.

세야는 조금 곤혹스러운 얼굴로 방 안을 휘둘러보았다. 세야가 뮤직 박스를 연 직후부터 안나는 바닥을 요리조리 기어 다니고 있는 미카엘 왕자를 포획하기 위해 같이 바닥을 기어 다니고 있었다. 간신히 왕자를 포획한 안나가 자리에서 일어났다.

별장은 일 층의 이 가장 넓은 거실 말고도 방이 많았다. 왕비 궁에서라면 방구석으로 물러나 있는 게 전부였을 텐데 이곳은 자리를 아예 피해주는 일이 가능하게 되었다. 그래서 방을 나서려는 안나를 세야가 손으로 제지했다.

"미혼 아가씨는 남자와 단둘이 한방에 있지 않는 겁니다."

이거 상류 계급의 예절 같은데 음, 좀 간지럽다.

"그리고 아스 양, 안 좋은 일이 있었기 때문에 이런 행사를 더 앞당긴 겁니다. 다들 잊고 싶어 하니까요."

난 엘리를 잃은 걸 빠르게 잊고 싶지 않은데.

"그리고 늦었지만, 걱정했습니다. 스사에게 아스 양이 무사하다고 전해 듣기는 했었습니다만. 이곳은 지낼 만하십니까?"

시녀장 언니도 무사하진 않았다. 피난민 처리에 바쁜 그 언니를 잠깐 봤을 때, 이마에 붕대가 감겨 있었고 왼팔도 부목을 대고 있었다. 그 언니는 어디에 가 있으려나. 왕비를 따라 본궁에 있으려나.

"저도 선생님이 궁금했어요. 수업 끝나고 얼마 안 돼서 메테오가 떨어졌잖아요. 무사히 피하셨나 걱정했어요."

"저는 그때 본궁에 있어서 무사했습니다. 스사 말에 따르자면 왕비궁 소속의 시녀들도 피난 간 곳에서 잘 지낸다고 하니까 걱정하지 마세요."

세야가 또 다른 음악을 틀었다. 나 이거 안다. 음악만 안다. 망했다. 안 그래도 제일 자신 없던 춤인데 깡그리 다 까먹었다. 첫발을 뗀 후로 내가 아무런 스텝도 밟지 못하자 어느 정도 나를 리드하려고 하던 세야도 곧 나를 포기해야 했다.

"아스 양, 이대로는 개선식에서 무사히 춤을 출 수 없습니다."

"괜찮아요. 전 유모인데 춤출 일이 얼마나 있겠어요."

"아스 양은 지금 유력한 사교계의 샛별이라서 춤 신청을 많이 받으실 거란 말입니다."

당장 입고 갈 드레스도 없는 나는 이 청교도복, 혹은 상복 같은 드레스를 펄럭이며 클라인의 개선식 한가운데에서 파트너의 발을 있는 대로 밟아가며 춤을 추는 모습을 상상해 봤다. 어마어마한 민폐다.

음악이 다시 시작되었고 세야가 내 앞에 한쪽 무릎을 반쯤 꿇고 손을 내밀었다. 나는 그 앞에서 드레스를 들어 올려 인사를 하고 손을 잡았다. 처음에 췄던 춤은 왈츠였고 이번은 조금 더 달라붙은 사교춤이었다. 탱고와 왈츠가 조금 섞인 듯 남녀 간에 몸이 붙는 약간 로맨틱하고 약간 에로틱한 춤인데 이름은 미뉴에뜨라고 했다. 내가 아는 미뉴에뜨랑 많이 다른 것 같다.

"그럼 전 선생님이랑만 춤출래요."

"스윗하게 들리는 말씀 감사합니다만 전 오래 살고 싶군요, 아스 양."

"발 몇 번 밟는다고 죽지 않아요."

발을 밟는 입장에서 하기에는 좀 뻔뻔스러운 말을 던져보았다. 반쯤은 알면서 던진 말이었는데 세야는 새싹 같은 눈동자를 부드럽게 휘면서, 내가 듣고 싶었던 즐거운 말을 해주었다.

"아닙니다. 아스 양의 인기 때문에 저랑만 춤을 춘다면 절 죽이고 싶어 하는 사람이 많을 겁니다."

내 이루지 못한 사소한 로망 중의 하나가 사교계의 꽃이 되는 거였는데 그게 이루어지려나 보다. 꿈은 이루어진다. 비록 미모 하나로 사교계를 평정하는 건 아닐지라도.

"그래도 저는 저에게 호기심을 갖고 접근하는 사람보다는 차라리 선생님하고 같이 있고 싶어요."

"아스 양에게 관심을 갖는 사람들이 다 나쁜 것은 아닙니다."

"알아요. 관심도 없는 것보다 그런 관심이라도 있다는 게 훨씬 낫다고들 하니까요."

무플보다는 악플이랬다. 근데 난 엔간하면 선플만 받고 싶다. 내 인생은 이미 너무 팍팍해.

하늘하늘한 꽃잎 같은 레이스가 아니더라도 검고 무거운 드레스는 구름처럼 펄럭이며 내게서 멀어졌다가 다시 허리와 다리에 감겼다. 왈츠보다 몸이 많이 붙어서 그렇지, 음은 이게 더 빨라서 차라리 움직이기 좋았다. 정신없이 몸을 움직이다 보니 어느새 음악은 끝나 있었고 우리는 처음 춤을 시작할 때의 자세로 돌아가 있었다. 곡이 빠르다

보니 아까보다 훨씬 더 아프게, 많이 밟았댔지만 세야는 내색을 한 번도 하지 않아서 오히려 더 많이 미안했다.

"배우라고 하시니까 배우긴 하는데요, 제가 거기 갈 일이 진짜 있을까요? 전 왕자님이랑 함께 있어야 할 텐데."

왕자도 부른다면 또 다른 문제지만 이번에는 왕자를 부를 것 같지 않았다. 자고로 어른들 노는 데 아이들이 끼어드는 게 아니다.

"아마……"

세야는 좀처럼 말을 흐리지 않는데 이번만은 아니었다. 나는 그의 어깨를 짚고 손을 맞잡은 상태에서 그를 올려다보았다.

"유르겔 님이 아스 양을 연회장으로 부를 것 같습니다. 그분은 아스 양을…… 좋아하는 것 같으니까요."

진짜? 정말? 개를 귀여워하는 거랑 비슷한 감정이 아닐까 했었는데 날 좋아한다고? 하긴, 개를 귀여워하는 것도 넓게 말하면 좋아한다고 볼 수 있기는 할 것 같다. 나를 자신과 동등하게 보지 않고 재주 부리는 동물처럼 보고 있기는 하지만, 그래도 밥은 주니까.

"그날 선생님도 가시나요?"

내가 연회장에 가면 안나는 어떻게 될까? 이곳에 남아서 혼자 미카엘 왕자와 있게 될까? 누군가는 왕자와 있어야 한다. 전에는 엘리도 있었다. 둘이 함께 있으면 좀 농땡이를 치긴 했겠지만 외롭지는 않았을 텐데, 이제 안나는 혼자 있으면 죽은 엘리를 생각하게 될 것 같다.

"왕국이 두 해를 기다린 승전입니다. 아마 모든 문무 대신이 그곳에 함께할 것입니다. 대연회장이 전하의 즉위식 이래로 몇 해 만에 열리겠지요."

장관일 겁니다, 라고 세야가 귀에 속삭여서 나는 다시 한번 세야의 발을 밟아버렸다. 고의는 아니었다. 놀라서 그만.

"아스 양은 그런 데에는 관심이 없으신가 봅니다? 수많은 귀족 영애와 영랑이 대연회장에서 멋진 분과 춤을 추는 것을 꿈꾸는데 말입니다."

"뭐, 소녀의 로망은 그거랑 약간 다르기도 하고, 그 엇비슷한 걸 이미 보기는 했잖아요."

"언제요?"

"저번에 종전 기념 파티 때요."

별로 좋은 기억은 아니었다. 왕비가 부르고 싶다던 왕자의 이름은 끝내 한 번도 불리지 못했다.

가끔 생각날 때마다 내가 왕자에게 그 이름을 들려주지만 왕자가 기억할까 모르겠다. 왕비가 지은 이름은 영영 사라져 버렸고 그녀가 바라지 않은 이름만이 세상에 남아 불린다. 미카엘 왕자. 나는 가끔 그 이름을 부를 때 희미한 죄책감을 느낀다.

"그럼 아스 양."

허리를 감고 있던 손이 미끄러져 내려갔다. 세야는 내 한쪽 손을 잡은 채로 한쪽 무릎을 꿇고 앉았고 그의 손 위에 내 손끝이 얹혀 있었다. 이건 소녀의 로망 넘버 10 안에 들어가는 바로 그 일인가, 설마? 이런 상황에서 이렇게 갑자기?

"개선식에서 제 파트너가 되어주시겠습니까?"

어디서 종소리가 들린 것 같다. 가슴이 두근거린다. 이건 게임에서만 들어본 그 대사다. 비록 상대는 백마 탄 왕자님이 아니고 나는 상복 같은 검은 옷을 입은 시녀지만, 하급 관리도 기사님의 꿈을 꾸니 시녀도 공주님의 꿈을 꿀 수 있다.

"네, 기꺼이. 선생님, 꼭 제 파트너가 되어주세요!"

세야는 웃었다.

"그날은 선생님이 아닐 거예요."

자꾸 저런 말이 야하게 들리는 건 내게 음란마귀가 씌었기 때문일까. 선생님이 아니면 뭔데? 뭘까? 응?

그럼 그날은 세야 경이라고 불러야 하나, 남작님이라고 불러야 하나, 모르겠다. 그때가 되면 알겠지.

세야가 나가고 난 후 나는 미오 경에게 왈칵 짜증을 냈다. 마음 같아서는 뭘 집어 던지고 싶은데, 이 별장은 거의 미카엘 왕자에게 필요한 물건들만 갖춰진 상태라 던질 거라 해봐야 손수건 같은 것밖에 없었다.

안나가 재빨리 내 앞으로 간식으로 먹으려고 따둔 새끼손톱만 한 빨간 열매가 담긴 그릇을 놓아주었지만 솔직히 말해서 열매는 쏟아놓고 그 그릇을 미오 경한테 던져 버리고 싶었다.

"아오, 불러오라는 카펠라 백작님을 두고 세야 선생님을 불러와요?!"

"넌 누굴 불러오라고만 했지, 카펠라 백작님이라고 한 적은 없다."

"척하면 척이죠! 하필 불러와도!"

예전에 비하면 공부가 하기 싫다거나 한 건 아니지만 그래도 여기서 만나기엔 가장 비현실적인 인물이 세야라고 생각했다. 마음의 준비도 없이 이렇게 만나고 나니까 아주 심장이 쫄깃하고 그렇다.

난 메테오 때문에 모든 국가 의전이 다 마비되었을 줄 알았다. 우리나라만 해도 수재민 발생하면 행사들 축소하는 분위기던데 여긴 본궁이 무사해서 그런가 감행하네.

미오 경을 몇 대 때리고 싶다는 이룰 수 없는 꿈을 꾸다 진짜 때릴 것 같아서 왕자를 안고 관찰 일기 4일째를 찍기 위해 밖으로 나왔다. 밖 날씨는 청명한데 확실히 날마다 차근차근 조금씩 더워지고 있었다. 이제 나뭇잎 사이로 비치는 햇살이 싱그럽다기보다는 따갑게 느껴지는 계절이 다가와 있었다.

인기척을 느끼고 벌써 몰려들기 시작하는 잉어 떼 앞에서 나는 잠깐 고민했다.

이 세계의 육아란 결국 여자들의 구전 상식일 수밖에 없는 건지, 도

서관에서 빌려온 책에는 참고할 부분이 많지 않았다. 어린아이의 발육 상태에 대한 통계치가 있기는 한데……. 단계별로 무슨 도움을 어떻게 줘야 하는지, 가장 중요한 내용이 없었다. 그래도 슬슬 촉감 같은 오감 발달에 신경을 써줘야 할 때 아닌가.

어쨌든 나는 버거워진 왕자의 무게를 한 팔로 감당을 하면서 유르켈이 준 약봉지를 뜯었다.

"오늘은 왕자님이 잉어들 밥을 줘보실래요? 잉어 맘마~ 잉어 맘마~"

약봉지가 바삭바삭하는 소리를 내자 왕자가 반사적으로 손을 내민다. 거기다 대고 부슬부슬 약봉지의 가루약을 조금 뿌려주니까 냄새를 맡으려는 듯 손을 당기려고 해서 얼른 제지했다.

"물고기들 맘마 줘보세요. 부슬부슬~"

내가 먼저 연못 위로 손을 뻗어서 약을 뿌리자 왕자도 따라 한다. 내가 줄 때보다 터무니없이 적은 양이 떨어지니까 모여든 잉어들이 서로 꼬리로 상대방을 후려쳐 가면서 약을 향해 달려들었다.

대부분 팔뚝만 한 사이즈의 커다란 잉어였는데, 그중 사람 몸통만 한 게 하나 보였다. 사이즈가 저 정도면 질린다. 저게 위로 튀어 오르기라도 하면, 으으…… 상상도 하기 싫다. 생선 구이는 좋아하는데, 여기 생선은 징그러워.

미카엘 왕자의 관찰 일기 4일째.

잉어들이 경쟁적으로 앞다투어 약을 먹는다. 심지어는 꼬리나 머리로 서로를 공격하는 것 같은 기분까지 든다. 저 멀리에 있던 커다란 잉어도 소문을 듣고 원정을 나왔는지 잉어 떼의 사이즈가 더 다양해졌다.

오늘의 일기 끝.

해는 점점 길어지는데 일정이 단조로워지니까 하루가 더 길게 느껴진다. 1층 거실 공동 공간에서 왕자가 뒹굴뒹굴하는 것을 살피면서 따로 생각에 잠겨 있다가 어둑어둑해질 즈음에 각자의 방으로 돌아가 잠드는 게 요새 우리의 일상이었다. 낮이 길어지니까 밤도 길어진다. 희한한 일이다.

유르겔의 별장은 굉장히 쾌적하다. 특히나 유르겔이 2층에 있는 내 방이자 왕자 방에 준비한 황금 요람은 어찌나 푹신하고 크던지, 나랑 미오 경까지 같이 누워도 공간이 남아돌 것 같았다. 시도해 보지는 못했다. 미오 경이 극구 사양해서 함께 눕기는커녕 함께 앉아보지도 못했다.

왕자는 그 위를 마음껏 기어 다녔다. 솔직히 난 편했다. 테두리에 황금으로 아름다운 무늬가 양각된 보호대가 붙어 있어서 왕자가 아무리 활개를 치고 다녀도 떨어질 염려가 없어 굳이 지켜볼 필요가 없기 때문이다. 심지어 유르겔은 일국의 후계자를 바닥에 굴러다니게 해야 하는가 하던 고민까지 덜어주었다.

"안나, 나 이거 면인 줄 알았는데 비단이다?"

"어, 비단이더라고. 대박."

바닥에 아예 비단을 깔아서 이제 미카엘 왕자가 기어 다녀도 죄책감이 느껴지지 않았다. 사실 별장 전체가 호화로워서 바닥에 비단을 겹겹이 깔아준 게 왕자를 배려한 옵션인지 디폴트 사치인지 헷갈린다. 무엇 하나 왕자에게 부족함이 없고 극도로 사치스럽도록. 그게 이 별장의 목적인 것 같았다.

생각난 김에 오감 교육을 어떻게 하는 건지 모르겠어서 일단 별장을 다 뒤져 모든 천을 끌어내서 바닥에 깔아두었다. 이렇게 하는 게 맞는지는 모르겠다. 아닐 것 같다. 하지만 안 하는 것보단 낫겠지. 아이가 안 하던 경험을 하며 즐거워하면 그게 교육이고 놀이지 싶다.

육아는 어렵다. 엘리가 그렇다. 하지만 엘리가 있어도 이런 걸 알았을 것 같지는 않으니까……. 나는 아직 엘리의 죽음을 실감하지 못한다. 종종 우울해하는 안나를 보면 차라리 이렇게 실감하지 못한 채 시간이 흐르는 게 나을 것도 같다. 엘리는 죽은 것이 아니라 나와 같은 곳에서 근무하지 않는 거라고 생각하는 것이 좋다. 사실이랑 크게 다르지도 않다.

사실은 나도 엘리가 그립다.

꿍꿍꿍

관찰 일기 5일째를 적으러 나가려는데 누가 문을 두드렸다.

유르겔을 보러 온 사람들은 유르겔을 보러 갔으면 갔지, 이런 외지까지 올 일이 없어서 의아해하며 문을 열었더니, 하얀 장미가 내 품에 가득 안겨졌다.

꽃향기를 맡는 순간부터 클라인이라는 것을 알았다. 나는 원래 꽃을 좋아하지도 싫어하지도 않았는데 클라인이 올 때마다 꽃을 주니까 좋아지기 시작했다.

가끔 내 몸에서 나는 향과 클라인에게서 나는 향이 비슷한 듯 다른 듯, 내 거 같기도 하고 아닌 것 같기도 할 때가 있다. 그때는 꽃이파리가 가슴 한중간 맨살에 닿는 그런 느낌이 들기도 한다.

"백작님."

"걱정했었습니다."

내 뒤에 있던 안나가 다가와서 빠르게 꽃을 받아 갔다. 그러곤 자리를 비워주려는 듯이 뒤쪽으로 나가는데, 솔직히 꽃다발이 아니라 왕자를 데려가 줬으면 좋겠군. 친절한 안나는 왕자를 위해 이곳에 남아 있으려는 미오 경의 옆구리를 콱콱 찔러가며 그마저 데리고 나가주었다. 내 임무는……! 하는 소리가 들리긴 했는데 곧 사라져서 들리지 않았다.

우리는 순식간에 단둘이 남았다. 아니군. 왕자가 있었지. 나는 바닥에서 이것저것을 집어서 입안에 넣으며 돌아다니고 있는 왕자를 재빨리 들어 안았다. 바닥이 비단이라 우리의 죄책감이 좀 덜어지긴 했지만 그래도 남에게 자랑스레 보일 모습은 아닌 것 같았다.

그 후에야 반갑게 그의 오른손을 뒤집어보고 왼팔 소매를 걷어보았다. 클라인의 피부는 상처 하나 없이 깨끗했다. 그때 시엘이 치료해주는 것은 보았지만 내 눈으로 직접 보자 반갑기 그지없었다.

"무사하실 거라 생각은 했지만 정말 무사하셔서 다행이에요. 제가 얼마나 걱정했는데요."

"걱정하셨습니까?"

"그럼요! 상처도 심하셨잖아요."

클라인은 부드럽게 웃으며 살짝 내 뺨을 쓰다듬었다.

"늦게 찾아와 죄송합니다."

"아니에요. 바쁘셨을 텐데. 개선식을 한다면서요?"

기어이, 라는 뒷말은 입안에서 삼켰다. 어쨌든 승전한 그를 위해 열리는 행사라 그에게는 영광된 일일 텐데 어째 부정적으로 들릴 것 같았다. 나도 세야가 나를 갈아 넣을 기세로 춤 연습을 시키는 것만 아니었어도 이렇게 싫진 않았다.

"영광스럽게도 그날 제가 공작위를 받게 되었습니다."

진짜 영광스러운 자리였네. 헛소리를 안 해서 다행이다.

"와! 대단하세요. 어지간한 일이 아니고서는 관작이 오르지 않잖아요."

"전하께서 제 보잘것없는 전공을 높이 여겨주신 덕분입니다."

하하, 이 오빠 농담도. 이름만으로도 영웅인 소드마스터가 한 왕국의 백작에 머무르고 있으면 주변 나라에서 더 좋은 거 줄 테니 이민오라고 집적거리는 게 장난 아니었을 텐데. 겸사겸사 주변에 선전포고 하는 느낌인 것 같은데.

남의 나라 백작은 우리나라 오면 공작 시켜줄게 하고 노릴 수 있지만, 남의 나라 공작한테는 더 해줄 만한 게 없어서 집적거리기가 힘들 거다. 공주님과 결혼해서 사위가 되어주면 나라를 물려주겠다고 하는 수준이 아니라면.

시도도 있었다. 분홍색이 감도는 금발로 대륙에서 아름답기로 유명한 공주님이나, 큰 나라의 지체 높은 공주님을 그에게 시집보내겠다고 기꺼이 온 대륙의 나라들이 다 나섰지만 그가 거부했었다. 그래서 독자들 사이에서 그의 에반스를 향한 트루러브가 거의 정설이었던 거였는데.

이미 마음속에 신전이 있으니 어쩔 수가 없지, 뭐.

"이제 그럼 공작님이라고 불러야겠네요."

"이름으로 불러주셔도 괜찮습니다."

오늘따라 농담을 참 자주 하네. 일개 시녀에게 이름을 불리는 공작님이라니. 누가 듣기라도 하면 그 뒤는 무서워서 생각하기 싫다. 다행히 클라인은 농담을 길게 끌지는 않았다. 그에게도 상식은 있었던 것이다.

"폐허 속에서 이걸 찾았습니다. 꼭 전해 드리고 싶어서."

그가 내민 것은 눈에 익숙한 것이었다. 나해에서 돌아온 그가 선물한 귀걸이였다. 난리 중에 잃어버렸는데 그걸 찾아온 모양이다.

"와. 안 그래도 애써 절 위해 가져와 주신 걸 잃어버려서 마음에 걸렸었어요."

그 난리가 났었는데 아무 일도 없었던 것처럼 귀걸이는 광채가 찬란했다. 대대로 나해 여왕이 착용했다는 귀걸이인데, 이번에 난리 피운 게 여왕 아냐? 갑자기 등 뒤가 스산하다.

"그런데 이거 나해 여왕들이 하는 귀걸이라고 하셨잖아요. 이번 나해 왕은 여왕이라고 하셨는데 어떻게 이걸……."

물어보는 내 목소리는 뒤로 갈수록 점점 작아졌다. 가장 무난한 건 보물 창고 같은 거를 통째로 쓸어 왔다는 거다. 좀 없어 보이지만 나해 여왕의 화장대를 쓸어 온 것도 괜찮다. 나는 그의 답이 그 두 가지 경우 중의 하나이기를 바랐다.

"나해 여왕이 착용하고 있었는데 당신께 더 어울릴 것 같아서 제가 직접 받아 왔습니다."

대체 이 화려하고 찬란하기가 샹들리에급인 귀걸이의 어디가 나랑 어울리는지 묻고 싶지만, 가져온 성의를 생각해서 입을 다물었다. 귀걸이가 하도 화려해서 나 같은 사람이 착용하면 걸어 다니는 주얼리 거치대가 될 뿐 나는 보이지도 않을 물건이었다.

거기다 착용 중인 물건을 받아 왔다는 말에 내가 다 눈물이 날 것 같아졌다. 나라가 망한 것도 울분이 차는데 걸치고 있는 걸 강탈해 가면 나라도 원한이 쌓여. 나라도 그냥 다 죽어버리라고 미사일 쏘고 싶어질 것 같다고.

나는 귀걸이를 갈무리하고 클라인을 똑바로 올려다보았다. 그의 눈은 나를 볼 때면 여름이 지난 바닷가 모래사장으로 밀려들어 오는 파도 같아진다. 늘 얕은 파도 같은 작은 일렁임과 기쁨으로 나를 보고 있다. 그에게 들어야 할 말이 있다. 하지만 이 눈 앞에서 무엇을 먼저 물어야 할지 망설여졌다.

"세사르 카직 백작님을 만났어요."

클라인이 나를 보는 동안 나도 클라인을 본다. 그는 내 눈 속에서 무엇을 발견할 수 있을까. 클라인의 눈은 크게 한 번 흔들렸다. 눈동자 안의 파도도 크게 요동을 치며 해일이 되었다가 사라졌다. 그가 이만큼 동요한 모습을 언젠가 보았던 적이 있는 것 같은 기분이 들었다.

돌연 미카엘 왕자가 이상한 소리를 내며 내 턱과 얼굴을 만졌다. 애들은 진짜 예민하다. 나는 왕자가 내 얼굴을 만지지 못하게 고쳐 안고, 클라인의 손을 잡아 내 방으로 이끌었다.

클라인이 해준 말 중에는 이티카 아가씨의 이야기가 많았다. 아스 토케인은 그녀와 연관된 부수적인 존재였으니 그 이야기 속에 아스 토케인의 존재가 적은 것은 당연하다고 생각했다. 클라인이 사랑한 것은 이티카 카직이니까. 만약에 클라인이 아스 토케인을 좋아한다고 한다면 그것은 그의 레이디와 보냈던 시간에 부속된 존재로서 받는 호의일 거라고.

사실 이건 중요한 문제가 아니다. 중요한 것은 따로 있다. 클라인이 나를 보는 만큼 나도 클라인을 보고 있었다. 만년필을 보여주었을 때 유독 씁쓸해하던 그의 얼굴을 기억하고 있다. 그때는 이티카 아가씨와의 추억 때문인 줄 알았다. 하지만 방금 반응으로 볼 때 그는 세사르를 알고 있다. 아직 내게 이야기해 주지 않은 많은 것이 있었다.

세사르 카직을 아나요. 그와 나는 어떤 관계인가요. 그리고 당신과 그는 정말로 어떤 관계인가요.

아는 것은 별로 중요한 일이 아니라고 생각했다. 알기 때문에 위험해지는 일도 분명히 있어서 나는 내 손에 닿지 않는 일을 굳이 알아내려고 이리저리 돌아다니지 않았다. 궁금하지도 않았다. 조금만 더 추궁하면 닿을 수 있는 일인데도 내가 서 있는 자리에서 움직이지 않았다. 지금도 그 생각은 많이 변하지 않았다.

하지만 메테오가 떨어졌다. 나는 죽을 수 있었다. 아니지. 〈탈출기〉가 보장해 주었으니 죽지는 않았겠지. 그러나 크게 다친 채로 계속 살아갈 수도 있었다. 모른다는 것은 그런 일이다. 내게 쏟아지는 무서운 일들, 저항할 수 없는 일들을 그대로 맞이하고 그로 인해 비롯된 일들을 안고 살아가야 한다는 것.

계단을 올라온 후 나는 뛰다시피 내 방을 가로질러 서랍에 넣어두었던 만년필을 꺼내 들었다. 어느 순간부터 더는 편하게 쓰지 못하고

장식용이 된 만년필을 들어 C.K가 클라인 눈에 잘 보이도록 그에게
보여주었다. 그리고 물었다.

"이 만년필이 세사르 카직 백작님의 것이 맞나요?"

그는 그때, 이것을 이타카가 갖고 있는 것을 보았다고 했지 그녀의
것이라고 말하지는 않았다. 그렇게 생각하도록 나를 유도했을 뿐.

그가 대답했다.

"네, 아스. 세사르 카직. 그자의 것입니다."

생각보다 놀랍지는 않았다. 머릿속에 경종이 울릴 거라 생각했는
데, 그 대신에 새해 목표가 장미 십자가 합창단의 노래처럼 은은하고
아름답게 계속 울려 퍼졌다.

내 새해 목표는 소박했다. 욕 줄이기.

내 세계는 훌륭히 한 해가 끝나가고 있었고 내 새해 목표는 생애 첫
완수를 눈앞에 두고 있었는데, 난 이곳에서 계절을 거슬러 다시 한 해
를 살아야 했다. 그리고 불행히도 이곳은 원초적인 욕으로만 표현될
감정이 너무, 너무 많았다.

"제가 당신께 거짓말을 했습니다."

클라인은 괴로워 보이는 얼굴로 내게 고해를 했다. 그가 내게 거짓
말을 했나?

"아네요, 백작님. 그런 생각 하지 마세요. 백작님은 제게 거짓말을 하
지 않으셨어요. 굳이 따지자면 기만에 가까운 거지 거짓말은 아니에요."

그는 조금 이상한 얼굴을 했다. 내가 이상한 말을 했나? 하지만 입
이 삐뚤어져도 말은 바로 하라고 했다. 기만과 거짓말은 다르다.

"절 용서하십니까?"

네, 라고 대답해야 해서 입을 열었다가 다시 닫았다. 기분이 급속도
로 나빠지고 있었다. 이 세계는 내게 너무 불친절하다. 너무하다. 나
는 '내 사랑하는 딸아'라고 말해주는 신도 없고 '내 잘못이니까 보상

할게'라고 말하는 천사도 없이 이 세계로 곤두박질쳤다.

〈탈출기〉는 내게 성서지만 내게는 신이 없었고 믿을 수 있는 존재나 진리가 하나도 없었다. 하지만 클라인이 있었다. 절대 나를 해치지 않고 상처 주지 않을 클라인이 있었다. 이 이교도의 신관은 자신의 신에게서 받은 신탁이 있기에 나를 반드시 보호하고 안전하게 해줄 거라 믿었다. 이 세계에서 나를 해치지 않을, 아마 유일한 사람이라고 믿었다.

"그게 오늘은 아닌 것 같아요, 백작님."

그에게 작게 속삭였다. 내 의지이든 아니든 난 결국 그를 용서하게 되겠지. 하지만 그게 오늘은 아닌 것 같다. 정말로, 오늘은 아닌 것 같다. 생각보다 놀라지는 않았지만 머릿속 한구석은 누가 돌멩이를 뭉친 눈덩이를 던져서 맞은 것 같은 상태였으니까.

그를 다시 정의해야 한다. 내 멋대로 그를 절대적인 보호자, 변하지 않을 법칙 정도로 인식하고 있었던 것을 다시 정립해야 한다. 어디까지 기대고 어디까지 감출 것인가, 그를 내 정원 어디에 세워둘 것인가를 다시 생각해야 한다. 이제 그를 믿어서는 안 된다.

클라인은 내게 다가오려고 했다. 하지만 내 품에 안겨 있던 왕자가 갑자기 펄떡대며 이상한 소리를 내었다. 클라인이 다가오는 게 싫은 것 같았다. 하긴, 그에게서는 장미향이 나고 있어서 감각이 예민한 어린 아기에게는 거부감이 들 수 있다. 어쨌든 클라인은 주춤하며 뒤로 물러서야 했다. 잘했어, 미카엘 왕자! 그간 젖병 물려가며 키워준 보람이 있구나.

"전 화가 난 게 아니고 백작님을 용서하지 못하는 것도 아니에요. 그냥, 오늘은 아닌 것 같아요. 죄송하지만 돌아가 주시겠어요?"

그러자 클라인이 내 앞에 한쪽 무릎을 꿇고 앉았다. 보는 순간 피곤해졌다. 아니, 그러라고 하는 소리가 아니었는데. 하지만 그는 용서

해 달라고 애원하는 대신에 내게 손을 내밀었다. 나는 고민하다가 한쪽 팔에 왕자를 안고 그에게 손을 내밀었다. 그는 내 손끝을 잡고 말했다.

"청할 것이 있어 왔지만 말을 꺼낼 면목이 없습니다. 차후에 뵙고 다 설명하겠습니다. 아스, 그때까지 보중하시길……."

내 손톱 끝에 입을 맞추고 그는 그대로 돌아나갔다. 나는 잠시 미카엘 왕자를 황금 요람 겸 침대 안에 방목을 해두고 한 뼘가량 되는 창틀 위에 앉았다.

클라인에게 화를 낸 것은 아니었는데 그에게 화풀이한 모양새가 되어버렸다. 그저 기분이 나쁘고 실망스럽고 자존심이 상했을 뿐이다. 내 맘대로 그를 믿어버려서.

이 세계는 나에게 너무나도 예의가 없다. 상황은 점점 악화되어 가고 있고 모두가 날 흠집 안 나는 동네북인 줄 알고 두들겨 대고 있으나 내 내구성은 슬슬 바닥이 나고 있다. 이 세계의 나는 너무나 약하고 하찮은 존재라서 악의 없는 기만과 거짓말에도 위험해질 수 있다.

미오 경은 유르겔을 사랑하고, 시엘은 유르겔을 사랑할 거고, 클라인은 이티카 카직을 사랑하고 있고. 누군가를 사랑하는 남자들은 어째 내 인생에 도움이 안 된다. 세야는 괜찮으려나? 세야는 누굴 사랑하지? 돈? 나도 돈 아주 많이 사랑하는데.

클라인이 나가는 게 보였다. 그는 별장을 나가서 세 걸음쯤 걸어간 후 내 방 창문을 올려다보았다. 내가 보이겠지? 손을 들어 그에게 흔들어주었다. 나도 내가 호구라는 건 안다.

그는 내가 표현할 수 없는 표정으로 한참을 나를 올려다보았다. 어디서 비라도 내려줘야 할 것 같다, 비련의 남주인공이 되도록. 그가 저런 얼굴을 하니까 더더욱 자존심에 극심한 타격을 입는 것 같다. 지금 기분이 많이 나쁘고 자존심이 상한 건 나인데 내가 그에게 상처를 준 것 같아서 말이다. 나를 존중하지 않은 게 누군데.

어느새 황금 요람 끝까지 헤엄쳐 온 왕자가 돌고래 같은 소리로 나를 불렀다. 나는 그만 손을 내리고 창가를 떠나 왕자를 일으켜 안았다. 요새 너무 손을 탄다, 이 왕자.

책상 위에 내가 내려놓은 만년필이 보인다. 원래는 나와 세사르 카직의 관계랑 클라인과 그의 관계를 물어보려고 했었다. 하지만 그를 예전처럼 대해서는 안 되니 질문의 내용이나 방식도 달라져야 한다. 좀 삐끗해도 내 인생 게임 스테이지의 빨간 불은 꺼지지를 않으니 그냥 달릴 걸 그랬나. 보내놓고 보니 후회다.

왕자를 안고 1층으로 다시 내려왔다. 언제 돌아온 건지 안나가 흔들의자 위에 앉아 있었고 그 옆에 미오 경이 이상한 얼굴로 서 있었다.

"싸웠어?"

"아니."

"카펠라 백작님 얼굴이 장난이 아니던데."

"아, 공작으로 승작하신대."

둘이 언제부터 친해진 건지 모르겠는데, 안나랑 미오 경이 눈을 마주치더니 안나가 말했다.

"너…… 카펠라 백작님은 그전부터 높은 산이었지만 그래도 백작까지는 노려볼 만한데 공작이면 좀…… 가망이 없는 거 아냐?"

안나는 나와 클라인 사이를 많이 오해하고 있는 것 같다.

"그런 거 아냐."

"그래서 싸웠구나."

"그런 거 아니래도."

정말 그런 게 아니었는데 안나의 예쁜 얼굴이 나를 향한 동정과 연민과 자비로 가득 찼다. 안나도 그렇고 유르겔도 그렇고 하여간에 얼굴 예쁜 것들은 얄미운 짓을 해도 예쁘다.

"아스."

미오 경까지 나직한 목소리로 나를 부른다. 그러더니 내게 다가와 어설프게 어깨를 잡듯이 나를 부둥켜안는다. 뭐냐, 이 어설픈 위로와 동정은 진짜.

"아, 됐어요. 동정할 거면 돈으로 줘요."

인생은 점점 시궁창이 되어가는데 반드시 해봐야 하는 명대사 100가지는 바쁘게 이루어지고 있다. 그래, 로망이 하나씩이라도 이루어지고 있어서 너무 다행이다.

눈을 마주칠 때마다 갸륵한 얼굴로 파이팅 포즈를 취하는 안나가 너무 부담스러워서 왕자를 안고 관찰 일기 5일째를 적기 위해 밖으로 나갔다. 오늘따라 산책로 끝에 있는 연못은 너무 멀고 왕자는 무겁다. 가끔 왕자가 평균 무게보다 더 나가는 건 아닌지 두려워진다. 너무 잘 먹이고 있나?

연못에 도착하고 나니까 기분 탓인가, 잉어들이 전날에 비해 더 많아 보인다. 오기 전부터 날 기다리고 있었던 거냐? 어째 기분이 나빠서 약을 절반은 연못에 던지고 절반은 그 근처에다가 대충 뿌렸다.

미카엘 왕자의 관찰 일기 5일째.

잉어들이 통통하다. 많다. 좁은 데에 통통하고 길고 큰 것들이 바둥대고 있으니까 진짜 징그럽다.

애들도 살겠답시고 약을 뿌리는 방향으로 마구 달려든다. 그래도 굴하지 않고 반만 줬다. 다이어트해라.

오늘의 일기 끝.

죄 없는 잉어들을 괴롭혔더니 기분이 좀 많이 나아졌다. 그 상태로 세야를 맞이했다. 오늘도 싱그러운 미소의 그는 마치 오늘이 첫 춤 수업인 것처럼, 처음 설명해 줬던 것을 다시 설명해 줬다. 첫날과 다른 것은 계속 음악을 틀어놓고 있었다는 것.

나 이거 알아. 글라스 가면에서 이거랑 비슷한 거 봤었다. 몸이 리듬을 기억하도록 하는 거라는데 이거 음악 바뀌면 말짱 도루묵 아닌가? 그래도 세야에게 반항하지 않고 조용히 수업을 들으며 그의 손을 잡고 스텝을 맞췄다.

'카드리유'랬나, 단체로 추는 춤이 제일 어렵다. 스텝이랑 동작이 단순한 편이긴 한데 오히려 그래서 안 외워지는 게 있었다. 몇 번이나 나와 손등을 마주하고 카드리유를 시도하던 세야는 결국 이 춤을 포기했다.

"어지간한 신사들은 이 곡에서 아스 양에게 춤을 신청하지 않을 겁니다."

"만약 하면요?"

"이 곡이 나올 때는 무조건 벽에 붙어 서 계십시오. 아니다. 제 곁에 붙어 계시면 됩니다."

오, 나 이거도 안다. 인기가 없거나 평판이 안 좋은 귀족 영애가 춤 신청을 받을 생각도 못 하고 바로 벽 쪽에 있는 음식 테이블에 직행했다가 주변의 수군거림을 받는 이벤트.

여주는 아무렇지도 않게 음식을 먹지만 수군거리는 소리가 들려서 은근슬쩍 상처를 받는데, 여주랑 썸을 타게 될 남자가 와서 같이 밥 먹어주는 거 몇 번 봤었다. 그 남자가 그래도 권력자라거나 미남이라거나 해서 수군거리는 소리는 쏙 들어가지만 여주 괴롭힘은 박차를 가하게 되는 건데……. 세야는 그런 실드가 될 수준이 아닌 것 같은데 뭘 어떻게…….

"……왜 그렇게 의심하는 눈으로 보시는지 모르겠습니다만, 동행한 파트너와 첫 춤을 추지 않은 여성에게 다른 신사분이 춤을 신청하는 것은 대단히 실례인 일입니다."

"아하. 근데 저 곡이 다른 춤들 다음에 나오면 어떻게 하죠?"

똑똑한 세야도 거기까지는 생각하지 못한 건지 약한 신음을 냈다. 보통 카드리유 같은 윤무를 제일 먼저 한다고는 하는데 예외라는 게 없는 것은 아니고 또…….

"그때도 제가 어떻게든 할 테니 어쨌든 제 곁에 있으시면 됩니다."

"제가 할 말은 아니지만요, 선생님."

세야는 똑똑하지만 확실히 나보다 어려서 그런가, 가끔 물가에 내놓은 것 같던 입사 한 달 치의 후임이 생각난다. 불안해서 일을 도저히 맡길 수가 없던 내 햇병아리.

"한 번쯤 머릿속에서 그때 일어날 수 있는 모든 상황의 시뮬레이션을 돌려보시는 게 좋겠어요. 저는 선생님의 상상을 뛰어넘는 여자니까요."

심지어 내 상상도 뛰어넘고 있으니까.

"아스 양, 그래도 전 아스 양이 본인 의지로 사고를 치지는 않을 거라고 믿고 있습니다."

"믿음은 늘 배신을 당하던데. 제가 그러겠다는 의미는 아니고요."

하지만 그럴 거라는 의미로 들린 모양이다. 그날 세야는 왈츠와 미뉴에트 뼁뼁이를 돌렸다. 카드리유는 포기한 모양이었다. 내가 아는 미뉴에트는 그런 춤이 아니었는데, 뭐 탱고랑 왈츠 중간쯤은 될 것 같은 끈적끈적한 춤이니 이거 신청이 들어왔을 때도 막아줬으면 좋겠다.

오늘 세야는 평소보다 오래 머물렀고 그가 떠났을 때 창밖은 이미 어두워져 있었다. 이 별장은 유르겔 궁 후원 꽤 깊숙한 숲 중간에 처박혀 있는데, 바깥 길까지 잘 찾아서 나갔을지 모르겠다.

세야는 왔는데 오늘도 시엘은 안 오려나 보다. 꽤 오랫동안 안 온다. 그의 불면증은 이제 치료가 된 걸까? 유르겔이 준 약은 불안해서 어차피 안 먹일 작정이었지만 멀쩡한 것 같았던 차를 전하지 않고 있으니까 지속적인 초조함이 든다. 상사한테 지시받은 것을 보고해야 하는데 상사가 자꾸 외근 중일 때의 그런 기분이야.

나는 잠옷으로 갈아입고 황금 요람 위에 올라가 무릎을 끌어안고 앉았다. 하도 넓다 보니 나도 같이 침대로 쓰고 있다. 왕자는 열심히 손수건을 물고 뜯고 빨고 맛보면서 놀더니 일찍부터 뻗어 있었다. 나는 손을 들어 왕자가 아직 입안에서 빨고 있는 손수건을 빼내주었다.

아기는 좋겠다. 고민 없이 열심히 전력으로 놀고, 전력으로 자고. 그러다 보면 부쩍부쩍 자라나 있고. 성장이 눈에 보이는 신체적 성장이라 좋겠다. 나이가 들고 나서 하는 성장은 눈에 보이지가 않아서 초조하고 가끔 성장이 아니라 퇴화도 하는데, 이것 역시 눈에 보이지를 않아서 어딘가로 움직이는 것 자체를 성장이라 착각하게 된다. 눈에 보여서 어디로 가고 있는지 바로 알 수가 있으면 이렇게 초조하지는 않을 텐데.

창문을 열어둬서 바깥바람이 들어와 내 머리카락과 얇은 잠옷을 흔들고 지나갔다. 가벼운 차림이 된 미오 경도 창가 근처 소파에 두 다리를 뻗고 앉았다.

"넓으니까 그냥 여기 누우시라니까요."

"아무리 우리가 생존 공동체라도 한 침대는 좀 아닌 것 같다."

"뭐 어떻다고. 우리 둘만 있는데요."

"난 네 혼삿길을 막지 않을 테니까 너도 내 혼삿길을 막지 말도록."

생각해서 말해줘도 까탈이다. 나도 옆에 누가 자는 게 불편하다. 그래도 소파 같은 데서 자면 몸이 뻐근할까 봐 생각해 줬더니 츤츤거리기는. 내가 다시는 권하나 봐라.

"그보다, 료민 남작과 파트너였지?"

"네, 이런 식으로 에스코트 받아서 가보는 건 이게 처음이네요."

"전에 가본 적은 있고?"

"그때 미오 경이랑 간 게 처음이죠. 꽤 많은 것의 처음을 미오 경이랑 같이했었네요."

미오 경도 오려나? 물어보려다가 말았다. 어차피 다음 날 돌아가는 일도 모르는 게 우린데, 뭐.

흠, 하더니 미오 경은 자려는 듯이 칼을 품고 자리에 누웠다. 그 소파, 좁은 건 아닌데 긴 건 또 아니라서 바깥쪽으로 그의 발이 삐죽하게 튀어나왔다.

"안녕히 주무세요."

"너도."

외전 5

시녀들의 수다

폐폐가 또 본궁의 시녀들과 시비가 붙을 뻔했다.

그 직전에 가까스로 막은 미나는 가슴을 쓸어내리고 한숨을 쉬었다. 하루하루가 눈치의 연속이었다.

윗전이 위세가 높으면 밑에 따르는 시녀들의 팔자도 좋을 것을, 안타깝게도 왕비는 국왕과 사이가 그다지 좋지가 않았다.

왕비 궁에서 옮겨 와 본궁에서 왕비의 시중을 들고 있는 왕비 궁 소속 시녀들은 어떤 의미로 본궁의 유명 인사였다. 어딜 가나 이목이 쏠렸고 보는 시선들도 별로 곱지가 않았다.

그들의 입장에서는 왕비가 에반스와 유르겔의 로맨스에 끼어든 이물질인 모양이다. 신 앞에서 국왕과 서로 정절과 충실을 맹세한 것은 왕비인데 말이다. 물론 아무도 말은 안 하지만 제일 나쁜 건 국왕이었다.

미나가 정해진 방으로 돌아오자 폐폐와 함께 북극전선을 유지하고 있던 세브가 그녀에게 물었다.

"들었어. 본궁 시녀들과 시비가 붙을 뻔했다면서?"

"응……. 그러려니 하고 넘겨. 우리는 더부살이 중인걸."

"뭐 그게 내 뜻대로 되나."

페페의 뜻대로 되는 거겠지. 뒷말은 삼켰지만 세브나 미나나 충분히 알아들었다.

대체 시녀장이 본궁에서 왕비를 모실 시녀들을 추릴 때 왜 페페를 데리고 온 것인지 모르겠다. 물론 시녀장 스사는 페페가 '집중 관리가 필요하다'고 말했다.

그건 실감하는 바이지만 페페의 사고를 뒷감당하는 건 그녀들이라는 게 너무 힘들었다.

"뭐! 잘못은 그쪽이 먼저 했는걸!"

"응, 당연히 그렇겠지만 좀 참아주면 안 될까?"

시녀장은 무슨 생각으로 앙숙인 페페와 세브를 같이 데려왔을까. 고래 등에 끼인 새우가 된 미나는 한숨을 쉬었다.

"왕비님한테 욕을 했단 말이야!"

"그럼 다음번에는 대놓고 싸우지 말고 해."

"대놓고 안 싸우면 어떻게 해?"

"조용히, 발을 걸어. 너라는 걸 들키지 않게 사람 많을 때."

페페는 감명 깊은 얼굴로 고개를 끄덕였다.

그러다 앗, 하더니 외쳤다.

"어쩐지 내가 자꾸 어디 걸려 넘어지더라니, 너였어?!"

"그걸 지금 알았냐?"

"비겁해!"

"너도 날 밀었잖아! 무려 계단에서!"

쟤들은 분명 소울메이트일 거야. 미나는 조용하던 룸메이트가 그리워졌다. 방 정리를 좀 안 해서 그렇지 그래도 아스는 시끄럽지는 않았다.

"애들아, 조용히 해. 옆방에 본궁 시녀들이야. 또 뭐라고 할라."

"왕비님은?"

"평소랑 똑같이, 방에. 오늘은 시녀장님이 수발드신대."

왕비는 왕비 궁에서나 본궁에서나 모시기 어려운 사람이 아니었다. 하지만 규율이 느슨했던 왕비 궁에서 온 시녀들은 예의와 규칙이 엄격한 본궁에서 말라 죽어가고 있었다.

낯선 곳에 적응하기 훨씬 이전에 본궁 시녀들의 따가운 시선과 감시가 따라붙었다.

하루하루 체력이 훅훅 깎여 나갔고 며칠 지나지도 않았는데 다들 피곤에 절여졌다.

"나 요새 거울에서 한참 썩어가던 때의 아스 얼굴이 보여."

"안심해, 페페. 너 아직 그 정도까지는 아냐."

"그치만 피곤한걸!"

"비교급이 아스일 정도는 아니라고."

본궁에 시녀를 더 요청할 수도 없었던 시녀장 스사는 시녀들에게 반나절의 휴가를 주었다.

"이따 제시랑 로제 오면 술이나 마시자."

그러라고 준 휴가가 아닐 테지만 페페가 제안했다. 왕비 궁이 폭삭 불에 타서 갈아입을 옷도 제대로 챙기지 못하고 나온 상황이었지만 붙임성이 워낙에 좋은 미나가 주방 시녀들과 사이좋게 지내면서 싸구려 술 몇 병을 얻어두었다.

왕비 궁에서 가끔 모두와 하던 술 파티가 너무 그리웠다. 특히 엘리가.

미나는 떠오르려는 새파란 눈동자를 애써 지우고 옷장 깊이 숨겨두었던 술병을 꺼냈다.

미처 애도되지 못한 슬픔이 있었다. 왕비 궁은 불에 탔고 충격이 사라지기도 전에 그들은 이리저리 다른 곳으로 피난민처럼 떠나야 했

다. 임시 거처에서 눈치를 보고 차별을 받으며 이를 악물고 적응에 아
등바등하는 동안 생각나지 않게 눌러두어야만 했던 상실이 있었다.
그들 중에 누구도 엘리의 장례식에 가지 못했다.

제일 늦게 퇴근한 제시와 로제가 안줏거리를 챙겨 왔다.

"이게 얼마 만이야!"

미나와 페페가 세팅한 자리로 모두가 몰려들어 잔을 들었다. 다들
본궁에 더부살이하며 스트레스를 많이 받은 상태였다.

"본궁 시녀들 재수 없다아아아-!"

과로로 피로가 쌓인 로제는 금방 취했다. 그녀가 더 고래고래 소리
를 지르기 전에 제시와 페페가 양옆에서 로제의 입을 막았다.

"구구절절 맞는 말이니까 조용히 해."

"큰 소리로 말하지 마, 이것아."

잠시 로제의 입을 막고 혹시 누가 쳐들어오지나 않을까 기다렸지만
밖은 잠잠했다. 안 들렸거나 저쪽 방도 다들 취해 있거나.

"우리 시녀복 진짜 불편하지 않아?"

"허리가 너무 조여서 몸 숙일 때마다 숨이 막혀. 나만 그래?"

"살을 빼."

세브도 말은 그렇게 했지만 불편함에 공감하는 눈치였다. 몸을 움
직여야 하는 시녀들이 입기에 시녀복은 지나치게 가는 허리를 강요하
고 있었다.

"방문자들의 눈에 거슬리지 않을 만큼 단정함을 유지해야 한다잖
아. 이게 어디가 단정해. 주머니도 없어서 불편해 죽겠구먼. 그리고 왕
비 궁에 방문자가 어디 있어."

"야, 세상 누가 시녀들이 뭘 입고 돌아다니는지 신경을 쓴다고 그래.
할 일 없게."

"카직 백작님이라면 또 몰라. 그분은 허름하게 입거나 제대로 안 입

으면 용서 없을 것 같지 않아?"

"그분은 인정."

페페가 들고 있던 술을 원샷으로 들이켜고 외쳤다.

"내가 시녀장이 되면 시녀복 디자인부터 개선할 거야!"

"응, 임파서블 드림."

다섯 명 사이로 몇 차례 술이 돌아가자 싸구려 술은 금방 바닥을 드러냈다.

몸이 따뜻해지고 기분도 인위적으로 좋아지기 시작해서 바닥을 데 굴데굴 구르는 빈 술병을 발끝으로 굴리며 미나가 말했다.

"지금 다른 궁으로 간 애들도 눈치가 장난 아니겠지?"

"야, 무려 요물네로 간 애들도 있잖아. 아스랑 안나."

"맞아. 걔들이 제일 불쌍해."

하지만 아스와 안나의 이름을 담는 순간에 떠오르는 이름이 하나 더 있었다.

순식간에 분위기가 무거워지고 술에 쓴맛이 한 모금 담겼다.

"그래도 안나가 장례식에 갔다고 하더라. 힘들었을 텐데."

"안나는 좀 괜찮대?"

"많이 울더래."

"아스는 잘 있을까."

부르기 힘든 이름과 달리 어느 날 고속 승진을 한 동료의 이름은 잘 도 나왔다. 처음에는 그들도 사람이라 아스의 고속 승진을 부러워했 다. 자식들에게 귀족 신분을 물려줄 수 있게 된 아스가 안 부러울 수 가 없었다.

하지만 간간이 지나다니며 마주치는 아스의 얼굴이 날로 해골처럼 변해가는 모습을 보며 부러움이 한 뭉텅이씩 깎여 나가고 이제는 그 냥, 아스도 잘 있기를 바라게 되었다.

"잘 지내지 않을까? 그 요물이 아스 되게 예뻐한다던데? 왕자님이랑 패키지긴 하지만 아스를 받아줘서 그쪽 궁의 시녀들도 놀랐대."

"아스 예쁨받는구나……."

"걔가 좀 잘하긴 했지."

분위기가 숙연해졌다. 미나는 네 번째 병을 쥐고 결연하게 외쳤다.

"마셔!!"

술이 다시 몇 차례 돌고 발아래를 뒹구는 술병은 일곱 병째가 되었다.

"엘리, 고 계집애 그래도 모아둔 돈이 꽤 되더라고. 우리 급여 받은 거 하나도 안 쓰고 다 모아뒀었대."

"독한 계집애. 그래 봐야 걔네 동생들이 수지맞는 거 아니냐."

"독한 계집애라 오래 살 줄 알았는데, 에라이."

페페가 자꾸 금기어를 꺼낸다. 하지만 모두의 공통된 마음이라 뭐라 하기도 어려웠다. 엘리는 모두가 신뢰하고 좋아하는 친구였다. 아무리 어렵고 서툰 일에 투입이 되어도 같이 근무하는 사람이 엘리라면 믿을 수 있었다.

모두가 엘리를 좋아했다. 엘리를 아는 사람이라면 그녀를 싫어할 수 없었다.

"그래도 엘리 동생이 장례식 마지막의 마지막엔 왔다니까 엘리 가는 길은 봤겠다."

"엘리가 동생이 몇이랬지?"

"글쎄, 살아남은 숫자는 적지 않아? 다 굶어 죽었다던데."

분위기는 다시 숙연해졌다. 왕비 궁 시녀들은 대체로 다들 가난했고, 가난은 늘 처참했다. 사실 가난했기 때문에 왕비 궁의 시녀가 될 생각을 했다는 쪽이 맞을 거다.

"엘리가 일 하나는 잘했어."

"말은 똑바로 해야지. 엘리는 거의 모든 일을 다 잘했잖아. 걘 요리도 잘했어, 심지어."

"맞아. 왕자님 쪽 도움이 필요하다고 그쪽으로 전담 보낼 때 시녀님이 되게 싫어했어. 걘 차석 시녀장 정도로 키울 생각이셨던 것 같은데."

"무슨 소리야. 시녀장님은 다음 시녀장으로 날 생각하고 계셔."

페페가 취했는지 헛소리를 했다.

"그래도 아스도 대단하지 않냐? 걔 바느질 되게 못했잖아. 근데 어느 순간부터 잘하더라? 걔도 독해."

"야, 잘하긴 뭘 잘해. 홈질만 촘촘히 하는 건 잘하는 게 아니라 인간 승리라고 하는 거야."

"그 인간 승리가 대단한 거야. 페페 넌 잘 모르겠지만."

"그러지 마. 바느질은 내가 아스보다 잘했어."

페페가 정색하고 말했다. 그건 부정할 수가 없었다. 대체로 아스는 모든 일을 야무지게 잘했지만 손으로 하는 일들만큼은 대단히 서툴렀다.

귀족가 하녀였다면서 왜 이런 일을 못하지 싶을 정도로, 그녀는 손으로 하는 일들을 잘 못하곤 했었다. 추천서에 귀족가의 문장이 뚜렷하게 찍혀 있지만 않았어도 분명히 의심했을 텐데.

아스가 얼마나 바느질을 못했는지 처음에는 그녀에게 큰 기대를 걸고 왕비의 의복 자수를 맡겼던 시녀장도 아스의 실력을 보고 경악을 했다. 그 뒤로 아스를 바느질 업무에 배정하지 않으려고 피나는 노력을 했을 정도였다.

"하지만 진짜 어떻게 된 일인지, 중요한 드레스일수록 아스가 껴 있었지 않냐?"

"그치. 특히나 합궁 날 입으실 드레스들. 아스 손 엄청났지, 너덜너덜. 일부러 바늘로 손을 째도 그것보다는 피가 덜 났을걸."

로제가 술을 마시다 말고 풋 하고 웃었다.

"너네 그거는 기억나냐? 아스가 왕비님 하얀 드레스에 수를 놓다가 아예 피로 범벅을 만들어서 시녀장님이 엄청 크게 소리를 쳤었잖아."

"아, 나 봤어. 꽉 틀어 올리고 계시잖아, 머리. 그거 흐트러진 거 그날 처음 봤었어."

"나 진짜 살면서 걔만큼 바느질 못하는 애 본 적이 없어."

"아냐, 안나도 못해. 막상막하야."

"아스는 나아졌는데 안나는 아직도 답이 없으니까 안나가 더 못한다고 치자."

현재가 힘들수록 과거를 찾게 된다. 과거는 지금에 비해 비교적 평화로웠고 모두가 있어서 완전했다. 적어도 그리움이 없는 시간이었다. 제시는 엘리의 빈자리를 느끼지 않으려고 노력했다. 그들의 술자리에는 지금은 없는 사람이 참 많았다.

"왕비님의 드레스 거의 모두에 아스의 피가 묻었을걸? 그걸 극복해내다니 그 독한 것."

"독해서 지금도 그 요물 궁에서 버티는 거지, 뭐. 너네 그건 생각 안나냐?"

"뭐, 뭐?"

세브가 열 병째의 빈 병을 바닥에 내려놓으며 반색을 했다.

"시녀장님이 하도 아스가 바느질하다가 찔려서 드레스에 피 묻히니까 재수 없다고, 합궁 드레스 자수 놓는 일에서 뺀 적이 있었거든."

"아, 그거 기억나. 아스 되게 억울해했는데 그때."

"근데 그거 결국 합궁일 당일에 드레스 뒤가 찢어져서 수선해야 했단 말이야. 그거 아스가 했지롱. 물론 그때도 바늘에 엄청 찔렸고."

"그 현장에 나도 있었어. 오죽했음 왕비님이 안됐다고 손수건도 빌려주셨겠어."

"그때 그거는 좀 역대급이었잖아. 핏물이 결국 안 빠져서⋯⋯. 드레스 안쪽에 묻어서 다행이었지. 합궁일이었는데."

왕비는 어느 곳에 있으나 식물 같은 사람이었지만 왕비 궁에 있을 때는 그래도 지금처럼 갑갑해 보이지는 않았었다. 그때는 산책도 가끔 나가곤 했었는데 본궁으로 들어오고부터는 누군가에게 숨 쉬는 모습이 보이는 것도 꺼리는 사람처럼 방 안에 틀어박혀 그야말로 꼼짝도 하지 않았다.

"우리 시녀장님도 대단하지 않아?"

로제가 침대 아래에서 비장의 술을 꺼냈다. 술병의 모양을 보고 술을 알아본 제시와 미나가 환호성을 질렀다. 둘은 왕비 궁 시녀들 사이에서도 이름이 높은 주당이었다.

"대단하시지. 근데 왜? 뭐가 더 있어?"

"저거 말이야, 저거."

병을 따면서 로제는 세브의 뒤에 있는 커다란 상자를 턱짓했다. 왕비 궁이 불타오를 때 안전한 바깥에 왕비가 없는 것을 확인한 시녀장은 스스로 머리 위로 물을 뒤집어쓰고 불타는 왕궁 안으로 뛰어들어갔다.

시녀장은 왕비를 찾아내지는 못했지만 빈손으로 나오지도 않았다. 불타는 왕궁을 빠져나온 그녀가 들고 있던 것이 저 큰 상자였다. 가난한 왕비 궁의 전 재산이 거기 들어 있었다. 왕비 궁에 큰돈 들어갈 일이 있는데 내탕금이 부족할 때마다 상자 속의 옷이 한 벌 한 벌 사라진다는 괴담 아닌 괴담이 있는 상자였다.

"그래도 보석함은 못 건져 오셨잖아."

"거기 들은 것도 별거 없잖아."

"되게 비싼 거 하나 있다고 들었어. 돌아가면 그 귀걸이부터 찾아보신다고 벼르시던데."

"난 그분 혈관에 파란 피가 흐를 거라고 생각해."

세브가 진지하게 말했다. 미나도 정색을 했다.

"야, 너무 그러지 마. 그분도 사람이야. 붉은 피가 흐르겠지. 근데 차가운 피일 거야."

"어. 좀…… 파충류도 좀 닮았지?"

제시가 입맛을 다시며 말했다.

"이번에 확인해야 했는데 뼈만 부러지서서는."

메테오가 왕궁에 떨어질 때 주방장 잭 아저씨의 활약이 제일 눈부셨다. 취사병 출신이라는 그는 원래 이럴 경우 지하가 가장 안전하다면서 아무도 구해줄 생각을 않고 있던 왕비 궁의 시녀들을 반지하인 주방으로 모았다. 그 덕에 시녀들의 피해는 아주 적었다.

"저 상자 방금 빛나지 않았어? 희미하게? 안에서 빛이 나는 것 같은데……."

"야, 쟤 취했다. 재워라."

"안 취했거든!"

페페가 발끈했지만 다른 주정뱅이들은 깔깔거리며 그녀의 말을 바로 듣지 않았다.

"미오 경이랑 아스랑 진짜 안 사귈까? 안나가 저번에 둘이 안 사귀는 것 같다고 말하던데."

"아스 만나러 카펠라 백작님도 오신다면서? 이제 미오 경이 눈에 들어오겠어? 카펠라 백작님이라고!"

"뭐? 나 처음 들어! 아스가 카펠라 백작님이랑 만난다고? 엘리 이 계집애는 왜 그런 말을 안 해준 거야!"

"그래서, 카펠라 백작님 잘생겼어?"

거의 모든 왕비 궁의 시녀가 클라인 카펠라와 아스가 만나는 모습을 보았는데 뭔가 인연이 아닌지 여태 한 번도 클라인 카펠라의 실물을 보지 못한 페페가 채근하듯이 주변에 물었다.

"잘생겼지."

"그 빨간 머리 실물로 보면 진짜 강렬하고 멋있어."

수많은 귀족 영애가 만나고 싶어 하는 젊은 영웅이 클라인 카펠라 백작이었다.

"아스 그 계집애는~ 복도 많아~ 신분을 얻더니 이제~ 귀족 신랑도 만날 거고~"

아무래도 피곤할 때 술을 부으면 빨리 취한다. 이 정도는 로제의 평소 주량이 아닌데. 세브가 혀를 끌끌 차면서 로제의 잔을 빼앗으려고 했다. 로제는 쉽게 술잔을 빼앗기지 않았다.

"안 돼! 오늘 지나면 언제 다시 마시게 될지 모르잖아."

"이 취한 와중에도 그만한 논리를 챙기다니…… 아직 더 마셔도 되겠군. 마셔라, 마셔라!"

제시가 쯧쯧 혀를 찼다.

"세브 쟤 멀쩡해 보이더니, 쟤도 갔다. 누가 술잔 좀 뺏어."

"하여간에 다들 대단해. 우리도 대단하고, 나도 대단하고."

"엉. 다들 열심히 살지."

깔깔거리는 동안에 소중히 모아두었던 모든 술이 바닥이 났다. 몇몇은 침대 위에 널브러져 있었고 이야깃거리도 모두 바닥이 났다.

미나는 엘리와 친했다. 같은 마을 출신이었고 누구보다 엘리를 잘 알고 있었다고 말할 수 있었다. 엘리의 동생이 장례식에 왔었다고? 누구였을까. 누구였다면 엘리의 고단하고 즐거웠던 삶을 잘 알 수 있었을까.

누구나 삶은 고단하다. 하지만 미나는 엘리의 동생들이 엘리를 그렇게 기억하지 않기를 바랐다. 왕비 궁에 있으면서 즐거운 일들도 분명히 많았다. 모두가 엘리를 좋아했다. 그녀의 죽음이 아직 믿기지 않을 정도로 그녀를 사랑했다.

어느덧 마지막 잔을 들고 누군가가 말했다.

"엘리를 추모하면서."

나머지 사람들도 따라 말했다.

마지막 술잔이 비워졌다.

술주정뱅이들은 무사히 잠에 빠져들었다.

12장
서 말의 구슬

자고 일어났는데 미오 경이 없었다. 소파에 구겨져 자고 있거나 멍때리고 앉아 있어야 하는 존재가 없다. 일어나자마자 당황했다. 처음에는 나보다 일찍 일어나서 1층으로 내려갔나 했는데, 1층에도 그는 보이지 않았다. 당황해서 이곳저곳을 뒤져봐도 없었다. 안나가 미오 경이 잠깐 본가에 갔다고 알려주는 게 늦었으면 유르겔의 별장 바닥마루를 하나하나 뜯어볼 뻔했다.

본가가 있었어? 바닷가 작은 마을 이야기를 하도 아련하게 해서 그 집 이제 없는 줄 알았는데 의외다. 본가도 본간데 그가 이렇게 가면 미카엘 왕자의 호위는…… 뭐, 철통 보안으로 애지중지 사랑받고 보호받는 유르겔의 궁 안이라서 별일이 있을 것 같지는 않지만.

왕자는 아무래도 곧 일어설 것 같다. 요새 부쩍 앉아 있는 시간도 길어졌다. 일어나 앉기 시작하면 잡고 서고 걷기까지는 순식간이라고 들었던 것 같다. 그때부터가 진짜 지옥이라는데…… 그럼 내가 지금 있는 데는 어디냐? 연옥?

나는 바닥에 무릎을 꿇고 앉아 왕자를 눈앞에 세워봤다. '하나, 둘, 셋, 넷, 다섯, 여섯, 일곱!'까지 버텼다. 세워주고 손을 잡아주면 오래 서 있거나, 잘하면 걸을 것 같다. 안 돼. 벌써 그럴 수는 없어. 하지만 가끔은 걷는 게 내 팔에 더 나을 것도 같단 말이지.

"왕자님이 발육이 좀 빠른 것 같아."

"그치. 이러다 곧 걸으시겠어."

"그런 의미에서 이제 이유식을 준비할 때가 된 것 같아. 알지?"

아니, 모르는데. 모르고 싶은데.

아침 공기가 싱그러웠다. 유르겔이 내준 이 별장은 후원 끄트머리 한가운데에 박혀 있어서 공기만큼은 달콤할 정도로 싱그러웠다.

오늘은 아침에 미카엘 왕자의 관찰 일기 6일째를 적어볼까. 사람은 좀 의외성 있게 살아야 한다. 그러니 오늘 매우 의외성 있게 군 미오 경을 본받아보려고 한다.

잉어들도 그렇다. 늘 가는 시간에 얼추 맞춰서 갔더니 애들이 벌써 습관이 생겨서 사람을 기다리고 있지 않은가. 야생에서 그런 식으로 살면 안 되는 거다.

해가 따가워지고 있으니 모자를 쓰고 왕자에게도 모자를 씌웠다. 밖으로 걸어 나오니 저절로 노래가 나온다. 햇빛을 잡으려고 손을 내미는 왕자의 작은 손에 햇빛 대신에 내 손가락을 쥐여 주고 연못을 향해 걸어갔다.

미카엘 왕자의 관찰 일기 6일째.

역시 사람은 의외성 있게 살아야 한다. 오늘은 어제보다 잉어 수가 많이 적다. 잉어들이 이상한 걸 학습해서 날로 먹는 법을 배웠는지 통통한 놈들만 연못을 맴돌고 있다.

약을 뿌려주니까 맛있다고 잘도 먹는다. 약이 맛있나? 비타민C 맛인가? 하도 맛있게 먹어서 나도 먹어보려다가 냄새가 비호감이라 관뒀다. 잉어들이 좋아하는 냄새인가 보다.

오늘의 일기 끝.

 고작 일주일 가지고 성급한 결론인지 모르겠지만, 이 약 살찌고 게 을러지는 약인 것 같다. 잉어들이 하나같이 통통하고, 그래서인가 좀 느릿느릿하고? 유르겔이 설마 시엘의 반짝반짝한 외모가 질투 나서 외모를 망가뜨리는 약을 먹이려는 건 아니겠지?

 시엘의 반짝반짝한 외모는 외모 그 자체보다는 백금발에서 나오기 때문에 이런 것보다는 차라리 탈모를 유발하는 약을 먹이는 편이 나을 거다. 잠깐, 내가 생각한 것이지만 이건 너무 잔인했다.

 나는 급하게 연못 잉어들의 비늘을 살폈다. 다행히 비늘이 빠져 있는 것 같지는 않았다. 잘 모르겠다. 흑흑, 생선 징그러워.

 산책을 마치고 돌아가는데 오늘따라 유독 공기에 달콤한 꽃 냄새가 섞여 있었다.

 "왕자님, 오늘따라 공기가 달콤하지 않아요?"

 물론 왕자는 못 알아듣고 이상한 소리를 내며 팔만 흔들어댔다. 내가 안고 있는 게 사람인가 새끼 돌고래인가. 어쨌든 꽃이 만발할 계절이 아니라서 햇볕에 익어 짙어진 풀 냄새만 나야 하는데 달콤한 냄새가 났다.

 산책로가 끝나는 지점에 이름 모르는 하얀 꽃이 떨어져 있었다. 동백은 겨울에 피는 꽃이니 아닐 테지만 굉장히 동백을 닮은 느낌의 꽃이었다. 신기해서 한 송이 집어 들고 고개를 들어보니 한 걸음 정도씩 거리를 두고 꽃이 한두 송이 떨어져 유르겔의 별장까지 향하고 있었다. 예쁜 시가 하나 생각나는 광경이었다. 발치마다 연꽃이 피어났다는 석가모니불이 된 것 같다.

 한 송이씩 주웠더니 별장 앞에서 훌륭한 꽃다발 하나가 완성되었다. 그리고 현관 앞에 리본으로 묶인 제대로 된 예쁜 꽃다발이 놓여 있었다. 나는 그 꽃다발도 들어 고개를 묻고 향을 맡았다. 동백을 닮은 이름 모를 이 꽃은 향이 너무 좋았다.

"왕자님, 어떠세요? 냄새 좋아요?"

왕자가 꽃을 먹으려고 들어서 입가에 가져갈 때마다 떼어줘야 했다. 왕자는 장난으로 받아들였는지 꺄르르 웃었다.

나는 꽃을 들고 주변을 돌아보았다. 어딘가에 클라인이 있을 것 같은데 보이지가 않는다. 꽃만 두고 사라졌을까. 이 꽃의 의미는 뭘까. 그동안 생각하지 않았던 꽃들의 의미가 갑자기 신경이 쓰인다. 남자가 여자에게 꽃을 선물하는 이유에 대해 생각하고 말 게 없었는데 이것만큼은 신경이 쓰인다.

"카펠라 백작님……?"

조용히 그를 불러보았지만 더워진 바람만 살랑살랑 불어올 뿐 그의 대답은 없었다. 근처에 있을 줄 알았는데. 하긴, 하루 만에 나타나서 이제 용서 가능하냐고 하는 것보다는 이게 낫긴 하네. 뭐랄까, 이런 식의 사과는 죄책감이 느껴져 좀 싫다. 나도 물어볼 것이 있으니 그를 만나기는 해야 하는데.

꽃을 한 아름 안고 문을 열었다.

"늦었다."

미오 경이 있었다. 하도 자연스럽게 문 앞에 있는 테이블 쪽에 앉아 있어서, 이상한 걸 모를 뻔했다. 그리고 그 옆에서 안나가 왕자의 옷을 개고 있었다.

"무단 외출자가 누군데 누가 누구한테 늦었다고 하세요."

"해가 중천인데 이제 들어오다니."

"해가 중천이니까 나갔다 들어오죠!"

그가 나를 보며 말했다.

"가지가지 하는군."

사람이 너무 어이가 없어도 말이 안 나온다. 뭔가 말을 하고 싶었는데, 입만 잉어들처럼 뻐끔거리기만 할 뿐 말이 나오지 않았다. 그러고 있는 사이에 미오 경이 성큼성큼 다가와 내 품 안에 있는 꽃을 빼앗아 들었다. 그러더니 창문을 열어 힘껏 밖으로 던졌다!

"왜 남의 꽃을 버려요!"

"남의 꽃이니까 버리지."

"그런 게 어디 있어요, 내 꽃인데!!"

저 꽃 마음에 들었는데! 안나한테 무슨 꽃이냐고 물어보려고 그랬는데!

혹시나 하는 기대로 창밖을 보았지만 꽃다발은 거의 산책로 중앙 근처 멀리까지 날아가 있었다. 혹, 안녕 꽃아. 내가 거기까지 다시 걸어갈 정도의 열정은 없어, 미안해.

하염없이 창문을 바라보고 있는 나에게 미오 경이 커다란 상자 하나를 안겼다.

"뭐예요?"

"어제 동정할 거면 돈으로 달라고 해서 가져왔다."

이 상자 안에 가득 돈만 담겨 있었으면 좋겠다. 그럴 리는 없지만. 하지만 기대는 갖고 상자를 여니까 아이보리색의 예쁜 레이스 천이 보였다.

아, 이 쎄한 느낌 뭔가요. 미오 경은 다른 쪽으로 고개를 돌리고서 책상 앞에 다리를 꼬고 앉아 있고, 안나는 뭔가 의욕적인 표정으로 나를 보고 있다.

"아스, 빨리빨리."

나는 힘을 줘서 천을 잡아당겼다. 이 세계관의 옷치고는 세련된 느낌의 옷이 튀어나왔다. 아랫단으로 갈수록 옷감이 투명해지는데 그

위를 레이스가 덮고 있어서 구두가 비치는 디자인의 화사한 드레스였다.

"미오 경?"

여장하는 취미는 없을 테니 분명 내 것인데 뭐지? 어마어마하게 안 어울리는 짓을 한 것 같은 느낌이 드는 이유가 뭘까.

"큰 무도회인데 너는 입고 갈 옷이 없지 않나. 설마 그 상복 같은 옷을 또 입고 갈 건 아니겠지?"

"저도 이게 제 취향은 아니에요. 근데 제 사이즈는 어떻게 아시고 옷을 사 오신 거예요?"

"어제 재봤잖아."

어제 그에게 내 몸에 자를 대는 것을 허락한 적이 없었다. 곰곰이 생각해 보니까 어제 평소 안 하던 짓을 한 게 딱 하나 있었다. 어쩐지 어깨를 안아보더라니, 사이즈를 재본 거였냐.

안나가 내 팔을 당겼다.

"옷 입어보자. 옷은 선물받자마자 입어보는 거야."

미오 경은 계속 시선을 피한 채로 헛기침만 하고 있었다. 난 웃으며 그의 품에 미카엘 왕자를 안겨주었다.

"옷 갈아입고 올게요, 어울리나 봐주세요."

왕자를 돌보는 일은 자기 임무가 아니라고 뺄 법도 한데 그는 순순히 왕자를 받아 안았다. 2층에 있는 내 방까지 갈 시간이 아깝다고 1층에 있는 자신의 방으로 나를 데려간 안나가 옷을 갈아입는 것을 성의껏 도와주었다.

"안나, 내가 잘 모르기는 하는데, 이런 거 안에 속옷 따로 입어야 하는 거 아냐?"

"아무래도 기사님이시라 여자 옷은 잘 모르셨나 봐. 속옷은 빌릴 수도 없어서 사야 할 텐데 아쉽다."

"아냐. 속옷까지 사 오셨으면 그게 더 싫었을 것 같아."

"확실히 그렇지."

"그리고 그 사이즈가 맞다고 생각해 봐."

"도망쳐, 소름 돋았어."

속옷부터 제대로 갖춰 입지 않은 옷은 제대로 태가 나지 않겠지만 옷 자체는 제법 예뻐 보였다. 무엇보다 신경을 써준 미오 경의 마음이 고마웠다.

아무리 시녀 친구들과 이야기를 하고 일상을 나누어도 가슴에 멍이 드는 부분이 있었던 모양이다. 아프지? 하고 물어보면 시큰하긴 해도 괜찮다고 대답해 보고 싶은 감각이 옷을 본 이후로 생겨났다.

"이거 영······."

"음, 좀······ 아냐, 제대로 입으면 어쩌면······."

우리는 거울 속에서 난해한 얼굴로 나를 보고 있었다. 분명 드레스는 예쁜 것 같은데······. 길이만 맞고 핏은 영 엉망이었다. 아무리 기사라도 어깨를 안아보는 것만으로는 쓰리 사이즈를 알 수 없는 모양이다. 하긴 그게 가능했으면 모든 기사가 디자이너를 겸업해서 떼돈 벌었을 거다.

얻어먹는 자는 메뉴 투정을 해서는 안 되는 거라지만 말이다. 맨 아랫단에 구두가 살짝 비치는 옷을 사 오면서 구두를 안 사 오면 곤란하지 말이다.

"내 부츠에 이 드레스 입으면 안 되겠지?"

"그건 드레스에 대한 모독이야."

"이 드레스는 나에 대한 모독인데."

기사의 센스를 믿으면 안 된다. 이 드레스에는 수술이 필요하다. 그런데 큰일이다. 수술을 할 수 있는 세브의 행방을 아무도 모른다.

"음, 어깨는 작으니까 차라리 어깨 부분을 과감하게 잘라내고 튜브 톱 드레스로 만들면······."

"잠깐, 그러면 이상하지 않을까?"

"아스, 이대로도 이미 많이 이상해. 안 되는 건 차라리 과감하게 포기해 버려. 이 드레스에 필요한 건 많이 이상한 드레스가 되느냐, 조금 이상한 드레스가 되느냐의 선택이야."

전신 거울을 앞에 두고 나와 안나는 심각한 토론에 들어갔다. 큰일 났다. 이 드레스에는 경력 많은 전문의 도움이 필요한데, 세브급의 전문의 없이 나와 안나 같은 쪼렙들이 뭘 안다고 드레스 수선에 대해 논하고 있다.

이 드레스도 이런 팔자가 될 줄은 쇼윈도에 걸려 있을 때는 몰랐겠지. 하지만 이거 어떤 체형을 판매 대상으로 생각하고 만든 옷인지 모르겠다. 허리가 이렇게 벙벙하게 남아돌 거면 목둘레랑 어깨도 커야지. 팔 짧고 어깨가 끼는데, 몸통 부분만 큰 프리 사이즈가 이 세계에도 있어?

이건 마네킹에 걸려 있을 때부터 이상했을 것 같은데, 가게 주인이야 악성 재고 처리였겠지만 미오 경은 대체 무슨 기준으로 이 옷이 내게 맞을 거라 생각하고 돈을 내고 사 온 건지 알고 싶다. 초특가 파격 세일 사장님이 미쳤어요, 할인이었나?

"허리는 끈을 좀 달면…… 나을까? 레이스 업으로?"

"응. 아마 그럴 거라고 생각은 하지만…… 너 그런 복잡한 끈 달 능력 있어? 난 없어."

맞아. 안나는 나랑 엇비슷하게 바느질을 못했다. 아무래도 이 수술은 망한 것 같다.

거울 속에는 화려한 레이스 치맛자락 아래로 투박한 부츠를 신고, 어깨는 끼고 허리는 벙벙해서 맞지도 않는 드레스를 입은 수수하고 피곤해 보이는 여자가 있었다.

세야가 내게 에스코트를 청한 이후로 미오 경은 아마 내 의상이 내 내 신경이 쓰였겠지. 뭔 일만 있었다 하면 옷 빌리느라고 난리였으니까. 그런데 이제 친구도 없고 옷 빌릴 데도 마땅찮아 보이니 마음에 두고 있다가 클라인과 내가 싸우고 침울해 보이니까 어디서 옷을 사 온 거다. 그 우수에 젖은 우울한 기사님이. 나를 위해서.

"안나, 글씨 쓸 만한 거 있어?"

"있겠냐? 문맹인데."

갑자기 이 모든 상황이 웃기기 시작했다. 이렇게 사 온 옷을 입으면 옷은 꼭 입고 재단한 것처럼 몸에 딱 맞고, 나는 거울을 보며 '이게 나⋯⋯?'라고 말해야 하는 건데 다른 의미로 '고작 이게 나⋯⋯?' 대사가 나온다. 무엇 하나 매끄럽게 나를 위해 돌아가지 않는 이 상황이 이상하게 유쾌해서 웃음이 나왔다.

"그럼 손수건이랑 립스틱은 있어?"

나는 손수건 위에 짧은 글을 쓰고 후후 불어 말리며 기다리고 있을 미오 경을 향해 방문을 열고 나갔다. 미오 경은 아직도 그 자리에 앉아서 자기 무릎 위에 미카엘 왕자를 두 손을 잡아 일으켜 세워놓고 있었다.

"미오 경, 저 좀 봐주세요."

"음. 잘 어울⋯⋯ 리진 않는군."

그는 아마 내가 어떤 꼴이든 잘 어울린다는 말을 하려고 했던 것 같다. 내가 봐도 입이 찢어져도 잘 어울린다고 말하기 어려운 꼴이긴 했지만 옷을 사준 장본인이 그렇게 말하니까 조금 상처가 된다.

"와, 너무한다. 미오 경이 사주셨으면서."

미오 경도 꽤 당황한 것 같다. 이 옷을 사면서 그가 생각한 그림은 이게 아니었겠지.

나는 끼이는 어깨를 조심해 가며 벙벙한 옷자락을 들쳐 투박한 부츠가 잘 보이게 그의 앞에서 한 바퀴를 빙그르르 돌았다. 아마 내 예상보다 더 보기 안쓰러운 꼴이었던지 미오 경이 얼굴을 손으로 가리면서 고개를 뒤로 꺾었다.

"감사드려요. 그래도 천은 예뻐요."

그가 마을에 내려가 젊은 여자들의 드레스를 구경하고 다니는 모습을 상상해 본다. 가게 주인에게 키는 이만하고 덩치는 얼마만 하다는 설명을 하는 모습 역시도 상상해 본다.

놀랍게도 나를 상처 입히던 많은 일이 더는 상처가 되지 않고 아무렇지도 않은 일이 되었다. 클라인이 나의 진리가 되지 않는다고 해도 무슨 상관일까. 그는 그의 방식대로 나를 보호할 것이고, 그가 아니더라도 내 마음이 상하지 않기를 바라는 미오 경이나 안나 같은 다른 이들이 있다. 나에게도 내가 행복하길 바라는 사람 정도는 있는 것이다.

"만약 제게 오빠가 있었더라면 미오 경 같았을 거예요."

많이 싸우고, 많이 다투고, 많이 좋아했겠지.

나는 웃으며 그의 앞에서 세야에게 배운 대로 무릎을 굽혀 인사를 했다. 여자가 이렇게 인사를 하면 남자가 손을 뻗어 잡고 춤을 춘다고 배웠는데, 나는 어설펐고 그는 이번에도 내게 손을 내밀어주지 않았다.

"제가 부탁이 있다고 하면 거절하실 거예요?"

"귀찮은 거면 사양하겠다."

"별로 안 귀찮아요. 이것만 카펠라 백작님께 전해주시면 돼요."

나는 '만나러 와주세요'라고 한 줄만 립스틱으로 간단히 쓴 손수건을 내밀었다. 빨간 립스틱으로 써서 클라인이 보면 좀 놀라려나. 하필 빨간색이라 결투장 같기도 하고 립스틱이라 연서 같기도 했다. 어느 쪽으로 받아들이려나.

하지만 안나의 방에는 마땅한 필기도구가 없었고, 나는 나를 생각해주는 사람들의 공기가 남아 있는 그곳에서 클라인에게 편지를 썼다.

알 게 뭐야. 클라인은 지은 죄가 있는데 좀 놀라도 되지, 뭐.

슬쩍 손수건을 펴 본 미오 경이 한쪽 눈썹을 치켰다. 나는 그 이상한 얼굴을 보고 웃었다.

⊰⊱⟡⊰⊱

밤이 되자 드디어 그동안 보이지 않던 시엘이 징조도 없이 홀연히 내 방에 나타났다. 내 방 위치를 모를 텐데 어떻게 나타난 건지. 그래도 다행이다. 그가 별장 문을 두드리고 들어오는 광경을 상상했더니 호러블했다.

적절한 타이밍이었다. 유르젤의 별장에서의 첫날에 그가 왔더라면 잔소리를 있는 대로 날렸을 텐데, 시간이 흐르고 매일 잉어에게 밥을 주면서 머리가 어느 정도 식은 상태였다.

그리고 그가 정말로 많이 피곤해 보였기 때문에 바가지 긁으려던 걸 멈출 수밖에 없었다. 눈 밑에 퀭하니 다크서클이 생겼고 며칠 사이에 볼살도 내려서 수척해진 것 같았다. 뭘 했다고 사람이 이렇게 황폐해졌는지 모르겠다.

"밥은 먹고 다녔어요?"

아직 자식은 없지만 '엄만 내 마음 몰라!'라고 호기롭게 외치고 나갔던 사춘기 아들을 가출 신고해서 3일 만에 찾은 어머니 마음이 이거랑 비슷할 거라는 느낌이 들었다. 뭐 하느라 안 들어왔는지 모르겠지만 설렁탕 하나 사주면서 '울지 말고 천천히 먹어' 소리도 해줘야 할 것 같은 그 느낌 말이다.

한창 육아에 시달리고 있을 때 나나 미오 경의 얼굴이 저 지경이었다. 그때야 나나 미오 경이나 상태가 거기서 거기라 그렇게까지 안쓰러운지도 몰랐는데 이제 내 사정이 좀 폈다고 그가 안쓰럽다. 그리고 저런 꼴로 내가 돌아다녔을 거라는 건 가슴 뭉클하다.

잘했어! 잘 버텨냈어. 넌 잘한 거야!

"밥······?"

사람이 어찌나 피곤한지 멍해 보이기까지 한다. 정확히 말하자면 맛이 간 것 같아 보인다. 그는 입안에서 몇 번이고 밥이라는 단어를 반복했다. 그 단어가 뭔지 모르는 사람처럼 보였다. 예상대로 피죽도 못얻어먹고 다닌 모양이다.

"정신 좀 차려보세요."

사람이 하도 안쓰러워 보여서 그런가 나도 모르게 저절로 손이 나가 시엘의 정수리를 슬슬 쓰다듬게 되었다.

"뭐 먹을 거 좀 있나 찾아봐 줘요?"

번갈아 산책을 나갔을 때 나랑 안나가 재미 삼아 따 온 야생 열매 같은 것들이 좀 있었다. 먹어도 되는지 안 되는지 검증은 안 되었지만 시엘은 대마법사니까 먹으면 안 되는 걸 먹어도 자체 치유가 되지 않을까? 법칙을 만들 정도로 대단한 마법사가 야생 독버섯 잘못 먹었다고 죽으면 좀 많이 허무할 것 같다. 그리고 시녀들이 우리 먹으라고 주는 식재료도 약간 있어서 뭘 만들려고 하면 먹을 만한 걸 만들 수는 있을 거다.

"지금 배는 안 고파요."

"마지막으로 고팠던 건 언젠데요?"

"······그저께?"

어째 불길한 예감이 든다.

"그저께 이후로 먹은 건요?"

"먹은 거······ 물?"

그저께 마지막으로 배가 고팠을 때 뭘 먹기는 했을까? 마음 같아서는 그저께 이전에 먹은 것들 리스트를 불러보라고 하고 싶다. 아무래도 사람을 먹이지도 않고 부려먹은 것 같아서.

예전의 시엘 같으면 머리에 손이 간 시점에서 성깔을 부렸을 텐데 가만히 있길래 뭔가 사람이 이상하다 싶더라만 못 먹어서 그런 거다. 사람이 먹고 자고 싸고를 제대로 해야 하는데 그게 안 되니까 맛이 가지.

"잠깐 자요, 마법사님. 자고 일어나면 제가 뭐 먹을 거 준비해 줄게요. 지금 너무 피곤해서 사람 꼴이 아니네. 근데 피로 회복 마법 같은 거는 없어요?"

"마법은 만능이 아니라서……."

"대마법사는 법칙을 만들어낸다고 하시길래 없는 것도 만들어내는 만능인 줄 알았죠."

"아."

상태가 진짜 안 좋아 보인다. 내 말을 들은 시엘이 '만능, 만능' 같은 소리를 중얼거리기 시작했다. 미오 경의 눈에도 시엘의 상태가 극히 안 좋아 보였던지 슬슬 나를 자기 등 뒤로 당겼다.

시엘은 자신의 양 손바닥 위로 한숨을 한번 쉬더니 가면을 쓰는 것처럼 얼굴을 덮었다. 손을 내리자 얼굴빛이 처음보다 훨씬 낫고 눈빛도 또렷해져 있었다.

"감사합니다, 아스 양. 제가 잠시 저 자신을 잊고 있었군요."

"사람이 못 먹으면 좀 그래요. 전 우울해지거든요. 잠은 잤어요?"

"지금은 괜찮습니다."

그래도 나는 시엘이 걱정스러워서 그 앞에 물을 한 잔 따라주었다. 줄 수 있는 게 이 노래밖에 없다, 가 아니라 냉수밖에 없다.

아까의 진짜 죽을 것 같은 얼굴보다는 좀 낫긴 한데 지금도 시엘의 얼굴은 일주일 내내 새벽 3시에 퇴근한 우리 대리님의 월요일 오후 5시쯤의 얼굴과 비슷해 보였다. 우울증 클리닉에서 자살 직전 환자의 얼굴입니다, 라고 쓸 것 같은 얼굴이란 소리다.

시엘이 멍해 있는 동안에는 관심 없어 보이던 미카엘 왕자는 그의 눈빛이 좀 또렷해지고 나니까 그에게 가고 싶어 아! 아! 하면서 손을 뻗고 엉덩이를 세웠다. 시엘의 사랑은 보답을 받는 모양이다. 시엘이 왕자를 좋아하는 만큼 왕자도 시엘을 좋아한다. 시엘은 다이어트 치팅 데이에 라면을 만난 사람처럼 왕자를 끌어안았다.

"유르겔 님이 마법사님 걱정된다고 차를 좀 주셨어요."

"아, 그 차요. 향이 괜찮고 좋은 차죠. 상냥하신 분이군요, 그분은."

응, 근데 그 차랑 같이 준 약이 좀 불안해서 임상 실험 중이니까 결과가 나오면 우리 결과를 갖고 얘기해 봐요. 잉어들이 통통해져서 날 기다리는 걸 봐서는 게으르고 살찌는 약 아닐까 하지만. 나는 통통하게 동그래진 백금발의 시엘을 상상해 봤다.

……그, 그건 그거대로 귀여운 것 같은데?

"마법사님은 유르겔 님을 좋아하시나 봐요?"

"좋은 분이라고 생각하고 있습니다. 왕비 궁의 시녀들은 그분을 싫어하는 모양이지만 한 번 본 사람의 안부도 챙겨주는 사람은 보통은 상냥하고 좋은 분이라고 하지요."

너 내 방에만 있던 거 아니었니? 언제 왕비 궁 시녀들을 대상으로 유르겔의 인기에 대한 여론조사를 했던 거야? 그리고 그건 유르겔이 선량하거나 상냥해서라기보다는 시엘이 대마법사이기 때문이라고 생각하면 내가 너무 삭막한 걸까? 나는 확인 차 그에게 한 번 더 물어보았다.

"그럼 그분을 좋아하세요?"

"상냥한 분을 굳이 싫어할 필요가 있습니까?"

원작이 바뀐 건지, 아니면 유르겔의 광휘 중의 하나였던 시엘이 유르겔에게 품는 감정의 깊이가 애초에 이 정도였던 건지 모르겠다. 〈탈출기〉에서 시엘이 딱히 왕비에게 해를 끼치는 일이나, 유르겔에게 도움이 될 만한 일을 하지 않았던 것은 감정의 깊이가 이 정도였기 때문이 아닌가 하는 의심이 생겼다. 원작은 바뀐 것인가 아닌가. 만약 바뀌었다면, 내가 흐름을 바꾼 것일까?

"그런데 아스 양, 그 차림은…… 대체 어떤 용도입니까?"

세아만큼은 아니지만 시엘 역시도 신사였다. 누가 봐도 괴상한 내 옷차림을 어떻게든 돌려서 지적했다. 나는 아직도 미오 경이 사 준 드레스 차림이었다. 미오 경을 놀리려는 의도는 절대 아니었고, 계속 입고 있으면서 고민을 하다 보면 이 드레스를 수술할 방법에 대한 영감이 떠오를까 싶어서였다.

사실 난 이 드레스가 임부복이 아니었을까 생각하고 있다. 그렇지 않고서야 어깨가 이렇게 작은데 허리랑 배 부분만 이 정도로 커야 할 이유가 없는걸.

"미오 경이 사 주셨어요. 이번에 카펠라 백작님의 개선식에 입고 갈 거예요."

"그걸 말입니까?"

"네, 그렇게 많이 나쁜 건 아니잖아요."

사실 많이 나쁘다. 내가 알고, 안나가 알고, 미오 경도 알고, 심지어 이제 시엘도 안다. 하지만 우리는 군이 진실을 말해서 섬세한 한 남자의 가슴에 상처를 주지 않기로 암묵적인 합의를 했다. 그리고 이 옷이 아닌 다른 선택지도 없긴 했다.

유르겔 궁의 시녀들에게 옷을 빌려보는 시도는 할 수 있지만 안나부터가 반대할 것 같고 그러다가 유르겔 귀에 들어가면 유르겔이 내 옷을 장만해 줄 수도 있을 것 같았다. 그것만은 피하고 싶었다. 뭐로 돌려받게 될지 상상도 가지 않는다.

"네, 뭐…… 조금만 수선하고 손을 보면……."

시선을 피한 채로 힘들게 대답하는 시엘을 미오 경이 뭔가를 포기한 말투로 대꾸했다.

"천의 무늬가 보기 좋지 않은가."

"그래. 천은 보기가 좋군."

"맞아요. 천은 참 예뻐요."

옷을 산 기준이 오로지 천의 예쁨이었다면 미오 경의 안목이 나쁘지는 않다. 치마 쪽 천은 진짜 화사하고, 예쁘고, 꽃송이 같고, 특별하니까. 하지만 내가 이따위 체형이라고 생각한 거라면 댁은 직업을 잘못 선택했어. 디자이너급은 아니더라도 기사라면 눈썰미가 있어야지!

"그래도 아스, 이 드레스에 그 신발은 아닌 것 같습니다."

나는 치맛단을 살짝 들어서 원래 신고 있던 낡은 부츠 끝을 드러내 보았다. 치마 끝으로 갈수록 투명해지는 신기한 천 재질이라 발목까지 오는 낡고 투박한 부츠 끝이 금세 모습을 드러냈다.

"속옷이랑 구두는 사야 할 것 같아요."

"그런 말은 함부로 하는 것이 아닙니다."

시엘이 얼굴을 붉히며 말했다.

뭐? 지름신 내렸다는 거? 속옷? 구두? 뭔가를 더 따지려 했지만 시엘은 이번 전쟁터에 나가기 전까지만 해도 마탑에 처박혀서 글자로 사람을 배운 온실 출신 도련님이라는 것을 상기해 내서 참았다.

그래, 온실 출신이면 뭐…… 여자 속옷에 환상이 있을 수도 있지. 그 환상 내가 깨주고 싶다.

"그럼 저랑 같이 쇼핑할래요?"

"뭐를요?"

"속옷이랑 구두. 옷이 이러니 구두랑 속옷이라고 해도 미오 경의 센스를 믿기가 좀?"

하지만 시엘이 대답하기 전에 미오 경이 먼저 반대를 했다.

"네 의견을 안나가 좋아할 것 같지 않은데."

"구두랑 속옷을 사야 한다는 건 우리 공통 의견이에요."

구두를 어떤 걸로 사야 하는지에 대해서는 의견이 일치하지 않았지

만 어쨌든 드레스에 시선을 덜 주도록 포인트가 되는 걸 사야 한다는
데는 합의를 했다.

"왕자님은?"

난 훗, 하고 웃었다. 미오 경은 내 직업윤리를 우습게 보는 모양인
데 나는 돈 받은 만큼 일하는 여자다. 그리고 내 급여가 숙식 제공을
감안하면 그렇게 적지는 않더군? 외근 정도 감수해 줄 수 있어.

"왕자님을 모시고 쇼핑하지 말라는 법은 없어요."

내 사사로운 목적을 위해 안나 혼자에게만 왕자를 맡기는 것은 장기
적인 안목으로 봤을 때 해선 안 되는 일이다. 지금 이 시점에서 안나를
갉갉 갈아서 일을 시키면 절대 안 된다. 안나를 잃으면 내 독박 육아가
시작된다.

하지만 내가 왕자를 데리고 나가는 건 또 다른 문제다. 미오 경의 얼
굴이 일그러졌다. 내가 왕자를 데리고 나가면 원 플러스 원으로 그도
따라와야 한다.

"경호 문제는!"

"따라오셔야죠."

"일국의 후계자를 넌……!"

"서민 체험을 해보시는 거죠."

하도 어린 나이에 하는 서민 체험이라 기억에 남기나 할까 모르겠지만.

이 왕국은 전쟁 중이었지만 왕국의 영토가 전쟁터가 된 적이 없어
서 아직 민심은 온화하고 상냥했다. 왕궁이라면 모를까 거리에서 이
런 아기가 테러를 당하거나 위협을 당할 일도 없을 거였다.

"뭐, 가신다면 따라가 드릴 수는 있지만 저도 큰 도움이 되지는 않
을 겁니다. 왕성 생활을 해본 것이 아니고 마법사들만 보아왔기 때문
에 여성분들의 물건에 대해서는 무지하니까요."

"왕성에서 생활한다고 해서 미에 대한 기준이 올라가는 건 아닌 것

같으니까요."

"물론 제가 미오 경보다는 도움이 되겠죠."

"난 최선을 다했다."

가만히 우리의 대화를 듣던 미오 경이 강력하게 항의했다. 물론 최선을 다했다는 그의 말은 맞겠지만, 최선을 다한 게 이거라는 게 더 슬프다. 그래도 그의 선의와 호의는 안다. 그 덕분에 클라인과 다시 대화해 볼 기운이 났으니 어떻게 그에게 감사를 안 할 수 있을까.

"알아요, 미오 경. 그렇겠죠. 사실 그게 더 슬프긴 한데 감사하고 있습니다. 절 이렇게 생각해 주신 분도 적어요."

불퉁해 보이던 미오 경의 얼굴이 좀 펴졌다. 하기야, 그도 이 옷의 핏이 이 정도일 줄은 몰랐겠지. 상상력이 빈곤해 보이는 타입이니까. 그리고 마네킹이 입고 있었을 때는 괜찮았을지도 모른다. 별로 안 그랬을 것 같지만.

"자, 그럼 내일 몇 시에 갈까요?"

"마법사님이 이렇게 의욕적이시니 내가 아주, 감동이 아주."

"급한 것 아니었습니까?"

사실 나보다 시엘이 더 들떠 보였다. 아주 젊고 젊은, 무려 대마법사씩이나 되는 인물이라서 아무도 그에게 이런 종류의 외출을 청하지 않았나 보다. 이번 파티에 시엘은 안 나오던가. 〈탈출기〉에서는 등장 이후 거의 출연이 없긴 했다.

이번 나해와의 전쟁에서 여왕을 제외한 거의 모든 왕족을 다 잡아 왔고 그 과정에서 날개가 달린 희귀한 왕족도 포로로 잡았다. 자존심이 높아 인간이랑 상대를 안 해주는 그 이형의 왕족이 이 개선식에서 유르겔에게 무릎을 꿇고 그야말로 유르겔의 수족이며 날개가 된다.

스토리에 기여하는 바 없이 유르겔의 마성의 매력과 후광을 나타내는 장치 중의 하나일 뿐이지만 비주얼적인 압도가 굉장할 것으로 기대가 된다. 날개 달린 이종족이면 비주얼은 천사잖아. 궁금하기는 하다. 세야가 뭘 근거로 유르겔이 나를 무도회에 초대할 거라 생각하는지는 모르지만 볼 수 있으면 좋을 것 같기는 하다.

그리고 그곳에 왕비도 나온다. 본래라면 모든 의전에 참가하지 않거나 못 했을 왕비가 몇 번 왕궁 행사에 참여한 것이 있는데, 그 몇 안 되는 것 중의 하나가 이번 나해의 개선식이다.

왕비 하니까 잠시 잊던 것도 생각났다. 나는 머리카락으로 미카엘 왕자와 놀아주고 있는 시엘을 보았다. 평소 나랑 안나의 검은 머리나 미오 경의 밤색 같은 어두운 계통의 머리카락만 보다가 시엘의 백금발을 보니까 신기했던지 왕자는 모빌을 잡듯이 손을 뻗어 머리카락을 잡고 기뻐하고 있었다. 모처럼 시엘도 즐거워 보여서 좀 미안하지만 나는 며칠간 작정하고 있던 물음을 던졌다.

"그런데 마법사님, 유르겔 님의 궁은 마법사님이 복구해 주었다면서요?"

사람이 안되어 보여도 넘어갈 수 없는 질문을 날렸다. 시엘은 어깨 앞으로 머리카락을 땋아 내리면서 내 말에 고개를 끄덕였다. 진짜였구나. 왕자가 그 품에서 아우거리며 시엘의 백금색 머리카락을 잡겠다고 연신 손을 뻗어댔다.

"유르겔 님의 궁보다 왕비 궁의 복구가 더 시급한 게 아닐까요?"

본진이 털린 와중이라 왕비 궁을 방어 못 한 거는 띠꺼워도 이해를 했지만, 지금 자기 잠자리가 없어진 마당에 피해가 극히 미미했던 유르겔 궁은 복구하고, 왕비 궁은 손을 놓고 있는 것은 사랑과 정의의 이름으로 용서할 수가 없다.

유르겔의 별장으로 옮겨 오고 나서 내 방과 왕자 방이 합쳐진 셈이 되었다. 그러다 보니 안나도 자주 들어오게 되어, 차마 이곳에서는 침대 두 개를 들여놓지 못했다. 시엘의 대답 여하에 따라서 그는 내 방 바닥에 이불을 깔고 잘 수도 있고, 미오 경의 한 번도 사용 안 한 방으로 쫓겨날 수도 있다. 차가운 방 안에서 혼자 자보라지.

"저도 정말 그러고 싶었습니다만……."

시작이 나쁘지는 않았다. 하지만 나도 앗 하다가 사고 친 다음에 대리님이나 사장님께 보고할 때 저런 말로 시작 많이 해봤었다.

"제가 대마법사라고 해도 사람의 영혼을 다루는 일은 극히 조심스러워야 합니다. 왕비 궁에서는 사상자가 나와서 그 부분을 건드리기가 극히 어렵습니다. 이해하시겠습니까?"

"그럴 리가요."

그걸 이해하면 내가 지금 여기서 시녀 일을 안 하고 있지.

기본적으로 사람에게 설명하는 태도가 글러먹은 시엘이 나와 미오 경을 번갈아 보았다. 특히 내 손목 쪽을. 어딜 노려. 내가 식겁해서 반 발자국 물러나니까 미오 경이 되게 싫은 얼굴로 손수건을 그에게 건네주었다. 그걸로 많은 머리카락을 묶으면서 시엘이 말했다.

"복구 마법은 건물의 시간을 피해를 입기 전으로 돌려놓는 마법입니다. 그 당시 건물의 공기 성분까지 복원해 놓는 마법이라 대단히 섬세한 작업입니다. 왕비 궁의 경우 사상자가 나와서 영혼의 상태와 농도가 달라졌기 때문에 조금만 실수를 해도 영혼이 건물 안에 갇혀 버릴 수 있는 겁니다. 그건 사람으로서 못 할 짓이지요."

히익! 지박령! 나만 모르는 상식인지 미오 경마저 팔짱을 끼고 고개를 끄덕였다.

"대마법사인데도 그게 안 된다고요?"

"그 모든 것이 가능하면 제가 대마법사가 아니라 신이지 않겠습니까. 거의 비슷하긴 하지만."

시엘이 방금 자기가 신이랑 비슷하다는 말을 했다. 신세계의 신이 되겠다는 노트 주인의 발언을 들은 일반인들의 표정이 지금 나랑 비슷할 것 같다.

미오 경은 이번에도 나름 진지하게 고개를 끄덕였다. 어느 부분에서든 시엘의 말이 맞는가 보다. 어느 부분이 맞는지 생각하고 싶지는 않아. 어쨌든 왕비 궁으로 돌아가기까지는 시간이 한참 걸리려나 보다.

"그럼 왕비 궁은 토대부터 다시 하나하나 지어야 하는 건가요?"

"아스 양, 전 섬세한 작업이라고 말씀드렸습니다. 그것 때문에 며칠 들어오지도 못한 거고요. 왕비 궁은 거기다 마법진이 있어서 함부로 제가 마법을 쓰기에는 어떤 작용이 있을지 알 수가 없습니다……."

시엘이 머리가 아프다는 듯이 고개를 저었다. 처음 이곳에 왔을 때보다 얼굴 상태가 많이 나아지긴 했지만 여전히 피곤해 보였다. 그러게, 아무리 위장이랑 혈관에 에너지 드링크를 들이붓듯이 들이켜도 포션에는 한계가 있다.

사람한테 일을 시키려면 잘 먹이고 잘 재우고 간식도 먹여가면서 시켜야 하는데. 노동법 준수 없이 대체 얼마를 착취한 거야.

"이제 배는 안 고프세요?"

"위장에 마력을 채워놔서 지금은 괜찮습니다."

위장이 비어 있어서 배가 고픈 거니까 마력으로 채워두면 공복이 아니라서 배가 안 고프나? 물배를 채우거나 공기를 채워서 배가 안 고프다는 말과 비슷하게 들린다.

"그거 괜찮은 건가요?"

"그럼요. 제 마력이 버티는 동안에는 안 먹어도 죽지 않아요."

시엘은 웃었지만 내 귀에는 죽지만 않는다는 말로 들렸다.

"잠깐만 있어봐요, 마법사님. 뭐 좀 만들어 올게요."

"잠깐, 아스. 네가 요리를 한다고?"

미오 경이 매우 미심쩍게 물었다. 모든 일을 다 할 줄 아는 전인교육을 목표로 시녀 교육을 하는 왕비 궁도 주방일만큼은 외주를 줬으니 불안할지도 모르겠다. 하지만 난 내 세계에 있을 때 간단한 반찬이랑 간식 정도는 만들어 먹었다.

"할 줄 알아요. 밀가루랑 과일 같은 거 좀 남아 있고."

유르겔의 시녀들이 식사 외에 밀가루와 설탕 같은 식재료 약간씩 주고 가길래 뭔가 했는데 지금처럼 야식이 필요할 때 자급자족하라는 의미였나 보다.

"굳이 안 만들어주셔도 괜찮습니다."

그럼 하지 말까? 하지만 말은 그렇게 하면서 시엘은 부엌으로 가는 나를 적극적으로 말리지 않았다. 배가 고프겠지.

쓸 만한 식재료가 거의 없어서 할 수 있는 게 스콘 정도였다. 밀가루를 다른 걸 쓴 탓일까. 아니면 반죽 숙성 시간을 생략한 탓일까. 모양이 좀 난해해졌지만 먹는 데는 지장이 없을 거라 믿는다.

침대에 누워 왕자 비행기를 태워주던 시엘이 빛의 속도로 일어났다. 평소라면 마력으로 띄우고 던지고 날리면서 놀아주던 사람이 몸으로 놀아주고 있는 걸 보니 말은 괜찮댔어도 절전 모드이긴 한가 보다. 부스러지는 스콘을 들고 시엘이 수줍게 웃었다.

"제게 먹을 걸 만들어준 사람은 아스 양이 처음이에요."

"마탑에서 뭘 먹고 사신 거예요?"

"공용 식당이 있긴 하지만 저만을 위해 만들어진 음식은 이게 처음이니까요. 미오 경? 경도 내가 하나 정도는 양보할 수 있다."

"그것참, 배포가 너무 큰 양보라 삼 일을 먹고도 남겠군."

미오 경이 빈정대면서 스콘을 들었다. 그리고 스콘을 한입씩 베어문 둘의 표정이 이상해졌다.

"표정이 왜 그래요?"

"저기, 아스 양. 스콘은 원래 잼 발라 먹는 것 아닙니까?"

"잼이 없어요. 남의 집 더부살이가 그렇죠."

"그렇군요……. 그럼 스콘에 들어간 이건 뭡니까?"

"무랑 오이요."

"무?"

"달달한 게 씹히는 것이 더 맛있잖아요."

시엘과 미오 경은 말이 없어졌다. 미오 경이 스콘을 빠르게 먹고 손을 털었다. 그러자마자 시엘이 일어나려는 미오 경의 손목을 덥석 잡았다. 둘은 그대로 한참 눈싸움을 하더니 미오 경이 자리를 잡고 두 번째 스콘을 들어 올렸다.

"맛이 없어요?"

"아닙니다, 아스 양. 맛있어요."

둘이 스콘을 깨작거리는 것을 보면서 나는 침대에 드러누웠다. 왕자가 달려와 내 푹신한 배에 머리를 박았다.

"저는 마법사님이 그 지하실에 있는 마법진 별거 아니라고 하셔서 금방 고칠 줄 알았어요."

"마법진 자체는 별거 아닙니다만 규모가 문제입니다. 도면 작업도 동시 진행 중인데 아무에게나 맡길 수가 없거든요."

규모가 대단하긴 했지. 그 방에 그려진 마법진들을 보고 있노라면 피비린내가 날 것 같았다.

"그 마법진은 대체 뭐 하는 마법진이에요?"

내가 물었다. 시엘은 이상한 질문을 다 한다는 듯이 나를 보았다. 나는 마법사가 아니라서 그런 걸 알아야 할 이유가 없었기 때문에 저런 눈초리는 많이 억울하다.

"모르셨습니까?"

"자꾸 잊으시나 본데 전 민간인이에요."

간단히 말하자면, 하고 시엘은 말끝을 끌었다. 그는 내 배에 기대 잠들어가는 왕자를 추켜 안고 한 손으로 자신의 입술을 매만지며 입을 열었다.

"육체를 만드는 마법진입니다."

너 방금 그 마법진 별거 아니라고 했던 것 같은데, 이게 무슨 서번트 영령 소환하는 소리냐. 이 세계의 신이랑 비슷한 존재시라 육체를 만드는 게 별거 아닌 일이세요? 그런 거니?

"난 마법에 대해 잘 모르지만 육체를 만드는 게 그렇게 간단한 일이 아닐 텐데?"

미오 경이 내가 하고 싶은 말을 대신했다.

"쉬운 것도 아니지만 생각보다 대단한 일도 아닌데, 보통의 마법사들은 못 하는 일인가 보더군."

'미적분 암산으로 되지 않아? 세상에서 라틴어가 제일 쉬웠어요' 하는 전교 1등을 보는 것 같다. 재수 없군. 다행히 나만 재수 없는 게 아닌지 미오 경의 얼굴도 되게 띠꺼워 보인다. 나도 그렇겠지.

"저는 그거 불임 치료 마법진이라고 들었는데요."

"누가 그렇게 말했습니까?"

"어, 그게요."

회사였다면 냉큼 사장님이요, 내지는 사모님이요, 라고 말했을 텐데, 지금 이 순간은 순순히 왕비라고 말하기가 꺼려진다. 가뜩이나 왕궁 내에 입지가 안 좋은 분인데 괜한 말이 퍼져서 곤란해지시는 건 아닐까?

시엘은 왕궁 내 권력 구도에 대해 얼마나 알고 있을까? 대마법사라는 엄청난 직함을 갖고 있지만 임원진이나 간부진보다는 연구나 순수 학문 쪽 라인이라는 느낌이 든다. 한마디로 정치 파벌이랑은 참으로 무관해 보인다.

그리고 요약해서 불임 치료 정도로 이해하고 기억했지만 딱히 왕비가 그날 불임 치료 마법진이라고 말했던 것 같지는 않다. 내가 불임 치료 뉘앙스로 알아들었을 뿐인데 요새 돌아가는 사정을 보니까 절대 단순한 불임 치료용도 아닌 것 같고.

우물쭈물하며 대답을 못 하고 있으려니까 시엘이 나를 응시하는 시간이 점점 길어졌다. 왕비 궁 시녀 친구 이름 아무거나 하나 댈까 고민하는 찰나에 다행히 미오 경이 입을 열었다.

"마법사, 아스에게도 아스의 사정이 있겠지. 캐묻지 마라."

"단순한 질문일 뿐인데 그렇게 과민 반응할 일인가? 누구에게 들은 말인지 교차 검증할 필요가 있어서 물은 것이네만."

"온실 출신이라 잘 모르는 모양인데 사교계에서는 여성이 곤란할 질문은 하지 말라는 말이 있지."

"그런 말이 자네 입에서 나오니 참 새롭군."

싸운다. 무슨 일이 있었는지 둘이 말을 놓고 이름으로 서로를 부르게 된 후로 뭔가 이런 서열 정리식 기 싸움이 가끔 느껴지곤 했는데 이번엔 나에게서 비롯된 기 싸움이라 끼어들기 많이 곤란하다. 원래라면 그냥 끼어드는데 이번에 그러면 꼼짝없이 시엘의 질문에 대답해야 할 것 같다.

그리고 둘 사이에 내가 모르는 이야기가 있는 것 같은 대화라 끼어들기가 애매하다. 아무래도 둘이 내 생각보다 더 친한 것 같다.

"나는 미력한 기사이지만 마법사 앞에서 사람 한 명 정도 지킬 능력은 있다."

오, 미오 경. 이건 좀 멋있다. 그가 그렇게 말하자 미오 경과 마주 보고 팽팽하게 말다툼을 하던 시엘의 눈이 잠시 나를 보았다. 그리고 그는 어쩐지 송곳니가 보일 것 같은 미소를 짓고 말했다.

"내 앞에서 지켜야 할 건 한 명이 아니라 두 명이겠지."

"그것참…… 기사도라고는 없는 발언이군."

"안됐지만 난 기사가 아니라 마법사라서."

미오 경이 손을 들어 올리며 '그만하자'고 물러섰다.

다행이다. 시엘은 대륙의 영웅인 클라인과 붙었을 때 미치지 않는 한 자기가 이긴다고 말했던 사람이다. 클라인도 못 이기는 시엘을 미오 경이 이길 리가 없는데 싸우고 있어서 되게 걱정했다.

싸움은 진정되었고 시엘이 나를 봤다.

"원래 이야기로 돌아가서, 아스 양. 저 마법진은 복잡합니다. 처음 그려진 이후로 그 위에 고치고 덧그려진 것이 많아서 보통의 마법사라면 원래의 마법진이 뭐였는지도 알아보지 못할 정도로 오래된 것입니다. 하지만 가장 아래, 근원이 되는 마법진은 육체를 만들어내는 것이지요. 아마 후대에 고쳐 수태를 위한 마법진으로 바꿨을 가능성이 가장 큽니다."

넌 뭔데 그 모든 것을 알아보세요?

"모든 마법사가 마법사님처럼 저 마법진을 보면 정체를 알 수 있을까요?"

"지금 대륙에서는 제가 유일할 겁니다. 마법사는 전능이 아닙니다. 아는 만큼 보이는 거니까요."

시엘이 지금 자기가 전능이라고 말한 것 같은 기분이 든다. 어쩜 저렇게 능란하게 주어 빼고서도 자기가 최고라는 말을 할 수 있을까. 저런 말을 할 수 있는 위치가 되도록 본받고, 그 위치가 되었을 때 저만큼 뻔뻔하게 자기 얼굴에 금칠할 수 있는 기상을 본받아야겠다.

"제가 잘 몰라서 그러는데요, 마법사님. 그럼 저거 지금도 사용 중인 마법진인가요? 육체를 만들 수 있어요?"

"이론상으로는 가능합니다만 그만큼의 마력을 충당할 수 있는 마법사가 요새 많이 없지요."

표정이 마치 나는 빼고, 라고 말하는 것 같다.

"하지만 그 마법진 최근에도 작동한 것 같았는데……."

그렇다면 유모님은 얼마나 대단한 흑마법사였다는 것인가. 진짜 대단하다. 휴일에 과자 구워서 어린애들한테 먹이는 게 인생 황혼기의 낙이자 취미 생활일 것같이 생긴, 진짜 사람 좋아 보이는 아주머니였는데 재야의 고수였다니.

나도 모르게 중얼거린 소리였는데 생각보다 컸던지 시엘이 대답했다.

"뭐, 그럴 수도 있죠. 근원이 되는 최초의 마법진은 완성된 육체를 만드는 것이지만 근래로 올수록 작은 규모로 변형되었으니 작동시킬 수 있는 마법사가 있을 수 있겠지요."

하긴, 어른을 만드는 것보다는 수정란을 만드는 쪽이 훨씬 마력이 적게 들 것 같다. 사이즈 면에서만 봐도. 유모님은 좀 다운그레이드가 되긴 했지만 그래도 대단한 마법사였던 것 같고 시엘도 참 대단한 것 같다. 그는 아주 숨 쉬듯이 은근슬쩍 셀프 금칠을 하고 있어서 어느 특정 부분을 집어서 금칠이라고 지적하고 놀릴 건더기가 보이지 않았다.

어쨌든 요약하자면 저 마법진은 원래는 육체를 만드는 마법진이었는데 세월이 흐르면서 고쳐지고 변형돼서 수태를 위한 마법진으로 바뀐 거고 시엘 정도의 대마법사라면 원래의 용도대로 쓸 수 있다는 것 같다.

"그런데 그럼 그 마법진은 애초에 뭘 위한 용도인 거죠?"

"육체를 만드는 용도라고……."

"아니, 육체를 만들어서 뭐에 쓰냐 이거죠."

육체를 만든다는 행위의 목적을 모르겠다. 수태하는 마법이야 아이를 만든다는 목적이 있지만 단순하게 육체를 만드는 것에 무슨 의미가 있는 것인지. 이 세계의 사람이 아니라서 그런가, 나는 잘 모르겠다.

내 질문에 시엘은 그 제비꽃 같은 보라색 눈동자를 깜빡였다.

"그건 마법진을 만든 사람에게 물어보셔야죠, 전들 알겠습니까."

댁이 하도 신과 같다고 얼굴에 금칠을 해대고 전능이라고 해서 그것도 알 줄 알았지.

뭔가, 상자 속에 구슬들이 실에 꿰이지 않고 굴러다니는 것 같다.

여기서 데굴, 저기서 데굴. 저것들을 모두 잇는다면 무언가 확실한 그림이 나올 것 같은데, 손에 실만 쥐어져 있을 뿐 구슬을 꿸 바늘이 없는 느낌이다.

가장 마지막에 마법진을 고친 건 유모님이다. 현재의 마법진은 불임 치료를 위한 마법진인데, 그럼 유모님은 무엇을 건드린 걸까? 긴 세월 동안에 변형된 것이라고 하니 당장 유모님이 불임 치료 마법으로 만들지는 않았을 텐데.

"저게 최근에 불임 치료 마법이 된 건 아니겠죠?"

"마법진을 그렇게 자세히 읽은 것은 아니지만 꽤 오래된 마법진입니다. 근원이 되는 마법진 자체도 고대의 것이고 최소 몇백 년 전에 지금과 비슷한 형태가 되었을 겁니다."

뭘까. 퍼즐의 네 귀퉁이 끝을 못 찾고 있는 느낌이다.

"그런데 마법사, 육체를 만드는 게 쉬운 일이라고?"

미오 경은 시엘을 이름으로 부르던 걸로 아는데 내가 마법사님이라고 그를 불러서 그런가 어느 순간부터 저렇게 마법사라고 부르고 있다. 그냥 마법사, 마법사 부르니까 되게 안 친한 것 같고, 친한 것 같고, 안 친한 것 같고…… 나만큼 안 친한 것 같아서 되게 좋네.

"육체를 만드는 것 자체는 쉬운 일이지만 영혼을 심는 건 어려운 일이지."

"너에게도 어려운 일인가?"

"가능과 불가능을 이야기한다면 가능하지만, 해도 되냐 아니냐를 따진다면 하면 안 된다에 가까운 일이야. 나는 법칙을 만드는 대마법사지만 그렇다고 법칙에서 아주 자유로운 것은 아니니까."

듣고 있노라니 영어 처음 배울 때 수능 지문 가지고 직독, 직해하던 그런 기분이다. 나는 간다 학교 함께 친구랑 8시에.

"여하튼 그래서. 마법진이 고대의 강력한 마법진이라 왕비 궁 복구가 힘드시다는 거죠?"

"요약하자면 그렇습니다······."

"그 마법진 지하에 있는 건데 그럼 지하만 빼고 시간을 되돌리면 안 되나요?"

시엘은 나를 보았다. 길게. 그래서 나도 그를 보자, 그가 아주 짧게 미오 경 쪽으로 눈동자만 돌렸다가 나를 다시 보았다. 아.

"그게 정말 지하에만 있던가요?"

아니지. 왜 그래놨는지는 몰라도 입구를 좀 많이 구겨놓기는 했지. 궁금한 게 많았지만 미오 경이 있어서 더는 못 물어보겠다. 아무 생각이 없었는데 이 모든 대화가 미오 경이 알아서 좋을 일이 없는 대화인 것 같다. 아마. 근데 이미 다 아는 것 같고. 몰라. 둘이 나 없을 때 대체 무슨 대화를 어디서 어디까지 하는 거야, 흑흑.

"그보다 아스 양."

"네."

"아까 쇼핑 말입니다만."

시엘은 어쩐지 좀 쑥스러워 보였다. 조명 탓인가, 귓불도 좀 발갛게 보인다. 조명이 아니라 머리카락 색 탓 같기도 하고.

"내일 가는 거죠?"

아. 개선식이 얼마 안 남아서 쇼핑을 빨리 하기는 해야 하는데 클라인이 언제쯤 올까. 그와의 대화가 급한 건 아니지만 생각난 김에, 그리고 그의 말을 들어볼 용기가 난 김에 하는 게 좋을 것 같은데.

"미오 경, 그 손수건 카펠라 백작님께 드렸죠?"

"아까 클라인 경이 퇴근하기 전에 드리고 왔다."

"음······ 백작님이 언제 오시려나."

조금 의외다. 바로 달려올 줄 알았는데 그 결투장 내지는 연서 같은 편지를 받고 그냥 퇴근했구나. 꼭 그러리라는 법은 없는 건데도 그가 아스에게 쏟아붓는 관심을 고려했을 때 받자마자 올 거라 생각했었다.

"아…… 선약이 있으신 겁니까?"

시엘이 실망한 것 같다. 그리고 난 그에게 못 할 짓을 한 것 같다. 아무래도 시엘은 성 밖 구경을 한 번도 못 해본 것 같다. 그리고 티를 저렇게 꽉꽉 내는 거 봐서는 나가자는 말에 많은 기대를 한 것 같다. 진짜 도련님 같다.

"마법사님, 물건 사는 법 아세요?"

"네?"

"물건 살 때 돈 내는 거 아시죠?"

시엘의 얼굴이 엄청나게 차가워졌다.

"전 바보가 아닙니다만."

"농담이었어요."

농담 두 번만 했다가는 얼음물에 빠져 죽겠네. 하도 도련님 같아서 물어봤더니. 왜, 버스비 70원 같은 소리를 할 줄 알았지. 사회를 책으로 배운 티가 확 나는데 그가 배운 책 안에 매해 물가 상승률 반영은 안 되어 있었을 거 아냐.

"그럼 내일 점심 먹고 나가요, 우리."

점심까지 클라인이 날 찾아오지 않는다면 내가 점심때 찾아가 보면 될 것 같다. 긴 이야기가 되려나? 그렇겠지. 그의 이야기 안에서 세사르 카직이 저 마법진을 찾아다니는 이유도 알 수 있으면 좋겠다.

시엘이 유난히 반짝이게 웃었다. 그렇게 웃으니까 그의 백금발도 유난히 더 빛이 나서 차마 눈을 똑바로 뜨고 볼 수 없이 반짝인다.

"그렇다면 내일 저도 아스 양에게 보여 드리고 싶은 게 있습니다."

그때까지만 해도 나는 그게 시엘과 관계된 마법사 단체나 마탑일 줄 알았다. 그건 상상력의 빈곤이라기보다는 이세계에 대한 나의 로망 탓이었다. 마법사면 당연히 마탑이지! 같은.

계획이라는 건 아무 소용 없음을 알면서도 왜 계획이라는 걸 세우고 살고 있는지 모르겠다.

❦

오늘의 계획이 시작부터 망한 이유를 알고 싶다. 클라인이 내 편지를 받았으니 아침 일찍부터 날아와 해명할 거라는 근거 없는 확신을 가져서일까? 아니면 세야가 매일 오전 중에 와서 수업했으니 항상, 늘, 영원히, 오전 중에 올 거라고 내 멋대로의 통계를 내어서 그럴까?

두 남자를 위해 오전 타임을 비워놨는데 아무도 안 올 줄 알았으면 미카엘 왕자의 관찰 일기 7일 차라도 적으러 나갔을 거다.

살짝 빈정 상해 있는데 시엘은 신이 났다. 그는 오늘 출근을 안 해도 되는 건지 아침부터 '아스 양, 손수건은 챙기셨어요?'라고 피크닉 모드로 짐을 싸고 있었다. 뭐가 그렇게 필요하다고 바리바리 짐을 싸고 있는지. 저 모든 게 필요한 물건인지도 잘 모르겠고 만능과 전능을 찍은 마법사가 함께하는데 저것들을 왜 챙기는지 모르겠다. 워터파크 가면서 물티슈 챙긴다거나 포토샵 강의 들으러 가면서 노트북 챙기는 거랑 같은 거 아닌가.

평소에 사소하게 아웅다웅하는 미오 경이랑 시엘이라서 미오 경이 한마디라도 참견하지 않을까 했는데, 의외로 그는 가끔씩 인상은 썼지만 대부분의 경우 흐뭇한 눈으로 시엘이 토끼몰이하듯이 혼자 뛰어다니는 걸 지켜보고 있었다. 사회 경험이 적은 저 대마법사가 들떠 있는 게 귀여워 보이나 보다. 한 번도 물어본 적은 없지만, 그걸 보니 미오 경은 남동생이 없는 것 같다.

시엘은 얼마나 신이 났던지 그쪽에서 먼저 이 별장에 마법을 걸어

주겠다고 했다. 그래서 나는 시엘과의 합의하에 안나에게 어느 정도 사실을 알려주었다.

"아는 마법사님이 마법을 걸어주셔서 나는 병들어 누워 있고 왕자님은 자는 걸로 보일 거니까 안심하고 오늘 굴러다녀. 신발을 신지 않는 하루를 만드는 거야."

"넌 언제 마법사님이랑 만나고 다녔니?"

"응? 아, 저번에 메테오 떨어질 때 도와주신 마법사님이야."

"아, 그분 되게 높은 마법사님 같아 보이더라. 친해?"

"미오 경의 사촌이래."

그렇게 시엘과 미오 경은 사촌이 되었다. 괜찮아. 그들만 모르면 된다.

왕자는 내가 데리고 나가기로 했다. 그리고 혹시 몰라서 안나에게 추가로 작은 거울을 주고 응급 사태가 발생할 시에 열고 소리를 지르라고 했다. 시엘에게 부탁해서 만든 안전장치인데 핸드폰 대용으로 그럭저럭 쓸 만할 것 같다.

그렇게 점심이 조금 지난 시간에 나와 미카엘 왕자와 시엘, 미오 경은 시엘의 마법으로 몰래 왕궁을 빠져나올 수 있었다.

요새 마을에 참 자주 나오는 것 같다. 세야랑 작은 서점이나 소품 가게 같은 데는 많이 가봤지만 구두나 옷 가게 등은 가본 적이 없다. 그러고 보니 이 세계에 와서 쇼핑이라 할 만한 건 이번이 처음이다!

헉! 두근거리기 시작했어. 그래, 이 상복 같은 옷 좀 벗어 던지고 나도 샤랄랄라 기분 전환할 때가 되었다. 날도 더워지고 있어서 이 두껍고 무거운 옷감도 이제 버겁다. 나는 여름 아가씨가 될 테다.

"아스 양, 그럼 제가 보여 드리고 싶은 것이……."

"잠깐만요. 제 구두가 먼저예요."

"네?"

"그다음은 속옷이에요."

지금 이런 예민할 시기에 굳이 밖으로 나온 이유를 시엘이 제대로 이해를 못 한 모양이다. 중요한 건 내 구두와 속옷이다. 옷을 아무리 잘 고쳐도 옷감 자체가 얇아서, 역시 얇고 안 비치는 좋은 속옷이 없으면 아무런 소용이 없다. 구두가 보이는 이 드레스의 특성상 구두를 정말 잘 사야 한다.

　"아스, 그럼 난 저쪽에서 왕자님과 기다리겠다."

　평소에 절대 육아에 동참하지 않는 미오 경이 도주를 시도했다. 시도는 좋았다. 그렇지만 나오는 건 자유지만 돌아다닐 때는 아니란다. 우리는 어쨌든 둘 다 왕자에게 묶인 몸이라 왕자에게서 오래 떨어지는 건 직무 유기다.

　"왕자님이 요새 낯가림하셔서 미오 경이랑만 있으면 울 거예요."

　나는 미오 경의 품에 소중한 바게트처럼 둘둘 감아 데리고 나온 미카엘 왕자님을 안겨주었다. 익숙한 품이 아니니까 왕자는 바로 흐엥흐엥 하면서 울 시동을 건다.

　잘했어, 왕자님. 그간 길러준 보람을 이렇게 계속 돌려주는구나. 바로 왕자를 떼어내 다시 안고 나는 진심으로 웃었다.

　"그러게 진작 안아주면서 유대감을 쌓으라고 제가 말씀드렸죠?"

　육아에 동참하지 않은 자여, 응분의 대가를 받으라.

　하지만 미오 경은 끈질겼고 머리가 좋았다. 그는 옆에서 이 상황을 잘 이해하지 못하는지 멀뚱멀뚱 서 있는 시엘의 어깨를 잡고 말했다.

　"마법사와 함께 다른 데서 널 기다리지."

　왕자를 안고 있으면 성모자상에서 마리아 님을 맡고 있는 것으로 보이는 시엘이 왕자와 놀아준다면 왕자가 울고불고 서러워할 일은 확실히 없을 거다. 날 찾지도 않고 잘 놀겠지. 하지만 원래 쇼핑은 남이랑 하는 게 제일 재밌다.

　미오 경의 안목은 망한 게 분명하지만 대마법사 시엘 커퍼필드가 놀라운 안목을 보여줄지 모르는 일 아닌가. 난 언제나 모든 가능성에 최선을 다하며 살아왔다. 그리고 난 슬슬 이 대마법사에게 주어야 하는 사탕이 어떤 것인지 알고 있지. 나는 웃으며 시엘의 팔에 매달렸다.

"마법사님, 저랑 같이 가요. 아직 쇼핑 한 번도 안 해보셨죠? 재밌어요~"

미오 경의 얼굴이 일그러졌다. 보아라, 나는 시엘이 아직 해보지 못한 사회 경험치를 제시해 줄 수 있다. 얼굴이 발그레해진 시엘은 '네, 아스 양'이라고 순순히 대답했다.

내 승리였다.

시엘은 과연 만능과 전능을 찍고 신급을 찍은 자다운 놀라움을 보여주었다. 나와 함께 퍼스널 컬러와 신발 라인에 따른 얼굴형 착시 효과에 대해 진지하게 고민하며 구두를 골라주었던 것이다. 마법사 아니고 퍼스널 쇼퍼인 줄. 구두는 일사천리로 샀다. 평상시엔 절대 못 신겠지만 예쁘긴 정말 예뻤다. 그리고.

"아스 양, 아스 양은 눈과 머리 색이 검기 때문에 이런 컬러로 포인트를 줘야 한다고 생각합니다. 마침 구두의 딥블루 색상과 대비되어 더욱 강렬한 효과를 낼 수 있는 이 색이야말로 아스 양을 위한 속옷입니다."

"말은 고마운데요, 마법사님."

"여자라면 레드! 세 배 빠른 레드! 진정한 여자라면 레드라고 했습니다."

누가 이 사회생활을 책으로 배운 마법사한테 여자 속옷은 레드가 진리라고 말을 했는지 모르겠다. 미오 경을 진한 의혹을 담아 쳐다보니까 그가 한숨을 푹 쉬고 손으로 얼굴을 가렸다. 부끄러움이 미오 경의 몫인 걸로 봐서 저 소리를 미오 경이 한 건 아닌가 보다. 다행이다. 변태는 하나로 충분하다.

"하지만 마법사님, 제 드레스는 아이보리색이에요. 이건 비친다고요."

"아, 그럼 비쳐도 되는 레이스 쪽으로……."

고국의 안녕하신 수많은 변태께. 지금 이 순간 내가 저 대마법사를 향해 '이 변태야!'라고 지극히 소녀다운 비명을 지르지 않게 단련시켜 주어 고맙지 않지만 고마워요.

"나중에 마법사님의 신부가 되실 분은 첫날밤에 꼭 빨간 속옷을 입고 있어야겠네요."

희한하게 하나도 안 야한 느낌이다, 그거. 섹시한 속옷은 역시 검은 색이나 보라색……. 뭘 상상한 건지 시엘이 얼굴이 새빨갛게 변하더니 어버버 하며 입을 다물었고 미오 경이 날 몹시 비난하는 눈빛으로 쳐다본다.

아, 신이시여. 제가 이 순진한 대마법사님을 타락시켰나 봅니다. 하지만 그의 상상에 제 죄는 하나도 없나이다.

"마법사. 괜찮아, 괜찮아. 원래 이런 데는 남자가 오는 게 아니다. 나랑 같이 나갈까?"

"으, 으응, 응……. 하지만 응? 어?"

"아냐, 아스가 네게 심한 장난을 친 거다. 가자."

조금 억울하다. 내 세계였다면 이렇게 사람이 많은 속옷 가게에 남자를 둘이나 데리고 들어와선 쇼핑하는 다른 사람들을 불편하게 만들 생각을 안 했을 거다. 하지만 의외로 이 세계는 이런 부분에서 개방적인 것인지 내부에는 커플이 많았단 말이다. 그걸 보고 시엘 역시 보무도 당당하게 앞서서 가게에 들어와 버렸다. 말릴 틈이 없었다고. 내 탓은 아마 아닌 것 같다고…….

"귀엽네요. 어느 쪽이 남편이에요?"

계산을 해주는 언니가 물었다. 뭘 잘못 들은 것 같아서 그냥 웃었다. 계산을 하는데 왕자가 내 손가락을 잡더니 입으로 가져가 그 작은 이로 꼭꼭꼭꼭 씹는다. 요새 앞니가 몇 개 난 왕자는 이의 감촉이 신기한지 뭔가를 자꾸 씹으려고 든다. 그냥 한 번만 물으면 안 아플 텐데 잇자국을 정렬시키듯이 꼭꼭꼭꼭 씹어대니 아기라도 아프다.

"몇 개월이에요? 머리색은 아빠를 닮았나 보네요."

아. 아기 왕자를 안고 있어서 아무래도 새댁으로 보이나 보다. 하긴, 어린아이를 안고 다니면 새댁으로 보이겠지. 같이 온 남자가 둘이니 어느 쪽이 애기 아빠인지 궁금할 법도 하다.

나는 어쩐지 부끄러워져서 서둘러 계산하고 밖으로 나왔다. 가게에서 멀지 않은 곳에 있는 커다란 나무 그늘에서 미오 경과 붉어졌던 얼굴이 제법 진정이 된 시엘이 나를 기다리고 있었다.

아기를 안고 있으면 남들 눈에는 그렇게 보이는구나. 내가 누군가의 눈에 아이 엄마일 수도 있다는 게 너무나 충격적이고, 다른 사람들이 시엘이나 미오 경을 내 남편이라고 생각하고 바라볼 수 있다는 게 또 충격적이다. 지금 내 옆을 지나쳐 간 사람의 눈에 나는 남편에게 다가가고 있는 새댁으로 보일까? 이 세계나 내 세계나 나는 결혼 적령기고 갓난아기가 있어도 이상할 나이는 아니긴 하지만.

시엘과 미오 경 지척에서 왕자가 울었다. 아마 계속 내가 안고 있었더니 팔이 지쳐 안는 자세가 불편했던가 보다. 와앙 하고 왕자가 울음을 터뜨려서 당황하는데 시엘이 부드럽게 왕자를 안아 받아 갔다.

"우리 왕자님, 뭐가 불편하다고 또 우세요? 순한 왕자님이 울면 아스가 당황한답니다."

가끔 보면 그가 나보다 훨씬 왕자를 잘 돌보는 것 같다. 나는 책임과 의무를 갖고 대하지만 시엘은 사랑과 감사로 보살펴서 그런가?

시엘이 왕자를 받아 간 덕분에 나는 팔을 내리고 저려오는 어깨를 주무를 수 있었다. 왕자는 시엘의 품 안에서 빠르게 울음을 멈춰갔다.

"귀여운 어린 부부네."

지나가던 사람들이 자기들끼리 속삭이고 웃었다. 우리가 어리고, 서툴고, 경험 없는 부부로 보이나?

나무 그늘 아래에서 미오 경이 다가와 구두에 이어 속옷 봉투도 받아 들고 갔다. 쇼핑 나오기 싫어했는데 그도 참 좋은 사람이다.

"미오 경, 그래도 이 모든 쇼핑이 한 시간이 안 걸렸거든요? 대단하죠?"

그는 피식 웃으며 내 머리를 툭, 두드렸다.

"그럼 이제 볼일은 다 끝난 거지?"

우리 숙소에 클라인이 왔으려나? 안나가 연락 없이 조용한 걸 봐서는 클라인도 세야도 오늘은 아직인 모양이다. 내가 미리부터 일찍 들어갈 필요는 없겠지? 놀다 가자고 할까? 입을 열려고 하는데 왕자를 추슬러 다시 안은 시엘이 먼저 말했다.

"아스, 그럼 제가 보여 드리고 싶은 곳이 있습니다."

어젯밤부터 그는 그런 말을 했었다. 나는 웃으며 그에게 손을 내밀었다.

"오래 걷는 건 싫어요."

대마법사 덕 좀 보자고 대놓고 한 말에 그도 웃었다. 그는 내 손을 잡은 채로 미오 경을 돌아보았다. 그러곤 미오 경이 다가오자 그의 품에 왕자를 끼워 넣었다. 잠깐 햇빛에 가려진 왕자의 눈동자가 짙었다. 이상한데? 어? 울 텐데? 하는 순간에 미오 경과 왕자가 사라졌다. 그 직후 내 시야도 일그러지듯이 흔들렸다. 손을 잡고 지탱해 주는 시엘의 손이 없었더라면 바닥에 넘어졌을 거다.

공기와 태양 빛이 변했다. 태양에 푹 익은 짙은 풀 냄새가 났다.

"실례, 미오 경과 함께 오고 싶은 곳은 아니라서."

나는 숲 한가운데에 있었다. 고층 아파트 한 채 정도는 될 것 같은 거대한 나무가 눈앞에 있었다. 나무줄기 한중간에 재떨이처럼 생긴 커다란 바위가 박혀 있었고 가지도 절반은 잎을 피우고 절반은 시들어 있었다.

세야가 자신이 가장 좋아하는 장소라며 나를 데려왔었던 곳. 세계수처럼 거대한 나무 앞에서 시엘이 나를 보며 뿌듯하게 웃어 보였다.

마법의 부작용인지 도통 균형을 잡을 수가 없어서 넘어질 것 같다. 솔직히 말하면, 넘어지고 싶었다. 하지만 날 부축하고 있는 시엘의 손이 꿈쩍도 않는다. 세야보다 더한 온실 배양같이 생겨서는 내 무게를 감당할 만큼 힘이 좋다니 사기다.

시엘이 방금 미오 경이랑 같이 오고 싶은 곳은 아니었다고 말했나? 너 그거 미오 경이 들으면 운다. 분명히 말하는데 미오 경은 시엘에게 대단히 잘해주고 있었다. 가끔은 나한테보다 더 잘해주는 것 같았다.

나는 어지러움이 좀 사라진 후에야 시엘의 손을 놓고 혼자 설 수 있었다. 이 나라에 저런 거대 나무가 두 개나 있지는 않을 테니까 저번에 세야가 데려온 곳이랑 같은 곳 같은데. 그럼 나는 저런 누가 봐도 심상찮은 물건 앞에 처음에는 세야와, 그리고 두 번째는 대마법사 시엘과 함께 서 있는 건가. 저 나무가 갑자기 쓰러져도 안전할 수 있는 남자로 바꾸어 데려오는 셈이다.

일반인들이 잘 안 온다는 곳에 나는 벌써 두 번째다. 이 두 번의 방문이 우연일까? 앞자리 모범생이 내게 대놓고 커닝을 시켜주고 있는데 안경을 두고 와서 그 답안지를 못 보고 있는 것 같다.

이따 기회를 봐서 시엘에게 저 나무 혹시 세계수냐고 물어봐야겠다. 세야는 눈치가 빨라 보이고 말 한마디 잘못했다가 어떤 실수로 삐끗하게 될지 알 수가 없어서 물어보지 못했지만, 시엘은 사회 경험이 적은 온실 출신 도련님이라 혹시나 내가 말실수를 하더라도 어떻게 수습이 가능할 것 같았다.

클라인과 같이 세계 최강 클래스를 찍은 시엘인데, 어느 순간부터 그는 내 안에서 한없이 편해진 것 같다. 전에는 좀 더 위압감이 느껴졌었는데.

"아스, 어떠십니까?"

"크고, 아름다워요."

사방을 가득 메운 숲에서는 오늘도 어떠한 소리도 들리지 않았다.

정오에서 몇 시간 지나지 않은 시점인데도 이 숲에는 태양 대신에 달이 떠오르는 것처럼 햇빛마저 은빛으로 보였다. 그 거대한 나무 아래에서 시엘의 긴 백금발은 그야말로 달빛처럼 찬란하게 빛이 났다. 기묘한 곳이다. 그때나 지금이나 산새는커녕 벌레도 울지 않는다. 지금은 바람도 불지 않는 것처럼 느껴진다.

"미오 경을 따돌린 것 같은 기분이 들어요."

"그가 들으면 곤란한 이야기가 있어서 어쩔 수가 없었습니다."

왜? 나한테 사랑 고백이라도 하게? 차일까 봐 걱정되어서?

"어디로 보내신 건지 여쭤봐도 될까요?"

"미카엘 왕자님이 걱정되어서 저희 방으로 보내 드렸습니다. 미오 경은 왕자님을 보살펴 드릴 수 없을 테니까요. 당신의 친구가 왕자님을 보살펴 주겠지요."

"어머……."

불쌍한 안나. 혼자서 편안하고 즐거운 휴가를 보내고 있었을 안나가 갑자기 나타난 미오 경을 보고 많이 놀라지 않기만을 바란다. 이럴 줄 알았으면 안나에게 시엘과 그가 사촌이라고 뺑쳤던 걸 미오 경에게 진작 말을 해줄 걸 그랬다. 안나한테 미오 경이 뭐라고 사연을 설명할지 대단히 신경 쓰인다.

"그래도 여기 그렇게 외진 곳은 아니라던데 굳이 무리하게 미오 경을 쫓아낼 필요는 없었을 것 같아요."

아무리 그래도 눈앞에서 둘만의 비밀을 만들겠다고 따돌린 거잖아. 본의 아니게 거기에 한몫하게 되어서 기분 좀 그렇다.

"하지만 미오 경을 두고 마법진 이야기를 계속하는 것도 무리가 있어서."

시엘의 목소리를 들으며 허공에 손을 내밀어보았다. 공기가 밀면 밀리고 당기면 감길 것처럼 밀도가 높다. 물속에서 손을 움직이는 것처럼 손에 공기가 휘감겼다. 전에 세야랑 왔을 때는 더 팔랑팔랑 가벼운 분위기였는데 며칠 새 숲이 변한 건지 아님 동행자의 차이가 이런 변화를 가져온 건지 헷갈린다. 나 is 뭔들. 내가 뭔들 알겠어.

세야도 이곳을 좋아한댔는데 시엘도 여길 보여주고 싶었다고 하니까 어쩌면 이곳이 마법사나 마법사 지망생들의 핫 플레이스인지도 모르겠다.

잠깐, 나 혹시 지금 시엘한테 더 놀라운 척 리액션을 해줘야 하는 건가? 처음 본 경이로운 것을 만난 것처럼 좀 더 놀란 척? 그러게, 내 반응 너무 평이했어. 혹시 이미 늦었을까나? 지금이라도 호들갑 떨어볼까?

지금이라도 놀라운 척을 하기 위해 콜센터 솔 음을 소환하려 배에 힘을 주는데, 시엘이 먼저 부드럽게 말을 건네왔다.

"말로 설명드려도 이해를 잘 못 하실 것 같아서 이곳으로 모셨습니다."

다행히 시엘은 별로 실망한 것 같지는 않은 얼굴로 방긋 웃고 있었다. 호들갑 떨며 '너어무우 예뻐요~!' 하는 게 정답이 아니었나 보다.

"네……. 말로 설명하시면 잘 모를 것 같은 유니크한 아름다움이네요."

처음 봤을 때부터 저 나무줄기에 UFO 같기도 하고 재떨이 같기도 한 바위가 박혀 있는 게 참 유니크한 디자인이라고 생각했다. 일부러 박아둔 거야 당연히 아니겠지만 저 상태로 나무가 끝끝내 살아 있는 것도 굉장하다.

"왕비 궁의 마법진의 규모가 커서 복구가 힘들다고 한 거 기억하십니까?"

"네, 숨겨진 지하실로 가기까지 여러 번 길을 꼬아놔서 그렇다면서요."

"또한 평범한 마법사들은 감히 읽어낼 수 없는 복잡하고 오래된 마법진이라고도 말해 드렸죠."

"그랬던가요?"

본인 얼굴에 감동적일 정도로 금칠을 해댔던 기억은 분명히 난다. 아주 현란한 붓 터치였지.

내 대답이 성의 없이 들렸는지 시엘은 쓴웃음을 짓더니 가슴에 손을 대고 내게 궁정식으로 정중하게 고개를 숙였다.

"날 때부터 마법사였던 제겐 너무나 당연한 것들이라 아스 양을 배려하지 못했습니다. 제 생각이 너무 짧았으니 부디 용서를."

뭐지, 나 방금 디스당한 것 같은데. 이거 지금 돌려서 날 멍청하다고 깐 건가 아님 진짜 그냥 사과인 건가 헷갈린다.

시엘의 움직임을 따라 백금발이 반짝거렸다. 마치 달빛으로 채운 어항 안에 들어와 있는 것 같다.

"이 숲 전체가 왕비 궁과 연결된 마법진입니다."

아, 그렇구나. 왕비 궁에서 여기까지 도보로 한참을 걸어야 하는 거리인데 그 왕비 궁이랑 여기랑 연결되어 있구나. 그렇구나. 네. 한눈에 보기에도 둘이 연결되어 보였어요…… 라곤 말 못 하지! 선생님 이의 있습니다! 전 근의 공식도 아직 다 못 외웠는데 갑자기 루트 값이 0인 게 정답이라고 하시면 제가 영광스러운 수학 포기자 명단에 합류하게 되지 말입니다?!

"잘 이해가 안 되는데요."

"어느 부분이 말입니까?"

"처음부터 끝까지 전부 다요."

"음, 그러니까……"

나 저거 안다. 곱셈할 줄 모르는 건축과 신입생 보는 교수님의 시선이 저랬다. 저 새끼를 구원해야 할 것 같은데 어디부터 어떻게 생각해야 하는지 올챙이였던 적이 없는 개구리처럼 쳐다보셨다.

"이 숲이 왕궁과 이어져 있다는 전설이 있었다고는 하지만 본궁에서 테스트해 봤더니 반응이 없었다고 하던데…… 마법사의 능력 차이인가요?"

일단 아는 것부터 물어보니까 시엘의 표정이 그나마 좀 밝아졌다.

"그럴 겁니다. 평범한 마법사라면 이 마법진의 규모도 제대로 알아보지 못할 테니까요. 저 정도가 아니면 마법진을 온전히 다 읽어내지도 못할 겁니다."

저건 정말 배워야 한다. 어떠한 장소에서도, 어떠한 상황 속에서도, 자기 얼굴에 스스로 금칠을 잔뜩 하는 점은 진짜 본받아야 마땅하다. 자주 착각하는데, 원래 얼굴에 금칠하는 건 셀프다. 열심히 살다 보면 세상이 알아주겠지? 그럴 수도 있지. 하지만 남이 해주는 밥은 맛있어도 남이 해주는 금칠은 붓질이 듬성듬성하다.

"아스 양? 왜 그렇게 보십니까?"

"아뇨, 존경스러워서요."

시엘이 좀 쑥스럽게 웃는다. 아마 존경의 의미가 댁이 생각하는 거랑 내가 생각하는 거랑 다를 거니까.

"그리고 마법사님, 전 마법사님이 아스 양보다는 아스라고 불러주시는 쪽이 더 좋아요."

매일같이 아스와 아스 양을 섞어서 부르는 걸 이제 더는 참아줄 수 없어서 덧붙였다.

내 세계에 그런 사람이 있었다. 대체 나한테 어떻게 말을 해야 하는지 알지 못하는 사람처럼 존댓말과 반말을 섞어서 쓰던 사람. 그 사람이 너무 소중해서, 작은 용기마저도 내는 게 너무 힘들어서, 끝까지 말편하게 해도 된다고 말을 못 했었는데 시엘에게는 참 잘도 그 말이 나왔다. 용기는 아껴뒀다가 좀 더 간절하고 필요한 부분에 써야 하는 건데 드롭률이 너무 랜덤이다.

시엘의 얼굴이 더 붉어졌다. 그는 은빛이 반짝이는 허공을 봤다가 흠, 하고 헛기침을 하더니 은근히 붉어진 얼굴로 내 눈을 피한 채 말을 했다.

"그럼 아스…… 도 절 이름으로 불러주세요."

만능이고 전능이고 신급인 대마법사의 이름을 부르라고? 이건 유르겔이 야자 트자는 소리보다 더 무섭다.

"어, 그럼 저희끼리만 있을 때 그렇게 부를게요."

"불러보세요."

"네?"

"지금 저희 둘뿐인데."

이상하다. 시엘은 시엘이고 사실 부르라면 못 부를 것도 없는 이름인데 이상하게 입이 안 떼어진다. 온 우주가 나서서 그러면 안 돼, 라고 줄넘기로 등짝을 마구마구 후려치는 것처럼 이름이 혀에서 안 떨어진다.

"저, 제가 사실은 마법사와 소녀에 대한 환상이 있어서……. 마법사님이라고 부르는 게 조금 더 소녀틱하고 로맨틱한 것 같아요."

"그렇군요……."

다행이다. 내가 들어도 헛소리인데 시엘은 조금 미묘한 얼굴이긴 했지만 납득한 듯이 넘어가 주었다.

"그리고…… 아까 설명은 건너뛰었습니다만, 마법진의 연결 테스트를 했다면 반응이 없는 게 당연합니다."

"왜요?"

"아까 본궁에서 테스트했다고 말씀하셨는데, 이 숲과 연결된 것은 왕비 궁이니까요. 이 숲 자체가 마법진이고 저 나무가 마법진의 핵입니다. 그리고 이것이 왕비 궁의 지하실에 연결되어 있습니다. 본궁이 아니라요. 그러니 테스트를 한다면 왕비 궁이어야겠죠."

본궁에서 테스트했는데 꽝이라길래 여기서 테스트하고 본궁 반응 봐야 하는 거 아닌가 생각했던 기억이 난다. 반은 맞췄나 보다. 이 찍신은 왜 수능 때 오지 않아서 내 인생을 암울하게 만드셨을까. 아, 그때 오셨음 반타작이었군. 다시 반품하겠습니다.

처음 왕비 궁의 지하실에서 피로 그린 마법진을 봤을 때의 느낌은 아직도 생생하게 기억이 난다. 머피의 법칙처럼 꼭 그런 것만 선별해서 오래오래 기억 남는 법이니까. 그때 방 하나를 꼬박 채운 피의 마법진을 보고 압도당할 만큼 엄청난 것을 느꼈었는데, 두 마법진이 연결된 것이라면 숲 단위 스케일에 방 하나 스케일이다. 비율은 꽤 소박한 것 같다.

이런 어이없는 생각을 할 정도로 마법진의 핵이라는 나무가 크다. 이게 왜 왕비 궁과 연결되어 있는 건지 아직도 이해가 안 가지만.

"그러면, 마법사님."

갑자기 일의 스케일이 너무 커지면 사람이 얼이 빠지나 보다. 나는 물어봐야 하는 것을 말하기 전에, 세야랑 왔을 때부터 신경이 쓰이던 것을 질문했다.

"저 나무 옆구리에 박혀 있는 재떨이 닮은 바위는 이 마법진에서 어떠한 역할을 하나요?"

고백하자면 웃자고 한 말이었다. 분위기가 뻑뻑하고 어이가 없어서 한번 웃고 머리를 깨워서 그 뒤로 이어질 어려운 이야기들을 들을 준비를 하려고 물어본 것이었다.

하지만 시엘은 어쩐지 내가 본 적이 없는 냉담하고, 차가운 얼굴로 옅게 미소 비슷한 표정을 만들어냈다. 그러나 장담컨대 저걸 미소라고 부른다면 세상에 미소라고 부르지 못할 표정이 없다. 지금 시엘이 지은 표정을 미소라고 부른다면 왕비나 미오 경은 매일 함박웃음을 짓고 다니는 사람일 거다.

그가 말했다.

"저것이 있기 때문에 마법진이 제 기능을 발휘하지 못하는 것입니다. 또 다른 대마법사의 업적이지요."

내가 알기로 〈탈출기〉 세계관에서 대마법사는 한 세대에 한 명인데.

"대마법사가 또 있나요?"

"훨씬 윗대의 대마법사 말입니다."

앞뒤를 따져보면 당연한 말이긴 한데, 네가 말을 애매하게 한 탓도 크니까 그렇게 꼴통 보듯이 보지 말아주겠어?

"그 윗대라는 분은 왜…… 아니, 그보다 이 정도로 큰 마법진이 단순히 육체를 만들어내기 위한 마법진이라고요? 전에 마법사님이 육체 정도는 쉽게 만드신다고 하지 않으셨어요?"

대충 평평해 보이는 바닥에 앉으며 물었다. 바벨탑은 하늘에 닿고 싶다는 욕망이라도 있었지, 이 마법진은 정말 의미를 모르겠다. 육체를 만드는 게 목적이 아니라 수단인 것 같은데, 뭐, 한 천 년은 살 육체를 만들려는 마법진이었나.

누가 만든 건지 모르겠지만 안타깝다. 내 세계에서라면 유명 게임 공성전 때 PC방 전원 한번 내려 버리면 다음 밀레니엄까지 충분히 살 수 있을 텐데.

"이 마법진은 대마법사의 육체를 만들기 위한 마법진입니다."

갑자기 스케일이 커졌는데 애매하게 커졌다. 이왕 할 거면 신을 노려보지 왜 애매하게 대마법사인가. 저 마법진이 만들어지던 시절의 인간은 닿을 수 없는 별은 버리고 닿을 수 있는 별을 노렸던 걸까.

하지만 시엘의 표현이 좀 이상하기도 하다. 대마법사를 만드는 것도 아니고 대마법사의 육체? 몸이 있고 영혼이 있는 것인가, 영혼이 있고 몸이 있는 것인가. 마법은 육체만 있어도 쓸 수 있나?

그럼, 하고 입을 여는데 품에 넣어두었던 위급용 거울에서 안나의 비명이 들려왔다. 의미를 알아들을 수 없는 희미한 비명이었다. 나는 서둘러서 거울을 넣어두었던 안주머니를 뒤져 거울을 꺼냈다. 그제야 소리가 좀 더 명확하고 깨끗해졌다.

-안 됩니다!

거울을 통해 들어서 조금 낯설기는 하지만 분명히 안나의 목소리였다. 위급할 때 거울에 대고 소리치라고 하긴 했는데 뭘 잘못 눌렀나? 어쩌지, 하고 시엘을 보는데 또 다른 목소리가 나를 끌어당겼다.

-천한 것은 비켜라.

기억에 있는 목소리였다. 낮고 투명하고 날카로운, 벼려진 얼음 조각 같은 그 목소리는 세사르 카직의 목소리였다.

-아스는 병들어 누워 있어요, 안 됩니, 꺄악!

-안나!

둔탁한 소리와 함께 안나의 비명이 들렸다. 그리고 미오 경의 목소리도. 무슨 일이지? 거울을 들여다보고 아무리 흔들어보아도 저쪽의 상황은 보이지 않았다.

처음 시엘에게 말해서 이걸 만들 때 화상 통화 비슷한 것도 가능하게 해놨었는데 아무래도 저쪽의 거울은 뒤집혀 있거나 어디에 들어가 있는 모양이었다. 상황은 모르겠지만 급박한 것 같았다.

-카직 백작! 무례하십니다.

-무례한 건 그대겠지, 미오 조디악. 일개 기사 따위가 감히.

-아무리 백작이시라도 왕비 궁의 시녀에게 폭행을 가하실 수 없습니다.

폭행? 세사르 카직이 설마 안나도 때렸어? 날 때렸듯이 그렇게 가차 없이 지팡이를 휘둘러서 안나를 때린 거야?

손끝이 순식간에 피가 빠져나가는 것처럼 차가워지고 벌벌 떨려왔다. 머리끝부터 온몸이 차가워져서 볼에 닿은 머리카락의 온도도 느낄 수 있을 것 같았다.

나는 작게 시엘을 불렀다.

"마법사님."

어느새인가 그는 내 앞에 다가와서 한쪽 무릎을 꿇고 나를 내려다보고 있었다. 하지만 갑자기 빈혈이 일어난 것처럼 시야 끝이 어둑해서 그의 표정을 볼 수가 없었다.

-비켜라. 나는 아스 토케인을 봐야겠다.

-여성의 침실에 함부로 들어가실 수 없습니다.

-여성? 상대는 시녀.

나는 거울을 손으로 덮고 속삭이듯이 작게 시엘에게 말을 걸었다.

"저희 돌아가야 해요."

"네, 아스. 돌아가겠습니다."

"안 들키게 갈 수 있나요? 들키면 안나가 다칠지도 몰라요."

"저는 밤도 낮으로 만들 수 있는 대마법사입니다."

걱정 마세요, 라고 시엘이 말하며 손을 내밀었다. 나는 거울을 다시 품 안에 넣고 시엘의 손 위에 내 손을 올렸다. 그가 내 손을 잡아당기자 자세가 무너졌다. 바람끼리 스치는 것처럼 내 어깨가 시엘의 가슴에 닿았다. 그리고 다시금 눈앞이 어지러워지고, 유르겔의 별장이었다.

세사르 카직과 미오 경이 대치하듯이 서 있었고 미오 경의 등 뒤에 안나가 숨어 있었다. 다행이다. 나 때랑은 다르게 어디 다친 것 같지는 않았다. 대신에 미오 경이랑 세사르 카직이 각자의 검에 손을 대고 있었다. 여차하다가는 칼을 뽑고 싸울 것 같은 분위기였다.

그리고 왕자가 안나의 품 안에서 울고 있었다. 왕자가 우는데도 두 남자는 아랑곳하지 않고 살벌한 분위기를 조성하고 있었다. 누가 저기다가 붉은 손수건만 던져도 바로 투우처럼 싸워댈 것 같다. 미오 경이 현직 기사인 반면 세사르 카직은 별로 강해 보이지도 않는데 뭘 믿고 덤비는 걸까.

가만, 여기 꽤 엄격한 신분제 사회인데. 세사르 카직에게 칼을 휘둘러도 미오 경이 무사한가? 무사할 수 있을까? 무사할 수가 있나?

"건방지군. 그대가 왕자님의 호위 기사라고 해서 왕국의 백작에게 칼을 겨누는 일이 허용될 듯싶은가?"

"백작께서는 지금 왕자 전하의 안전을 위협하고 계십니다. 칼을 버리시지요."

"난 지금 왕자님을 뵙고자 하는 것이 아니라 아스 토케인을 만나러 온 것이다. 길을 비켜라."

"가실 수 없다고 말씀드렸습니다."

미오 경이 검을 고쳐 잡았다. 당장 검을 뽑아 들 수 있을 것 같은 자세였다.

가만, 세사르 카직 설마 왕자를 안고 있는 안나를 후려친 거야? 동네 사람들, 여기 미친 사람이 있대요. 국왕 전하. 여기 반역입니다. 역적이에요.

아직 그들은 1층 거실에 있었다. 그리고 그 한쪽 구석에서 나는 시엘의 품에 안긴 채로 손을 들어 천천히 흔들어보았다. 시엘의 마법은 빛도 소리도 없는 것이지만 공간 한구석에 없던 덩어리들이 갑자기 생겼는데 좀, 눈에 들어오지 않을까? 팔락팔락 손을 흔들고 있으니까 시엘이 조용히 내 귀에 속삭였다.

"저들에게 우리는 보이지도, 들리지도 않습니다."

"마법이에요?"

"전 대마법사니까요."

이 상황에서까지 금칠을 하다니.

미오 경은 절대 물러서지 않을 얼굴로 허리에 찬 검을 잡고 서 있었고 세사르 카직은 대단히 빈정이 상한 얼굴을 했지만 미오 경을 달래듯이 말을 걸고 있었다. 그리고 미오 경의 등 뒤에 숨어 있던 안나도 2층으로 가는 길목을 막듯이 슬쩍 몸을 빼내고 섰다.

저들이 저렇게 온몸을 던져 세사르 카직을 막는 이유는 2층에 내가 없기 때문이겠지. 그리고 세사르 카직은 너무나도 내가 이곳에 없는 것을 아는 것처럼 행동하고 있었다. 위로 올라가 이곳에 없는 나를 발견하면 무언가 결정적인 것이 진행될 것을 아는 사람처럼.

결국은 다 나 때문이다. 미오 경의 마음만 고맙게 받고 그냥 상복 같은 옷을 입고 갈 것을 내가 너무 멋대로 행동한 것 같다.

"마법사님, 우리 2층으로 갈 수 있어요?"

"갈 순 있지만 왜……."

그야, 내가 2층에서 내려오는 게 맞으니까.

빛도 소리도 없는 시엘의 마법은 곧 우리가 함께 잠들던 내 방으로 우리를 옮겨주었다. 침대 위에는 미오 경이 올려놨을 내 쇼핑 물품들이 얌전하고 예쁘게 놓여 있었다. 아, 미오 경. 왕따당해서 기분 나빴을 텐데도 내 물건 팽개치지 않고 이렇게 예쁘게 올려두다니, 감동받아서 눈물 날 것 같아.

하지만 밖에서 우당탕거리는 소리가 들려왔다. 내가 감동을 받든 말든, 피곤해서 늘어지든 말든, 현실은 빚쟁이처럼 달려들어 레이스를 계속하라고 채찍을 내려쳐 댄다.

나는 서둘러 겉옷을 벗어 던지고 얇은 원피스형 속옷과 코르셋 차림으로 방문을 나섰다.

"잠깐, 아스……!"

몰라, 안 들려. 급해.

"제게 무슨 볼일이시죠, 카직 백작님?"

2층엔 거실이 없고 1층을 내려다볼 수 있는 복도와 난간이 있었다. 내가 2층 복도에 나타나 입을 열자마자 1층에 있던 사람들의 시선이 내게로 좍 몰렸다.

안나는 입을 쩍 벌리고 내게 손가락질을 하며 어버버거렸고, 미오경은 눈살을 찌푸렸다. 그리고 이건 진짜진짜 놀랐는데, 세사르 카직은 인상을 쓰더니 슬쩍 몸을 반쯤 돌려 내게서 시선을 떼버렸다.

그야 얇은 원피스 속옷에 코르셋 차림이긴 한데…… 현대인의 눈으로 볼 때는 지극히 정숙한 차림이었다. 어디에도 노출은 없어서 여름이라면 입고 교생 실습도 나갈 수 있는 차림이지만 이 세계의 기준으로는 속옷 차림이긴 했다. 괜찮아, 난 부끄럽지 않으니까. 치마 길이도 거의 무릎까지 오는걸.

"아프다고 들었는데."

거울을 통해서 듣다 직접 들으니 정말 감동적일 정도로 좋은 목소리다. 이 목소리를 이런 데다 쓰고 있다니. 만약 직업 루트를 목 쓰는 일로 잡았으면 그의 콤플렉스는 유르겔도 필요 없지 않았을까? 앞뒤로 '출생 콤플렉스가 있습니다' 글자판을 매달고 다녔어도 목소리가 그런데 출신이 무슨 소용이냐고 찬양해 주는 사람이 줄을 섰을 거다. 일단 나부터 줄을 좀 서고.

"하도 열심히 일했더니 몸살이 났습니다."

나는 천천히 걸어 계단을 내려갔다. 진짜 놀라운 게, 그 안하무인에 오만한 세사르 카직이 내가 계단을 내려가서 다가갈수록 한 걸음 한 걸음 물러서는 것이었다!

"아픈 저를 꼭 봐야 할 용건이 무엇일까요, 백작님?"

뭐긴 뭐야. 마법진 찾았냐고 닦달하려는 거겠지. 알면서도 물어봤다. 그는 날 힐끔 보더니 한숨을 푹 쉬었다. 그러더니 자기 겉옷을 벗어 내 어깨 위에 걸쳐주었다. 그 와중에도 시선은 단 한 번도 내 눈 아래로 내려가지 않는 게 신기했다.

"……넌 이런 면은 예전이랑 변한 게 없군. 다음에 다시 오겠다."

뭘까. 이 아랫사람을 사람 취급도 안 하는 뱀 같은 세사르 카직이 아스 토케인에게만큼은 아주 조금, 여지를 보여주는 이유가. 가슴이 커서? 사실은 아스트리드라서?

그는 이를 가는 것 같은 얼굴로 그 자리에서 한 바퀴를 돌아보았다. 이곳의 구조가 어떻게 생겼는지, 미오 경과 안나가 어디에 서서 그의 통행을 막았는지 기억하려는 사람처럼 보였다. 몸을 돌리기 직전 그는 마지막으로 나를 스치듯이 보았다.

그가 사라진 후 나는 어깨를 감싸고 있는 세사르 카직의 옷깃에 코를 대고 숨을 쉬었다. 방금까지도 세사르 카직이 입고 있던 옷은 아직 따뜻했고, 어른 남자의 냄새가 났다. 클라인도 향수를 뿌릴 것 같은데 매일 꽃을 들고 오느라고 꽃향기에 가려져서 향수 냄새를 느낀 적이 없었고, 미오 경은 향수를 안 뿌려서 몰랐다. 이게 바로 어른 남자의 향수였다.

"아스, 너 진짜……! 심지어 맨발이잖아!"

급히 다가온 안나가 코트를 꽁꽁 여며주고 동시에 내 등을 팡팡 치며 잔소리를 한다. 이런 건 원래 엘리 전문이었는데. 엘리가 지금 여기에 있었어도 내 등을 치며 잔소리를 퍼부었을 것 같다.

"빨리 올라가서 옷 입어! 다리가 다 보이잖아."

나는 발을 들어보았다. 물론 맨발이고, 발이 보이긴 하지만 이 정도면 지극히 정숙한 길이 아닌가. 우리 같은 평민 신분들이 입는 원피스는 발목이 보이는 정도가 가장 일반적이니까 무릎 조금 아래까지 오는 이 정도도 괜찮을 것 같은데.

"나보다 안나, 너 괜찮아? 카직 백작님이 너 때린 거 아냐?"

"아냐. 밀쳐서 넘어지긴 했지만 맞진 않았어. 근데 맞을 것 같긴 하더라."

"뭔 소리야?"

"아니, 때맞춰서 넘어지긴 했는데 손을 쳐드신 거 보면 안 넘어졌으면 맞았겠구나 싶어서."

〈탈출기〉에서 왕비랑 잘 얽힌 터라 그나마 성의껏 읽어서 그럴까, 세사르 카직은 활자 위에서는 꽤 매력이 있는 인물이었다.

〈탈출기〉는 주요 캐릭터들이 다 왕족 내지는 귀족이라 시녀나 하인 같은 계층이 묘사될 일이 극히 적었지만 세사르 카직이 나올 때만은 예외였다. 그는 차갑고 오만하며 용서가 없는 인물로, 귀족이라는 강한 자존심으로 하위 계급들을 깔보고 지나치게 사람 취급을 하지 않는 인물이었다. 난폭한 기사들도 하인들에게는 진상을 떨지라도 시녀들에게만은 조금이나마 예의를 차리고 난폭하게 굴지 않는 편인데 그런 점에서 세사르 카직은 공평했다.

저번에 나를 후려친 것도 내가 시녀이기 때문이고 이번에 안나를 밀친 것도 안나가 시녀이기 때문이다. 그는 하위 계급을 경멸하고 혐오하고 있었고 여자라서 봐주는 것 따위도 없었다.

〈탈출기〉를 읽을 때는 몰랐지만 문득 그의 저 경멸과 혐오는 그의 출생 콤플렉스와 연결되어 있는 게 아닌가 하는 생각이 든다. 아직 아무것도 모르지만 의심이 든다. 나는 언제부터 사방의 모든 것을 의심하는 사람이 되었을까.

저 위에서 시엘이 빼꼼 고개를 내미는 게 보였다. 백금발이 꼭 토끼 털처럼 보인다. 그는 안나랑은 마주치기 싫은지 고개만 빼꼼 내밀어 아래 상황을 확인하곤 다시 고개를 안으로 당겼다. 진짜 고개 갸웃거리는 토끼 같다. 저 양반도 원래 저런 사람이 아니었는데, 많이 변했다. 하긴, 사람은 원래 변한다.

혼자 웃는 날 보고 안나가 내 시선을 좇아 2층을 뒤돌아보았다가 아무것도 발견하지 못하고 고개를 갸웃거렸다. 안나도 엘리를 닮게 변했다.

"왕자님은 괜찮아? 같이 넘어진 것 아냐?"

"괜찮으셔. 우리 왕자님 머리에 왕관이라도 씌워 드려야 할까 봐."

"누가 봐도 '난 왕자'스럽게?"

나쁘지 않은 생각이다. 우리 미카엘 왕자는 좀 예쁘장하게 생겼을 뿐, 요구르트와 다이어트로 유명한 모 왕국의 근엄한 왕자처럼 어려도 근엄함이 철철 흘러넘치는 그런 얼굴은 아니니까.

"옷이나 입고 와, 이것아."

급해서 그냥 내려오긴 했는데 잠옷을 입을 걸 그랬나 보다. 내 눈에는 잠옷이나 이거나 그게 그건데 주변의 반응이 그렇지가 않다.

왕자를 안고 총총히 위층으로 올라가 방으로 들어가니까 문가에 몸을 돌리고 선 시엘이 내게 옷 더미를 내밀었다.

"아스는 너무 상식이 없어요."

온실 인생을 살아온 시엘에게 저런 소리를 들으니까 내 인생에 회의가 찾아온다. 모쏠인 친구가 내게 '넌 남자 마음을 잘 몰라' 소리를 했을 때 했던 말을 지금 하고 싶다. 너한테 그런 소리 듣고 싶지 않아.

시엘에게 잠깐 왕자를 안겨주고 대신에 옷 더미를 받아 들었다. 세사르 카직의 옷을 어깨에서 내려놓기 전, 생각이 나서 시엘의 머리카락을 한 움큼 잡고 킁킁 냄새를 맡아봤다. 시트러스 계열의 청량한 냄새가 연하게 났다.

"뭡니까?"

시엘이 꽤 당황한 눈치라 얼른 머리카락을 놓아주었다. 좀 변태 같긴 했다. 같이 자고 있는 여자가 사실은 변태라는 걸 몇 달 만에 알게 되면 심각하게 당황스럽고 지나온 과거에 대한 자가 검열이 시작될 것 같아서 얼른 시엘이 안심하도록 손을 흔들어주었다.

"아뇨, 향수 쓰나 해서요."

"저도 미오 경도 그런 거 안 씁니다."

"와아아, 미오 경이랑 진짜 친하시네요. 그런 것도 아시고."

"미오 경에게는 이러지 말라는 의미에서 하는 말입니다!"

"그냥 궁금했어요."

세사르 카직의 옷을 벗기 전에 마지막으로 크게 숨을 들이마셔서 그의 향기를 맡았다. 살짝 불에 그슬린 부싯돌 같은 진한 향이 났다.

시엘이 나가고 다시 옷을 입고 창밖을 내다보았다. 계절이 바뀌며 길어지고 있는 해가 저물지도 않았는데 난 이미 지쳤다. 난 이미 지쳤어요, 땡벌땡벌! 일하다가 지쳤어요, 땡벌!

미카엘 왕자의 관찰 일기 7일째도 적으러 나가야 하는데 만사가 다 귀찮다. 나는 유르겔이 준, 심지어는 아주 친절하게시리 하루 치 복용량대로 포장된 불면증 약을 들고 좀 고민에 빠졌다.

이거 매일같이 먹일 필요가 있나? 하다못해 다이어트 약도 먹다 보면 하루 정도는 빼먹고 막 그런데. 효과도 잘 모르겠고. 어제 듬뿍 주고 왔으니까 하루 정도는 걸러도 되지 않을까? 인간이 먹어도 하루 건너뛸 때가 되었어. 처방약 하루도 거르지 않고 매일 같은 시간에 먹는 사람은 뭘 해도 될 사람이다.

약을 다시 서랍에 넣고 자리에서 일어섰다. 오늘은 안나랑 미카엘 왕자의 장난감을 좀 만들어봐야겠다. 이가 나서 가려운 것 같긴 한데 개도 아니고 자꾸 물어서 곤란하다. 아기가 씹을 수 있는 껌 같은 게 이 세계에는 없으려나.

"내가 카직 백작 하나 못 막을 것 같았나?"

깜짝이야. 문을 나오자마자 문 옆에 팔짱을 끼고 기대서 있던 미오 경이 물었다.

"미오 경? 왜 아래에 안 계시고."

"그런 식으로 네가 나설 필요가 없었단 말이다."

자존심이 상했나 보다. 나한테는 별로 속옷 같지도 않은 속옷이라 잠옷인 양 여기고 움직였던 일이 이 세계 사람들한테는 많이 충격적이었나. 나는 그냥, 누가 다칠 것 같았고 그게 힘없는 안나가 될 확률이 높아 보여서 상황을 빨리 해결하고 싶었을 뿐이었다.

"미오 경의 실력이 출중하시다는 건 알아요. 하지만 계급이 깡패잖아요."

"아스, 유력한 가문은 아니지만 나도 백작가의 일원이다."

이 신분제 사회를 어떻게 살아가려고 그러는지 도통 납득한 표정이 아닌 얼굴로 날 보던 미오 경이 그렇게 말을 했다.

오…… 난 여태 네가 평민인 줄 알았어요. 바닷가 마을에 살았다길래. 하긴, 학생 가정환경 조사에 아버지 어부라고 적어 낸 학생네 집이 동네를 주름잡는 선주셨다는 케이스도 있었다.

아, 그러니까, 계급장 붙이고 붙어도 이길 만해서 그러셨구나. 무슨 이 동네 백작 인플레이션인가. 클라인은 곧 공작으로 승급한다지만 내 주변에 백작들이 왜 이렇게 많을까. 어, 가만?

"그래서, 그 작위 미오 경 거예요?"

"아니, 아직은 아버님이 건재하셔서……."

"그 후에는 미오 경이 물려받아요?"

"형님이 계신다."

이 무슨 사돈에 팔촌이 레스토랑 운영하고 있으니까 자긴 전문 경영인이고 그 레스토랑 자기 거라는 소리를 하고 앉아 있을까. 백번 양보해서 물려받을 예정이라고 해도, 이미 작위를 갖고 있는 세사르 카직과 맞먹자는 건 절대 있을 수 없는 일 같은데.

"그럼, 미오 경이 진 거예요. 우리 안 될 거에 덤비지 맙시다."

"너야말로 생각이라는 것을 하고 움직여라."

무슨 말씀을! 나는 사주 보러 가도 머릿속에 곰이 일곱이요, 여우가 세 마리뿐이라 생각이 너무 많아서 쉽게 움직이지 않는 팔자니까 가끔은 그냥 생각하지 말고 일을 저지르라는 말을 들은 사람인데!

뭔가 더 따지고 싶었지만 미오 경은 굳은 얼굴로 몸을 홱 돌려 1층으로 내려가 버렸다. 늘 우수에 젖은 우울한 얼굴이었지 저렇게까지 정색한 얼굴은 또 본 적이 없어서 잡지도 못 했다. 뭔가 좀 어이가 없고 나도 썩 기분이 좋지가 않다.

이 분위기 속에 같은 공간 안에 있기는 싫으니 역시 잉어 먹이나 주러 갈까. 아냐. 그러긴 귀찮다. 멀어. 참아야지. 나 원래 잘 참으니까 괜찮다. 세상에서 참는 게 제일 좋았어요.

그렇게 하루가 끝나는 줄 알았다. 끝났으면 좋을 뻔했다.

───※───

유르겔이 나를 소환했다. 아무래도 하루가 너무 길다.

여기 처박은 이후로 들여다보지도 않던 유르겔이 갑자기 나를 찾는다고 유르겔의 시녀가 부르러 왔다. 참 신기한 일이다. 여기 오고 한 일주일 정도 지났나? 하루하루가 단조로워서 이 생활 좀 할 만한 것 같았는데 왜 꼭 일이 몰려서 터질까?

고요해서 방문자도 없던 별장에 세사르 카직이 오더니만 다시 나를 찾지 않던 유르겔이 나를 찾는다. 계급이 깡패지. 계급이 깡패야. 계급만 아니었다면 내가 유르겔이 부른다고 갈 일이 없었을 거고 미오 경도 세사르 카직에게 그냥 칼을 들이댔겠지.

이번은 왕자까지 두고 나만 불러서 긴장된다. 여태까지 유르겔을 대함에 있어서 왕자가 함께하지 않았던 적은 거의 없었다. 유르겔의 목적은 늘 왕자였고 난 거기 부수적으로 딸려 가는 덤이었다.

"아프다며? 아니지. 아팠다며?"

유르겔은 오늘도 더럽게 예쁘지만 정작 저런 말을 하는 유르겔 쪽이 더 아파 보였다. 저번에 봤을 때 시녀들에게 부축을 받길래 이상하다 싶었는데, 오늘은 아예 카우치에 기대 있고 얼굴도 창백하고 초췌해 보인다. 하지만 아파 보이는 얼굴마저 더럽게 예쁘다.

"그런 말은 어디서 들으셨나요?"

반나절도 안 지났는데. 뒷말은 삼켰다.

"여긴 내 궁인데 모를 리가 없지."

"음, 저기, 모든 궁은 국왕 전하의 궁이지 않을까요."

안 통할 걸 알면서 한번 갈궈봤는데 유르겔이 달콤하게 웃었다. 차라리 화를 내는 쪽이 안 무서울 것 같다. 달갑지 않은 말을 듣고도 웃으니까 진짜 내가 뭘 잘못한 게 맞는 것 같아서 무섭다.

"아프다더니 정말 멀쩡해 보인다, 너."

"네, 유르겔 님께서 이렇게 불편한 곳 없이 보살펴 주시니까요."

넌 아프다는 사람을 굳이 불러왔냐? 계급이 깡패라서 이런 말을 할 수 없는 게 너무 아쉽다.

유르겔은, 헷갈린다. 내가 읽은 바로는 그는 에반스를 제외한 다른 사람들에게 다소 무관심한 경향은 있어도 〈탈출기〉 공인 천사같이 상냥한 사람이었다. 그런데 실제로 본 유르겔은 가끔 단순히 무관심에서 나오는 천진한 괴롭힘만이 아닌 것같이 느껴진다. 그래서 원작을 믿어야 할지 내 감을 믿어야 할지 늘 헷갈린다.

"아프지 마라, 아스. 너는 아프면 안 되지."

"걱정 끼쳐 드려서 죄송합니다. 다행히 저는 건강한 체질이니까 앞으로는 걱정을 끼쳐 드릴 일 없을 거예요."

"그래야지."

"왕자님을 모셔 올 걸 그랬나 봐요."

유르겔은 긴 의자에 반쯤 누운 채로 나를 빤히 보았다. 내가 무슨 말을 잘못했나?

"왕자가 슬슬 낯가림을 하나 보더라고."

"그랬나요?"

"응, 내가 낯선가 봐."

유르겔은 그렇게 말하면서 웃었다.

"아무리 나라고 해도 그토록 귀여워하던 왕자님이 나를 낯설어하고 멀리하면 가슴이 아파. 우린 가까운 사이니까."

잘했어, 왕자! 근데 티는 좀 덜 내줄래? 유르겔이 그럴 리는 없지만 어쩐지 지금 수틀리면 밤중에 슥삭하겠다는 말을 하는 것 같거든? 자주 찾아와서 다시 얼굴을 익히면 괜찮을 거라는 말을 해줘야 하는 타이밍인 것 같은데 입이 찢어져도 자주 찾아오라는 말이 안 나온다.

"괜찮아. 아프다고 해서 얼굴 한번 볼까 해서 불러본 거니까. 불편한 곳은 없지, 아스?"

"네, 보살펴 주셔서 감사합니다."

"왕비 궁의 복구는 오래 걸릴 것 같으니까…… 불편한 것이 있다면 얼마든지 이야기해. 있는 동안은 편히 있다 가야지. 안 그래?"

"네, 감사합니다."

네가 안 부르면 불편할 일도 없어.

이제 가도 되는가 싶어서 마지막 인사를 올리는데 유르겔이 갑자기 손을 내밀어서 내 머리카락을 잡아당겼다. 머리 틀어 올리고 있는데 그렇게 잡아당기면, 산발이 되어버리잖아!

유르겔은 내가 시엘에게 했듯이 내 머리카락을 잡고 가만히 냄새를 맡았다. 다행이다. 귀찮아서 머리 안 감을까 하다가 오늘 아침에 감았었다.

"저 냄새 나나요, 유르겔 님?"

"아냐."

유르겔은 눈을 아름답게 휘며 웃었다.

"아주 좋은 냄새가 나."

안 감을 걸 그랬나?

⚜

하루가 길긴 길다. 동이 트기도 전에 별장에 쳐들어온 클라인을 보자마자 든 생각이 그것이었다. 어제 유르겔을 본 게 라스트팡인 줄 알았는데, 긴 쿨타임을 두고 클라인이 왔다.

어젯밤도 진짜, 엄청나게, 되게, 긴 것 같았는데 아침마저 이러니까 눈을 뜬 순간부터 피곤해졌다. 보통 하루의 하드함은 그날 아침부터 알 수 있는데 오늘도 하드하려나 보다. 진짜 싫다. 내 꿈은 무위도식, 불로소득이야.

사실 어제가 다 끝나지도 않은 느낌이다. 시엘에게 이야기를 듣다 만 것이 있어서 마저 들어야 했는데 유르겔 보고 완전 파김치가 되어서 돌아오니까 시엘이 먼저 잠들어 있었다. 때려서 깨울까 하다가 성격 나빠 보일까 봐 참았다.

일어나기 싫어서 더 버텨보려다가 그만 침대에서 몸을 일으켰다. 침실을 나가자마자 내가 본 것은 막무가내로 계단을 올라오는 클라인과 그의 등 뒤로 보이는 놀라 기절할 것 같은 안나였다. 난 미오 경이랑 시엘이 튀어나올까 봐 내 방문을 온몸으로 막았다.

앞도 뒤도 갈 수 없으니 사면초가인데 창밖이 심지어 연한 푸른색도 아니고 쨍한 남색인 시간이었다. 급하게 나와 몇 시인지 정확히는 모르겠지만 클라인도 참 어지간하다. 동도 트기 전에 달려올 거였으면 그냥 그제 편지를 받은 후에 퇴근하고 오면 안 되는 거였니. 거의 퇴근 시간에 전달했더만.

회사였다면 그딴 식으로 퇴근 시간에 찾아오는 갑님을 에미넴이 와도 이길 만큼 욕을 했겠지만 이곳에서의 난 풀타임 근무라 욕하지도 않았을 텐데.

"결례를 범했습니다."

조심스럽지만 강력하게 만류하는 안나를 달고 2층으로 올라오던 클라인은 나를 발견하자마자 걸음을 멈췄다. 그는 짧게 한숨짓곤 자신의 제복 코트를 벗어 내 어깨 위에 걸쳐주었다. 그가 들고 오던 수많은 꽃에 가려져 있던 클라인의 은은한 향내가 났다.

향수를, 쓰는구나. 세사르 카직의 묵직한 향이랑은 좀 종류가 다른 향이었다, 조금 더 가볍고 상쾌한.

내 어깨 위로 코트를 걸쳐준 그는 예의 바르게 고개까지 돌려주었지만, 현대를 살아가던 나는 잠옷을 본 것 정도로 뭐가 수치이고 결례인지 잘 모르겠어서 천천히 그가 걸쳐준 코트의 앞섶을 당겼다.

"아침 일찍부터 오셨네요."

"당신이 부르셨으니까요."

클라인은 여전히 고개를 돌린 채로 대답했다.

뻥 치시네, 그럴 거면 그제 왔어야지. 그제 미오 경한테 편지를 받고 바로 안 읽어봤거나 그 편지가 미오 경이 쓴 결투장이라고 생각한 게 아닌 한 가증스러운 거짓말일 것 같다. 그래도 그가 올 때마다 들고 오는 꽃을 하나도 안 들고 온 것을 보면 급하게 온 게 맞기는 맞는가 보다.

꽃에 길들었던가, 언젠가 그에게 꽃을 별로 안 좋아한다고 말을 할 생각이었으면서도 정작 그가 꽃 없이 온 것을 보니까 뭔가가 아쉽다. 아마도 나는 그에게서 나던 꽃향기가 내게 묻어오는 그 순간을 좋아했던 것 같다.

어쨌든 내가 잠옷 바람인 동안은 그가 날 쳐다볼 것 같지 않았고 아직도 클라인을 말리고 있는 안나는 많이 곤란해 보였다. 클라인의 이름값이 좀 거대하다.

"백작님, 옷을 갈아입고 올 테니 아래에서 기다려 주세요. 안나, 미안한데 왕자님 좀 봐주겠어?"

클라인은 가슴에 손을 대고 고개를 숙여 내게 예를 표했고 안나는 열렬하게 고개를 끄덕였다. 빨리 옷 갈아입는 척하고 미오 경과 시엘을 내 방 밖으로 처리해야겠다.

"자, 그런 의미에서. 마법사님, 미오 경이랑 잠시 자리를 피해주세요."

"갈 데가 없습니다만……."

"옆방이라도 좋으니 마법으로 어떻게 안 될까요. 곧 안나가 왕자님 데려려고 들어올 건데 두 분을 발견하면 전 음, 망하겠죠?"

시엘이 탐탁잖은 얼굴로 미오 경과 사라진 후에 나는 재빨리 옷을 갈아입고 안나와 바통 터치를 했다. 그때까지도 바깥 하늘은 새파란 물이 덜 빠져 있었다. 슬슬 더워지는 계절이었지만 동도 트지 않은 새벽은 쌀쌀했다. 고민하다가 클라인이 어깨 위에 덮어준 그의 코트를 방에 그냥 두고 나왔는데 역시 들고 나올 걸 그랬다. 그가 추워 보인다.

별장에는 듣는 귀가 많다. 나는 클라인의 손을 잡고 밖으로 나가 한참을 걸었다. 별장과 잉어들이 있는 연못의 사이에 우리가 이야기할 만한 공터가 있었다. 그곳에서 그의 손을 놓았다.

"그제 바로 오실 줄 알았어요."

"죄송합니다, 그자가…… 아닙니다."

미오 경이 아무래도 얌전하게 내 결투장을 전하지 않은 모양이다.

우리 미오 경은 시엘이랑도 싸우고 클라인이랑도 싸우고. 모두까기 인형도 아니면서 왜 다 자기보다 한참 고렙인 인간들이랑 싸우고 다니니. 미카엘 왕자의 호위 기사니까 어디 가서 크게 처지는 실력은 아니겠지만 저 둘에 비하면 처지는 건 맞을 텐데 무슨 배짱일까.

"화가 많이 나셨습니까?"

오빠는 내가 왜 화났는지 진짜 알기나 해? 한번 말해보고 싶은 로망의 대사지만 지금은 참았다. 그는 내가 왜 화가 났는지 절대 모를 것이다. 무엇보다, 화가 난 것도 아니다. 기분이 나쁠 뿐.

아무리 생각을 해봐도 무슨 세계가 이렇게 무례한지 모르겠다. 물론 세계가 내게 친절해야 할 의무는 없다. 어디 내 세계는 내게 친절했던 적이 있던가? 그랬다면 그렇게 아등바등 열심히 안 살았겠지. 난 알아서 잘 살아야 했다.

그러나 이 세계에서는 위안과 믿음이 필요했다. 왜냐면 이 세계는 언제, 혹시나, 너는 그 사람이 아니구나 하고 내 뒷덜미를 잡아 끌어낼까 매사 노심초사하면서 아침에 바를 화장품 쓰는 순서까지 눈치 보며 알아내야 했던 세계였기 때문이다.

닻을 내린 채 변하지 않는 진리 하나가 필요했다. 〈탈출기〉에 쓰인 유르겔을 사랑하는 사람들과 〈탈출기〉에 쓰이지 않아서 그를 사랑할 수도 안 할 수도 있는 사람들 가운데서 그만이 유일했고, 그에게 내가 유일하다기에 일종의 진리의 수호자이길 바라봤다.

그래서 무조건적이고 이유 없는 보호와 믿음을 내 멋대로 그에게 기대했다가 대차게 걷어차여 기분이 나빴다. 존재하지 않는 유토피아를 그에게서 찾고 있었기 때문에.

그의 잘못은 아닐 거다. 하지만 그는 왜 내가 착각하도록 내버려 두었을까.

"화가 난 게 아니에요. 그러니까 이제 해명을 해주세요."

그는 길게 한숨을 쉬었다. 나는 기다렸다. 그는 내 눈을 피하고, 손바닥에 얼굴을 묻고서 숨이 부족한 사람처럼 다시금 자신의 숨을 들이마셨다. 나는 계속 기다렸다. 그가 준비가 될 때까지.

공기는 점점 색이 엷어지며 한낮 같은 투명함을 되찾아가고 있었다. 하늘 끄트머리로 붉은빛이 퍼지는 것도 보였다. 모든 것이 아름답고 평화로워 보이는 시간이다. 공기의 색이 엷어질수록 클라인은 숨결을 찾기 어려운 금붕어처럼 거친 숨만 반복했다. 나는 그 모든 것을 기다리며, 그를 보았다.

"이전에 제가 말씀드린 사실에는 아무런 거짓도 없습니다."

"거짓말을 하셨다고 생각하지는 않아요. 말하지 않았던 것을 말해 주시길 바랄 뿐이에요."

얼굴을 가리고 있는 클라인의 양 손목을 잡아 내렸다. 이른 새벽이라 그럴까, 그의 손은 차가웠고 내 손 역시도 차가웠다. 더 이상 푸르지 않은 공기 속에서 본 클라인의 얼굴은 창백하고 초췌해 보였다.

그도 마음고생이 심했던지 며칠 만에 사람이 말랐다. 그를 보내고 울적하긴 했지만 잘 먹고 잘 자고 잘 지낸 내가 미안해질 정도였다. 가만, 잘 지냈나, 내가? 잘 지냈지. 어제 이전까지는. 어젠 인간적으로 너무 바빴고.

내 손이 닿자 그는 크게 한숨을 쉬었다. 청회색의 눈동자가 나를 내려다본다.

"왜 그 만년필이 카직 백작님의 것이라는 것을 숨기셨어요?"

"아스."

수없이 그에게 이름을 불렀는데, 이번에 처음으로 그에게 이름이 불린 것 같은 기분이 들었다. 눈이 내리기 직전인 겨울의 태양이 말을 할 수 있다면, 그런 목소리일 것 같았다.

"아스 토케인."

그는 그립고 괴로운 것을 부르듯이 나를 불렀다.

기분이 이상하다. 아직 그의 손목을 잡고 있는 손을 당장 놓고 그에게서 멀어지고 싶다. 그는 왜 사랑했던 여자의 친구, 혹은 하녀의 이름을 저런 식으로 부를까. 무서운 것과는 다른 묵직한 느낌의 소름과 함께 등줄기의 솜털이 일어섰다.

"제게 당신이 얼마나 소중한지 알고 계십니까?"

"알고 있어요."

"아닙니다. 당신은 아무것도 모릅니다."

그의 손목이 다시 얼굴을 가리고 싶은 것처럼 힘이 들어간다. 하지만 움직이던 근육과 뼈들은 아직도 그의 손목 위에 얹혀 있는 내 손을 의식하자 불가항력처럼 힘이 빠져나갔다.

저렇게 폭력적인 목소리를 내면서도 그의 몸은 신기하게도 내가 어떠한 난폭함도 느끼지 못하도록 움직인다.

"알아요. 백작님은 제게 말을 안 해주신 부분은 있어도 거짓말은 안 하셨잖아요."

"말을 하지 않은 부분이라……."

그가 웃었다. 그간 클라인과 세사르 카직이 닮지 않았다고 생각했는데, 지금 눈앞의 클라인은 세사르 카직과 굉장히 닮은 방식으로 웃고 있었다. 가슴이 마치 어떤 경고처럼, 혹은 다른 이유 때문에 두근거리기 시작했다.

"그 만년필을 본래 그녀가 갖고 있었던 것은 사실입니다. 왜 그녀가 그자의 물건을 갖고 있었는지는 모르겠습니다. 둘은 사이가 좋은 남매는 아니었으니까요."

"사이가 좋지 않았다고요?"

"당신은 다 잊으셨군요. 그자는 그녀를 몹시 싫어하고 멸시했습니다. 그녀는 그자에게 무관심한 듯 보였습니다만."

그리고 클라인도 세사르 카직을 싫어했다. 절벽 위의 하얀 집에서 부터 지금까지 클라인은 세사르 카직의 이름을 입에 담지 않는다. 그 이름을 발음해 부르는 것도 싫을 만큼 그는 세사르 카직을 싫어한다. 왜일까. 세사르 카직이 클라인의 레이디를 많이 괴롭혔을까?

"혹시 왜 아가씨가 카직 백작님의 물건을 갖고 있는지 물어보신 적은 없으세요?"

"그녀와 있을 때 그자의 이름을 입에 올리고 싶지 않았습니다."

"카직 백작님은 이티카 아가씨도 싫어하고 백작님도 싫어했군요."

그리고 그렇게 후려친 걸 보면 아스 토케인도 싫어했다. 진짜 모두까기 인형인가. 세상에 그가 좋아했던 사람이 있긴 한가 모르겠다. 결혼했으니 부인은 좋아할까? 저번에 왔을 때 보니까 별로 그런 것 같아 보이지도 않았다.

"그자는 세상 모든 것을 다 싫어할 겁니다."

진짜 싫어하나 보다. 나는 세사르 카직이 클라인을 싫어하기 때문에 클라인도 그를 싫어하게 된 거라고 생각했는데 어쩌면 그 반대일 수도 있겠다.

클라인을 많이 본 것은 아니지만 〈탈출기〉에 묘사된 근엄한 모습이나 이곳에서 내가 겪은 온화한 모습은 이유 없이 누군가를 싫어할 사람이 아니라서 그의 이런 감정이 낯설고 신기하다. 아직 순서가 아님을 알면서도 그에게 세사르 카직과 무슨 관계냐고 묻고 싶어질 만큼.

둘은 분명 피의 연결이 있는 관계다. 내가 알아보았으니 그도 알아보았을 것이다. 핏줄끼리 당긴다는 말이 있다면 핏줄이라서 밀어낸다는 말도 가능할 것 같다.

"제가 볼 때는 백작님도 카직 백작님을 싫어하는 것 같아요."

"전 그자가 싫습니다."

"그분이 이티카 아가씨를 많이 괴롭히셨어요?"

"그자는 그녀의 괴로움이 아니었습니다."

세사르 카직이 이티카 카직을 덜 괴롭혔다는 의미인지, 이티카 카직이 그 괴로움을 신경 쓰지 않는 마이웨이의 아가씨였다는 소리인지 잘 모르겠다. 그렇게 중요하지 않은 문제일 수도 있고.

"저도 모든 것을 다 아는 것은 아닙니다. 제 억측일 수도 있고 오해일 수도 있겠지요. 하지만……."

그의 말이 맞다. 한 사람이 모든 상황을 다 알 수 있는 것은 아니다. 본인 입으로 말하다시피, 신에 가깝고 전능인 대마법사 시엘 커퍼필드도 왕비 궁 지하에 있는 마법진의 모든 것을 알지 못했다.

아는 만큼 보이고, 보이는 만큼 판단한다. 그 안에 얼마나 많은 오류가 있을지는 아무도 알지 못한다.

"당신이 기억을 못 하기에."

클라인은 말을 멈추고 한참 동안이나 나를 보았다. 공기는 점점 투명해지고 있었고 이른 아침 하늘이 비치는 그의 눈동자는 하늘빛으로 보였다.

그는 내게서 손을 빼내어 흐린 햇빛이 만든 희미한 그림자로 내 얼굴을 만졌다. 나는 그의 말을 오래 기다렸다.

"당신은 기억하지 못하겠지만 당신은 세사르 카직을 사랑했습니다. 그래서 말하고 싶지 않았습니다."

왓? 그 반대가 아니라?!

솔직히 이 세계로 온 후로 충격을 받은 게 한두 개는 아니지만, 이번엔 좀 셌다. 누가 쇠막대기로 뒤통수를 전력으로 후려친 것 같은 충격이 와서 머리부터 발끝까지 온몸이 다 찌릿할 정도였다.

세상에 그 많은 사람을 두고 세사르 카직을? 농담이지? 하위 계급이라고 지나가는 사람의 머리를 지팡이로 전력을 다해 후려치는 사람을? 자기 여동생과 오래 함께한 하녀라 원투데이 본 것도 아닌 이를 그렇게 침착하고 난폭하게 때릴 수 있는 사람을? 하고 많은 멀쩡한 사람을 두고 그 세사르 카직을 사랑했다고?

내가 머리에 총을 맞은 게 아닌 한…… 아니지, 아니지, 내가 아니구나. 다행이다. 다행인가? 그래도 미친 거 아니니, 아스 토케인? 이 도른 여자야. 눈이 어디에 달린 거야. 아니, 하지만 그럴 리가 없다. 세사르 카직을 봤을 때 가슴이 두근거리긴 했지만 그건 긴장 때문에 두근거린 거지 그에게 마음이 끌려서 두근거린 게 아니었다.

"그럴 리가요."

그래서 단호하게 말할 수 있었다. 내 어조가 클라인에게도 단호하게 들렸던지 그는 조금 안심한 얼굴을 했다. 왜? 대체 이 시점에서 그가 안심할 게 뭐가 있는데? 내 머리가 아직 충격을 회복하지 못했는지 모든 게 고깝고 아니꼬워 보이기 시작했다.

아냐, 그가 생각해도 세사르 카직은 아니겠지. 그를 아니까 더욱 아니겠지. 거기다 둘이 상호 합의인지 비합의인지는 몰라도 서로 간에 싫어서 난리를 치고 있는 상태인 것 같으니.

"당신은 기억을 잃었기 때문에 그렇게 말씀하실 수 있는 겁니다."

"제가 예전에 혹시 백작님께 카직 백작님을 사랑한다고 말씀드린 적이 있나요?"

"없습니다만……."

"그럼 아닐 거예요."

아무리 그의 레이디와 내가 친한 친구 같고 또 사이좋게 죽고 못 사는 사이였어도, 신분제가 엄연한 사회에서 일개 하녀가 주인님의 연인이자 백작인 귀족에게 사사로운 연애 감정을 말하지 않았을 거라는 것은 살짝 무시하기로 했다.

클라인이 일부러 만년필의 주인을 숨긴 데는 그가 어쩔 수 없었던 거창하고 커다란 어떤 이유가 있을 줄 알았다. 그랬는데 별 미친 소리를 다 한다.

사실 그 반대의 경우는 조금 염두에 두고 있던 터라 클라인의 말이 많이 놀랍다. 어떤 이유가 있든지 간에 어쨌든 나를 굳이 직접 찾아온 세사르 카직이 나를 향한 소유욕과 집착을 드러냈을 때, 내 안의 미저리 감지 레이더가 켜졌었다.

"너는 내 소유다. 내가 널 주워서 이름 짓고 먹이고 입히고 길러주었으니 머리부터 발끝까지 모두 내 것이야. 네 모든 것은 나를 위해 쓰여야지."

내 지난 인생의 수많은 간접경험이 말해준다. 술도 안 마시고 제정신으로 저런 대사를 치는 놈치고 제대로 된 놈은 없다. 거기다 저번에 내 속옷 차림을 본 그가 옷을 덮어주고 고개를 돌렸을 때 처음으로 제대로 된 위화감을 느꼈다. 그리고 그때 울린 경보가 거의 재난 경보 수준이었지.

세사르 카직은 하위 계급을 몹시 혐오하는 사람이고, 절대로 하위 계급을 사람으로 취급하는 사람이 아니었다. 어떤 의미로 그는 대단히 평등한 사람이다. 세상을 나누는 기준이 귀족이냐 아니냐에 가까우니까. 사실 저번에 왕비의 방 앞에서 그가 골프 풀스윙하듯이 날 후려쳤을 때 나인 줄 알아보고도 때린 건지 아닌지는 모르겠지만, 시녀인 건 알고 때렸다고 확신하고 있다.

그런 사람이 내가 속옷 차림일 때는 예의를 지켜 고개를 돌렸다. 시녀는 시녀일 뿐 여자가 아닌 사람이, 옷을 벗었다고 고개를 돌려? 물론 그건 몹시 귀족다운 고상한 태도이긴 하지만 세사르 카직이?

개가 벗고 다닌다고 고개 돌리는 사람은 어디에도 없다. 그래서 뭐, 내가 도끼병이나 자뻑은 아닌데 혹시나 했다. 그랬는데 이런 엄청난 말을 듣게 될 줄은 몰랐지.

"하지만 아스, 당신은 그자의 개인적인 물건을 갖고 있었습니다."

"어떤 걸요?"

설마 속옷? 미스터리 우먼 아스 토케인, 변태 의혹 파문인가?

"만년필 말입니다."

"이티카 아가씨가 갖고 있었다니 아가씨의 유품으로 챙긴 게 아닐 는지요."

"당신은 그게 그자의 것이라는 것을 알고 있었습니다. ……그때는요."

뭐야. 그럼 클라인도 내가 그 만년필을 왜 갖고 있는지는 모르는 모양이다.

"그럼 백작님은 제가 그 만년필을 갖고 있는 것을 보고 카직 백작님을 사모한다고 생각하신 건가요?"

클라인의 상상력이 거의 신기한 TV 어메이징 수준이다. 그도 직업을 잘못 선택한 것 같다. 그는 뭔가 상상력을 필요로 하는 창조적인 직종을 선택했어야 했다. 안타까운 일이다. 클라인의 비약적인 상상력으로 보건대, 대성할 확률이 큰데. 거기다가 이거 좀 쎄한 게…….

사회생활을 하며 나는 기억력이 비약적으로 좋아졌다. 회사에 자기 잘못을 나한테 씌워 후려치려는 미친놈과 업무 전달 제대로 안 해놓고 나한테 잘못을 전가하려는 망할 년이 너무 많았기 때문이다. 당하지 않으려면 내 일일 업무 보고서를 분 단위로 작성하든가, 모든 대화 내용을 되감기 수준으로 기억하고, 직급이 높은 증인까지 확보하고 있어야 했다.

"클라인 카펠라랑 만났다고 하던데. 그렇게 그리워하던 얼굴을 만나서 기쁘겠군."

슬프게도 내 가혹한 인생은 실전이라, 이 좋은 기억력에 에러가 걸린 게 아니라면 세사르 카직은 분명 그렇게 말했다. 그래서 아스가 클라인을 좋아했던 건가 몹시 불안해하고 있었거든? 근데 세사르 카직이라고? 재미없는 농담이다. 하지만 클라인의 얼굴이 진지하다.

아무래도 세사르 카직은 아스가 클라인 카펠라를 짝사랑한다고 생각하고, 클라인은 아스가 세사르 카직을 좋아한다고 생각하는 모양이다. 마음대로 아스 토케인이 좋아하는 사람을 확신하고 있네. 서로를 맹렬하게 싫어하면서 상대방을 세상 가장 치명적인 매력의 소유자로 여기고 있나 보다. 이거 무슨 쌍방 오해인 이상한 치정의 뷰마다 삼각지대에 난파된 것 같다.

개판일세. 이리저리 차이고 다녔니, 아스 토케인?

"전 사랑에 빠진 사람의 눈을 착각하지 않습니다. 거울 속에서 매일 보던 거니까."

"백작님이 관심법을 익히셨나 보네요."

"관심…… 네?"

"백작님께 관심이 없어서 가슴이 뛰지 않는다고요."

클라인이 아는 만큼 나도 사랑을 알고 있다. 하도 오랫동안 심장에 그 사람을 품고 다녀서 세상 그 어떤 것을 보아도 그 사람이 보이는 그런 사랑을 안다. 이제 더는 가슴에 그 사람을 품고 싶지 않아도 이름만 생각해도 습관적으로 가슴이 조여들고 가쁘게 뛰는 그런 사랑이 내가 아는 사랑이다.

세사르 카직을 처음 봤을 때, 긴장으로 가슴이 떨리기는 했지만 내게 익숙한, 그냥 미소가 나올 것 같은 두근거림은 없었다. 사실 이 세계의 누굴 보아도 그랬다. 내게는 모두 처음 본 사람들이라 언제나 내 가슴은 들킬까 하는 걱정 말고는 평온했었다. 그러니 아스 토케인이 그에게 어떠한 감정이 있었다면 아마 주워서 길러주고 입혀주고 밥 먹여준 고마움에 대한 게 아닐까?

"하지만 예전에 당신은……."

"뭐, 설령 그랬다고 해도 지금은 아닌 게 분명하니까요."

아스 토케인은 그를 좋아했을지도 모르지만 나는 절대 아니다. 세사르 카직? 내가 머리에 총을 맞거나 가학성애에 대한 특별한 애호가 생기지 않고서야 그렇게 골프 풀스윙하듯이 내 머리를 후려친 사람을 좋아할 리가.

시엘은 그가 어쩔 수 없는 사고였고, 나중에는 진심으로 사과했기 때문에 넘어갈 수 있었다. 하지만 세사르 카직은 아니다. 그가 날 그런 식으로 때린 것은 사고도 병도 아니었다. 그가 하위 계급을 혐오하기 때문이다. 멀쩡한 정신일 때의 시엘은 내 목을 조르지 않았다. 하지만 세사르 카직은 멀쩡해도 날 때릴 수 있는 사람이다.

거기다 결정적으로 그는 유부남이다. 불륜 꺼져. 가정 파괴범도 꺼져. 결혼과 결혼 서약은 신성한 것이다.

"어쨌든 오해라 넘어가고요. 그거랑 백작님이 제게 사실을 말하지 않으신 것의 관계는 모르겠어요. 오해하신 거긴 하지만, 제가 예전에 카직 백작님을 좋아했던 걸 숨길 이유가 있나요?"

그냥 세사르 카직이 매우 많이 싫어서 그런 거면 좋겠다. 아스 토케인이 세사르 카직의 첩자라는 것을 클라인이 알고 있으면 문제가 복잡해진다. 혹시 왜 마법진을 찾아내야 하는지도 알고 있으려나? 사실 난 많은 부분에서 느긋했는데 점점 그러면 안 될 것 같아진다.

클라인은 양손으로 얼굴을 가리고 보란 듯이 크게 한숨을 쉬었다. 마치 작은 동물이 충분히 집 안에 적응하고 가까이 다가오길 기다리는 핸들링의 초반 단계를 밟고 있는 것 같다. 기다려야 한다. 인내는 달고, 결과는 따뜻하고 보드라우리라. 그래서 나는 클라인의 양 손목을 잡아 내리고 싶은 충동을 애써 내리눌렀다.

"제가 당신을 사랑하기 때문입니다."

한참 만에 나온 클라인의 대답이었다.

오늘 클라인이 작정을 했나 보다. 헛소리 일 타, 이 타. 둘 다 꽤 깊이 들어왔다. 여기에 오늘 뭔가 다른 데서 삼 타를 맞으면 회복 불능이 될 것 같다.

"제가 느끼고 있는 것이 무엇인지 저도 확실히는 모르겠습니다. 하지만 전 당신이 그자와 함께할 것을 상상하면 견디지 못할 것 같은 기분이 듭니다."

"그냥 카직 백작님이 그 정도로 싫으신 것 같은데요."

클라인은 내 얼굴을 똑바로 그의 청회색 눈동자 안에 담았다. 거울처럼 옅은 눈동자라 나는 그의 눈동자 안에 갇힌 내 얼굴을 마주 볼 수 있었다.

"당신이 그자가 아니라 다른 사람과 함께라도 견디지 못할 것 같습니다."

"하지만 백작님. 때가 되면 백작님도 결혼하실 거고 저도 그럴 거잖아요."

과연 그럴까? 이 세계에 정착하여 뿌리내리는 내 모습이 쉽게 상상이 가지 않는다. 내가 이 세계에 뿌리내릴 수가 있을까? 세계는 계속해서 나를 거절하고 있는 것 같은데.

클라인이 갑자기 내 앞에서 한쪽 무릎을 꿇고 손을 내밀었다. 나는 흠칫 놀라 한 발자국 뒤로 물러섰다.

"그렇다면 저와 결혼해 주시겠습니까, 아스?"

지금 내 로망이 하나 살해당했다. 내가 뭐 예쁜 카페를 빌리고 바닥에는 장미 꽃잎이 깔려 있고 촛불과 풍선이 너울거리는 그런 청혼을 받길 원한 건 아니었지만 그래도 이 정도로 멋없고 성의 없고 애정도 없는 청혼을 받길 원한 것도 아니었다.

진짜 너무한다. 내가 뭘 많이 바란 건 아닌데. 그저 소박하게 날 진짜로 사랑하는 사람이 하는, 성의 있는 청혼을 바랐을 뿐이다. 이 정도면 내가 지금 클라인을 하이힐로 걷어차 죽여도 무죄다. 죽여도 싸지.

"절 사랑하지도 않으시잖아요."

"사랑합니다. 왜 저를 믿지 않으십니까?"

"백작님은 절 사랑하는 게 아니에요. 저희 셋이 함께하던 그 완벽한 시간을 못 잊으신 것뿐이에요."

아마도 그 시간은 많이 행복했겠지. 그가 있고, 이티카 카직이 있고, 아스 토케인이 있고. 평화롭고 달콤하고 완벽해서 영원할 것만 같았던 시간이겠지. 어느 정도는 그를 이해하고 또 어느 정도는 그를 동정하며 그보다는 아작 난 내 로망을 애도한다.

클라인의 눈 속에 있는 여자는 어떤 얼굴을 하고 있을까. 그의 눈이 괴로움으로 일그러져 있어서 자세히 보기가 어렵다. 쉴 새 없이 파도가 들어오는 백사장 같다.

그가 말했다.

"당신이 제게 유일한 사람입니다. 그것만으로는 안 되는 것입니까?"

당연히 안 된다. 그걸 말이라고.

놀랍게도 내 로망은 이렇게 만신창이가 되었는데도 클라인의 그 말은 조금 로맨틱하게 들렸다. 사실 나는 어지간한 모든 상황에서 로맨틱함을 찾을 수 있는 여자다.

나는 클라인의 손을 잡고, 잡아당겨 그를 일으키는 시늉을 했다. 그가 순순히 자리에서 일어섰다.

"백작님이 절 좋아하시긴 할 거예요. 저랑 있으면 아무것도 변하지 않은 것처럼 느껴지실 테니까요. 하지만 그건 착각이에요. 그러니까, 만약에 저랑 이티카 아가씨 둘이 함께 물에 빠졌는데 저를 구해야겠다는 생각이 들면 그때 다시 말해주세요."

그런 날이 올까? 하지만 조금 설렜다. 비록 저 청혼에서 설렘을 찾아내지는 못했어도 누군가에게 절대적이고 유일한 사람이 되고 싶은 건 나의 오랜 욕심이었다. 누군가가 내게 그런 사람이었듯이 나도 누군가에게 그런 사람이고 싶었다. 누구라고 안 그럴까.

그는 납득하지 못한 얼굴이었다. 하지만 여태까지 그랬듯이, 그는 내가 바라는 일에 반박하지 못했다.

"전 미로 속에 있습니다. 하지만 곧 출구를 찾아낼 겁니다. 바라건대, 그때 미로의 출구에 당신이 있었으면 좋겠습니다."

난 내 인생이라는 미로에 갇혀 있는데, 클라인은 사랑, 혹은 마음의 미로에 갇혀 있나 보다. 영영 빠져나오지 못할지도 모르는 미로지만 나는 굳이 반박하지 않고 고개를 끄덕여 주었다. 그는 몹시 안심한 듯이 한숨을 쉬며 내 손바닥에 입을 맞췄다.

클라인을 돌려보내고 별장으로 돌아오니까 안나가 무슨 대화를 했느냐고 채근한다. 미오 경도 합류는 안 했을 뿐 궁금해하는 눈치였다.

뭐라고 하지? 청혼을 받았다고? 내 인생 최악인데 최초의 청혼이라 좀 설레긴 했다고? 왜 말하는데 비참해지지? 아냐, 그런 거 아냐. 사람이 살다 보면 이런 일, 저런 일 다 있는 거지.

별일 아니었다고 달랬지만 안나는 별로 믿지 않는 것 같았다. 나라도 안 믿는다. 하지만 착하고 예쁜 우리 안나는 내가 대답할 것 같지 않자 놓아주었다. 대신 미오 경이 물색 모르는 소리를 해댔다.

"아스, 무슨 일인 줄은 모르겠지만 영웅도 실수하는 때가 있는 거다."

"그러지 마세요. 미오 경은 무조건 제 편을 들어주셔야 한다니까요?"

둘이 영 사이가 안 좋은 줄 알았는데 그렇지도 않은가 보다. 내가 모르는 미묘함이 있다. 남자들에겐 내가 모르는 'The 자기들만의 세계'가 있다. BL 소설 속이라 그런가, 눈 잠깐 뗀 사이에 자기들끼리 친해져 있고, 의리 챙기고. 아주 치사해 죽겠다.

안나가 손수건을 적셔서 미카엘 왕자의 입안을 닦아주고 있었다. 나도 그 옆으로 가서 손가락을 왕자의 입안에 넣어 살폈다. 아랫니는 다 올라왔고 윗니도 곧 올라올 것 같다.

"슬슬 이유식을 준비해야 할까?"

"걷는 게 먼전가 이유식이 먼전가 모르겠네. 난 동생이 없어서."

엘리가 있었다면 알았을까? 엘리가 그립다. 엄마가 그립다. 아니다, 생각을 말자.

"안나야. 어째서 완전하고 불안 요소가 하나도 없는 사랑은 없는 걸까."

"사랑은 원래 불안한 거야. 안 그런 건 소설 속에만 있으니까."

하지만 여기가 소설 속인데. 도망친 곳에 낙원은 없다지만 난 도망치지도 않았는데 낙원이 아닌 곳으로 온 것 같다.

"그리고 넌 지금 그런 걸 생각하고 있을 때가 아닌 것 같아."

"이유식이 급할까?"

"혀 내밀기 반사 없어지면 슬슬 이유식 할 때라고 전에 엘리가 말했거든."

그게 뭐냐고 물어보기 전에 안나가 손가락으로 왕자의 입술을 툭툭 쳤다. 아기가 입을 벌리자 그 안으로 손가락을 넣었다.

"봤지? 이제 안 밀어내."

내가 보기엔 손가락 넣기 전에 메롱 하듯이 혀를 내밀었는데 안나가 그냥 밀어 넣은 것 같은데. 그래도 이유식 준비를 해야 한다는 말에는 동의한다.

"부엌을 한번 뒤져볼게. 뭐가 있긴 하겠지."

부엌으로 가기 전에 잠깐 거실을 둘러보았다. 왕자가 미오 경을 놀이 기구처럼 타고 놀고 있고 그 옆에서 안나가 금방울을 흔들며 왕자의 주의를 끌고 있었다. 어디 이야기책에 나와도 좋을 만큼 이상적이고 완벽한 모습이었다.

이것저것 받기는 했는데 정작 쓰려고 하니 쓸 만한 식재료가 없다. 밀가루랑 쌀 조금, 뭔지 모를 고기와 무, 애호박, 치즈랑 과일, 우유 약간. 전에 엘리가 안 된다고 했던 쌀이랑 레몬을 뺀 나머지는 최선을 다해 채를 치고 다져 넣고 거의 물이 될 때까지 푹푹 끓였다. 맛있었으면 좋겠는데 색깔이 심상치 않다. 새끼손가락으로 살짝 찍어서 먹어봤는데 잘 모르겠다. 뭐…… 애들 입맛에는 맛있을 수도 있겠지.

내가 만든 이유식을 본 미오 경과 안나의 표정은 밝지 않았다.

"독극물 색인데, 이거?"

"색으로 맛을 판단하지 말아봐."

안나가 손가락 끝으로 이유식을 찍어서 맛을 보았다. 나나 안나나 조미료에 익숙해진 성인인데 이게 맛이 있을까? 그래서인지 안나의 얼굴이 복잡, 미묘했다.

"정직하게 말해봐. 이거 주재료가 뭐야?"

"밀가루랑 복숭아."

미오 경이 벌떡 일어나더니 왕자를 안고 저쪽 끝으로 빠르게 걸어갔다. 마치 나의 이유식에서 도망치는 것 같은 모양새였다.

"야, 누가 첫 이유식에 밀가루랑 복숭아를 넣어!"

"만들어본 적은 없지만 만든 완성품은 많이 봤어. 색이 묽었고 붉은 알갱이가 떠다니고 있었어!"

"그건 당근이겠지."

조금 이상한 기분이 들었다. 당근. 그러게. 당근이겠지. 당근이네. 전혀 당근이라고 생각을 못 했다. 왜 당근을 두고 복숭아라고 생각한 거지? 이상하다. 당연히 당근인데 내가 잠깐 돌았나 보다. 마치 누가 가리고 있다 손을 뗀 것처럼, 엘리가 복숭아 넣지 말라고 한 것도 이제 생각났다.

"이 궁에 있는 주방장 찾아가서 이유식 만드는 거 알려달라고 하면…… 알려줄까?"

"시녀들은 친절하긴 한데 나라면 업무 외 일감 늘리려는 사람 가만 안 둘 거야."

그렇겠지? 나라도 욕할 거다. 나는 한숨을 쉬고 미카엘 왕자를 미오 경에게서 넘겨받았다. 아직까지는 담요에 감싸서 안고 있는데 슬슬 안 그래도 될 것 같다. 한낮에는 이제 진짜 여름이 온 것 같다.

오늘 이렇게나 많은 일을 했는데, 놀랍게도 아직 하루가 끝나지 않았다. 클라인 덕에 너무 이른 새벽부터 하루가 시작된 탓이다.

"나가게? 꼬박꼬박 모시고 나가는구나."

"응, 정서 발달에 좋대."

"안고 다니는 게?"

"바깥 환경이랑 최대한 접촉하는 게."

그래도 이왕 키우는 거 아기가 바른 아기로 자라나 국가 사회에 도움이 되는 인물이 되어주면 좋겠다. 내가 키우는 아이가 홍익인간 정신에 걸맞은 널리 인간을 이롭게 할 인재인 게 낫지, 독재자나 사이코패스 살인마 같은 게 되면 되게 싫을 거잖아.

"아스, 같이 갈까?"

문을 열고 한쪽 발을 바깥으로 내밀었을 때 미오 경이 물었다. 저 남자가 갑자기 안 하던 짓을 한다.

"심심하세요?"

"아니, 생각해 보니 근처 산책이라고는 하지만 내가 함께 가는 게 맞는 것 같아서."

"근처인데요, 뭐."

다른 때라면 몰라도 지금은 좀 혼자 있고 싶다. 난 지쳤고, 주변에 전혀 신경 쓰지 않는 채로 세사르 카직과 클라인 카펠라에 대해 생각하고 싶다. 그리고 이유식도. 산책하다 뇌세포 저편에서 계시가 내릴

지도 모르잖아.

하도 헛소리를 연타로 듣는 바람에 클라인과 세사르 카직의 관계에 대해 물어보지 못했다. 저 관계의 핵심적인 단서를 잡고 있는 건 세사르 카직 쪽인 것 같지만.

미오 경은 좀 떨떠름해 보이는 얼굴이었지만 나는 오늘 더 이상의 뒤통수 타격을 못 견디겠다. 이 타까지는 견뎠지만 삼 타가 오면 진짜 내 인생 왜 이따위냐고 울게 될 것 같다. 오늘은 가급적 혼자 있고 싶다……

미카엘 왕자의 관찰 일기…… 7일째는 아니고 8일? 하루를 건너뛰었는데 이 경우 이걸 뭐라고 부르지? 8일째? 7.5일째? 어느 게 맞는지 모르겠다. 내가 뭐 관찰 일기를 써봤어야 알지.

잉어들은 움직임이 좀 적어졌다. 여전히 비늘에 윤기가 반드르르 돌고 통통하다. 살이 쪄서 못 움직이나? 역시 살찌는 약이었던 것 같다. 원래 살은 찌는 거지 빠지는 것이 아니긴 하지만.

오늘의 일기 끝.

"좀 자랐나?"

처음 약을 주던 때만 해도 작은 고기들이 좀 보였는데 생태계가 바뀌었는지 이제 어느 정도 통통하니 잡아먹을 만한 크기들밖에 없다. 얘네 식용 맞겠지?

잉어들이 나를 보더니 어쩐지 꼬리를 살랑살랑 흔드는 것 같다. 붕어 기억력이 3초라니까 당연히 내 착각이겠지.

나는 들고 온 약을 탈탈 털어 연못에 떨어뜨렸다. 하얀 가루가 부슬부슬 잘도 떨어진다. 이게 대체 무슨 맛인지는 모르겠는데 잉어들에게는 취향 저격의 맛인지 아주 한꺼번에 달려들어 잘도 먹는다.

나는 본격적으로 자리에 쭈그리고 앉아서 잉어들을 구경하기 시작했다. 앉다가 하마터면 왕자를 연못에 떨어뜨릴 뻔해서 다시 고쳐 안아야 했다. 찬물에 떨어질 뻔했는데 왕자는 그걸 아는지 모르는지, 나무 그늘 때문에 검게 물든 눈을 가늘게 뜨고 방실방실 웃는다.

그러고 있는데 멀리 연못을 헤치고 다가오는 검고 큰 잉어가 보였다. 뭐야, 이건 저 잉어가 부지런하다고 해야 하는 거야, 아님 아침부터 대기 타고 있던 다른 잉어들이 부지런하다고 해야 하는 거야? 커다란 잉어는 주둥이를 물 밖으로 내밀어가며 약을 찾아 헤맸다. 하지만 가루 제형의 약은 이미 거의 물에 녹았고 다 녹기 전의 알맹이들도 미리 몰려 있던 다른 잉어들의 아가미와 주둥이 사이로 분주하게 사라진 다음이었다.

물 위로 잉어들의 커다란 회색 비늘이 아롱거리는 게 겁나 심란하다. 클라인의 눈 색과 닮았다. 사실 그의 프러포즈는 로맨틱하지는 않았지만 매력적이긴 했다.

그는 곧 공작으로 승급할 사람이니까 그와 결혼하면 나는 공작부인이 되겠지. 나를 사랑하는지는 모르겠지만 내가 그의 안에서 유일한 가치를 지닌 사람이 맞기는 하기 때문에 바람을 피우거나 나를 소홀히 할 일도 없고, 어떤 의미에서는 참 이상적인 사람이었다. 살짝 흔들리긴 했다. 어쩌면 중요한 건 클라인의 마음이 아니라 내 마음일지도 모른다.

날이 더워진다. 오늘은 아침이 너무 빨랐어. 하루가 기려나 보다. 나는 손안에 남아 있는 가루를 잉어들의 머리 위로 싹싹 비벼 털고 일어섰다.

"미안~ 내일은 좀 더 일찍 와. 내일 보자."

난 그러고서 돌아서려고 했다.

그런데 그때, 마지막에 춤추듯이 헤엄쳐 온 커다란 먹색 잉어가 주변에 있는 다른 잉어를 공격하기 시작했다. 꼬리와 머리로 주변 잉어에게 부딪혀 싸움을 거는 그런 수준의 공격이 아니었다. 그 잉어는 이미 이곳에 몰려 있던, 약을 받아먹은 잉어 중에 자기보다 작은 개체를 물어뜯었다. 연못에 순식간에 피가 퍼졌다. 나는 굳어 있는 생선의 보랏빛 피가 아닌 살아 있는 물고기의 피를 처음 보았다.

다른 잉어들도 피 냄새를 맡은 흡혈귀처럼 일제히 공격당한 잉어에게 달려들어 그 피와 살을 물어뜯고 삼켰다. 잉어 한 마리는 순식간에 하얀 뼈가 되어버렸고 그 뒤는 아수라장이었다.

몸집이 몇 배는 큰 잉어한테도 몇이나 되는 잉어들이 달라붙었다. 곧 그 잉어는 사방에서 달려드는 잉어 떼에 밀려 바닥으로 끌려 내려갔고 밑에서부터 피가 퍼져 올라왔다. 서로가 서로를 물어뜯어 내장을 파헤치고 있었다.

유모님의 피를 뒤집어썼을 때보다 훨씬 구역질이 나려고 한다. 순식간에 연못은 피바다가 되었다. 목구멍으로 밀려오는 위액을 억지로 삼켰지만 참혹한 광경을 본 탓에 구역질이 계속 몰려왔다. 몸의 절반을 동료들에게 뜯긴 잉어가 발 앞에서 퍼덕이고 있었다. 고통스럽게 힘이 들어간 꼬리가 수면을 내려치고 있었는데, 그 꼬리에도 작은 잉어가 달라붙었다. 그리고 그 잉어는 곧 제 몸의 몇 배가 될 것 같은 커다란 잉어에게 한입에 먹혔다.

뭐가 문제지? 대체 갑자기 왜 이러는 거야? 무섭다.

나는 왕자를 꽉 끌어안았다. 뭐가 뭔지 잘 모르는 왕자는 수면이 갑자기 야단스럽고 시끄러워지니까 좀 놀랐는지 양팔로 내 목을 꼬옥 안아왔다. 나도 혹시라도 손에 힘이 빠져 왕자를 연못에 떨어드릴까 무서워 양팔로 묶듯이 왕자를 안았다.

잉어들이 갑자기 미쳤다. 뭐가 문제지? 뭐가 문제였을까? 주저앉은 나는 겨우 조금씩 엉덩이를 뒤로 밀어 연못에서 멀어지려고 했지만 쉽지가 않았다.

눈을 돌리고 싶은데 몸이 어떻게 된 것인지 참혹함 속에서 더 참혹한 것들을 찾아내고 눈을 떼지 못했다. 어떻게든 눈을 가리고 싶은데 눈꺼풀마저 내 뜻대로 움직이지 않았다.

"아스!"

갑자기 눈앞이 캄캄해졌다. 몸이 흔들리고, 무언가가 내 몸을 꽉 붙들었다. 내가 소스라치게 놀랄 때마다 나를 잡고 있는 힘은 더 강해졌다. 숨도 갑갑했고 답답한 소리가 뭐라고 날 부르는 것 같았다.

발버둥 치다 익숙한 냄새를 맡고 멈췄다. 뭐라고 말로 정의 내리기는 어렵지만 그것은 분명 익숙한 냄새였다.

"미오 경……?"

"그래. 걸을 수 있겠나?"

"안 보여요."

"내 옷으로 덮어놔서 그렇다. 잡아주면 걸을 수 있겠나?"

아, 옷으로 덮어놔서 소리도 잘 안 들리고, 답답하고, 눈앞이 보이지 않았나 보다. 나는 품 안에서 짜증을 내는 왕자를 꼭 끌어안았다. 다행이다. 떨어뜨리지 않았다.

"못 걸을 것 같아요."

나는 머리를 가리고 있는 옷을 벗으려다가 손을 멈췄다. 소리는 멀긴 했지만 아직도 물이 첨벙하는 소리와 퍼드덕대는 소리가 들려왔다. 그게 무슨 소릴까. 생각하려고 하니까 소름이 돋는다.

가려지고 닫힌 좁은 세상 안은 익숙한 미오 경의 냄새가 났다. 그러나 이 옷을 걷어내면 바로 피비린내가 날 것 같다. 미오 경이 옷을 벗으려는 내 손을 잡아 눌렀다.

"벗지 마라."

그러곤 나를 안아 들었다. 공주님 안기였다. 이 순간에도 이런 걸 생각하는 내가 대단하다. 하지만 그걸 생각하지 않으면, 아직도 들리는 소리에 대해 생각하게 될 것 같았다.

생각을 하지 말자. 이 세계는 내게 바보가 될 것을 요구한다. 생각을 하지 말자. 무슨 세계가 이렇게 무례한지 진짜 모르겠다. 생각을 하지 말자. 소설 속의 인생이면 좀 더 행복해야 하는 거 아냐? 생각을, 하지 말자.

난 무섭다. 그러니 생각을 하면 안 된다.

옷 안은 좁았고 미오 경의 익숙한 냄새가 났다. 덮어쓴 직후에는 좀 더 따뜻했을 것 같은데, 알아차리기도 전에 온기는 빠르게 식었다.

팔 안에는 미카엘 왕자의 심장 고동이, 팔 밖에는 미오 경의 심장 고동이 울리고 있었다. 옷으로 한번 싸매져 안겨 있어서 그런지 옷 안이 세 명의 체온으로 빠르게 따뜻해졌다. 나는 갑갑해서 몸을 뒤트는 왕자를 어르고 추켜 안으면서 미오 경의 품 안으로 조금 더 파고들었다. 타인의 체온과 심장 고동을 더 느끼고 싶었다.

나는 이렇게 놀랐는데 우리 왕자님은 괜찮은가 보다.

빠르게 걸어가던 미오 경은 잠깐 멈칫하더니 조금 속도를 늦춰서 걷기 시작했다. 저벅저벅하는 발소리가 옷에 한 번 걸러져서 둔탁하게 들렸다. 놀랍게도 그 모든 소리와 온기들이 나를 진정시키고 있었다. 백색소음이 정신 건강에 이렇게 좋은 건가 보다. 이런 식으로 안겨 있으니까 아기가 된 기분이다.

한참 만에 미오 경이 나를 바닥에 내려주었다. 나는 조금 기다렸다가 내 손으로 미오 경의 옷을 벗었다. 후원 중 어딘가인 것 같은데, 일단 물소리가 들리지 않으니까 그 끔찍한 곳에서 멀리 떨어진 곳에 온 건 분명했다. 한낮의 햇빛은 정말로 밝아서, 방금 내가 봤던 먹먹한 참사와 어울리지 않았다.

내 손에서 먹이, 그러니까 약을 받아먹었던 잉어들이 집단으로 서로를 물어뜯고 잡아먹었다. 생각하니까 속이 울렁거리고 그때의 피비린내 섞인 물비린내가 느껴지는 것 같다.

왠지 시엘에게 미안해진다. 그가 전쟁터에 나가서 본 광경이 그런 거라면 사람이 좀 미칠 수도 있을 것 같다. 그나마 난 잉어였지, 그가 본 건 사람이었겠지. 참혹하다.

뭐가 어떻게 된 건지 모르겠지만 약 때문이라는 것은 알겠다. 동족을 공격하게 하는 약이었을까? 사람은 공격을 안 하나? 내가 그때 소리를 냈다면 날 공격했을까? 유르겔 이 미친 자는 그딴 걸 시엘에게 먹이려고 해?

안 돼, 생각을 하지 마. 근데 생각을 안 했다가는 앗 하는 사이에 죽을 수도 있을 것 같다. 아냐, 내 생존은 〈탈출기〉가 보장해 줬어. 하지만 〈탈출기〉에 손가락 열 개가 무사히 다 달려 있는 유모라고는 안 쓰여 있었다. 그게 문제다.

정신을 차리고 보니 나는 온몸을 떨면서 헐떡이고 있었고 그 앞에서 미오 경이 한쪽 무릎을 꿇고 나를 말없이 들여다보고 있었다. 시간은 한낮, 눈 아플 정도로 밝은 햇빛이 내려온 숲과 나무들과 잎사귀가 밝고 아름다운 색으로 빛나고 있었는데 미오 경의 눈동자는 숲의 그림자보다 짙고 깊었다.

"다 죽여줄까?"

미오 경이 그 짙고 어두운 눈으로 나에게 물었다. 나는 그의 눈 속에서 나를 찾으려고 했지만 해를 등지고 있는 그의 눈은 나처럼 검은색으로 보일 정도로 어두워서 아무것도 비치지 않았다.

"다 보셨어요?"

"잠깐이지만."

내 손은 아직도 떨리고 있었다. 끔찍한 광경이었다. 뭐가 잘못된 것인지 모르겠다. 약 때문인 것만은 분명하다. 그렇지 않고서야 멀쩡하던 잉어들이 갑자기 미쳐서 서로 죽고 죽일 리가 없다.

"네가 바란다면 다 죽여주겠다."

누구를?

"누가 봐도 정상은 아닌 상태니까 저 잉어들을 다 죽여도 뭐라고 할 사람은 없을 거다."

아. 생각이 이어지는 걸 자꾸 커트했더니 점점 사람이 바보가 되어 가는가 보다. 미오 경이 잉어를 말하고 있는 걸 뒤늦게 알았다.

날 위해 잉어를 전멸시켜 주겠다는 남자라니, 참으로 로맨틱하다. 이렇게 로맨틱할 수가 없다. 아주 오늘 하루 종일 로맨틱이 터지는 게 이보다 낭만적일 수가 없다. 내 인생이 이렇게 로맨틱하다니 아주 감당이 안 되고 참 좋다. 이놈의 세상.

"그것보다……"

내 목소리는 조금 쉬어 있었다. 소리를 지른 것 같지는 않은데, 말을 잇기도 힘들어서 큼큼 몇 번 목에 힘을 주고 목소리를 다듬고 나서야 뒷말을 이어갈 수 있었다.

"저 지금 좀 안아주실래요? 몸이 자꾸 떨려요."

그가 날 지탱해 줬으면 좋겠다. 손이 떨려서 왕자를 안고 있을 수가 없을 지경이었다. 추운 것도 아닌데 몸이 왜 이렇게 떨릴까. 정상이 아닌 것 같다. 이렇게 더워진 날씨에 이렇게나 몸이 떨리다니.

나는 옆에 내려놓았던 미오 경의 옷을 끌고 와 무릎 위에 덮었다. 옷에 배어 있는 온기와 냄새가 나를 안도하게 한다. 돌아가는 상황이 총체적으로 미친 것 같다. 나도 미칠 것 같다. 아니, 이미 살짝 미쳐 있나?

미오 경은 천천히 몸을 숙여 나를 품에 안아주었다. 미오 경의 몸이 따뜻해서, 오히려 차갑게 굳어 있는 내 몸을 느끼게 되었다. 추워서 미카엘 왕자를 더 끌어안고 미오 경의 품으로 파고들었다. 미오 경이 잠시 제지하더니 나를 대신해 왕자를 안아 들고 다른 팔로 나를 끌어안았다. 조금 더 편해졌고, 조금 더 깊게 안길 수가 있었다. 다행이다.

방금 연못에서 내가 본 게 잘못된 거였으면 좋겠다. 그럴 리가 없지만. 하지만 알면서도 내 눈을 의심하고 싶다. 지금 좀 많이 흥분 상태인지, 머리가 아프다.

나는 미오 경의 팔을 끌어안고서 생각을 시작했다.

잉어들의 모습은 서로를 공격하는 것보다는 서로를 잡아먹는 것에 가까웠다. 며칠 전에는 더 많은 먹이를 먹기 위해 서로를 밀치고 꼬리로 후려치고 머리를 갖다 박았다. 공격은 그때였다. 그게 며칠째였지. 생각과 계산을 해봐야겠다. 나중에. 지금이 아니라 나중에. 어쨌든 방금 전의 모습은 서로의 몸을 물어뜯어 피와 살을 먹는 모습에 가까웠다.

……생선에 중금속이 그렇게 잘 축적이 된다던데. 그렇다면 약 말고 다른 것도 잘 축적될까? 그 약이 살이랑 피에 쌓여 있어서, 그래서 물어뜯은 거라면…… 마약? 마약이세요?

"미오 경, 저 소리를 지르고 싶어요."

"질러."

"안 되지 않을까요?"

머리 위에서 가벼운 훈풍이 느껴졌다.

"네가 안 된다고 생각하는 일 중 상당히 많은 부분은 해도 되는 일일 거다."

아닐 텐데. 하지만 정말 신기한 게 미오 경의 말이 많은 위안이 되었다. 아무것도 모르고 하는 말인데도 괜찮아질 것 같은 기분이 들었다. 가슴뼈 안쪽에서 덜그럭덜그럭 돌아다니고 있던 돌멩이 하나가 당구공처럼 구멍에 쏙 들어간 것 같다. 거슬리던 무언가가 가슴에서 사라졌다.

좀 편안해진 나는 미오 경의 품에 머리를 기댔다.

유르겔은 이걸 왜 시엘에게 먹이려고 한 걸까. 시엘을 파괴하고 싶어서? 〈탈출기〉에는 시엘도 유르겔을 좋아한다는 거 외에는 딱히 그가 나온 적이 없었는데 약을 먹여서 죽인 거였을까? 이건 내가 너무 나간 것 같다.

약이, 얼마나 남았더라? 약은 아무래도 찜찜해서 잉어들에게 먹여 보고 있었지만 약이랑 같이 준 차는 시엘에게 주었다. 차는 괜찮을 것 같았는데 저런 꼴을 보고 나니까 차도 안 괜찮을 수 있을 것 같다. 때때로 밤에 같이 차를 끓여서 먹고 있었는데 그것도 이상이 있는 물건일 것 같다.

차도 버려야지. 그런데 차도 약이랑 같은 물건이라 이미 늦었으면 어쩌지? 내 손으로 시엘에게 그걸 줬는데, 시엘도 저렇게 되면 어떻게 해야 할지 모르겠다. 내 세계였으면 병원이라도 데려가서 검사해 볼 테지만 이 세계는 내가 할 수 있는 일이 없다.

잉어와 사람의 차이가 있어서 약효가 아주 같다고 볼 수는 없지만 비슷할 것 같다. 사이즈 차이가 있으니 잉어가 사람보다 더 빠르고 분명하게 효과가 나타난 것일 것 같은데……. 그럼 사람이 먹어도 마약처럼 약에 의존하게 될까? 하지만 시엘을 이런 마약에 중독시켜서 뭘 하려고?

그리고 나를 통해 시엘에게 이 약을 전달하려고 한 것이 우연일까? 누굴 죽여보려고? 분명 이건 함정인데 누구를 위한 함정인지 모르겠다. 나를 향한 함정인가? 아니면 시엘을 향한? 도대체 유르겔이 왜 이런 약이 필요했고, 이걸 시엘에게 먹이려고 했는지를……

"넌 좀 자는 게 좋겠다. 피곤해 보여."

미오 경의 손이 내 눈 위를 덮었다. 아니, 난 지금 생각을 해야 하는데. 하지만 이상하게도 눈을 가리니까 잠이 오기 시작했다. 아, 아침이 빠르긴 했어. 그리고 원 쿠션, 투 쿠션, 쓰리 쿠션…… 너무 충격이 많았지. 자야 한다. 자야 충격이 흐려질 것 같다.

내 세계에서의 난 멘탈이 참 튼튼한 여자였다. 적어도 망할 회사를 다니며 온갖 거지 같은 일을 당하면서도 울지 않고 버틸 수 있는 정도로는 튼튼했는데, 이 세계에 오고부터는 빨랫줄 한 줄에 내 정신을 걸어놓고 지내는 것 같다.

줄은 어떨 때는 아슬아슬 걸려 있는 것 같고 어떨 때는 그 끝에서 누가 칼로 한 줄 한 줄 긁는 것만 같다. 오늘은 버텨냈다. 하지만 저 줄이 정말로 끊어질 날이 올 것 같아 무섭다.

나는 미오 경의 손안에서 눈을 감았다.

걱정되는 게 있었다. 미오 경, 나랑 미카엘 왕자랑 한꺼번에 들 수 있을까? 잠든 나는 왕자를 못 안고 있을 텐데. 뭐…… 알아서 하겠지. 난 그를 믿는다.

누워 있던 자세 그대로 눈만 감았다 떴다. 이대로 눈을 감으면 더 잘 수 있을 것 같은 나른함이 칭칭 감겨 있었다. 너무 열심히 살고 있는 것 같다. 지금 휴일도 거의 없이 전일 근무를 몇 달째 하고 있는 거야. 하루 정도는 파업해도 될 것 같다.

"더 자지 왜 일어나셨습니까?"

미카엘 왕자를 어르고 있던 시엘의 목소리였다. 더 자려고 했는데 네가 깨우셨어요. 모르는 척 그냥 더 자려고 했더니만, 흑흑.

시엘은 왕자를 배 위에 올려놓고 비행기를 태우듯이 들어 올렸다 놨다 하면서 놀아주고 있었다. 몸이 허공으로 들릴 때마다 왕자는 꺄 꺄 하며 웃어댔고 시엘은 그때마다 행복하게 웃었다. 가만 보면 시엘이 더 애 아빠 같고 이 별장 안에 있는 사람 중에 왕자를 가장 사랑하는 사람 같다. 다행이다. 왕자에게도 이유 없이 사랑을 줄 사람이 있어야겠지.

이미 더 잠들기는 틀려먹어서 자리에서 일어나 앉으려고 하는데, 이상한 것을 보았다. 내 등 뒤에 사람이 있었다.

미오 경이 내 옆에서 자고 있었다.

옆으로 누워 내 등을 바라보면서 그가 잠들어 있었다. 하얀 베개 위에 그의 밤색 머리가 흐트러져 있는 게 몹시 절경…… 이 아니라. 침대가 아무리 방 한 칸은 될 정도로 넓어도 나와 한 침대에서 자는 것만은 극구 사양하던 미오 경이 침대 위에 올라와 있으니까 기분이 좀 이상했다. 마지노선을 하나 더 돌파한 느낌이다.

이것은 나와 미카엘 왕자를 함께 옮기느라 혹사당한 후유증 때문인가. 한때는 내가 침대에서 이불만 펄럭여도 반대편 침대에서 일어나던 미오 경이 이제는 왕자가 꺄르륵대고 내가 출렁거려도 깨어나지도 않고 잔다. 인간은 어느 쪽이든 발전하는 존재였구나.

"제가 재웠습니다."

"쇠막대기로 뒤통수라도 내려치셨어요?"

"전 재운 거지 살인을 한 게 아닙니다만."

아니, 하도 안 깨길래.

"마법으로 재워서 아침까지 안 깰 겁니다. 그도 많이 피곤해 보이더군요."

어쩐지 시엘이 왜 침대 위에 있나 했다. 이곳에서는 안나도 내 방에 드나들기 때문에 침대를 더 들여놓을 수가 없었다. 대신에 이미 있는 침대가 위에서 아무리 굴러도 떨어지지 않을 아주 큰 사이즈였다. 그래서 시엘은 침대에서 같이 자고 싶어 했지만 미오 경이 완강하게 반대해서 그도 여태까지는 방구석에 있는 좁은 소파 위에 구겨져서 잘 수밖에 없었다. 그랬는데 침대 위에 있어서 좀 이상하긴 했지.

나는 양반다리로 앉아서 허리를 툭툭 두드렸다. 옷은 그대론데 머리는 풀려 있었다. 누가 풀어준 건지 세심하기도 해라.

"피곤해 보입니다, 아스. 더 주무세요."

"미오 경도 그러더니 왜 다들 저만 보면 재우려고 하는지 모르겠네요."

"피곤해 보이니까요."

"잠이 더는 안 올 것 같아요."

시엘이 한참 놀아주던 미카엘 왕자를 침대 위에 내려놓았다. 왕자는 금빛의 조그만 머리통을 들고 우야우야 하면서 열심히 내게 기어와 내 무릎을 만지며 웃었다.

"차를 드릴까요?"

누가 보면 시엘이 이 방 주인인 줄 알겠다. 그는 내 대답을 듣기도 전에 방 한구석에 있는 테이블로 가서 찻잎이 든 봉지를 들었다. 유르겔이 준 찻잎이었다.

낮에 본 잉어들의 먹색 비늘과 비린내가 코끝을 스치는 것 같았다. 잠은 자비롭게 내 기억에서 충격과 감정을 많이 가져갔지만 아직 완전히 잊지는 못했다.

"잠깐만요, 마법사님. 그거 말고 다른 차로 주세요."

"숙면에 도움이 되는 차입니다."

"그러니까요. 지금 자고 싶지 않네요."

잠을 자는 동안 현실도 멈춰 있다면 얼마나 좋을까. 하지만 잠을 자도 현실은 해결된 것이 하나도 없고 아직 치워야 할 것이 설거지처럼 쌓여만 있었다.

차는 나도 먹어봤다. 유르겔과 함께 먹었으니 아마 아무 이상이 없을 거다. 하지만 혹시, 어쩌면, 또 모른다. 조심해서 나쁠 것은 없다.

"아스, 괜찮아요."

뭐가 괜찮다는 거지? 난 잠깐 숨을 멈췄다. 들켰나? 혹시 대마법사면 남의 생각도 읽을 수가 있는 건가?

"당신이나 미오 경이나 피로가 너무 과합니다. 하루쯤은 모두 내려 놓고 자도 좋잖습니까."

이상한 생각을 할 뻔했다. 어쩌면 차에 대해 시엘이 알고 있을지도 모른다는, 그런 아주 이상한 생각을.

말은 저렇게 해도 시엘은 내가 싫다고 한 유르겔의 차 대신에 다른 차를 타서 주었다.

"그거─ 유르겔 님이 주신 차는 괜찮으세요?"

저 차를 치워야 한다. 하지만 시엘이 호감을 갖고 있는 사람이 선물로 준 차를 어떻게 나쁘다고 변명해야 하는 걸까? 〈탈출기〉에는 시엘의 감정이 얕은지 깊은지에 대해 서술 없이 그저 시엘도 유르겔을 좋아한다는 식으로만 묘사했었다. 시엘의 감정의 깊이를 모르겠다. 잉어 떼 이야기를 하면 믿을까?

"네, 덕분에 꿈 없는 잠을 잡니다."

"꿈이 싫으셨어요?"

시엘이 흐린 날의 반달처럼 웃고 있었다. 눈을 돌리고 싶은데 몸이 움직여지지 않았다.

"아스는 어떤 꿈을 꾸나요?"

"글쎄요. 꿈은 깨어나는 순간부터 까먹잖아요."

그러고 보니 이 세계에 온 후로는 꿈을 한 번도 안 꾼 것 같다. 원래도 잘 자서 별로 꿈을 꾸진 않았지만 그래도 긴 꿈을 꾸고 깨어나는 날이 가끔이라도 있었는데 이 세계에서는 늘 꿈 없는 잠을 잤던 것 같다.

"그리고 전 밤이 좋아요. 이 시간을 모두 자면서 보내고 싶지가 않네요."

"밤이라 할 수 있는 것이 없는데도요?"

"그게 좋은 거예요, 마법사님. 할 수 있는 게 없어서 아무것도 안 해도 되는 게요. 낮은 너무 희망의 시간이라 힘들 때가 많았어요. 낮이 밤이 되길 바랄 정도로요. 마법사님은 그런 적 없으세요?"

"글쎄요, 전…… 모든 것이 명확한 아침이 되길 바란 적은 있습니다만."

아무래도 시엘은 밤에 악몽을 꾸는 것 같다. 아침마다 예쁘게 잘 자고 있어서 몰랐는데 악몽은 계속되나 보다. 아, 그래서 아침에 흔들어 깨우면 그렇게 과민 반응을 하며 설쳤구나. 요새는 건드려도 PTSD 발작은 안 하지만.

다시 침대 위로 올라온 시엘이 왕자를 향해 손을 내밀었다. 미카엘 왕자님- 부드럽게 이름을 부르니까 왕자가 나와 시엘을 번갈아 보며 혼란스러워한다. 왕자가 이제 자기 이름을 알아들을 월령이던가?

시엘이 얼마나 헌신적으로 놀아줬으면 그걸 알아들어. 언젠가 왕자가 컸을 때, 슬쩍 시엘의 이야기를 해줄 수 있을 만큼 교류가 남아 있었으면 좋겠다.

그런 생각을 하면서 왕자를 안았다가 강아지 건네주듯이 시엘에게 다시 건네주었다.

"마법사님은 좋은 아버지가 될 것 같아요."

"감사합니다. 하지만 대마법사는 결혼을 못 한답니다."

음, 되게 불합리한데 한편으로는 왜 그런지 알 것 같다. 이 세계의 세계관에서 대마법사는 계통으로 따지자면 마법사보다는 신관 계통인 느낌이거든.

하지만 왕자를 안고 어르는 시엘의 얼굴은 정말로 행복해 보인다. 사실 저 얼굴은 왕비나 국왕이 해야 하는 얼굴인데. 저렇게 좋아하는데 자기 아기는 가질 수가 없다니 비극이다. 아니지, 결혼을 못 하는 거지 아이는 가질 수 있겠구나. 사실혼이라는 것도 있고.

"왕비 궁으로 그만 돌아가고 싶어요."

"여길 마음에 들어 하시는 줄 알았습니다."

좀 찔린다. 이곳 생활이 나쁘진 않았거든. 직속 상사도 없고 타 부서 사람들도 없는 업무 환경에서 내 일만 하고 있으니까 은근 이 생활 할 만했어.

건물도 더 편해졌고 움직이기도 자유로워서 나쁘지 않았지만 이제 그 잉어가 있는 곳에서 살기가 싫다.

"임시 거처잖아요. 돌아갈 곳이 있으니까 좋았던 거죠. 언제 다 고쳐져요?"

"열심히 해보겠습니다만 저도 같은 대마법사의 마법을 건드리는 게 쉽지만은 않군요."

"같은 대마법사예요?"

시엘이 내 손가락 두 개만 한 왕자의 손을 잡아 흔들었다. 그 느낌이 좋은지 왕자가 돌고래처럼 높은 소리를 내며 웃었다. 잠깐 왕자의 눈이 검은색으로 보인 것 같았는데 확실하게 보려고 고개를 돌리니까 호박색 그대로였다. 피곤해서 잘못 봤나 보다.

문득 스산하다. 왕비와 어두운 복도를 걸었던 그 시간처럼 꽤 늦은 밤인 것 같은데 왕자가 아직 안 자고 있다. 이러다가 밤낮이 바뀌면 나만 개고생인데.

하지만 그때 끊겼던 마법진에 대한 이야기가 다시 시작되려 하고 있었다. 어떻게 말을 다시 꺼내나 고민 중이었는데. 이번을 놓치면 정말 어쩌면 영영 그 이야기를 다시 못 들을지도 모르겠다는 불길한 예감이 든다.

"알아보기 많이 힘듭니다만, 제일 처음에 그려진 마법진과 그 이후 덧그려진 몇 개는 대마법사들의 작품입니다."

"그거 대마법사를 만드는 마법진이라고 하지 않으셨어요? 대마법사를 만드는 마법진을 대마법사가 만들고 또 그걸 대마법사가 파괴하는 건 제가 듣기에는 이상하게 들려요."

"아스는 대마법사에 대해 모르시겠군요."

시엘은 한숨처럼 긴 목소리로 말하며 왕자의 동그란 배를 간질였다. 꺄르륵 왕자가 웃었다.

정말 비현실적인 광경이다. 그때의 은빛이 쏟아지는 숲처럼 달빛이 가득한 방 안에 달빛 같은 백금발을 늘어뜨린 대마법사가 금발의 왕자의 배와 발을 간질이며 웃는 한밤중이라니.

"대마법사는 태어나는 것이지 만들어지는 것이 아닙니다만 아주 먼 고대에 사람들은 대마법사를 만들어내고 싶어 했습니다. 그리고 대대로 대마법사들은 그걸 원하지 않았습니다."

"왜요?"

"사실은 아스."

왕자를 안고 시엘이 내게 고개를 바싹 숙여왔다. 긴 백금발이 내 어깨에 걸쳐지며 사르르 하는 간지러운 소리를 냈다. 그는 내 귀에 입을 갖다 대고 작은 목소리로 말했다.

"대마법사는 불사랍니다."

그는 고개를 떼고 살피듯이 내 얼굴을 봤다. 내가 지금 어떤 표정을 짓고 있는지 나도 모르겠다. 시엘이 기대한 얼굴이었으면 좋겠는데 표정이 수습이 안 된다. 굉장히 흥미롭다는 표정을 짓고 있고 싶은데, 나 스스로도 내 얼굴에 확신이 안 선다.

너, 안 죽냐? 그럼 유르겔이 준 차와 약으로부터 시엘을 보호하지 않아도 괜찮았을까? 임상 실험 필요 없어? 그 무서운 꼴을 안 볼 수도 있었는데 내 팔자 내가 꽈서 그딴 꼴을 봤던 거라고?

내 표정이 어마어마했나 보다. 시엘이 급당황한 표정으로 손을 휘저었다.

"아니, 그, 자연사를 안 한다는 의미입니다. 독을 마시거나 칼에 찔리거나 뒤통수를 쇠막대기로 후려치면 저도 죽어요……."

"그렇게 말하시니까 제가 마법사님을 칼로 찌르거나 독을 먹이거나 쇠막대기로 후려치고 싶어 하는 사람 같잖아요."

"그렇죠? 아니죠? 감사합니다."

이게 왜 감사할 일인지 모르겠다. 저렇게 말하니까 내가 꼭 저런 일들을 실행하려다가 관둔 사람 같잖아.

"대마법사는 지금은 한 대에 한 명뿐입니다만 고대에는 더 많은 마법사가 있었다고 합니다. 하지만 그들은 긴 생을 달가워하지 않아서 점점 수가 줄어들었죠. 저 마법진은 줄어드는 대마법사의 수를 인위적으로 유지하기 위한 일종의 보험이었던 것 같습니다."

"하지만 대마법사는 타고나는 거라고 하셨잖아요. 어떻게 인위적으로 만들 수가 있는 거죠?"

"대마법사에게는 대대로 용의 심장이 상속됩니다. 역대 대마법사들의 마력이 담겨 있어서 그럴 만한 영혼의 무게를 지니지 못한 이, 대마법사가 아닌 이는 용의 심장을 받아들일 수 없답니다. 그래서 대마법사의 영혼은 순환한다고들 하지요."

그럼 지금 시엘의 가슴에서 뛰고 있는 심장이 용의 심장일까? 무의식적으로 손을 올렸다가 다시 내렸다. 그것을 본 시엘이 웃으며 내 손을 잡아다 자신의 심장 위에 올렸다.

잘 모르겠다. 희미하게 심장박동이 느껴지기는 하는데, 나랑 크게 다르지도 않은 것 같았다.

"하지만 육체와 영혼에서 중요한 것은 영혼입니다. 영혼은 그에 걸맞은 육체에 깃들 수밖에 없어요. 때문에, 본래 저 마법진은 대마법사들의 죽은 영혼을 잡아 다시 육체의 그릇에 넣는 역할을 위해 만들어진 것입니다. 지금은 거기까지 기능하지 못하지만."

만능, 전능, 신급의 마법사들의 영혼과 육체를 만들기 위한 마법진이 불임 치료로 쓰일 때까지 작아지고 깎여 나가고 작아지는 광경을 한번 상상해 봤다. 아주 긴 시간이었을 것 같다.

그리고 또 만능에, 전능에, 신급이라는 삼 종 타이틀을 모두 달성한 대마법사들의 군단이 존재하던 고대를 상상해 보았다. 자신과 동등한 동료가 있는 그들도 외로움을 느끼고 사랑을 하고 싶었을까?

나는 지금 한 대에 단 한 명뿐이라는 이번 대의 대마법사 시엘 커퍼필드를 보았다.

누가 죽이거나 자살을 하지 않는다면 결혼도 못 하고 혼자서 영원을 살아갈, 아직은 젊은 대마법사는 잠이 오는지 하품을 하는 왕자를 부드러운 얼굴로 들여다보고 있었다.

"외로우시겠어요. 이렇게 좋은 부모님이 되실 것 같은 분인데."

그리고 무엇보다 저 잘생긴 얼굴이 유전자를 남기면 안 된다니 전 인류의 손실인 것 같다.

시엘은 작게 웃었다.

"어쨌든, 그래서 마법진의 처리가 오래 걸리고 있습니다만 금방 돌아가실 수 있을 겁니다."

"기대할게요."

시엘이 정말 마법으로 제대로 재웠는지 그 와중에 미오 경은 미동도 않고 소리도 없이 계속 자고 있었다. 자는 얼굴마저도 잘생긴 이 미남은 아까 어디부터 봤을까? 내가 약을 주는 것도 봤을까? 그가 본 것과 진실은 아마 꽤 다를 텐데 미오 경이 어떻게 생각하고 있을지가 조금 신경이 쓰였다.

"그래도 마법사님, 그 차 안 드시는 게 좋을 것 같아요. 아까 낮에 보니까 좀 상한 것 같았어요."

다 식어버린 차를 마시려던 시엘이 손을 멈췄다. 시엘은 내게는 다른 차를 타주었지만 본인은 유르겔이 준 차를 마셨다. 유르겔이 차에까지 손을 썼을 것 같지는 않지만 그래도 불안한 요소는 없는 게 낫다.

"아스, 괜찮아요."

"하지만."

백금발에 달빛을 가득 머금은 시엘이 부드럽게, 마치 불완전한 달처럼 웃고 있었다.

"괜찮아요. 전 대마법사입니다."

13장
나를 사랑하지 않는 당신에게

노란 프리지아를 선물받았다. 향이 짙은 프리지아는 생각보다 내 기분을 좋게 했고, 슬슬 꽃이 좋아지려 한다. 꽃에 고개를 파묻고 웃으니까 클라인도 나를 보며 웃었다.

"기분이 좋아 보여 다행입니다."

"하얀 꽃이 아니라서 기분이 좋아요."

"하얀 꽃을 싫어하셨습니까?"

"싫어한 건 아닌데 좋아하지도 않았어요."

느닷없이 받는 꽃 선물이 싫은 것은 아니지만 볼 때마다 받으니 감동이 줄어들긴 했다. 클라인은 미소 지은 얼굴로 꽃에 걸린 내 머리카락을 귀 뒤로 넘겨주며 말했다.

"그때는 그 꽃들이 당신을 닮았다고 생각했습니다."

이거 좀 로맨틱한 말이다. 한 번도 내가 꽃을 닮았다고 생각해 본적이 없는데. 꽃을 닮은 건 그게 어떤 꽃이든 미인의 비유라서 어쩔수 없이 나도 얼굴을 붉히며 에헤헤 웃었다.

"지금은 아니고요?"

"지금은 모든 꽃에서 당신의 모습이 보입니다."

잠깐 날카로운 침으로 가슴을 찔린 것 같아서 좀 애매하게 웃었다. 나도 사랑을 했을 때 내가 사랑하는 사람의 모습을 세상 모든 만물에서 봤었다. 하늘을 보면 그 사람 눈빛 같고 빗소리는 그 사람 목소리인 것 같아서 설레고 그랬었다. 난 그것이 사랑이었는데 클라인은 아닌 것 같아서 놀랍기만 하다.

"어제 당신의 말을 듣고 많은 생각을 해보았습니다. 당신과 그녀가 물에 빠졌다면 당연히 당신을 구하겠다고는 말하지 못하겠습니다. 하지만 그렇다고 그녀를 먼저 구하지도 못하겠습니다. 둘 다 제게는 소중합니다. 그걸로는 안 되겠습니까?"

네, 안 돼요. 두 마리 토끼를 노리다가 셋 다 물귀신 되거든요.

나는 말없이 프리지아를 쓰다듬었다. 결혼은 현실이라고 모두가 말을 하는데 그것이 이 세계에서마저 적용이 될 줄 몰랐다. 감정을 모두 떠나 생각한다면 이런 조건의 남자가 또 있을 것 같지는 않다. 절대 바람피우지 않을 젊고 잘생기고 능력 좋은 권력자라니. 내 생에 무슨 복이 터져서, 조상님 땡큐! 수준의 일이긴 한데…….

"그게 결혼 사유가 되기는 부족해요."

나는 한숨을 쉬며 말했는데 클라인은 그야말로 눈부시게 미소 지었다. 아잇, 솔직히 미오 경이나 시엘에 비해 좀 빛이 덜 나는 외모라고 생각했는데 그렇게 한여름 정오의 햇살 아래 서 있는 소년처럼 웃으면 두근대 버렷……!

"그럼 결혼을 전제로 사귀는 사이는 되겠습니까?"

하하, 이 인간이 여전히 날로 먹으려 드네, 날 뭐로 보고. 결혼을 전제로 교제한다는 것은 어영부영하다가는 결혼하게 된다는 말의 다른 말이지.

"아뇨, 백작님이 계속 구애하는데 제가 계속 차는 사이죠."

그는 그렇군요, 라면서 내 손을 잡아 손바닥에 입을 맞췄다. 그리고 고개를 숙인 채 그 청회색 눈동자로 나를 똑바로 보면서 천천히 웃었다. 오싹해서 등 뒤로 솜털이 일어났다.

"계속 구애를 하면 되겠군요. 당신이 허락할 때까지."

그 낮은 목소리를 듣고 손끝부터 시작해서 팔, 어깨를 타고 체온이 쫙 얼굴을 향해 달려 올라왔다. 별로 야한 얘기를 한 것도 아닌데 온몸이 빨갛게 달아올랐다. 이런 위험한 페로몬을 또 어디서 배워 와서는.

"오늘은 청할 것이 있어 왔습니다."

"뭔가요?"

"제가 공작이 되는 날 당신께 최초로 그렇게 불리고 싶습니다."

아마 불가능하지 않을까? 미카엘 왕자의 이름을 처음 부른 사람이 국왕 에반스였듯이 그를 공식적으로 카펠라 공작이라 처음 부르는 사람은 에반스가 될 거다.

사실 저거 클라인이 에반스를 사랑한다고 믿던 〈탈출기〉 독자 시절에 꽤 로맨틱하다고 생각했던 장면이었다. 그의 짝사랑은 사랑으로 보답받지는 못하겠지만 그래도 의미 있는 순간들과 흔적은 남았다고 그의 망한 사랑을 응원했던 적이 있긴 한데 실제로 보니 클라인은 에반스한테 별다른 감정이 없어 보였다. 에반스는 좀 있어 보이는데 클라인은 우정도 없어 보여.

클라인이 손을 내밀었지만 나는 그 손을 잡지 못했다. 저 말은 말 그대로 그날 나더러 카펠라 공작님 만세! 를 제일 먼저 선창을 해달라는 말이 아니라 내게 파트너가 되기를 청하는 말이었다.

이 남자도 대단하다. 내가 시녀긴 한데 인기가 아예 없을 거라 믿는 건지, 아님 자기를 위한 5분 대기조라고 생각을 하는 건지. 어떻게 행사 하루 전날에 파트너 신청을 하지? 이래서 공직에 오래 있었던 권력자들과 온실은 안 되는 거다. 세상이 자기 뜻대로 안 돌아간다는 것도 알아야 하는 건데.

"감사합니다. 하지만 전 이미 선약이 있어요."

"미오 경입니까?"

"아뇨, 세야 료민 남작이요. 한번 만나신 적이 있죠? 제 선생님."

이 남자도 은근히 다른 남자들과 사이가 안 좋다. 굳이 사이좋을 것까지는 없지만 그렇다고 이렇게 사이가 나쁠 것까지도 없을 텐데. 미오 경이냐고 물어볼 때도 기분이 안 좋아 보였는데 세야 이름을 들으니까 티 나게 기분이 나빠 보인다.

"그러면 제 마음만이라도 받아주시겠습니까?"

마음만은 함께한다는 개드립이 생각났지만 어쨌든 고개를 끄덕이니까 클라인도 더욱 기분 좋게 웃었다.

"그리고…… 나해 여왕의 처형식 때 함께 구경하시겠습니까?"

"나해 여왕이요?"

그러고 보니 엘리의 장례식에 다녀온 안나가 나해 여왕이 붙잡혔고 처형을 당할 거라고 말했었던 게 기억이 난다. 사람이 공개 처형당하는 일인데 그걸 이렇게 축제 치르듯이 말을 하다니 기괴하다. 난 잉어들의 난전만 봐도 토할 것 같았는데 그는 직접 전쟁을 치르며 사람이 죽고 죽이는 걸 보는 사람이라 그런 걸까.

일단 세야와의 약속에는 나해 여왕이 포함되어 있지 않았기 때문에 고개를 끄덕였다. 클라인은 만족한 웃음으로 내 손바닥에 다시 한번 키스하고, 떠나려고 했다.

"아스?"

그러려는 의도는 아니었는데 내 손이 클라인의 옷자락을 잡았다. 그의 떠나가는 등이 너무 외롭고 쓸쓸해서, 누가 내 곁에 있어주길 바라서 같은 귀여운 이유는 아니었다.

나는 어제 시엘과의 대화 후에도 계속 잉어와 약에 대해 생각했다. 시엘에게는 물어볼 수가 없다. 세상의 법칙을 보고 만들고 다룬다는 대마법사에게는 함부로 물어볼 수가 없다. 그리고 내가 그에게 해가 될지도 모르는 약을 먹일 뻔했다는 것은 말하고 싶지 않았다.

내 인생이 아무리 시궁창에 처박힌 것처럼 하찮고 비굴해도 그런 식으로까지 비겁하게 우울해지고 싶지는 않았다. 이용당해서 그를 내 손으로 해칠 뻔했다고 절대 말하고 싶지 않다.

하지만 클라인이라면, 내가 기억이 없다는 것을 알고 절대로 날 해칠 수 없는 클라인이라면 물어봐도 되지 않을까? 그가 이번에도 거짓말을 할까?

"백작님은 제게 이제 거짓말은 안 하실 거죠?"

"무슨 일이 있으신 겁니까?"

"쿼테린 가문에 대해 말해주세요."

바람이 불고 프리지아 향기가 났다. 나는 문득 품 안에 있는 프리지아 한 송이를 뽑아 클라인에게 건네주었다. 그는 영문도 모른 채 프리지아를 받아 들고 손안에서 조금씩 돌렸다.

"이미 멸문한 가문에 대해 왜 궁금하신 겁니까?"

"혹시 그 가문과 대마법사 사이에 원한이 있을까 싶어서요."

"그렇게 생각하실 근거라도?"

나는 조금 망설였다. 이곳에서 멀지 않은 곳에 잉어들이 퍼덕이던 연못이 있었다. 그래서 더 망설여졌다.

"손 좀 잡아주실래요?"

클라인은 기꺼이 내 손을 잡아주었다. 단단하고, 손바닥 안쪽은 딱딱한 손이었다. 하지만 이 손이 내 손을 잡을 때마다 추락하는 몸에 날개가 돋아나는 것처럼 안도했던 것을 기억한다.

나는 클라인의 손을 잡고, 어제 잉어들이 골육상쟁을 벌였던 연못으로 앞장서서 걸어 나갔다. 하지만 수풀을 하나 앞에 두고 나는 앞으로 나아갈 용기를 잃었다. 내가 떨기라도 했을까? 클라인이 나를 두고 앞으로 나아갔다.

"제가 혼자 보고 오기를 바라십니까?"

"못 가겠어요."

"다녀오겠습니다."

그는 수풀 너머를 한번 보고, 내 주변을 꼼꼼히 돌아본 후 말했다. 나는 아직도 혼자 서 있을 수 없을 만큼 무서웠나 보다. 겨우 웃으며 그의 손을 놓아줄 수 있었다. 나는 우두커니 서서, 클라인의 붉은 머리카락이 멀어지는 것을 지켜보았다.

수풀을 넘어간 그의 붉은 머리카락이 점점 작아지다가 어느 순간 그가 멈춰 섰다. 그는 그대로 한동안 수풀에 가려 내게 보이지 않는 연못을 내려다보았다. 그도 오래 머물지는 않았다. 나는 꽃다발을 잠시 내려놓고 손을 포개 잡은 채 그를 기다렸다.

"보셨어요?"

그가 고개를 끄덕였다. 뭘 봤는지는 못 물어보겠다. 뭐든 내가 본 것보다는 덜 끔찍했으면 좋겠다. 기분 탓인지 그의 가슴에 꽂힌 프리지아에서 비린내가 나는 것 같았다.

"유르겔 님이 대마법사에게 먹이라고 약을 주셨어요. 전 그걸 잉어들에게 먹여봤고요."

클라인이 한참이나 꽉 모아 잡고 있는 내 손을 응시했다. 그가 손을 내밀어서 내 양손을 잡아 올렸다. 가슴 높이까지 들려진 내 손은 가늘게 떨리고 있었다. 나는 클라인과 있다. 나는 안전하다. 그런데도 뭐가 무서운 걸까?

클라인은 단단한 손가락 끝으로 내 손가락을 쓸어내렸다. 한숨이 나올 것같이 부드러운 손짓이었다.

"쿼테린 가문은 지금은 멸문된 곳입니다. 전하께서 등극하실 적에 숙청당한 귀족가 중의 하나로 유르겔 님은 당시 자신의 가문이 위험해질 수 있는 것을 알면서도 내부 자료를 빼돌려 전하께 드렸지요."

안다. 유르겔은 그렇게 자신의 가문을 아예 들어다 바치고 에반스와의 사랑을 선택했다.

등극 당시 에반스의 숙청은 매서웠지만 쿼테린가의 죄는 그렇게 크지 않았다. 직접적으로 에반스의 등극을 방해했다기보다는 유력가의 하수인 노릇을 한 정도에 불과했기에 관련된 사람들은 유르겔이 가문의 죄를 가리고 덮는 것을 선택할 줄 알았단다.

하지만 유르겔은 오히려 가문을 바치고 사랑을 얻었다. 에반스가 유르겔을 봐서 쿼테린 가문에는 선처를 내렸다던가. 그래도 그 일로 유르겔은 부모를 잃었다.

"그럼 현재 쿼테린가는 대마법사께 이런 수를 쓸 여유가, 없겠지만…… 그걸 능가하는 어떤 원한이 있을 가능성은요?"

"쿼테린가는 대대로 대마법사들을 배출해 왔던 가문입니다. 굳이 지금의 대마법사를 해칠 이유가 없지요."

응……?

"쿼테린가에서 대마법사들을 배출했다고요? 그럼 시엘 커퍼필드도요?"

"그쪽과는 연관이 없습니다. 제가 알기로 전전대의 대마법사도 쿼테린가 출신이었습니다만 그 외에도 많지요. 고대의 대마법사 미카엘 쿼테린을 배출한 이후로 마법으로 유명했던 가문입니다. 지금은 다르지만."

"음, 혹시 그게 원인일 수는 있지 않을까요? 지금 대마법사님을 제거하고 다음에 쿼테린가의 대마법사를 배출할?"

"쿼테린가는 지금 그럴 만한 여력이 없습니다. 전하께서 선처를 내려주셨습니다만 꽤 많은 인재와 젊은 사람을 잃어야 했습니다. 쓸 만한 후계자가 남아 있지 않을 겁니다."

"풀리는 게 없네요."

등이 가려워서 손을 뻗어보았지만 정작 가려운 곳은 긁지 못하고 그 주변만 긁어대고 있는 것 같다. 지금 뭔가 근처에 와 있기는 한 것 같은데…….

떨리는 게 진정된 손을 빼내고 생각을 해보았다. 의심들이 다시 원점으로 돌아왔다. 유르겔의 개인적 원한이라기에는 너무 규모가 크고 악랄해서 가문 단위의 원한일 줄 알았는데 가문에 그럴 만한 여력이 없다니 가문은 빼도 될 것 같다.

하지만 한편으로는, 퀘테린 가문이 원래 대마법사를 많이 배출한 가문이었다는 부분이 걸린다. 퀘테린 가문, 혹은 유르겔이 대마법사 시엘 커퍼필드를 온전치 못하게 만들어서 얻을 수 있는 것이 무엇이지? 의도 자체가 없나? 제일 악질인데 그거.

"퀘테린 가문이 정말로 대마법사를 죽여서 후일을 도모할 정도의 여력도 없는 건가요?"

"지금 퀘테린 가문의 후계자들은 아주 어리거나 아주 나이가 많습니다. 후일을 도모한다 해도 많은 시간이 필요하겠지요."

"아, 그럼 아니겠네요."

가문이 몰락한 걸 보복하기 위해 시엘을 죽이고 자기 가문 출신의 대마법사를 만들려는 건 아닐까, 혼자 시나리오 한번 써봤다. 시작부터 설정 오류가 나다니 역시 나 같은 공순이가 시나리오 같은 소리를 했지.

생각해 보니 설정 오류가 좀 심하긴 했다. 가문이 몰락한 걸 보복한다고 하기에는 그 가문을 후려친 건 에반스였을지 몰라도 치라고 갖다 준 건 유르겔이잖아. 자기가 버려놓고서 새삼 복수할 리도 없고.

내 손안에는 이미 필요한 구슬과 재료들이 다 모여 있다. 이걸 한번에 발화시킬 만한 무언가가 필요하다. 그런데 계속 중요한 무언가를 놓친 것만 같은 기분이 든다. 뭘까? 마법진?

클라인을 앞에 두고 나 혼자 생각을 너무 오래 했다. 퍼뜩 그가 생각나 고개를 들자 그는 내 손 쪽을 유심히 보고 있었다. 손목에 묶은 리본 처음 본 것도 아니고 뭐지? 손등에 뭐가 묻었나? 포개고 있던 손을 풀자 그의 시선도 올라왔다.

"그럼 아스, 들어가십시오."

"가시는 모습 보고 들어갈게요."

좋아할 거라는 생각과 다르게 클라인은 은은하게 웃으면서 나를 바라보기만 했다. 왜 안 가지? 아까부터 서 있던 대로, 내게 연못을 가리듯이 서서는.

"아."

"제가 알아서 하겠습니다. 아스, 들어가세요."

"그럼, 저……."

나를 위해 연못과 잉어를 정리해 주겠다는 남자에게 뭐라고 인사를 해야 하는 건지 모르겠다. 이런 거는 왜 교과서에 안 나와주냐. 고맙습니다? 수고하세요? 잘 부탁합니다? 뭐든 이상하고, 뭐든 안 맞는다.

나는 인사할 말을 찾지 못해서 어물쩍거리다 꽃다발을 다시 안아들고 몸을 돌렸다. 내가 그곳을 벗어날 때까지도 클라인은 움직임 없이 내 시선에서 연못을 가리고 서 있었다. 꼬리에 불을 매단 동물처럼 연신 뒤를 돌아보며 별장으로 돌아왔다. 그곳에 클라인의 마음이 나보다 먼저 도착해 있었다.

드레스였다.

꽃무늬 장식

거울 앞에 선 나를 안나가 꼼꼼히 봐주었다. 자기는 못 나갈 연회에 나가는 친구의 차림을 돌보아주는 안나의 눈썰미가 꼼꼼해서 감동적이었다. 안나는 참 다정하다.

"그 손목에 리본은 안 하는 게 낫지 않을까? 안 어울리는데."

"아냐. 이건 꼭 해야 해."

거울 속에 보이는 내 모습이 내 눈에는 나빠 보이지 않았다. 언제 한번 나도 연예인들 메이크업을 해주신다는 샘물 같은 분의 메이크업 받아보고 내 얼굴의 가능성을 찾아보는 게 꿈이었는데, 그 정도까지는 아니더라도 스스로 개선할 수 있는 최고 지점까지는 온 것 같다.

나는 조금 긴장한 상태로 방문을 열었다. 노을의 끄트머리가 보이기 시작할 즈음부터 기다리고 있던 세야가 미소 지으며 내 손을 잡았다.

"보기 좋습니다, 아스 양."

"세야 경도요."

사실상 내가 받을 수 있는 최고급 찬사를 보낸 세야의 모습이 더 눈부셨다. 그는 연한 회색의 연회복을 입고 있었는데, 어떻게 된 남자가 무채색을 입고 있어도 초봄의 새싹처럼 싱그럽고 촉촉한지 모르겠다. 싱그러움도 저 정도면 거의 종특 수준이다.

방 밖으로 나온 미오 경은 조금 놀란 얼굴을 하고 있었다.

난 지금 미오 경이 사 준 드레스에 시엘이 사 준 구두를 신고 손목에는 세야가 매어준 리본을 달았다. 그리고 클라인이 보낸 드레스 상자 안에 같이 들어 있던 루비 귀걸이와 목걸이를 한 상태다. 귀걸이는 심지어 귀를 뚫지 않아도 되는 종류였다. 세심하기도 해라.

이렇게 조각조각 다른 남자들이 준 굿즈로 몸을 장식하고 있으니까 아주 뭐, 조공받는 여왕 같고 기분 참 좋다. 그리고 저 남자들이 하나같이 커다란 하자가 하나씩은 있는 남자들이라는 게 내가 생각해도 제일 대단하다.

클라인이 보낸 드레스는 예뻤다. 하얀색으로 시작해서 치마 밑단으로 갈수록 붉어지는 그러데이션 드레스였는데, 그 붉은색이 클라인의 머리색 같은 붉은색이었다. 누가 봐도 클라인의 파트너가 입을 법한 드레스라 차마 입을 수가 없었다.

그리고 난 서로 월급과 근무 환경을 빤히 아는 처지에 저 강직한 기사님 미오 경이 일부러 밖에 나가 사 온 드레스를 무시하고 주저 없이 클라인의 화려한 드레스를 입을 정도로 박정한 사람이 못 되었다. 대신에 클라인의 귀걸이와 목걸이를 했으니까 클라인도 섭섭해하지 않았으면 좋겠다.

"다녀올게."

"이기고 돌아와."

"어? 누굴?"

"어쨌든 이기고 돌아와."

누굴, 뭘, 어떻게 이기고 돌아오라는 건지 모르겠지만 어쨌든, 안나와 왕자와 미오 경을 뒤로하고 세야의 손을 잡고 본궁으로 향했다. 우리가 도착했을 때는 이미 많은 사람으로 북적이고 있었다.

에반스의 즉위 이후로 십 년 넘게 잠겨 있던 대연회장이 문을 열었다. 천장은 높고 어지간한 가정집 거실만 한 크기의 크리스털 샹들리에가 빛을 내는 대연회장은 화려하고 아름다웠다.

이럴 때 드라마 같은 데 보면 시종이 누구누구 듭시오–! 하고 큰 소리로 외치던데 우리는 초대장인지 입장권인지를 보여주고 그냥 조용히 들어왔다. 소설들 보면 호명을 하던데, 왜 안 하지?

"특별한 다른 지위가 있지 않은 한 백작 이상의 작위만 호명합니다. 이 많은 인원을 다 호명할 순 없으니까요."

하긴 이 많은 사람을 다 호명하려면 시끄러워서 사람들이 서로 대화도 못 할 것 같긴 하다.

세야는 왕비 궁이나 유르겔의 별장에서 보던 거랑은 조금 다른 얼굴이었다. 공식적인 자리에서 그를 보는 건 처음이었다. 그는 조금 낯선 얼굴로 나를 향해 웃었다. 알고 있는 남자가 가장 섹시해 보이는 순간은 내가 모르는 얼굴을 할 때라던데. 그래서 그런가, 세야가 낯설고 조금 섹시하게 보였다.

세야는 많은 사람과 인사하지는 않았지만 그 모든 사람이 나를 알고 있었다. 그가 인사를 하고 나를 소개할수록 웅성거리는 소리가 나를 중심으로 퍼져 나갔다. 아주 그냥 연예인이 된 것 같다.

"클라인 카펠라 백작님입니다."

간간이 시종이 어디 백작과 남작 영애가 들었다, 어디 후작 부처가 든다, 외치고 있었다. 그러다 귀에 익숙한 이름이 들렸고 연회장은 부담스러울 정도로 술렁였다. 연회장 전체가 그의 이름에 반응하는 것 같았다.

나는 세야의 손을 잡고 입구 쪽을 돌아보았다.

그를 볼 때면 언제나 그 머리 색이 먼저 눈에 들어온다. 주변의 색이 빛바래는 것처럼 선명한 붉은 머리카락의 그는 왕비 궁으로 나를 찾아올 때와 조금 다른 얼굴로 연회장에 들어오고 있었다. 모든 사람이 그를 주목하고 있었다.

오늘은 조금 이상한 날이다. 공적인 자리에서 공적인 얼굴을 한 세야와 클라인은 낯설고 어딘지 섹시한 느낌이었다.

그는 친절하지만 권태롭게 주변의 접근을 차단하는 얼굴로 연회장을 둘러보고 있었다. 모래에서 보석을 찾는 사람처럼 천천히. 그가 나를 찾아냈다. 멀리 있었지만 알 수 있었다. 그가 날 찾아냈다. 부드럽게 들뜬 얼굴로 바뀐 그가 곧장 내 쪽으로 걸어와서 나를 불렀다.

"아스."

요새 그가 내 이름을 부르면 귀뿌리 쪽이 가려워지지만 긁어도 시원해지지가 않는다. 이상한 느낌이다.

"드레스를 안 입으셨군요."

"미리 사둔 게 있어서요. 하지만 장갑이랑 보석은 백작님이 주신 거예요."

클라인이 섭섭해할까 봐 서둘러 목걸이를 들어 보였다. 그는 흰색이 기조인 예복을 입었는데, 내게 보냈던 드레스랑 짝을 맞춘 듯한 디자인이었다. 그 드레스를 입고 왔으면 누가 봐도 내가 클라인의 파트너라고 생각했을 것 같다. 안 입고 와서 다행이다. 내 선택은 옳았어.

클라인은 쓸쓸해 보이는 얼굴과 기뻐 보이는 얼굴을 동시에 지었다. 나는 그가 그럴 때마다 그럴 이유가 없으면서도 미안해진다.

"백작님. 이쪽은 세야 료민 남작님이에요. 구면이시죠?"

"반갑소, 남작."

"승전을 축하드립니다."

그리고 대화는 더 이어지지 않았다. 세야는 오늘 보니까 다른 사람과 적당히 잘 지내는 것 같은데 그럼 문제는 클라인일까? 그러고 보면 클라인은 미오 경이랑도 안 친해 보인다. 오늘 연회의 주인공이 그인데도 사람들이 굳이 안 다가오는 걸 보면 클라인은 사교 관계가 좋지 않은가 보다.

내가 거절해서 그런가. 그는 파트너도 없었다. 이런 자리에는 에스코트할 여성 동반이 필수인 걸로 아는데. 하긴, 그는 일편단심 이티카 아가씨라서 굳이 다른 아가씨들이랑 친하게 지냈을 것 같지는 않다. 하지만 한창 인기 좋을 일등 신랑감일 텐데 그의 청춘이 아깝다. 그가 나에게 청혼한 전적이 있다는 사실은 잠시 잊기로 했다. 사실 계속 잊고 싶다.

갑자기 세야가 잡고 있던 내 손을 더욱 힘주어 잡았다. 옥좌가 놓인 단 근처에 하얀 천을 씌워놓은 커다란 물건이 들어오고 있었다. 시종 서넛이 매달려 커다란 상자를 운반했다.

"백작님, 저거 혹시?"

"네. 나해의 이종족, 이형의 왕족입니다."

나해의 왕족은 오래전에 이종족과 피를 섞어서, 가끔 드물게 날개가 날린 이형의 왕족이 태어난다고 한다. 이번에 클라인이 출전한 전쟁에서 사로잡은 왕족 사이에 딱 한 명 그런 이형의 왕족이 있었다고 했다. 이름이 뭐였더라. 기억은 안 난다.

오늘 〈탈출기〉에 중요도에 비해 묘사가 압도적이었던 천사 같은 이형의 왕족이 유르겔에게 충성을 맹세하는 빅 이벤트가 열린다. 스토리에 기여하는 바가 없더라도 영화의 한 장면처럼 멋있을 거다. 에반스랑 유르겔이 언제 나올까. 그들이 나와야 천을 걷을 것 같은데.

아직 에반스가 나오지 않았는데 연회장에 가벼운 음악이 흐르기 시작했다. 그리고 젊은 귀족들이 짝을 지어 연회장의 중앙으로 나섰다. 국왕이 안 나왔는데 벌써 춤이야?

"기혼자들은 더 기다려야겠지만 미혼 남녀는 이제부터 춤을 춰도 된답니다. 아스 양, 저와 첫 춤을 춰주시겠습니까?"

세야가 내 앞에 반쯤 무릎을 꿇고 청했다. 당연히 세야와 첫 춤을 출 거라 생각은 했지만 바로 옆에서 클라인이 보고 있으니까 어쩐지 좀 신경이 쓰인다. 클라인도 세야의 내민 손을 물끄러미 보고 있었다.

"……기꺼이, 세야 경."

왜일까. 난 잘못한 게 없는데 이토록이나 바람피우는 기분이 드는 건.

우리는 젊은 미혼 남녀들 사이에 끼어 춤을 추기 시작했다. 시작은 가벼운 왈츠였다. 다행이다. 그나마 왈츠는 출 수 있으니까 세야의 발을 밟는 것으로 춤을 시작하지 않아도 되었다.

"사람들이 말하길."

음악에 맞춰 아름다운 자수가 놓인 드레스 자락과 레이스들이 일제히 허공에 아름다운 무늬를 그려내고 있었다. 이 아름다운 드레스

사이에서 내 드레스도 꽃잎처럼 흔들렸다. 몇 번이나 원을 그리고 난 후에 세야가 부드럽게 입을 열어 말했다.

"제가 아스 양을 독차지했다는군요."

좀 부끄럽군. 나한테는 그 소리가 들리지 않는데 세야는 사람들의 수군거림이 다 들리나 보다. 나도 한청력 자랑해 왔는데 이제 어디 가서 명함 내밀지 말아야겠다.

"그래요? 제가 좀 인기인인가 봐요."

"누구나 권력의 행방에는 관심이 있을 테니까요."

"최소 20년 후의 권력인데 사람들도 참 대단해요."

당장 내일도 모르는 일인데 말이다. 내가 과연 20년 후에도 이 세계에 있을까?

"다들 열심히 사는 것이지요."

"그래서, 모두가 바라는 절 독차지한 기분이 어떠세요?"

세야는 웃었다. 그의 새싹빛 눈동자가 부드러운 곡선을 그리는 것을 나는 즐겁게 바라보았다. 같은 녹색 계통인데도 그의 눈동자와 미오 경의 눈동자 색은 많이 다르다. 새싹처럼 싱그러운 세야의 눈동자는 가까이 다가가면 연한 풀 냄새가 날 것 같다.

나는 몸을 돌릴 때마다 사람들 틈 사이에서 보이는 클라인의 붉은 머리카락에 시선을 주지 않도록 주의하면서 세야와 춤을 추었다. 연습할 때는 그렇게 밟아대던 발을 지금은 많이 밟지 않아서 다행이었다. 밟기는 밟았다는 말이다. 일주일간 연습하며 내 실력은 그렇게 나아지지 않았지만 세야의 밟혀도 아무렇지 않은 것처럼 연기하는 기술과 회피력이 놀랍도록 향상되었다.

그렇게 열심히 춤을 추는데 갑자기 사람들 사이로 술렁임이 퍼졌다. 뭐지? 시종은 딱히 누군가를 호명하지 않았는데. 나는 세야의 팔을 잡고 입구 쪽으로 빼꼼 고개를 내밀어봤다.

나도 사람들이랑 비슷한 심정이 되었다. 상체가 딱 달라붙는 하얀 드레스 차림의 왕비였다. 가슴이 두근 떨려왔다. 왕비가 오는 걸 알고 있었는데 이상하게 불안하다.

내가 뭘 더 살피기도 전에 몸이 반 바퀴 돌았다. 아직 춤을 추는 중이었다. 정신 잠깐 놨다가 발을 밟는 건 고사하고 몸통으로 치받아 버릴 뻔했다. 워낙 많은 귀족 남녀가 춤을 추고 있어서 자칫하다가는 대형 사고가 날 것 같았다. 어느 귀족 아가씨 드레스를 밟아서 찢기라도 하면 내겐 그걸 갚을 재정적 능력이 없다.

세야의 리드대로 몸을 돌리면서 연신 아까 왕비가 있던 자리로 시선을 던져보았지만 사람들에 가려 잘 보이지도 않았다.

"아스 양? 뭔가 신경 쓰이는 게 있으십니까?"

내 허리를 안아 들면서 세야가 물었다. 세야는 왕비를 못 본 모양이다. 봐도 알았을까 모르겠다. 왕비는 대관식과 결혼식을 치르지 않아서 어지간한 고위 귀족이 아니면 그녀의 얼굴을 모른다.

"아뇨, 잠깐 아는 사람을 본 것 같아서요."

"미오 경은 여기 못 올 텐데요."

"저 미오 경 말고도 아는 사람 많거든요?"

세야는 웃으며 내 허리를 안고 애들 비행기 태우는 것처럼 허공에 띄워 한 바퀴를 돌렸다. 우리 수업에는 이런 동작 없었는데! 하지만 남들도 하는 거 봐서는 세야가 없는 동작을 한 건 아닌 것 같다. 기본기도 못 따라가는 사람 상대로 응용기 넣지 말라고.

혹시라도 내가 놀라서 누굴 걷어차지는 않았을까 빠르게 주변을 둘러봤지만 다른 피해는 없었다.

"깜짝 놀랐잖아요!"

세야는 장난스럽게 하하 웃었다. 새삼 이 남자가 꽤 어리고 싱그럽다는 게 와 닿는다. 미오 경이나 클라인이 이런 장난을 칠까? 그의 웃는 얼굴을 보고 있었더니 어느 순간 나도 배시시 웃고 있었다.

커다란 샹들리에 불빛에 춤추는 사람들의 옷과 머리카락과 보석들의 빛이 서로 반사되어 휘황찬란하게 난반사되었다. 스쳐 지나가는 사람들에게선 좋은 향이 나고 있었고 휘날리는 옷자락들도 꽃잎이나 새의 깃털처럼 화려하고, 가볍고, 아름다웠다.

내 몸에도 작은 잠자리 날개가 돋아난 것 같았다. 온몸이 둥둥 뜨고 즐거웠다. 내 인생에 이만큼 화려한 순간은 다시 오지 않을 것 같다. 내 결혼식도 이렇게 화려할 수 없다. 저절로 웃음이 나와서 많이 웃었고, 세야도 나를 보며 웃었다. 계절은 여름을 향해 가고 있었지만 내 생애 봄이 있다면 지금인 것 같았다.

길이 들지 않은 구두인데도 발이 신기할 만큼 편했다. 시엘이 며칠 전 밤에 혼자 구두를 안고서 구시렁대고 있었는데 무슨 마법이라도 걸어준 것 같다.

나는 세야와 연달아 몇 곡이나 춤을 추었다. 춤을 추면서 계속 사람들 틈에서 왕비를 찾았지만 그녀는 보이지 않았다. 출석만 하고 바로 나간 건가? 내가 잘못 볼 리는 없지만 왕비는 호명도 없이 들어왔다. 저만큼 왕비랑 닮은 다른 사람이 있을 수가 있을까?

클라인과는 계속 눈이 마주쳤다. 그는 세야와 내가 춤을 추는 내내, 한쪽 벽에 기대서서 내 드레스 자락의 궤적을 눈으로 좇고 있었다. 옆에서 누가 말을 걸어도 단답으로 대답하거나 무시하는 것으로 보였다. 그의 주변에 다가간 여자들은 얄짤없이 거부당했다.

아무래도 그는 첫 춤을 나와 추고 싶은 모양이다. 무서울 정도로 부담스럽다. 지금 연회장에는 그의 첫 춤을 카운트다운하는 여자들 천지일 텐데, 그 와중에 내가 클라인이랑 춤을 췄다가는 말 그대로 사냥을 당할 것 같다.

"아스, 제게도 함께 발을 맞출 수 있는 영광을 주시겠습니까?"

몇 번째인지 모를 곡이 끝났을 때 정신을 차려보니 눈앞에 클라인이 있었다. 그는 차분한 얼굴로 내게 손을 내밀고 있었다. 그 순간부터 온몸에 바늘이 꽂히는 것 같은 시선이 느껴졌다. 안 들어도 알 것 같은 '저 여잔 누구야' 하는 속삭임도 들려왔다.

그렇지. 이 연회의 주인공이라고 할 만한 클라인이 파트너도 없이 와 있어서 모든 결혼 적령기 여자의 시선이 아예 활처럼 꽂히고 있었는데 그냥 넘어갈 리가.

나도 클라인과 춤을 추고 싶다. 무려 내 인생 최초의 청혼을 하신 양반이고 나도 네임드 미남과 춤을 춰보고 싶다는 로망이 있다. 하지만 그와 춤을 추기엔 그가 너무 거물이라 무섭다.

"국왕 전하와 유르겔 님입니다."

참 빨리도 왔다. 하지만 적절한 타이밍이군요. 감사합니다. 나는 슬쩍 눈치를 보다 클라인에게서 한 걸음 떨어졌다.

짙은 남색 옷을 입은 에반스와 움직일 때마다 연한 푸른빛 광택이 도는 옷을 입은 유르겔이 어깨를 나란히 하고 연회장 안으로 들어왔다. 며칠 전 유르겔과 만났을 때는 아파 보였는데 오늘은 멀쩡해 보였다. 에반스랑 함께 있어서 그런가 조명받은 꽃처럼 예쁘다.

둘은 손도 잡고 있지 않아서 서로에게 닿아 있는 것은 그림자와 체온, 그리고 시선뿐인데도 그 스치다 얽히는 시선이 서로를 세상에서 유일한 보물을 대하듯이 보고 있는 것이 역력해서 애틋하고 정다워 보였다.

그러다 툭, 에반스의 손가락이 장난처럼 유르겔의 손가락을 건드렸다. 툭, 다시 한번 손가락끼리 만나더니 둘은 손을 잡고 옥좌가 놓인 단상으로 올라갔다. 그 모든 과정이 대단히 친밀하고 달콤하고 로맨틱하긴 했다.

둘의 사랑을 아름답게 볼 이유가 전혀 없는 나도 보고 있으니까 왜 이 왕국의 사람들이 둘의 로맨스에 그렇게 열광했는지 알 것 같은 기분도 들었다. 그래 봤자 불륜인데도.

그리고 보니 왕비는…… 정말 갔을까? 난 차라리 그러기를 바란다. 왜냐면 옥좌가 있는 단상에 유르겔의 자리는 있었지만 왕비의 자리는 준비되어 있지 않았기 때문이다.

"클라인 카펠라."

"예, 전하."

대연회장에 들어온 에반스는 옥좌에 앉기도 전에 클라인을 불렀다. 에반스의 등 뒤에 서 있는 유르겔의 시선이 클라인에게 닿았다가 나를 핥듯이 보고 지나가는 것이 느껴졌다.

나한테서 겨우 한 걸음 떨어져 있던 클라인이 낮은 목소리로 대답하고 옥좌를 향해 걸어갔다. 길고 하얀 옷자락이 흔들리고 그 위로 짧은 붉은 머리카락도 흔들렸다. 불꽃이 흔들리는 것 같았다.

옥좌 앞에서 클라인은 한쪽 무릎을 꿇고 앉았다. 에반스가 그를 내려다보면서 검 하나를 내밀며 말했다.

"카펠라 가문은 개국공신 가문으로서 영예로운 이름을 지녔는데, 그 후손되는 클라인 카펠라 역시도 그간 수많은 전쟁을 치르며 공이 많았다. 대대로 카펠라가의 공이 높으니 이를 더욱 영예롭게 하기 위하여 카펠라가에 내려진 작위를 공작으로 높여 그 이름을 아름답게 하겠다."

"명 받들겠습니다."

에반스가 내미는 카펠라 가문의 문양이 그려진 검을 클라인이 머리 위로 받들었다. 에반스는 만족한 얼굴로 물러섰고 클라인은 자리에서 일어나 사람들을 향해 몸을 돌리고 검을 높게 들었다.

카펠라 공작! 하는 연호가 울려 퍼졌다. 그 소리를 듣는 클라인의 얼굴은 의외로 별로 뿌듯하다거나 자랑스러워하는 기색은 없었다. 그는 평소와 똑같은 모습 그대로 차분하게, 정확하게 나를 보았다. 그가 앞으로 나가는 것을 보고 옆으로 좀 더 이동했는데도 용케 나를 찾아냈다.

환호성 속에서 클라인이 입을 열었다. 작게 벙긋거리는 입술은 마치 웃음으로도 보였다. 하지만 나는 클라인의 들리지 않는 말을 알아들었다.

'저를 불러주세요.'

가장 먼저 그를 클라인 카펠라 공작이라 불러주는 사람이 나이기를 바란다고 했던가. 아마 그에게는 지금 그를 부르고 있는 사람들의 환호가 하나도 들리지 않을 거다. 내가 입을 열기 전까지는 계속 그렇겠지. 뭐 비싼 이름이라고.

나는 입을 열었다. 클라인 카펠라 공작님. 딱 그렇게만 부르면 된다. 사람들의 저 환호를 뚫을 정도로 크게 복식호흡으로 외칠 필요도 없다. 입술만 달싹여도 그는 알아볼 것이다. 하지만 시엘 때처럼 이번에도 클라인의 이름은 내 혀끝에 무겁게 매달려 떨어지지를 않았다.

그의 마음이 무겁다. 그들의 마음이 부담스럽다. 나는 시엘을 좋아하고 클라인을 좋아한다. 싫어할 수 없는 이들이 아닐까. 하지만. 그럼에도. 그래서. 여러 가지 감정이 가슴속에 뒤엉켜 혀를 잡아당긴다. 그 이름을 부른다면 후회하게 될지도 모른다고.

나오지 않는 이름을 삼키지도 뱉지도 못하고 있는데 갑자기 연회장에 커다란 소리가 났다. 소리를 따라 고개를 돌리니 아까 들여왔던 하얀 천이 씌워진 상자에 더는 하얀 천이 없었다!

정확히는 천이 천장에 나부끼고 있었다. 그 아래서 사람들이 머리를 손으로 감싸며 다른 곳으로 달려 피하고 있었다. 갑작스러운 사태에 놀란 사람들이 비명을 질렀다.

"아스 양!"

세야도 나를 당겨 안았다. 나는 세야의 품에 안겨서 천이 벗겨진 그 아래를 보았다. 커다란 새장이었다.

머리 위에서 되게 불길하게 들리는 푸드덕 소리가 났다. 크고, 무겁고, 날개가 커다란 새가 내는 소리였다. 도쿄에 놀러 갔을 때 사람만 한 까마귀가 날아오르며 저런 소리를 내는 걸 들어봤었다.

천천히, 커다란 깃털이 바닥에 떨어져 내리는 광경을 보았다. 세야가 내 고개를 찍어 누르고 있기도 했지만 너무 명확해서 굳이 고개를 들어 천장에 떠 있는 것이 무엇인지 보지 않아도 알 수 있었다. 나해의 이종족, 이형의 왕족이겠지!

아수라장이다. 퍼덕이는 소리가 좀 더 강해지더니 날카롭게 무언가가 깨지는 소리까지 났다. 왓 더 헬. 천장이 깨진 거야, 지금? 저 천장 유리였어?! 어느 정신 나간 인간이 이런 건물 천장에 유리를 발랐어?!

세야가 내 머리를 거의 자기 가슴뼈 안에 넣을 기세로 찍어 누른다. 그리고 또 다른 손이 나를 끌어안는 게 느껴졌다. 반사적으로 마주 끌어안았다. 우리는 무슨 난파하는 배에 탄 사람들처럼 서로를 있는 힘껏 끌어안았다.

그리고 머리 위로 화려한 크리스털이 깨져서 떨어져 내리는 와중에, 나는 봤다. 불길한 예감은 대체 왜 빗나가지를 않는 걸까, 로또에 대한 예감은 그렇게 족족 빗나가 놓고서는. 새장의 천을 걷고 문을 열어버린 사람. 이 아수라장을 만든 사람이 아주 침착한 얼굴로 새장 옆에 서 있었다.

왕비였다.

내가 뭘 잘못 본 게 아닐까? 왕비가 이런 대형 사고를 칠 이유가 하나도 없는데 무슨 일이 벌어진 건지 모르겠다. 나는 세야와 클라인의 품속에서 힘들게 그녀의 모습을 다시 찾아보았다. 둘이 무슨 어미 새처럼 나를 꽁꽁 안고 있어서 힘들었지만 나는 그녀를 결국 다시 찾아낼 수 있었다. 다시 보아도 왕비의 손에 천 자락이 쥐어져 있었다.

이렇게 왕비가 새장 문을 열어버리면 이형의 왕족이 유르겔에게 충성을 맹세하는 원작의 내용이 성립이 안 될지도 모른다.

하늘을 올려다보았다. 그토록 화려하게 빛을 난반사하고 있던 샹들리에의 귀퉁이가 부서져서 날카로운 비가 되어 내리고 있었고 그 위로 오색찬란한 웅장한 그림이 그려졌던 천장도 부서져 내리고 있었다.

그리고 난 그 샹들리에 위에서 날개를 펼치고 있는 사람을 볼 수 있었다. 그는 내가 생각한 천사 같은 모습은 아니었다. 아래만 겨우 가린 헐벗은 차림의 그는 고양이처럼 눈을 빛내며 자기 때문에 혼란에 빠져 비명을 지르는 사람들을 물끄러미 내려다보고 있었다.

두근, 가슴이 떨렸다. 원작과 달라지는 지점일까, 아니면 원작대로 흘러가는 지점일까. 알 수가 없었다.

〈탈출기〉에 몇 안 되는 왕비의 외부 활동이 오늘이었다. 왕비가 모처럼 본궁에 있었기에 참여하게 된 행사였다. 분명 〈탈출기〉에 따르자면 이날조차도 국왕은 그녀의 존재를 언짢게 여긴다고 되어 있었는데…….

하늘에서 내리던 크리스털과 유리의 비는 슬슬 끝났지만 사람들의 혼란과 비명은 멈추지를 않았다. 나는 나를 품고 있는 팔과 가슴에서 고개를 떼고 물었다.

"공작님, 선생님. 두 분 다 괜찮으세요?"

"전 괜찮습니다. 아스 양은 다친 곳 없으십니까?"

내 머리를 품에 안고 있던 사람은 세야였다. 세야는 비교적 멀쩡하긴 했지만 머리카락에서 유리 가루가 부슬부슬 떨어지고 있었다. 뺨이랑 목덜미에 자잘한 생채기도 나 있어서 그가 몸을 던져 나를 보호한 것을 알 수 있었다.

나는 장갑 낀 손으로 조심조심 그의 머리카락을 털어주며 이번에는 클라인을 살폈다.

그는 의전용 검에 박힌 유리 파편들을 흔들어 털어내고 있었다. 그 대로 우리 몸에 박혔다가는 큰일 났겠다 싶은 크기도 많았다. 클라인 은 검에서 유리 파편들을 다 털어낸 후에 내가 세야의 머리를 털어주 는 것을 점잖게 바라보았다.

"공작님 덕분에 다친 곳은 없네요. 공작님은 괜찮으세요?"

"전 괜찮습니다. 아스, 손 다치십니다."

"장갑 껴서 괜찮아요."

"두꺼운 장갑이 아닙니다."

클라인이 저렇게 정색하고 세야한테서 손 떼라는 식으로 말하니까 되게 내가 양다리 걸치는 여자가 된 것 같다. 둘 다 내 남자 아닌데 억 울하다. 하도 클라인이 지긋하게 쳐다보니까 세야 쪽에서 반걸음 뒤 로 물러섰다. '네, 아스 양. 다칠지도 모르니까'라면서. 하지만 그도 클 라인을 똑바로 쳐다보는 것을 잊지 않았다.

옥좌 쪽에서도 에반스가 유르겔이 다친 곳이 없는지 꼼꼼하게 살피 고 있었다.

아직 누구도 왜 이런 일이 벌어졌는가를 생각할 단계가 아닌 모양 이었다. 하지만 곧 누군가가 왕비를 발견해 냈다.

"저 여자가 새장의 문을 열었소!"

머리에서 피를 흘리고 있는 한 남자 귀족이 외쳤다. 심지어는 친절하 게 손가락질까지 해줘서 사람들의 시선이 왕비에게로 좍 몰려들었다.

"뭐 하는 여자지?"

"나해의 잔당인가?"

어마어마한 발언이다. 아무리 결혼식과 대관식 없이 왕비가 되었다 지만 어떻게 귀족이라는 사람들이 이렇게나 왕비의 얼굴을 모를 수가 있을까.

"왕비님. 이 무슨 참담한 일을 저지르신 겁니까."

아까 무슨무슨 후작 부인이라고 불린 나이 든 귀족이 경악한 얼굴로 외쳤다. 그녀도 목덜미와 얼굴에 온통 긁힌 생채기가 가득했다. 그 부인이 친절하게 왕비님이라고 불러준 덕분에 연회장 전체가 흔들리는 텐트처럼 술렁였다. 누군가가 '저게 왕비라고?' 하는 소리도 들려왔다. 모든 상황이 왕비에게 불리하고 무례하다.

"왕비."

드디어 에반스가 왕비를 불렀다. 그 역시 이 상황을 이해하지 못하는 얼굴로 유르겔의 손을 잡고 있었고 유르겔은 그런 에반스를 말리듯이 고개를 저었다. 하지만 에반스는 참지 않았다.

"지금 무슨 일을 했는지 알고 있소?"

왕비는 분명 아름다운 사람이었다. 왕비는 이제 천을 놓고 하얀 치맛자락에 손을 파묻은 채로 향기 없는 난초처럼 고요히 서 있었다. 그녀는 여전히 흐르지 않는 물처럼 고요한, 평소와 다르지 않은 상태였는데 내 눈에는 이상하게 조금 생기가 돌고 들떠 있는 것처럼 보였다. 이 상황이 즐거운 것처럼.

그때 머리 위에서 커다란 새가 퍼덕이는 소리가 다시 들려왔다. 모두가 고개를 들어 하늘을 확인할 때였다. 깨어진 하늘에서 커다란 새가 내려오고 있는 것이 보였다. 커다랗고 하얀 날개는 끝부분이 달빛을 받아 금색으로 물들어 있었다. 깨어진 샹들리에의 불빛은 어지러울 정도로 눈이 부셨고 이형의 왕족의 고양이를 닮은 눈은 그 빛을 받아 금속 빛으로 빛났다.

나해에서 온 이형의 왕족은 그렇게 깨어진 하늘을 다시 돌아 에반스와 유르겔의 앞으로 내려앉았다. 옥좌 근처에 있던 기사들이 일제히 검을 뽑아 에반스의 앞을 막았다. 하지만 나해의 왕족은 그에 아랑곳하지 않고 유르겔의 앞에 무릎을 꿇었다. 그는 경건하게 유르겔의 발 앞의 땅에 입을 맞추기까지 했다.

그것은 경건하고도 숭고한 모습인 동시에 굴욕적인 광경이었다. 감히 유르겔의 발등 위에 입술을 댈 자격도 없다는 듯이 그는 유르겔의 발이 닿았던 땅 위에 입을 맞추고 있었다. 사람들은 그것을 보고 천천히 환호를 터뜨렸다.

왕국에 또 다른 젊은 공작이 탄생한 날이었다. 또한 자존심이 드높아 자국의 왕에게도 굽히지 않는다는 패전국의 왕족이 이 나라 왕의 연인에게 이토록 굴욕적이고 숭고한 경의를 표한 날이었다. 왕국의 승전을 축하하기 위해 찾아온 타국의 외교관들을 통해 온 대륙에 퍼질 광경이었다.

방금 전까지 클라인 카펠라를 외치던 사람들이 이제 유르겔 퀴테린을 외치고 있었다.

나는 잠시 사람들의 관심이 멀어진 틈에 왕비에게로 다가갔다.

"왜 그러셨어요?"

왕비의 검은 눈이 나를 보았다. 그녀는 웃으며 말했다.

"불쌍하잖아."

"뭐가요?"

"새장에 갇혀 있는 게 불쌍하잖니."

왕비야말로 새장 속에 갇혀서 말라 죽어가고 있는데 잠시 새장에 갇혀 구경거리가 될 뿐인 이형의 왕족이 뭐가 불쌍했는지 나는 모르겠다.

원작이 달라지는 줄 알았다. 그대로 이종족은 날아가고 다시는 돌아오지 않아서 원작이 달라질 수 있을 줄 알았다. 하지만 중력처럼 그는 다시 돌아왔고 〈탈출기〉는 변한 것이 없었다.

무엇을 어떻게 해야 달라질 수 있을까. 달라지는 부분이 있기는 할까? 자신이 없다. 시엘이 유르겔에게 어중간한 호감을 품은 것조차도

〈탈출기〉에서의 시엘의 감정도 고작 그 정도였던 것이 아닌가 의심이 든다. 내가 모르는 곳에서 바뀐 것이 있을까? 아니면 모든 일은 다 정해져 있고 그 정해진 길로 그저 흘러가고 있는 것뿐일까?

내 인생도 책이라서 읽을 수 있는 것이면 좋겠다. 페이지를 넘겨서 미리 들여다볼 수 있도록. 아니면 지도라도 좋겠다. 그러면 어디에 서 있는지 방향과 위치라도 알 수 있겠지.

옥좌 쪽에서는 우스운 일들이 벌어지고 있었다. 헐벗은 이종족의 어깨 위로 유르겔이 자신의 화려한 옷을 벗어 덮어주었고 그런 유르겔에게는 에반스가 옷을 벗어주었다. 그리고 그 옆에 있는 근위 기사단장 같아 보이는 사람이 또 에반스에게 옷을 벗어준다. 무슨 릴레이냐?

"아름다운 광경이에요."

"하지만 왕비님은 무슨 생각으로."

"질투 아니겠어요? 저걸 보기 싫었던 거겠죠."

"전하께서도 저런 우울한 여자가 왕비이니 다른 연인을 두고 싶어 하시는 것도 당연하지."

이 연회장은 구조가 어떻게 된 건지, 사람들이 잡담하는 소리가 옥좌 근처에서 너무 잘 들리고 있었다.

앞뒤 안 맞는 소리를 잘도 하고 있다. 왕비가 예언자냐? 나해의 저 이형의 왕족이 유르겔한테 저런 충성 맹세를 할 줄 어떻게 알았겠냐. 왕비는 다른 사람을 사랑하는 국왕과 결혼하지만 않았어도 정숙하고 현숙한 여자로 잘 살았을 거다.

나한테 들리니 왕비한테도 들릴 텐데. 슬쩍 왕비의 눈치를 보았지만 사실 왕비는 표정 변화가 많지가 않아서 잘 모르겠다.

"왕비님은 잘…… 지내고 계시죠?"

"뭘 찾고 있었던 건지 알았어."

"뭔데요?"

그녀는 대답 대신에 흐트러진 내 머리카락을 어깨 너머로 쓸어 넘겨주었다.

"왕비. 죄를 묻지는 않을 테니 처소로 돌아가시오. 더는 그대 얼굴을 보고 싶지 않소."

유르겔에게 자기 외투를 입혀주고 차림새를 정돈해 주느라고 바빴던 에반스가 말했다. 자기 부인에게 하는 것치고 지나치게 말을 가리지 않은 발언이었다.

"나는 대체 그대가 무슨 생각인지 모르겠소. 알고 싶지도 않지만."

"말씀이 지나치십니다. 왕비님은 그저 저 사람을 불쌍히 여기셨을 뿐입니다."

시종들이 바쁘게 움직여 유리를 치워낸 연회장은 이제 얼추 말끔해져 있었다. 다행히 이곳에 주목하는 사람은 없었다.

욱해서 치밀어 오르는 한마디를 내뱉었는데 뒤늦게야 주제 파악이라는 것이 그 빈자리를 빠르게 메우기 시작했다. 내 주제에 감히 국왕께 항변이라는 것을 했다. 죽을죄를 저지른 것 같다.

"호오? 불쌍하다고? 승전국의 왕비가 패전국의 백성을 가엾게 여기다니 그것참, 왕비는 이 전쟁이 옳지 못하다고 생각하는 모양이군?"

"전하, 제가 입을 함부로 놀렸습니다. 그게 아닙니다."

"그게 아니면? 유모는 빠지고 왕비가 직접 말해보라."

사람이 살다 보면 말실수는 할 수 있지만 주제 파악을 못 하면 민폐다. 지금처럼. 입속이 바싹바싹 마른다. 내 주제에 차장님 앞에서 우리 과장님 실드 치다가 오히려 과장님이 폭격을 맞았을 때가 생각이난다. 그때도 내가 입을 잘못 놀려서 그런 거였는데 어쩜 나라는 인간은 발전이 없을까.

왕비는 그 하얗고 풍성한 드레스가 동그란 꽃잎처럼 퍼지게 몸을 숙였다.

"송구하옵니다."

죄 없는 하얀 꽃 같은 왕비를 보며 에반스는 삐뚤게 웃었다. 그리고 유르겔도 웃고 있었다.

"에반스. 좋은 날이니까 그쯤 하세요. 카펠라 공작께서도 이쪽을 보고 있습니다."

나는 왕비를 부축하면서 그쪽을 보았다.

유르겔이 웃으며 에반스에게 무어라 말을 하고 있었는데 에반스는 유르겔의 말을 들으면서 나를 보았다. 그리고 클라인 쪽을 보고 다시 한번 나를 보더니, 웃었다. 유르겔이 뭐라고 했는지는 들리지 않았지만 보는 사람의 기분을 더럽게 만드는 종류의 미소였다.

"죄는 묻지 않겠지만 근신하라."

에반스가 말했다. 죄는 묻지 않겠다는 건 동일했지만 근신 처분이 추가로 붙었다. 내가 주제넘게 나서지만 않았어도 근신 처분까지는 받지 않았을 텐데. 몸 둘 바를 모르게 되었다.

악단이 서둘러 카드리유 춤곡을 연주하기 시작하자 젊고 나이 든 귀족 남녀들은 서로서로 짝을 지어 춤을 추러 나섰다. 그들은 이런 갑작스럽고 강제적인 분위기 전환에 익숙해 보였고 아무렇지도 않게 춤을 추는 게 고상하고 우아해 보인다고 여기는 것 같았다.

그 춤추는 사람들의 대열에 에반스와 유르겔도 손을 잡고 합류했다. 젊은 연인들처럼 우당탕 뛰어들어 오는 그들을 보며 사람들은 웃었고 꽃처럼 웃는 유르겔을 마주 보며 에반스도 웃었다. 카드리유는 파트너를 바꿔가면서 추는 춤인데 유르겔과 에반스는 다른 사람과 손등과 손목을 맞대면서도 서로를 찾아서 시선을 엮었다.

어떻게 진짜 오랜만에 나온 왕비랑 춤 한 번을 안 출 수가 있을까. 아무리 형식적이라도 에반스의 부인이며 함께 아이까지 낳아놓고 왜 형식적인 예우는 안 해주는 걸까.

"왕비님."

"나는 괜찮아."

왕비는 고요한 얼굴로 그렇게 말하면서 에반스와 유르겔이 춤을 추는 장면을 보고 있었다. 무슨 생각을 할까? 사랑하지 않더라도 자신의 남편인 사람이 냉정하게 자기 곁을 떠나 다른 사람과 춤을 추면서 웃는 모습을 보면서 무슨 생각을 할 수 있을까?

클라인이 다가와 내 어깨를 잡았다. 이러면 시선이 몰릴 텐데. 하지만 그렇다고 그 손을 떼어내기에는 연회가 끝난 다음에 내가 귀족 아가씨들 사이에서 핫 피플이 되는 건 어차피 기정사실일 것 같았다. 그리고 나도 지쳤다. 남의 체온이 힘이 될 만큼 놀라고 지친 상태였다.

클라인과 같이 다가온 세야가 가슴 앞에 손을 대 예를 갖추고 말했다.

"왕비님. 가셔야 합니다."

왕비는 잠시 세야에게 시선을 주었다. 하지만 그 시선은 의미 없이 그를 스쳐 지나가고 다시 에반스와 유르겔, 그리고 빛나는 샹들리에로 돌아갔다.

문득 왕비 인생에 이런 화려한 곳에 서 있었던 적이 있었을까가 궁금해졌다. 인생에 가장 화려한 순간 중 하나라는 결혼식을 그녀는 건너뛰어야 했다. 그건 어떤 기분일까.

그녀도 사랑과 결혼에 대한 꿈과 로망이 있었을 텐데.

그녀도 미래에 대한 꿈과 환상이 있는 소녀였을 텐데.

보통 젊은 왕비라면 왕궁의 가장 화려한 꽃이 되는 게 정상일 텐데 그녀는 공식 석상에 몇 번 나가보기도 전에 유르겔에 의해 제지당했다. 대연회장은 에반스의 즉위 이후 12년 만에 열렸으니 왕비도 이곳은 처음 들어와 보는 것일 거다. 다시 이 대연회장이 열릴 날이 언제일까.

"왕비님."

세야는 내가 들어본 적이 없는 목소리로 다시 왕비를 불렀다. 언젠가 클라인이 나를 불렀을 때 이거랑 비슷한 느낌이었던 것 같다. 나는 간지러운 귀뿌리를 손가락으로 꾸욱, 꾹 눌렀다. 그것은 마치 꽃잎들을 태운 불을 입에 물고 부르는 소리 같았다. 듣는 사람의 가슴이 울렁이는 소리라 나도 모르게 클라인의 손을 움켜잡았다.

왕비는 대답하지 않았다. 대신에 천천히 그녀의 인생에서 유일할지도 모르는 연회장 전체를 둘러보았다. 그녀를 방치하고 행복한 국왕과 유르겔, 그리고 깨어지긴 했으나 여전히 화려하게 불을 빛내는 샹들리에와 금을 녹여 장식한 벽과 천장들, 그녀의 존재를 모르거나 잊고 춤추며 기쁜 소리를 내는 귀족들과 구석에 그림자처럼 서 있는 시중인들까지 왕비는 모든 것을 보았다. 그리고 마지막으로 나를 보고 한숨 같은 목소리로 말했다.

"가야겠구나."

어디에도 그녀를 위한 공간은 없었다. 지금 서 있는 자리도 곧 다른 사람의 그림자로 지워질 것이다.

귀부인은 혼자 다니지 않는다. 혼자 온 왕비에게는 에스코트해 줄 사람이 필요했다. 왕비가 오늘 있었던 일을 다 잊고, 화려한 대연회장이랑 그 대연회장을 열게 만든 대단하고 멋진 남자에게 에스코트를 받았던 것만 기억했으면 좋겠다. 그런 것들이 왕비를 행복하게 할 수는 없지만 왕비를 물에서 건져줄 지푸라기는 될 수 있을 테니까.

나는 잡고 있던 클라인의 손을 살짝 흔들었다. 못 알아들은 것 같아 그를 돌아보면서 입으로 작게 '같이 가요'라고까지 말하는데 그가 고개를 흔들었다. 왜, 뭐. 뭐가 문제야. 나는 드레스 안쪽에서 발끝으로 그를 툭툭 치면서 말했다.

"왕비님. 카펠라 백작님께서 에스코트하시겠대요."

"아니, 제가 가겠습니다."

세야가 말했다. 본궁에는 세야의 사촌인 시녀장 언니가 있을 테니까 그가 가는 것도 나쁘지는 않겠지만……. 나는 오늘 밤 짧은 이 순간이 왕비에게 완벽하길 바란다.

세야는 좋은 사람이고, 상냥하고, 매력이 있는 인물이다. 세야와 클라인을 저울질하는 것 같아서 좀 죄책감이 들지만 그냥, 내가 아는 사람 중에 가장 완벽에 가까운 남자가 클라인이라 그를 왕비와 보내고 싶은 거다.

"세야 경은 제 파트너잖아요."

나는 자립적이고 독립적인 여성이기 때문에 혼자도 잘 있지만 그냥 그렇게 말해봤다. 그랬더니 세야가 화들짝 놀랐다. 그는 그제야 내가 거기에 있다는 것을 깨달은 사람처럼, 혹은 예상치 못한 순간에 창에 찔린 사람처럼, 아니면 뒤늦게 다른 세상을 인식한 사람처럼 낭패한 얼굴이 되어서 나를 보았다.

짧은 순간이었지만 그 순간 나는 몰랐던 것을 알게 됐다. 내가 안 것을 세야도 알아보았다. 우리 둘 모두 알았다. 하지만 내가 뭘 보았을까? 나는 답지를 받았는데 그것이 무엇인지 모르는 수험생처럼 세야를 올려다보았다. 그는 굉장히 난처한 얼굴로 나를 보고 있었다. 다소 현실감이 없어진 나는 빤히 마주 보았다.

"그럼 아스. 다녀오겠습니다."

클라인은 어른이었다. 내키지 않은 일을 하게 되었음에도 그는 차분한 얼굴로 왕비에게 예를 갖추고 손을 내밀었다. 왕비는 그 손과 나를 한 번씩 보고는 꽃잎이 미끄러져 떨어지는 듯 우아한 태도로 클라인의 손 위에 가느다란 손을 올렸다.

놀라웠다. 내 드레스와 짝으로 맞췄던 클라인의 하얀 옷과 왕비의 하얀 드레스가 꼭 한 벌처럼 어울렸다. 나도 모르게 긴 감탄의 한숨을 쉬며 둘의 뒷모습을 보았다. 클라인은 훤칠하고 왕비는 늘씬하고 아담한 게 둘은 뒷모습마저도 잘 어울렸다. 사진을 찍어서 공주와 기사라는 타이틀로 올리면 딱 어울릴 것 같다.

"외람된 말이지만 두 분이 참 잘 어울리시네요."

나에게 청혼한 남자와 유부녀에게 할 말은 아니지만 그랬다. 반쯤은 농담이어서 나는 말을 끝내며 세야를 올려다보았다. 그때 나는 그가 부드럽게 웃으면서 '그런 말은 온당치가 않아요'라고 말할 것을 기대했다.

그러나 그는 내 말을 듣고 있지 않았다. 영혼을 잃어버린 사람처럼 손을 늘어뜨린 채로 이미 사라진 두 사람의 그림자를 끝까지 눈으로 좇고 있었다. 기운이 없어 보이기도 했지만 한편으로는 꺼지지 않을 불이 바깥으로 번지지 않게 겨우 잡고 있는 사람처럼 보이기도 했다.

"세야 경……?"

슬쩍 그의 옷을 잡아당겼다. 세야는 흠칫 놀란 눈으로 나를 보고는 한 손으로 자신의 얼굴을 가렸다. 다시 그 순간이다. 나는 분명 무언가 볼 수 없던 것을 보았고 내가 모르는 것을 알았다. 그게 무얼까? 내가 지금 보고 있는 게 무엇일까? 나는 저 시선을 안다.

"세야 경?"

"아닙니다, 아스 양. 저희 춤출까요?"

그는 어렵게 웃으면서 다시 내 손을 잡고 샹들리에 밑으로 나를 이끌었다. 음악은 카드리유에서 미뉴에트로 바뀌었다. 우리는 아무 일이 없는 것처럼 춤을 추었다. 연습할 때는 그토록 자주 세야의 발을 밟았었는데 날카롭게 신경이 곤두서니까 실수도 하지 않았다. 내게 이 정도의 운동신경과 집중력이 있는 줄 나도 몰랐다.

세야는 내 머리카락을 어깨 뒤로 넘겨주며 흐리게 웃었다. 아까 왕비의 손이 닿았던 머리카락이었다. 그 미소는 먼 곳을 향해 있었다. 그럴수록 내 마음은 착잡하게 가라앉기 시작했다. 왜 이렇게 기분이 가라앉는지 모르겠다. 그럴 일이 아닌데도.

어느새 돌아온 클라인이 아까 우리가 서 있던 자리 근처에서 나를 바라보고 있었다. 깊고 짙은 청회색의 눈동자. 그리고 나를 보며 웃는 새싹 같은 연두색의 눈동자. 찬란한 빛을 난반사하고 있는 샹들리에에까지 모든 것이 비현실적이었다.

왜 이렇게 내 하루는 길까. 어떻게 사람들은 방금 하늘이 깨져 나가는 경험을 해놓고도 깨어진 하늘 아래에서 아무 일이 없던 것처럼 웃고 떠들며 춤출 수 있는지 이해가 가지 않았다. 나는 아무렇지도 않은 채 웃으면서 춤을 출 수가 없었다.

"아, 저 이제 돌아가야겠어요."

음악이 끊긴 사이에 내가 말했다.

"바래다드리겠습니다."

그는 왜냐고 묻지도 않았다.

"괜찮아요. 카펠라 공작님이 계시니까요."

나는 빠르게 사람들이 춤을 추고 있는 공간을 벗어나 클라인의 손을 잡았다.

"아스?"

"돌아가야겠어요. 바래다주시겠어요?"

이제 막 대연회장으로 돌아온 그는 어리둥절한 듯했지만 내 말에 토를 달지는 않았다. 세상에, 오늘 연회의 주인공이 그인데 그는 한 번도 춤을 추지 못했다. 이상한 죄책감이 가슴에 매달린다.

유르겔과 에반스는 아직도 연회장 한중간에서 즐겁게 웃으며 춤을 추고 있었다. 뭐가 그렇게 즐거운지 가끔 둘의 낭랑한 웃음소리도 멀리 퍼졌다.

"아스? 무슨 일이 있었습니까?"

"아뇨. 아무 일도 없었어요."

"화가 난 것 같습니다."

"화도 안 났어요. 제가 착각했을 뿐이니까요."

글쎄, 착각일까. 볼 일이 없어서 몰랐다고 하는 쪽이 맞을 것 같다. 진작에 그 둘을 볼 수 있었다면, 왕비를 바라보는 세야의 눈빛을 보았다면, 착각하지 않았을 것이다.

나는 세야의 그 목소리를 안다. 그리고 그 눈빛도 안다.

클라인의 말이 맞았다. 그가 정확했다. 그러니 어쩌면 그의 말대로 아스 토케인이 세사르 카직을 짝사랑한 게 맞을지도 모르겠다.

"전 사랑에 빠진 사람의 눈을 착각하지 않습니다. 거울 속에서 매일 보던 거니까."

클라인이 그렇게 말했었다. 그때는 상대가 상대라 별 미친 소리를 한다고 넘겼었는데 클라인이 옳았다. 그 눈빛은 못 알아볼 수 없다. 특히나 짝사랑하는 사람의 냄새는 못 알아볼 수가 없다. 왜냐면 나 역시 내 세상의 거울 속에서 매일 보던 것이니까.

미친 생각일까? 지금도 난 내가 미친 생각을 하는 것 같다. 미친 생각이었으면 좋겠다. 하지만 나는 잘못 보지 않았다.

세야 료민은 왕비를 사랑한다.

그가 리본을 묶어준 손목이 아프게 죄어드는 것 같다. 그럴 리가 없는데도 너무 아파서, 나는 클라인의 손을 움켜잡고 유르겔의 별장까지 걸었다. 손목은 점점 조여와서 나중에는 비명을 지르고 싶을 정도였다. 어쩌면 비명을 질렀을지도 모르겠다. 어느 순간부터 나는 클라인을 두고 뛰었다.

이 세계의 남자들은 하나같이 나를 사랑하지 않는다.

발이 아팠다. 누가 날 자꾸 잡아당긴다. 누구지? 그제야 먹먹하던 머리에 공기가 들어온 것 같아졌다.

"아스, 아스."

클라인이었다. 클라인이 더 걷지 못하게 나를 뒤에서 안아 제지하고 있었다.

"백작, 아니, 공작님?"

"아스. 다치십니다."

다쳐? 뭘? 내 멘탈? 자존심? 마음이?

그는 계속 '아스'라며 나를 불렀다. 헐떡이던 몸은 그가 뒤에서 옥죄듯이 안아서 점점 진정이 되어갔다.

발이 아픈 게 느껴졌다. 뛰다가 어느 순간에 구두를 양쪽 다 벗어던진 모양이었다. 나뭇가지나 돌 같은 것들을 잔뜩 밟았는지 발이 너무 아팠다. 신기하다. 마음이 다친 건 바로 아는데 왜 몸이 다친 건 확인하기 전까지는 아픈 것도 모르는 걸까.

"발이 아파요."

말이 끝나기도 전에 클라인이 나를 공주님 안기로 안아 들었다. 젖혀진 드레스 자락 사이로 엉망이 된 내 발이 보였다. 처음에는 예뻤는데 분명 지금 내 꼬락서니는 별로 예쁠 것 같지 않다. 조금만 덜 피곤하고 덜 예민했다면 클라인에게 내려달라고 했을 텐데. 지금은 그냥 이대로 있고 싶어서 클라인의 목을 끌어안았다.

"료민 남작과 무슨 일이 있었습니까?"

"술이 마시고 싶어서요."

"아스."

"정말이에요. 술이 마시고 싶어요."

클라인이 한숨을 쉬었는지 어깨 부근의 머리카락이 살랑살랑 흔들렸다. 변명이 아니라 나는 정말로 술을 마시고 싶다. 고주망태가 되어

떡처럼 바닥에 눌어붙어 있으면 기분이 더 나아질 것 같다.

"구해 오겠습니다."

"감사합니다."

그래도 클라인은 내가 달을 따 와달라고 부탁을 하면 달을 따러 가기 위한 여행이라도 떠나줄 사람이었다. 비록 나를 먼저 물에서 건져주지는 않을지라도 그러면 내가 원하는 모든 것을 줄 거다.

누군가와 끊임없이 이야기를 하고 싶은 날이면서 아무하고도 말을 하고 싶지 않은 날이었다. 가끔 내가 뭘 원하는지 모를 때가 있다. 지금처럼 누가 옆에 없으면 외로울 것 같지만 누가 곁에 있으면 괴로울 것 같은 날도 있다.

유르겔의 별장에는 여태까지 한 번도 올라가 본 적 없는, 옥상으로 가는 계단이 있다.

별장 문을 열고 들어가면 안나를 만나게 될 것 같아서 나는 클라인이 보는 앞에서 계단을 기어 올라갔다. 내일이 되면, 해가 밝아지면 나는 다시 아무 일도 없는 척 멀쩡한 얼굴을 할 테지만 이 밤만은 그럴 수가 없었다. 무릎을 안고 거기에 고개를 묻었다. 캄캄하다. 날이 안 밝았으면 좋겠다.

세야가 왕비를 좋아해서 다행이다. 왕비는 모르겠지만 그녀가 외롭고 불행한 순간에도 그녀를 사랑하는 사람이 있기는 했다. 그래서 다행이다. 다행이라고 생각은 하면서도 못내 서운하고 가슴이 아프다. 내 세계에서도 나를 사랑하는 사람이 없었는데 이 세계에서 나를 사랑하는 사람이 있기를 바란 게 뻔뻔했다.

"아스."

꽤 오랫동안 타조처럼 머리를 박고 있었는데 전혀 기대하지 않았던 목소리가 나를 불렀다.

"미오 경."

"클라인 경이 주고 가셨다."

술병을 두 개 든 미오 경이 옥상으로 기어 올라왔다.

"널 좀 위로해 주라는데, 뭐가 문제냐."

"문제요. 문제라면 제가 여기서 숨을 쉬고 있는 게 문제랄까요."

"자학이랑 넌 별로 안 어울리는데."

여기가 바로 로망의 문장 100선 중의 하나 '나다운 게 뭔데'를 내보내기에 딱 맞는 지점인 것 같은데 문장의 오글도와 난도가 높아서 차마 못 하겠다.

하지만 이거 자학 같은 거 아닌데. 나는 고개를 들고 왼쪽 손목에 감긴 검은 리본을 만졌다. 내가 내 세계가 아닌 이곳에 아스 토케인이라는 이름으로 있다는 거 자체가 근본적인 문제니까 자학 같은 건 절대 아니다.

미오 경은 내 앞에 술병을 내려놓고 그 앞에 앉았다. 잔은 없었다. 괜찮다. 원래 능력 있는 여자는 술을 병나발로 마시는 거다.

달이 어두운 밤이길 바랐는데 심지어 달도 밝았다. 반달인데도 밝아서 내 앞에서 술병을 따는 미오 경의 속눈썹까지 보일 정도였다.

"말해봐라. 그래야 위로를 하지."

"카펠라 공작님이 그랬어요? 위로해 주라고?"

"혼자 두지 말라고 하더군."

"그러는 공작님은 왜 안 오셨을까요."

미오 경은 내게 술 한 병을 건네고 다른 한 병을 입에 물며 말했다.

"지금은 자기 얼굴을 별로 보고 싶지 않을 거라고 하셨다."

클라인은 눈치가 꽤 빨랐다. 클라인을 보고 싶지 않은 건 아니다. 그저 지금 이 순간 나도, 아스 토케인도 모르는 사람과 함께 있고 싶었던 것뿐이다.

날씨가 어때요? 달이 밝죠? 사는 건 어때요? 그냥 이런 이야기를 하며 지금을 잊고 싶었다. 그런 게 도피라면 또 어떤가. 어차피 날이 밝으면 우리는 다시 투사가 되어 살아야 한다. 밤이라도 잠깐 현실을 회피해 보고 싶었다.

"썸남이랑 깨졌는데 이게 썸이었는지 아닌지도 모르겠어요."

"아스."

"네."

"썸이 뭐지?"

나는 술병을 그대로 입에 물고 마셨다. 와인인가 보다. 달콤하고 쌉싸름했다. 입에는 착착 감기는데 목구멍에서 확 오는 게, 달콤한 주제에 도수는 높은 것 같았다. 멀쩡하다가 한 번에 훅 가기 좋은 술이다.

"이방인이 된 느낌이 뭔지 아세요, 미오 경?"

"알지. 많은 사람 사이에서 나 홀로 약자인 느낌을 모르지는 않는다."

아니다. 당신은 모른다. 내가 무슨 말을 하더라도 알아듣는 사람이 없는 느낌, 내 언어와 당신의 언어가 다른 그 느낌을 당신은 모른다. 대화하기 위해서 내 언어가 아닌 타인의 언어를 계속 생각하고 풀어서 말해야 하는 그 느낌이 이방인의 느낌이다.

이 세계에는 썸이라는 단어를 이해하는 사람도 없다.

나는 술을 한 모금 더 삼켰다. 클라인이 구해 온 것이라 그런가, 결코 싸구려는 아닌 맛이었다.

"저 아마 차인 것 같아요."

"아닌 것 같은데."

"맞아요. 세야 경한테 실연당했어요."

술을 마시려던 미오 경의 손이 잠시 멈칫했다. 그리고 나도 멈칫했다. 그러고 보니 술병이 왜 두 병뿐일까. 누구 코에 붙이라고.

"넌 그를 사랑하지도 않았잖아."

"좋아했거든요?! 늘 최선을 다한다고도 말했죠?"

미오 경의 말에 조금 뜨끔하긴 했지만 나는 정말로 세야를 많이 좋아했다.

이 무례한 세계는 좀처럼 정을 붙이기가 힘들었고, 내가 땅에서 한 뼘 떨어진 곳을 떠다니는 이방인이었을 때 그는 내 손목에 리본을 묶어주어 이 세계의 중력에 적응할 수 있게 해주었다. 세야가 있기 때문에 나는 현실에 발을 내릴 수 있었다.

클라인이 내 성서라면 세야는 내 등대였다. 길을 가다 지쳐 헤매고 있는 건 아닐까 뒤를 돌아보았을 때, 같은 자리에 서서 빛을 밝혀주는 등대를 좋아하지 않을 사람은 없다. 그는 내게 그랬다. 그게 사랑인지 아닌지는 모르겠지만 그는 내게 유일한 사람이었다.

"사랑이라는 게 뭘까요."

"그걸 내게 묻는 거냐."

"아직도 사랑하세요?"

그는 말없이 술병만 흔들었다. 가슴속에 분수가 하나 있는 느낌은 어떤 느낌일까.

나는 내 세계에 있을 적에 그 비슷한 느낌을 알고 있었다. 그건 심장 근처에 바다를 키우는 느낌이었다. 때로는 잔잔하게 햇빛을 반사하며 아름다운 빛을 뿌리다가 어느 날은 풍랑이 몰아닥쳐 심장을 부술 듯이 두드리는 것. 내가 하는 사랑은 그랬다.

짝사랑이 그렇지 뭐.

리본을 묶은 손목을 잡았다. 나 혼자 의미를 둔 일이었나 보다. 나에게만 의미가 있는 일이었나 보지.

"아스. 전에도 말했지만 네 옷에 그 리본 안 어울린다."

"알아요."

당장 이 리본을 빼버리고 싶었지만 아침에 눈을 떴을 때의 공포를 감당하지 못할 것 같아서 손을 댈 수가 없었다. 이 리본이 있기 전에는 매일 아침에 눈을 떠서 마주하는 것은 공포였다. 나는 누구인가, 또 여기는 어디인가.

"만약에 미오 경."

원치 않은 금욕 중이었던 미오 경도 오랜만에 마시는 술이 반가웠던지 나보다 마시는 속도가 훨씬 빨랐다. 똑같이 병나발을 불고 있는데 누군가는 그림이고 누군가는 주정이다. 비주얼이라는 게 공평하지가 않고 인생도 참 공평하지가 않다. 나는 잠깐 내 세계에서 맥주병을 들고 있는 그의 모습을 상상하려다가 관뒀다.

"저랑 다른 사람이 물에 빠지면 누굴 구할 거예요?"

"우린 생존 공동체지. 네가 물에 빠지면 나는 너를 구할 거다."

의외로 그는 별 고민 없이 대답했다. 그가 비교해야 하는 타인이 클라인과 다르게 정말로 타인이기 때문에 가능한 대답이겠지. 질문의 난도를 높여보았다.

"왕자님이랑 제가 빠지면요."

"당연히 왕자님을 구해야지. 내 임무가 그거니까."

"역시 그렇겠죠?"

"하지만 넌 왕자의 유모라 같이 빠져 있을 가능성이 더 커. 난 최대한 둘 다 구하려고 할 거다. 왕자님을 네가 안고 있을 텐데 네 품에서 왕자님만 뺏어서 나가지는 않을 거다. 그런 걸로는 안 되나?"

나는 입에 물려던 술병을 잠시 잡고 그가 하는 말에 귀를 기울였다. 아마 그가 하는 소리는 클라인이 했던 말과 크게 다르지 않을 텐데 이상하게 위로가 되었다.

"왕자님이 부럽네요. 모두 왕자님을 사랑하잖아요."

나도 나를 사랑해 주는 사람이 있었으면 좋겠다. 내 세계와 바꿀 정도로 사랑할 수 있는 사람이 내가 자신의 모든 세계라고 말해주면 좋겠다. 그렇다면 나도……

"모두 누구?"

"글쎄요. 일단 미오 경이랑 시엘이랑 세야 경이랑…… 그 외에도 더 많겠죠."

"난 왕자님을 사랑하는 게 아니야. 임무지."

"네네."

술병이 거의 비어갔다. 도수가 높다는 것은 알겠는데 당장 입에 대니까 뒷감당이 생각 안 되고 술이 술술 넘어갔다. 술은 원래 술술 넘어가서 술이다.

"아스."

달은 떠 있던 곳에서 많이 흘러가 있었고 미오 경의 술병은 진작에 바닥에 있었다. 이제 취기가 오른다 싶을 찰나에 미오 경이 나를 불렀다. 나는 이제 어느 정도 웃을 수 있게 되었다. 그를 돌아보니까 그가 내게 손을 내밀었다. 웃을 수 있게 되니까 웃음이 나온다. 꼭 몇 시간 전에 내게 춤을 청하던 세야와 같은 모습이었다. 나는 웃으면서 미오 경의 손 위에 손을 얹었다.

그는 내 눈을 똑바로 보면서 천천히 내 손목의 리본을 풀어냈다.

"아, 그거……."

그거를 풀면 이제 다시 아침마다 공포와 마주하게 될 텐데. 끝 간데 없이 바닥으로 추락하는 느낌과 함께 눈을 떠야 할 텐데. 이제는 그 절망을 견딜 수 없을 텐데.

미오 경은 내가 말릴 새도 없이 리본을 내 손목에서 떼어냈다. 리본이 손목을 빠져나가는 감촉은 꼭 칼로 손목을 베이는 것 같았다. 오랜만에 바람에 닿은 피부가 선득했다.

미오 경은 다 풀어낸 리본을 바닥에 팽개치다시피 내려놓고 품에서 무언가를 꺼내 내밀었다. 작은 상자였다.

"이게 뭐예요?"

"이런 볼썽사나운 리본보다는 그게 나을 거다."

상자를 열어보니까 조금 조잡하지만 깔끔한 팔찌가 나왔다. 기억에 있는 물건이다. 몇 달 전에 클라인이 왕성에 돌아오던 때였다. 미오 경이랑 야시장에 갔을 때 그가 샀던 팔찌였다. 유르겔에게 전하지 못한 연심으로 산 줄 알았는데.

"이거 한참 전에 사신 거잖아요."

"그때도 너 주려고 산 거다. 그 리본은 그때도 별로 보기 안 좋았어."

"근데 왜 이제 주세요?"

"너만 빼고 다들 그 리본 별로라고 했지만 넌 마음에 들어 했잖아."

"왕비 궁은 다 불에 탔는데 어떻게 이게 무사해요?"

"늘 갖고 다녔다."

나는 상자를 닫고 다시 미오 경에게 넘겨주었다. 그는 상자를 받으며 묵묵한 얼굴로 내게 의문을 던졌다.

"맘에 안 드나?"

나는 술병을 내려놓고 웃으며 손을 내밀었다.

"미오 경이 끼워주셔야죠."

바람이 손목에 차갑게 감겼다. 그 손목 위로 그보다 더 차가운 금속이 내려앉았다. 팔찌는 상자 안에 있을 때보다 내 손목에 감겼을 때가 훨씬 보기 좋고 예뻤다.

"이만 내려가지."

"전 좀 더 있다 갈게요. 먼저 주무세요."

좀처럼 잠들고 싶지 않은 밤이었다. 미오 경은 나를 잠시 보다가 고개를 끄덕이곤 다 마신 술병을 집어 들고 먼저 옥상을 내려갔다.

나는 이제는 많이 저문 반달을 올려다보았다. 팔찌에도 반달 모양의 장식이 있었다. 꼭 오늘 같은 팔찌다.

문득 무언가가 시선을 잡아당기는 것 같아서 옥상 한쪽을 바라보았다. 작은 무언가가 있었다. 취기가 올라서 조금 비틀거리며 일어나다가 보니까 그곳엔 내가 어느샌가 벗어 던졌던 구두가 가지런히 놓여 있었다.

맨발로 뛰었던 터라 내 발에는 아직 흙과 진흙이 묻어 있었는데, 가지런히 놓인 구두는 흙도 없이 깔끔하기만 했다. 나는 수풀 사이에서 내 구두를 찾아 들고 흙을 터는 클라인의 모습을 잠시 상상해 보았다. 아주 조금, 따뜻한 바람이 내 곁에 머무는 것 같았다.

시엘이 사줬고 클라인이 흙을 털어 가져다준 구두를 신고 옥상을 몇 번 걸어보았다. 구두에 날개라도 달린 것처럼 몸이 가벼워지면 좋겠지만 내 몸은 여전히 감옥처럼 무거웠다. 하지만 기분은 좀 편해졌다. 원래 육체는 감옥이다. 살이 찔수록 느낀다. 신발을 다시 가지런히 벗어 두고 그 옆에 드레스를 펼쳐놓고 앉았다.

달은 밝고 나는 혼자다. 방금까지는 혼자 있기 되게 싫었는데 지금은 이런 시간도 괜찮지 않나 싶다. 그간 왕자랑 붙어 있느라고 목욕할 때 정도를 빼면 혼자 있는 시간이 너무 없었다.

생각해 보면 부끄럽다. 썸을 나 혼자 탔다. 또다시 어게인 리바이벌. 세상에서 제일 부끄러운 짓을 또 했다. 난 썸인 줄 알았지. 수업 때마다 나가서 쇼핑하고 밥 먹고 차 마시고 하는 게 다 데이트의 일환인 줄 알았는데 아니었구나. 정말 부끄럽다. 잘 때 이불 좀 차겠다.

집에 가고 싶다. 엄마가 보고 싶다. 친구들도 보고 싶다.

보고 싶은 사람도 있다. 심장에 아예 새겨져서 눈앞에 어른거리는 줄 알았는데 반년 정도 보지 못했다고 이제 눈빛만 떠오르는 사람이 있다. 그 사람은 눈이 회색으로 보일 정도로 맑아서, 그가 보는 세상은 나랑 다른 줄 알았었는데.

보고 싶다.

나는 무릎에 고개를 묻고 무릎을 쥐어뜯다시피 끌어안았다.

그리움은 가장 곱고 예쁜 단풍잎을 닮은 것 같다. 꺼내놓고 보고 있으면 너무너무 예쁠 것 같아서 다른 현실의 낙엽들을 끌고 와 고이 덮어두었는데, 머리 좋은 다람쥐처럼 조금 힘들다고 그 단풍잎을 파내고야 말았다. 다시 낙엽들을 덮고 파묻으려면 오래 걸릴 텐데.

"무슨 일이 있었습니까?"

참으로 익숙한 패턴이다. 오늘따라 여기저기서 나를 혼자 두지 않는다. 시엘의 목소리에 나는 고개를 바싹 들어 올렸다. 바로 앞에 시엘이 있었다. 나처럼 바닥에 다리를 엑스 자로 교차하고 앉은 시엘이 덩치 큰 강아지처럼 고개를 갸웃거리며 나를 보았다.

"여긴 어떻게 오셨어요?"

"미오 경이 갖다주라더군요."

음, 혼자 있겠다는 사람에게 구원자를 보낼 거라면 상황 설명을 하고 보내지. 그리 생각하는데 시엘이 품에서 술병 두 개를 내려놓았다.

나이스. 그래, 누구 코에 붙이라고 한 병이었을까. 머리당 두 병 정도는 마셔줘야지. 나는 데킬라를 스트레이트로 넉 잔을 마시고 시작하는 여자다. 한 병은 시엘을 주고 한 병은 내가 마시려다가 아차 해서 한번 물어봤다.

"이런 술 드셔보셨어요? 저번에 미오 경이랑 드신 건 꽤 고급술인데."

"아뇨. 마탑에는 이런 감각을 자극할 만한 것은 하나도 없었습니다."

"혹시 단것도요?"

"마탑을 나오니 그건 좋군요. 처음 겪어보는 많은 것이 아직 즐겁습니다."

시엘은 사탕을 문 소년처럼 살포시 웃으며 말했다.

"저는 마탑은 잘 모르지만 참 재미없는 곳 같아요. 그런 데서 잘도 20년 넘게 사셨네요."

"감각적인 것을 많이 접하면 감정을 배울 거라 생각하는 곳이었으니까요. 그렇게 틀린 것은 아니었습니다만 전 이 생소한 감정이 나쁘지 않습니다."

감각적인 것을 배제하고 감정을 모르도록 키우다니 훌륭한 사이코패스 양성법 같다. 감정을 모르게 했다니 어린아이를 충분히 안아주고 사랑하며 키웠을 것 같지 않다. 마탑에 마법사들이 얼마나 있었을까? 적지는 않았을 텐데 그 모든 인원이 아동 학대를 하고 있었다니 소름이 끼친다.

"시엘은 왜 왕자님을 좋아하세요?"

"아. 미오 경이 당신이 왕자님을 질투한다고 하던데."

"아니 저, 제가 아무리 그래도 갓난아기를 질투할 정도로 막장은 아닌데요."

조금 찔렸다. 아무것도 안 하고 꺄르르 웃기만 해도 칭찬받고 사랑받는 아기처럼 무조건적인 사랑을 받고 싶다. 유아적인 발상이긴 하지만 그런 꿈을 꾸었다. 내가 무엇을 하고, 무엇이 되든 간에 나를 사랑할 수 있는 사람을 원했다. 우리 엄마가 아닌 한 불가능한 것은 알지만 바라다 보면 그 근처 비슷한 어딘가에는 당도할 수 있지 않을까 하고.

그렇다고 정말로 왕자를 질투하고 부러워한 건 아니다. 그냥 헛소리였다.

"왕자님은 순수하죠. 아무런 이해득실도 없이 제가 웃어주면 웃어주고, 제가 안아주면 절 좋아합니다. 그런 순수한 감정은 어린 아기이기 때문에 가능한 것이지만, 마탑을 나오기 전에도 후에도 그만큼 순수한 감정을 본 일이 없으니까요."

어린아이가 불러일으키는 감정은 막강하다. 나는 왕자를 사랑하지 않는다. 그러나 가끔, 내가 자신을 사랑할 것을 확신하면서 웃고 손을 내밀어 안기는 왕자를 볼 때면 나도 알 수 없는 이상한 감정이 생겨난다.

사랑은 어쩌면 내가 아는 것과 다를지도 모른다. 내가 배운 완벽한 사랑이라는 것도 세상에 없을지 모른다. 내가 왕자에게 품는 이상한 감정도 사랑과 닮은 무엇일지도 모른다고, 그렇게 말하는 무언가가 있었다.

"제가 마탑을 무너뜨린 건 알고 계십니까?"

물론 마탑이 쫄딱 망한 건 알고 있었다. 시엘은 종종 마탑의 후예니 마탑의 주인이니 불리지만 정작 마탑은 그의 손에 의해 쫄딱 망했다.

대마법사는 태어나는 것이지 만들어지는 것은 아니었지만 마탑의 마법사들은 어느 날 호기심을 느꼈다. 대마법사에게 인위적으로 마력을 이식하면 어떻게 될까.

그렇게 해서 시엘에게는 유수 마법사들의 마력이 이식되었다. 사실 실험의 성공 여부는 아무도 모른다. 시엘은 애초부터 가장 강한 마력을 가지고 태어났을 수도 있고 실험이 성공한 것일 수도 있다. 확실한 건 시엘은 자신의 스승들을 품은 마탑을 멸망시킬 정도로 강한 대마법사라는 것이다. 마탑의 붕괴는 마탑의 인공 배양이자 정수인 대마법사 시엘 커퍼필드의 거창한 성인식이었다.

"물어봐도 돼요? 그때 일……."

"글쎄요……. 자세히 생각은 나지 않습니다만."

그건 아마 반은 거짓말이고 반은 사실일 것이다.

"여성분이 듣기에 그렇게 유쾌한 이야기는 아닐 것 같습니다."

"여자라서 못 들을 이야기는 없는 것 같은데요."

시엘은 조금 곤란한 듯이 웃었다. 절반의 달이 그 머리카락 끝에 맺혀서 빛났고 나는 취기가 돌고 있었다. 바라던 만큼 몽롱해진 상태로 시엘을 보았다. 그가 천천히 미소 짓는 그림자까지 모든 것이 보였다.

"마탑에 있던 제 스승들은 모두 굶어 죽었습니다. 아마 그런 것 같습니다. 저보다 강한 마법사만이 빠져나올 수 있도록 마법을 걸어두었는데, 백 일 동안 마탑에서 나온 마법사는 아무도 없었지요. 그래서 마탑을 무너뜨렸습니다."

〈탈출기〉에서는 마탑을 무너뜨렸다고만 설명했는데 생각보다 세다.

"스승님들이 그 정도로 싫었어요?"

"싫다라……. 그 당시의 저는 그 정도의 감정은 없었습니다. 대마법사가 결혼을 할 수 없는 이유를 아십니까?"

"대마법사라서?"

"아스와 이야기하다 보면 복잡한 것도 다 단순해지는 것 같아서 참 좋습니다."

이거 설마 지금 나 단순하다는 디스인가?

"우리는 세상의 법칙을 바꿀 정도로 강한 힘을 가지고 있습니다. 하지만 한편으로는 우리도 인간이지요. 이렇게 손을 잡고 살이 닿으면 저희도 마음이 움직입니다."

시엘이 내 손을 살짝 잡았다. 그의 손은 밖에 오래 있던 내 손보다 따뜻해서 포근하게 느껴졌다.

"이 강대한 힘이 한 사람을 위해 사용되는 것은 위험한 일이죠. 그래서 대마법사들은 대대로 마탑에서 성인이 될 때까지 감정을 모르도록 길러집니다. 감각을 자극할 수 있는 음식물이나 예술, 모든 아름답고 추한 것을 접하는 것도 배제되지요. 그래서 원칙적으로는 결혼도 할 수 없는 것입니다."

"원칙적으로요?"

원칙적으로 안 된다, 저 말 참 많이 들어봤다. 원칙적으로 안 되지만 이번만은 봐줄 테니 그 대신에 더 열심히 일하라는 용법으로 가장 많이 쓰이던 말이었다.

시엘이 내 손등 위에 그의 손을 겹쳤다. 손가락 사이로 시엘의 손가락이 파고드는 게 낯설고, 조금 부끄럽고, 조금 아팠다.

"그래서 많은 대마법사가 스스로 죽었습니다. 사랑을 했기 때문에."

"이상하지 않아요?"

"무엇이 말입니까?"

"마법사님은 아니겠지만 저는 사랑은 아름답고 숭고하다고 배웠거든요. 근데 왜 그것 때문에 아프고, 죽어야 할까요?"

사랑은 아름답고 숭고한 것이라고 외치는 드라마와 소설들이 내게 사기를 쳤을까?

내 사랑은 한 번도 아름다운 적이 없었고 한 번도 나를 아프지 않게 한 적이 없었다. 그저 아픔마저 가슴이 미어지게 기쁘고 달콤한 적은 있었지만.

"아침이 오지 않았으면 좋겠어요. 힘들게 하루를 버텨냈는데 다시 아침이 와 하루가 시작되는 게 끔찍해요."

나는 병나발을 불어본 적이 없는 대마법사의 술병에 내 술병을 부딪친 후 마셨다. 시엘은 내가 하는 것을 유심히 보고 따라 하다가, 사레가 들려 쿨럭거렸다.

"이거, 맛없는데요?!"

"인생의 맛이라 그래요. 인생이 원래 달고 씁니다요."

고주망태가 되도록 마시고 떡이 되어 눌어붙으려고 했는데 오늘은 안 되려나 보다.

하지만 이것도 나쁘지는 않았다. 말없이 구두의 흙을 털어준 클라인도, 오랫동안 팔찌를 가지고 있어주었던 미오 경도, 그렇게 좋아하는 왕자의 곁에 있지 않고 내게 와준 시엘도, 모두 내가 바라던 완벽한 모습은 아닐지라도 나를 생각해 주고 있었다.

나를 사랑하지는 않더라도.

"근데요, 마법사님. 그런 이야기를 저한테 막 하셔도 돼요?"

"어때요. 아스는 다른 데 말할 곳도 없잖아요."

이 자식. 찔리니까 그렇게 맞는 말을 막 하지 말아주겠어?

"하지만 비밀입니다. 미오 경한테도요."

시엘은 그렇게 말하면서 검지를 입술 앞에 세워 보였다. 이제 막 세상과 감정을 배워가는 대마법사의 얼굴은 나이에 어울리지 않게 소년처럼 보였고, 난 취했다. 술은 술술 목구멍을 넘어갔고 대신에 말해서는 안 되는 것이 술술 목구멍을 넘어왔다.

"그럼 저도 비밀을 말해 드릴까요?"

반달은 시엘의 머리를 지나 어깨에 걸려 있었다. 나는 술병을 내려놓고 무릎걸음으로 다가가 시엘의 귀에 속삭였다.

"사실 저는 아스 토케인이 아니에요."

말해서는 안 되는 비밀을 말한 탓에 가슴이 두근거렸다.

나는 이 고백을 후회할까? 하지만 시엘은 아스 토케인을 모르는 사람이었고 마탑을 나와 이제 감정과 세상을 배워가는 사람이었다. 나 혼자 간직하는 비밀이 이제는 견딜 수 없이 무거워, 어린아이에게 고해하는 것처럼 가장 무해한 그에게 고해하고 싶었다.

시엘은 웃으며 역시나 내 귀에 몸을 기울여 말했다.

"알고 있어요."

"왠지 그러실 것 같았어요."

그는 나를 보며 웃었다.

"당신이 아스 토케인이 아니라는 건 진작부터 알고 있었습니다. 나는 영혼도 볼 수 있는 대마법사니까요. 하지만 내가 아는 당신은 늘 당신이었습니다. 그런 게 제게 중요할 것 같습니까?"

아침이 되면 나는 이 고백을 후회할까?

늘 그랬듯이 나도 잘 모르겠다. 하지만 비밀을 말하면 많이 무섭고 초조할 거라 생각한 것과 달리 놀라울 정도로 아무런 생각이 들지 않았다. 허공을 맴돌고 있던 하얗고 커다란 깃털 하나가 내 가슴속으로 들어온 것 같았다.

나는 시엘을 보며 웃었고, 그는 흘러내린 내 머리카락을 어깨 뒤로 넘겨주었다. 나보다 크고 따뜻한 손이 맨어깨를 건드렸다.

하늘 끄트머리가 붉은색이었다. 동이 트려나 보다.

"다시 아침이네요."

아직 지지 않은 달은 시엘의 손끝에 걸려 있었고 바람이 조금씩 불어왔다.

왕궁은 아직 잠들어 있지만 이제 사람들은 깨어나기 시작할 테고, 불이 켜지고, 날이 밝고, 다시 아침과 하루가 시작될 거였다. 하늘이 붉고 파랗게 얻어맞은 멍울처럼 얼룩지기 시작했다.

시엘이 내 손을 잡았다. 밤이었다면 위안이 되었을 체온도 이 아침의 우울함을 막을 수는 없었다.

"아스."

그는 웃고 있었다. 이미 저물어 버린 달빛처럼 아름다운 대마법사가 내 손을 잡고 웃었다.

세상이 다시 거울을 뒤집는 것처럼 푸른빛은 어두워지고 붉은빛은 사라지며 빛이 저물기 시작했다. 시엘의 손목에 걸려 있던 달이 물결을 헤치는 것처럼 천천히 밤하늘을 가로질러 시엘의 어깨와 귓가에 걸렸고 하늘은 다시 안온한 검은색으로 물들었다.

그 밤하늘의 한가운데에서 나를 위해 낮을 밤으로 만들어준 대마법사가 달보다 밝게 웃었다.

"어때요, 아스? 저는 대마법사입니다. 당신을 위해 낮을 밤으로 만들 수 있습니다."

간밤에 꿈을 꾸었다. 이곳에 온 이후로 처음 꾸는 꿈인 것 같다. 분명 무슨 꿈을 꾸었는데 뭐였는지는 기억이 안 난다. 원래 꿈이라는 게 깨면 기억이 안 나는 거지만 이렇게까지 아무 생각이 안 나는 걸 보면 무섭거나 재밌지도 않은 평범한 꿈이었나 보다. 그냥 조금 신비로운 기분으로 일어났다.

클라인이 나해 여왕에게서 강탈해 내게 준 귀걸이를 제대로 본 것은 처음이었다. 진주와 토파즈를 섞어서 만든 아름다운 물건이었다. 좀처럼 사치스럽고 화려한 생활이랑은 거리가 멀어서 물건 보는 눈은 없었지만 겁나 비쌀 거라는 것은 알 수 있었다.

귀를 뚫지 않아서 사용할 수 없었던 귀걸이 상자를 가방에 쓸어 넣고 밖으로 나갔다. 클라인이 나를 기다리고 있었다.

문을 열기 직전 미카엘 왕자를 목욕시키러 가던 안나가 나를 불렀다.

"아스. 세브 결혼한대."

반 뼘쯤 열려 버린 문을 다시 닫았다. 빨간 무언가가 보인 것 같았지만 신경 쓰지 않았다.

"세브? 내가 아는 그 세브? 본궁에 있는 거 아니었어? 아니, 그것보다 결혼? 누구랑?"

"응, 네가 아는 그 세브. 지금도 여전히 본궁에 있지. 상대는 휴 드렌트."

어디서 많이 들었던 이름이다.

"그 사람 페페가 공들이던 사람이잖아?! 우리보다 한참 어린."

"이번 사건으로 인생은 짧고, 한 방이라는 걸 깨달았다고 하더라. 이거저거 재기보다는 살아 있을 때 열심히 사랑하고 살겠대."

"그래서 세브는 무사하대?"

"음, 청혼하는 자리에 페페가 있었다더라고. 하지만 세브는 두 다리, 두 팔 다 무사해 보였어."

놀라운 일이다. 페페가 세브를 살려두다니. 아니다, 이 경우 휴가 응징당했으려나?

자세한 이야기는 나중에 듣기로 하고 나는 다시 문을 열었다. 눈앞에서 문이 조금 열렸다가 바로 다시 닫히는 것을 본 사람답지 않게 클라인은 정말 아무 일도 없었던 것처럼 단정하게 나를 기다리고 있었다.

어제와 달리 그는 차분한 진회색 옷차림이었고 나는 그의 눈동자 색과 같은 청회색 원피스를 입었다.

"오늘은 꽃을 안 가져오셨네요?"

그는 웃으며 내 얼굴 구석구석을 찬찬히 살폈다. 어제 내가 좀 우울하긴 했다. 미친 사람 같아 보였던 애가 하루도 지나기 전에 멀쩡해 보이니까 무슨 일이 있었나 싶겠지. 그래도 어제 잘 잤냐는 식으로 나를 살피려 들지 않는 게 어른답고 클라인다운 예의였다.

"다음에는 당신이 좋아하시는 꽃으로 가져오겠습니다. 무슨 꽃을 제일 좋아하시나요?"

"글쎄요. 공작님이 주시는 꽃들은 다 좋았어요. 아, 하얀색 말고요. 장례식 꽃 같잖아요."

그는 부드럽게 웃으며 손을 내밀었고 그의 뒤에서 '나 유모'라고 써둔 차림의 여자가 나와 내게 살짝 인사를 했다. 되게 알바 대타를 구해 온 느낌이었다.

"전하께는 양해를 구했으니 오늘은 아무런 걱정도 안 하셔도 됩니다."

그는 육아 도우미를 구해 온 신랑처럼 늠름하게 말했다. 내가 몸 푼지 얼마 안 된 새댁이었다면 클라인에게 지금 반했을 거다. 안 그래도 일 있어서 나가 놀 때마다 안나한테 미안했었는데.

세상은 다시 낮이었다. 시엘은 지금 뭐 하고 있을까. 마법사들이랑 왕비 궁 열심히 복구하고 있겠지, 뭐. 빨리 옮겨 갈 수 있었으면 좋겠다. 아침은 여전히 끔찍했고 끔찍하다. 하지만 밤이 다시 찾아온 그 순간은 아침 첫 햇살에 반짝이는 시엘의 머리카락을 보고 싶었다.

"밤이 두려운 대마법사와 아침이 두려운 이방인. 잘 어울리지 않습니까?"

그 말을 듣는 순간, 나도 모르게 시엘의 품에 뛰어들었다. 이상한 일이지. 나는 이 세계에 온 후로 계속 두려웠는데 시엘이 그 말을 하는 순간에 두려움을 처음 발견한 사람처럼 서러워졌었다.

"아스. 무슨 생각 하십니까?"

클라인이 내 손을 당기며 물었다.

"제 친구가 결혼한대요."

"좀 갑작스럽군요."

"요새 돌아가는 사태가 갑작스럽다 보니까 인생을 낭비하지 말아야겠다는 생각이 들었다는데요."

"결혼하고 싶으십니까?"

"네, 사랑해서 죽고 못 사는 남자랑요."

그런데 내 인생에는 기사도 없고 왕자도 없잖아. 난 안 될 거야.

정오의 햇빛이 강해서 손을 들어 햇빛을 가렸다. 팔찌에 달린 장식이 딸랑 하고 움직였다. 클라인의 시선이 잠깐 내 손목에 닿았다 떨어졌다.

그러고 보니 미오 경의 행방을 모르겠다. 설마 술 한 병 마시고 술병이 나 드러누웠는지 아침에 보이지 않았다. 대신에 오랜만에 보는 크리스 경이 안나와 잡담을 하고 있었다.

"저는 당신이 바라는 사랑이 무엇인지 잘 모르겠습니다."

"아마 제가 그 사람에게 있어 우선순위 0순위인 사랑이겠죠?"

클라인에게 내가 이 세상에서 가장 소중한 사람이긴 할 거다. 어쩌면 그 자신보다도 나를 더 소중히 할지도 모른다. 그걸 의심하지는 않지만 나는 이 세상과 저 세상 합쳐서 우선순위 0순위가 되고 싶다.

바랄 수 없는 소원일지도 모르지만 나는 지금 내 세계가 아닌 다른 세계에 있다. 내 세상에서는 바랄 수 없는 상식이자 소원이라도 내 세상이 아닌 곳에서는 바라볼 수 있지 않을까.

"결혼식은 언제입니까?"

"왜요? 같이 가주시게요?"

"당신의 친구면 제 친구이기도 하니까요."

하지만 세브는 클라인이 자기 결혼식에 오면 심장마비에 걸리지 않을까? 내게는 두 시 구남친 같은 클라인이라도 이 세계에서는 영웅 타이틀을 딴 인물이라 어떤 의미로는 국왕 에반스보다 비싼 몸이시다.

"청첩장 받으면 말씀드릴게요."

세야와 함께 구석구석을 누볐던 도시는 오늘따라 조용했다. 가게들도 다 문을 닫았다. 클라인이 오늘은 나해 여왕의 처형을 기념하기 위해 임시 공휴일로 선포되었고 다들 여왕의 처형을 구경 갔을 거라고 했다. 그리고 처형이 끝나면 축제 분위기가 될 거라고.

그 중앙 광장의 입구쯤에는 아는 얼굴이 있었다. 미오 경과 시엘이었다.

나는 본능적으로 클라인의 팔을 잡고 다른 쪽으로 방향을 선회하려고 했다. 몹시 좋아하고 몹시 자주 보고 있는 얼굴들이었지만 이곳에서 마주쳐서 좋을 것 하나도 없는 조합이었다.

하지만 지나가던 사람들도 한 번씩 보고 가는 클라인의 선명한 붉은 머리카락이 문제였을까, 시엘이 우리를 발견하는 게 먼저였다. 시엘이 우리를 향해 생글 웃으며 손을 흔들었다. 못 봤다고 하고 튈까 하는 마음이 없지는 않았다.

"안녕, 아스. 기다렸습니다."

"안녕하세요, 마법사님 그리고 미오 경. 두 분이 왜 여기에 같이 계세요?"

가뜩이나 지금 마주치기는 껄끄러운 얼굴이 둘이나 같이 있으니 참으로 부담스럽다.

"좀처럼 보기 힘든 구경인데 봐야죠."

"그렇지. 마법사가 왕도를 제대로 구경해 본 일이 없다고 해서."

둘은 타입이 다르지만 보기 드문 미남인데 거기에 클라인까지 합류하자 시선이 이쪽으로 쏠렸다.

"그럼 두 분은 가던 길 가세요. 저랑 공작님도 가던 길 갈게요."

나는 클라인의 팔을 밀며 가던 길을 가려고 했다. 하지만 시엘이 사르르 웃으며 내 손을 잡았다.

"이왕 만난 김에 같이 있어요. 미오 경이 그러던데 이런 거는 사람이 많을수록 재미있다고 하더군요."

둘이 언제부터 그렇게 절친이 되셨다고!!

시엘이 내 불치의 착한 아이 콤플렉스를 자극하고 있었다. 시엘은 성인이 되기까지 마탑에 갇히다시피 자랐고, 바로 어제 마탑은 아이에게 감각을 느끼지 못하게 하는 데 주력한다고 말했다. 이런 축제 비스므리한 구경은 해본 일이 없겠지.

넘어가면 안 되는데, 진짜 넘어가면 안 되는데, 쓸데없는 오지랖을 부려봐야 망할 뿐인데, 어설픈 사회생활이 만들어준 내 불치의 착한 아이 콤플렉스가 마구마구 자극되었다. 내가 어쩔 줄을 몰라 하고 있자 클라인이 먼저 말했다.

"저는 아스 당신의 뜻에 따르겠습니다."

방금 그가 얕게 한숨을 쉰 것같이 느껴지는 게 몹시 내 착각이었으면 좋겠다.

"고맙군, 카펠라 공작. 아, 승작도 축하하네."

"그것참······ 감사하오."

대마법사는 특별한 작위는 없는 걸로 아는데, 공작이랑 맞먹을 수 있는 위치인가 보다. 그리고 둘이 안 친한 게 분명하다. 난 미오 경이랑 클라인이 안 친한 것도 알고 있다. 서로 안 친한 세 명을 이끌고 별로 유쾌하지 않은 구경이라, 끝내주는 하루가 될 것 같다.

"네······ 세 분 다 서로서로 아는 사이시죠? 다들 잘······ 오늘 성공적으로, 무사한 하루였으면 좋겠습니다."

궁금한 게 하나 있다. 클라인은 메테오가 떨어지던 그날에도 나와 시엘이 어떻게 아는 사이인지 물어보지 않았다. 지금도 묻지 않는다. 그는 나와 시엘이 어떤 관계라고 생각하고 있을까? 사실 나도 우리가 무슨 관계인지 모르지만.

클라인의 사랑을 믿을 수 없는 이유 중의 하나가 그것이었다. 그는 왜 나에 대해 아무것도 궁금해하지 않을까?

나는 사랑을 했을 때 그 사람의 모든 것이 알고 싶었다. 그 사람이 하는 말, 글씨체, 좋아하는 음식과 날씨, 옷을 입을 때 왼팔을 먼저 넣는지 오른팔을 먼저 넣는지와 잘 때 어느 방향으로 눕는지까지. 하나하나 열거하면 깊은 밤을 모두 덮을 수 있을 정도로 많은 것이 궁금했다. 사랑하면 그렇게 되지 않을까?

"그럼 저쪽으로 갈까요, 아스? 구경하기 좋아 보이는 곳을 봐뒀습니다."

"그 자리가 아직까지 비어 있을지는 모르겠지만."

"조용히 해주겠어, 미오 경?"

시엘은 미오 경과 잠깐 아웅다웅하더니 내게 손을 내밀었다. 반사적으로 잡으려고 내미는 손을 클라인이 먼저 잡아 눌렀다.

"안내하면 나와 아스가 따라가겠소."

"나는 아스와 함께 가고 싶은데."

"본래 아스의 동행은 나였네만, 마법사."

"'대'마법사다, 카펠라 공작. 난 그대에게 하대해도 좋다고 허용한 적이 없다."

너네 전쟁터에서도 안 친했지?

"저어, 말씀 중에 죄송하지만."

보라색 눈동자와 청회색 눈동자가 한 번에 나를 본다. 차장님이랑 부장님이 열 터지게 싸우는데 '점심 뭐 드실래요?' 물어봐야만 했던 때가 떠오른다.

"일단 여기도 사석이라면 사석인데 두 분 말씀 좀 편하게 해주시면 안 될까요? 제가 숨이 참 막히네요……."

둘이 대단히 높으신 분이라는 건 잘 알고 있지만 그렇게 신분을 의식한 대화를 나누고 있으니까 나 같은 쪼렙은 여기 쭈그리고 있어야 할 것 같은 기분을 준다.

시엘은 노골적으로 싫은 얼굴을 했다. 저런 얼굴로 나를 보면 난 좀 상처를 입을 것 같은데 말이다. 클라인은 말없이 시엘을 보고 있었다. 나는 클라인의 옆에 서 있어서 그의 얼굴을 볼 수는 없었지만 시엘과 비슷한 표정이지 않을까?

"클라인 경이라고 불러도 좋다, 마법사."

"시엘이다, 클라인 경. 마법사라고 불러도 되는 건 내 친구뿐이야."

시엘이 투덜거리는 목소리로 말했다. 열심히 뒤늦은 사회화 작업이 진행 중인 온실의 대마법사에게 친구란 엄청난 의미를 지닌 단어인 것 같다. 정신연령의 분야별 성장 격차가 커서 좀 헷갈리지만. 얼결에 친구가 된 미오 경이 눈썹을 들었지만 내가 알고 미오 경도 알다시피 이 조합에서 우리의 발언권은 없다.

어쨌든 정리가 된 것 같다. 클라인이 조금 피곤한 것 같지만 침착하고 부드러운 얼굴로 내 손을 잡으며 웃었다.

"이제 만족하십니까, 아스?"

내가 말리지 않았으면 클라인과 시엘이 싸웠을라나? 마음이 조금 무거워졌다. 클라인은 내가 원한다면 불가능하다는 것을 알면서도 별을 따라 떠날 사람이다.

그는 나를 위해 어디까지 해줄 수 있을까?

"감사합니다, 공작님."

그는 내 행복이 자신의 행복인 사람처럼 웃었다.

중앙 광장에는 벌써부터 사람이 많았다. 나는 하다못해 성문 밖에서 처형이 이루어질 줄 알았는데, 평소에 사람들이 자유롭게 걸어 다니고 사랑을 속삭이던 바로 그곳에서 여왕을 처형한다고 해서 좀 놀랐다.

"저…… 제가 이런 걸 본 적이 없는데 처형은 어떻게 진행이 될까요?"

"목을 자른 후 몸은 불에 태우고 머리는 효시할 겁니다."

클라인이 해가 뜨고 달도 뜬다는 것을 말하듯이 대답했지만 난 많이 놀랐다. 생각한 것보다 훨씬 과격한 방식이었다. 무슨 반역자의 목을 사대문에 내거는 것도 아니고. 아니, 그건 사대문 밖이기라도 했지. 이건 멀쩡히 사람들이 돌아다니는 생활공간인데 너무 험악하지 않을까? 데이트하러 나왔다가 처음 보는 여자의 잘린 머리를 보겠는걸.

"전 그런 걸 볼 자신이 없어요."

"하지만 아스. 당신이 다쳤습니다."

"그게 중요해요?"

"예, 아스. 당신이 다쳤습니다. 당신을 다치게 한 사람은 그 대가를 치러야 합니다."

그때 말발굽 소리와 웅성거리는 소리가 들려왔다. 나해 여왕인가 보다. 두 마리의 말이 끄는 수레가 들어왔다. 안에는 밧줄과 쇠사슬로 꽁꽁 묶인 작은 여자가 있었다. 아니, 여자라는 말은 어울리지 않았다. 열넷, 열다섯 정도로 보이는 어린 소녀였다. 연한 갈색 머리카락이 산발이 되어 부스스하게 흩어져 있었다. 저렇게 어린아이인데 아무도 머리를 빗겨주지 않았나 보다. 하긴, 사람의 몸이 반 토막이 되어 보일 정도로 꽁꽁 싸 묶어두고 있는데 머리카락 같은 걸 넘겨줄 아량이 있을 리가 없겠지.

나해 여왕은 어렸고, 어린 걸 감안하더라도 몸집이 작은 아이였다. 그 작은 몸을 더 작아 보이도록 어깨부터 배 근처까지를 밧줄로 빈틈이 없게 묶어놓고, 그 위로 예사롭지 않은 연보라색으로 빛을 뿜어내는 사슬까지 감아두었다.

나해 여왕은 마법사랬으니까 아마 마법을 못 쓰게 하는 종류의 무언가겠지.

메테오를 부를 수 있을 정도로 강력한 마법사니까 어쩌면 시엘이 저 구속구를 만들거나 만드는 데, 개입했을 수도 있겠다. 내 시선은 자연스럽게 시엘에게 향했는데 그는 미오 경과 뭔가를 이야기하느라고 내 시선을 몰랐다.

미오 경과 시엘은 여왕을 보지 않았다. 중앙 광장 곳곳을 손으로 가리키며 대화를 나누고 있었다. 워낙에 조용조용한 목소리라 웅성거리는 사람들 목소리에 묻혀 내게는 들리지 않았다. 바깥나들이에 들뜬 모습이었다.

다시 봐도 여왕은 어리고 작았다. 나는 여왕이라길래 한 서른 근처는 된 관록 있는 언니를 상상했었다. 저렇게 어린아이가 죽자고 메테오를 쏟아붓고 있을 줄은 전혀 예상을 못 했다.

삼삼오오, 심지어는 어린아이를 목말 태우고 있는 사람도 보인다. 나해 여왕이 어린아이라는 데 충격을 받은 사람은 나밖에 없는 것 같았다. 아직 어린아이인데. 아직 자기 진로에 대해서도 생각 안 해봤을 어린아이인데.

엘리가 죽었지. 이 세계는 어린아이라도 사람을 죽이는구나.

저 어린아이가 처형을 당한다지. 이 세계는 어린아이라도 죽는구나.

여왕은 숨도 제대로 쉴 수 없게 꽁꽁 묶인 채로 새카만 눈을 예민하게 굴리며 자신의 죽음을 구경하러 온 사람들 틈을 살폈다. 절박한 짐승처럼.

엘리가 죽었는데. 내 엘리가 그렇게 죽었는데도 나는 여왕과 같은 눈으로 사람들 틈을 살폈다.

나해 사람들이 자기들의 여왕을 구하러 오지 않았을까? 하고. 그래도 여왕인데. 저런 어린아이인데.

광장 중앙, 사람들 눈에 가장 잘 보일 곳에 수레가 멈추고 억센 손을 가진 간수가 거칠게 여왕을 끌어 내렸다. 여왕은 거의 바닥에 내팽개쳐졌지만 아무도 뭐라고 하지 않았다. 사람들은 웅성거렸고 어디선가는 성급하게 '죽여라!'를 외쳤다. 아무도 어린 여왕을 구하려 들지 않았다.

내 동정심은 항상 얄팍하고 비겁하다. 여왕이 어린아이가 아니었다면 동정하지도 않았겠지. 내 엘리가 없는데, 그 엘리를 죽게 만든 사람에게 동정심이 생기려는 나 자신이 너무 싫다.

광장에는 단두대처럼 보이는 기구가 서 있었다. 우리나라 망나니처럼 직접 목을 베어 죽이지는 않는가 보다. 여왕 몸집의 두 배는 될 것 같은 덩치의 간수가 여왕을 일으켰다.

여왕은 잠시 멍한 눈으로 자신이 죽을 곳을 보다가 사방을 둘러보았다. 여왕을 구해줄 사람은 없을 텐데. 속이 울렁거리기 시작했다. 부단히 주변을 돌아보던 여왕이 드디어 내 근처를 보았다. 무언가를 찾는 것처럼 계속 고개를 돌리던 그녀는 이윽고 내 쪽에 아예 시선을 고정했다.

나는 얼결에 클라인의 팔을 잡고 있던 손을 놓고 옆으로 물러섰다. 하지만 여왕의 시선은 내 쪽에 붙어 있었다. 여왕이 작게 뭐라고 입을 여는 것 같았다.

순식간에 일어난 일이었다. 여왕의 몸을 옥죄고 있던 쇠사슬이 짙은 보라색으로 타오르더니 날카로운 소리를 내며 깨져 나가고 밧줄이 녹아내렸다. 궁지에 몰린 짐승 같던 여왕이 순식간에 초라함을 벗어 던지고 내게 달려들었다.

"네년이었냐!"

여왕의 손톱이 짐승처럼 길고 날카롭게 자라나 날 찢어발길듯이 쇄도하고 있었다. 나는 달려오는 트럭을 바라보는 것처럼 꼼짝할 수가 없었다.

죽나? 이대로? 엘리가 죽었듯이 나도? 상황이 닥치니 얼어붙은 채로 꼼짝도 할 수가 없었다.

"당신은 아무것도 두려워할 것이 없습니다."

세상이 나를 뭉개 버리려고 하는 순간에 이른 아침처럼 차분하고 맑은 목소리가 얼어붙은 내 몸을 감싸왔다.

"제가 곁에 있습니다."

남들을 볼 때는 차갑고 냉정했던 청회색의 눈동자가 나를 내려다보며 부드럽게 웃고 있었다.

여왕의 손톱이 나를 찢으러 달려오는 와중인데 나는 정신을 놓고 그 눈을 들여다보았다.

클라인은 웃으며 나를 끌어당겨 그의 품 안에 고개를 묻게 만들었다. 그가 검집을 들어 올리는 잔상을 마지막으로 나는 눈을 감았다. 커다란 소리가 나고 차가운 바람이 훅, 등 뒤를 밀었다. 나를 안은 채로 클라인이 몸을 숙였다. 바람이 잦아들고 내 어깨를 누르는 클라인의 손힘이 조금 빠졌을 때 그에게서 빠져나와 등 뒤를 돌아보았다.

어린 소녀는 수레 안에 있을 때처럼 다시 초라하고 흐트러진 모습으로 바닥에 널브러져 있었다. 그리고 그 턱 아래 가슴팍을 클라인이 발로 밟았다. 주변에는 둥글게 얼음으로 된 창이 박혀 있었고 어느샌가 조금 떨어진 곳에 있었던 시엘과 미오 경도 지척에 왔다.

"네년을…… 네년을 죽여야 하는데……."

"저랑은 아무 원한이 없지 않아요? 우리 처음 보는데."

어린 소녀라 반말을 할까 고민하다가 신분제 사회라는 걸 상기하고 클라인의 등 뒤에서 슬쩍 몸을 가리면서 존댓말로 물었다.

이제 여왕은 내게까지 들릴 정도로 이를 갈았다. 클라인이 더욱 힘을 주어 그녀를 짓눌렀다. 미오 경이 내 앞을 막아서며 자극하지 말라고 주의를 주었다.

"네년이, 네년 때문에……."

내가 뭘 했길래.

어린 여왕은 나이에 걸맞지 않은 독한 눈으로 나를 노려보며 손을 내밀었지만 클라인이 휘두르는 검집에 손등을 얻어맞고 날카롭게 비명을 질렀다.

난 여왕을 처음 보는데 혹시 아스 토케인의 과거와 관련된 사람인가? 그렇게 생각하고 있는데 툭, 하고 내 가방에서 뭔가가 떨어졌다.

클라인이 선물했던 귀걸이였다. 그러고 보니 나해 여왕들이 대대로 물려받은 귀걸이라고 클라인이 말했었다.

아…… 아끼는 귀걸이였겠구나. 클라인이 이 어린애한테서 이걸 삥뜯어 왔던 거구나. 착용하고 있는 걸 빼앗아 왔댔지? 반사적으로 클라인을 볼 뻔했지만 초인적인 컨트롤 능력으로 참았다. 어쩌지? 이걸 쟤 귀에다가 꽂아주기라도 해야 하나?

"여왕. 패배를 인정하라."

클라인이 말했다. 내 생각에는 저 어린애가 패배를 인정하지 않아서 이렇게 구는 건 아닌 것 같은데.

"내가 죽을 때 죽더라도 너희 왕의 심장은 움켜쥐고 죽을 테…… 아악!"

클라인은 표정 없는 얼굴로 여왕의 가슴팍에 올린 발을 비틀었다.

사람이 참 간사하다. 나는 여왕이 도축되기 직전의 가축 같아 보일 때는 그녀를 동정했지만 나를 공격하려고 한 후부터는 동정이 가지 않았다. 엘리를 죽인 여왕을 동정했었으면서 나를 공격한 여왕은 동정하지 않는다니.

결국 내가 엘리를 생각하는 마음은 그 정도였나 보다.

나는 바닥에 떨어진 귀걸이 상자를 집어 들어서 천천히 흙먼지를 털어냈다.

내 손 움직임을 따라서 여왕의 고양이처럼 커다랗고 뾰족한 눈이 움직였다.

"귀걸이 때문에 절 공격한 거면 이제 이걸 돌려주면 여왕님 마음이 편할까요?"

나는 살겠지만 이 아인 죽겠지. 죽을 사람에게 원한을 사고 싶지 않았다. 하지만 내 생각과 달리 여왕은 더욱 표독스럽게 이를 갈았다.

"묻겠다. 너는 왕비냐, 국왕의 연인이냐?"

네? 나? 나한테 물었나요? 제가 뭘 잘못 들은 것 같은데요?

나는 클라인을 보았다. 그는 세계가 멸망해도 별로 표정이 변할 것 같지 않다.

그럼 시엘을 볼까? 그는 애초에 이 대화에 관심이 없는 얼굴로 여왕의 손목을 잡고 힘을 줬다 뺐다 하면서 뭘 계산하고 있었다. 그럼 미오 경은? 다행이다. 그는 고개를 한쪽으로 기울이고 눈을 찌푸리고 있었다. 그나 나나 이해할 수 없는 말을 들었다.

"나는 왕국에서 가장 중요한 마법진이 있는 곳에 메테오를 떨어뜨렸다. 그곳에 귀걸이가 있는 것도 알고 있었지. 내 나이가 어려 힘이 모자란 것이 원통할 뿐이다. 말하라, 왕국에서 가장 중요한 곳에서 내 귀걸이를 갖고 보호받고 있던 너는 왕비냐, 아니면 내 왕국에까지 소문이 무성한 국왕의 연인이냐?"

그렇군. 저렇게 말하는 거 보니까 역시 왕비 궁에 좌표를 찍고 메테오를 던진 건 맞는 것 같다. 아, 미안 아스 토케인. 죄 없는 너를 내가 의심했구나.

나는 순식간에 허무해졌고 미오 경도 의미를 알 수 없는 한숨을 쉬었다. 나는 천천히 여왕의 앞에 무릎을 굽혀 앉았다.

"왕자님의 유모인데요."

여왕의 어린 얼굴이 순식간에 일그러졌다.

"하지만 저 귀걸이는……."

"카펠라 공작님이 절 좀 좋아하셔서요."

중간 과정이 많이 생략되긴 했지만 진실이랑 크게 다르지는 않다. 클라인이 날 좋아하긴 하지.

"아무도 아니라고?"

여왕의 얼굴이 형편없이 일그러졌다. 그 생각을 모르지는 않는다. 허무하겠지.

"저도 하나 물어볼 게 있어요. 메테오 날릴 때 왕궁에 나해의 백성들도 있다는 건 염두에 두셨는지요?"

"내 백성들은 내 결정을 지지할 거야."

나해의 백성들은 왕족에게 충성심이 강하다고 그랬지. 그렇다면 저게 진짜일 수도 있고 아닐 수도 있다. 나는 알 수 없는 일이다.

하지만 내 엘리는. 패전의 복수 때문에 죽은 내 엘리는 어떻게 되는 걸까.

나는 여왕을 두고 자리에서 일어났다. 귀걸이를 주고 가려다가 왠지 억울한 느낌이 들어서 허리를 굽혀 다시 챙겼다.

"공작님. 전 여기에 있고 싶지 않아요."

"알겠습니다."

클라인이 시엘을 보았다. 시엘은 멀뚱멀뚱 클라인을 보고 있다가 미오 경이 팔꿈치로 툭 치니까 아, 하고서 한 손을 쥐었다가 폈다. 그러자 거미줄 같은 은빛의 줄이 생겨나 여왕을 꽁꽁 묶고 입까지 막아 버렸다. 여왕은 완전히 고치처럼 칭칭 묶였다. 저대로 단두대에 올라 처형을 당할까?

나는 엘리의 죽은 모습을 보지 못했듯이 여왕의 죽은 모습을 보지 않을 것이다.

내가 가는 길 앞에 있던 사람들이 비켜주었다. 모세의 기적. 이것도 나름 로망의 하나이긴 했는데 이럴 때, 이런 상황에서 보길 원한 것은 아니다.

걸어가며 옷매무새를 정리했다. 흐트러진 머리카락을 쓸어 넘기고 주저앉느라고 흙이 묻은 치마를 털었다. 클라인이 내 뒤를 따랐고 그 뒤를 시엘과 미오 경이 따라왔다.

피곤하다. 이대로 돌아가자고 하면 클라인이 실망할까? 하지만 클라인이 내게 물었다.

"왕궁으로 돌아가시겠습니까?"

그는 항상 나를 보고 있다. 내가 돌아가자고 하면 이대로 데려다줄 것 같긴 한데, 그런 얼굴로 물으니까 그러자고 할 수가 없었다. 그리고 사실 유르겔의 공간으로 돌아가고 싶지도 않았다.

나는 클라인에게 손을 내밀었다. 하지만 그의 손이 닿기 전에 시엘이 다다닥 뛰어와 내 손을 가로채고 웃었다.

좋냐? 나도 좋아봤으면 좋겠다. 이 마법사는 밤에는 의지할 수 있는 대마법사 같다가 낮에는 열심히 사회를 배우는 소년 같다. 낮에는 소년, 밤에는 오빠.

나는 그대로 한 손에는 시엘의 손을 잡고 다른 손으로는 클라인의 팔짱을 끼고 중앙 광장을 벗어났다. 뒤에서 들리는 소리에는 신경을 쓰고 싶지 않아서 미오 경이 시엘에게 잔소리를 하는 것에만 억지로 귀를 기울였다.

약간 궁금한 건 있었다.

그 마법진이 대마법사의 마법진이라고는 하지만 얼마나 대단하길래 나해의 여왕도 알고 있는 거지?

갈 곳이 없었고, 더 정확히는 어디 놀러 갈 기분이 아니었다. 클라인이 왕궁으로 돌아가겠냐고 물어봤을 때 괜히 있지도 않은 오지랖을 부리지 말고 돌아갈 걸 그랬다. 하지만 그때는 왠지 클라인에게 미안했었다.

나는 자연스레 클라인의 눈치를 보았다. 그는 나와 함께 가고 싶은 곳이 있을까? 내 시선을 눈치채자마자 클라인은 눈을 마주하고 부드럽게 웃으며 물었다.

"어디 가고 싶으신 곳이 있으십니까?"

"아뇨, 없어요."

왜냐면 나는 아무 생각이 없고 더 적극적으로, 격렬하게, 아무 생각도 하기 싫은 상태이기 때문이다. 하지만 내 대답을 어떻게 해석을 한 것인지 클라인은 묘하게 기뻐 보이는 얼굴로 내 손을 잡아 손바닥에 키스했다.

타인의 숨결이 예민한 살갗에 닿고 손바닥 전체에 타인의 체온이 느껴지니까 온몸이 간지러워졌다.

피부가 아니라 피부 안쪽의 모든 근육 결이 손톱을 세워 벅벅 긁고 싶을 정도로 간지러운 거였다.

뭔가를 오해한 게 분명한 반응인데, 대체 내 말의 어디에 오해할 구석이 있는지, 어떤 식으로 오해한 건지 감을 못 잡겠다.

"아스! 이거 보세요."

그때 미오 경과 앞서 있던 시엘이 환하게 웃으며 나를 불렀다. 미오 경은 그 옆에서 대단히 늙어가는 얼굴을 자기 손에 파묻더니 고개를 절레절레 흔들었다.

마탑 출신이며 동시에 온실의 도련님인 시엘은 뭐랄까…… 상식이 좀 없었다. 차라리 체계적으로 상식이 없으면 역시나 체계적으로 상식을 쌓으면 될 텐데, 그 같은 경우는 1, 2, 3, 4가 없이 갑자기 8이 들어서고 그다음은 3인 식으로 상식의 수준이 이상하리만치 뒤죽박죽이었다.

클라인에게 양해를 구하고 시엘 쪽으로 갔다. 그는 커다란 분수에 손을 밀어 넣고 있었다.

"이런 게 분수였군요. 신기합니다."

"마탑에는 분수도 없었나요?"

대체 있는 게 뭐였냐. '이런 게 모바일이군요' 소리를 들은 것 같아서 되물으니까 시엘은 계속 수반에서 손으로 떨어지는 물을 받으면서 부드럽게 웃으며 말했다.

"마탑에는 오래된 마법책과 마법사들이 만들어낸 기이한 크리처들 밖에 없었습니다. 어린 시절에 스승 중 한 분이 분수를 솟구치는 물이라 말해주어서 어떤 신기한 마법이 작용했나 궁금했는데 이런 것이었군요."

미오 경은 대단히 피곤한 얼굴이었다. 내가 오니까 그는 내적 갈등이 절정을 이룬 얼굴로 나와 시엘을 번갈아 보다가 '부탁한다'는 뜻 모를 소리를 남기고 뒤로 물러섰다.

그래, 그를 이해한다. 미카엘 왕자의 양육에도 참여하지 않았던 양반이 스물이 넘은 대마법사의 사회적 발달을 위한 양육을 돕고 있으니 어쩌나 암담하고 답답하겠어.

나는 저만치 뒤쪽에 서 있는 클라인 쪽으로 미오 경이 다가가는 것을 보았다. 저 둘도 만만찮게 사이가 좋지 않았던 걸로 기억하는데.

클라인은 미오 경의 어깨를 두드리며 뭐라고 말을 하고 있었다. 그러나 미오 경은 클라인의 그 손을 쳐냈다! 아, 이 어른 같지 않은 인간들이 있나.

"마탑에 꽃은 있었어요?"

〈탈출기〉에는 마탑에 대한 자세한 서술이 없었다. 시엘 자체가 중요 인물은 아니었기 때문에 그의 배경 설명에 많은 공을 들이지 않은 것 같다.

그래서 마탑의 풍광이 어땠는지 상상할 수가 없지만 시엘의 말만 들어보면 그렇게 살풍경한 곳도 없을 것 같다.

내가 보기에는 대마법사보다는 사이코패스 하나 길러내기에 최적의 환경이다. 더 솔직히 말하자면 그런 환경을 만들어낸 마법사들도 사이코패스 집단 같다.

"아니요. 그것도 마탑을 나온 후에 보았습니다. 아마 전쟁터였던 것 같군요."

"전쟁터요. 그렇게 말씀하시니 지금 제가 꽃을 선물해 드리고 싶은데 꽃 파는 곳이 안 보이네요. 미안해요."

"꽃을 선물하는 건 보통 사람들에게는 어떤 의미인 겁니까? 카펠라 공작은 당신에게 꽃을 선물하죠. 늘 그게 알고 싶었습니다."

"글쎄요. 마법사님이 방금 분수를 발견하시고 절 부르신 거랑 비슷한 느낌일 거예요."

그는 나를 보더니 물이 솟고 있는 분수대를 보았고, 이어서 물에 잔뜩 젖은 자신의 손을 내려다보았다. 그러곤 '그렇군요'라며 고개를 끄덕였다.

나도 그를 따라 분수에 손을 담가보았다. 날이 더워지고 있어서 물은 다소 시원하게 느껴졌다.

"요즘 제 마음속에 분수가 생긴 것 같습니다."

어디서 들어본 말이다. 하마터면 미오 경이 서 있는 쪽을 돌아볼 뻔했다.

시엘은 이제 양손을 분수에 넣고 만져지지 않는 물을 만지려 하고 있었다. 혹시 모르지. 대마법사는 물도 만질 수 있는지도.

"저는 황무지였습니다. 매일 저도 몰랐던 것들이 생겨나는데 그게 마치 분수 같습니다, 아스. 당신도 이런 것을 알고 계십니까? 아니면 당신은 나면서부터 이런 것…… 느낌들을 갖고 계십니까?"

내 의견을 말하라면, 마탑에 있는 놈들이 개새끼였다고 하겠다.

대마법사들이 대대로 삶에 회의를 느껴 생을 포기하고 자살을 했다면, 그 삶을 좀 더 행복하고 평화롭게 만들어줄 궁리를 했어야 했다. 좌절과 절망을 느끼고 자살을 하니까 아예 감정을 느끼지 않게 만들겠습니다, 는 대체 누가 어떤 발상으로 만든 시스템일까.

"저는 마법사님이 많은 것을 느끼고 배우시며 행복하셨으면 좋겠어요."

살면서 좌절과 절망, 상실을 안 겪을 수는 없다. 그러니 가급적 행복한 것을 그의 가슴속 보석 상자에 많이 쌓아놔서, 시엘이 좋지 않은 감정을 버텨야 할 때 꺼냈으면 좋겠다.

시엘은 웃으면서 내 손을 잡아 자신의 심장께 위에 올렸다. 좀 더 힘을 줘서 꾸욱 누르면 박동이 느껴질까? 옷 위로 타인의 맥박을 느끼기는 쉽지 않아서 내 손에는 시엘의 체온만 옮겨오고 있었다. '이 안에 너 있다' 소리가 나오면 대박일 것 같다.

"아스, 당신 덕분에 알게 되는 것이 얼마나 많은지 당신이 알 수 있다면 좋을 텐데."

"괜찮아요. 그건 원래 마법사님 거예요. 아름다운 것이 많나요?"

"아름다운 것도 아름답지 않은 것도 모두 싫지는 않습니다."

시엘의 분수는 미오 경의 분수랑 얼마나 다른 것일까? 미오 경은 마음속에 분수가 있다고 했는데, 그 분수는 아직도 물을 뿜고 있을까, 아니면 수도세 절감을 위해 잠시 꺼두었을까? 마음이 눈에 보이는 것이라면 가슴을 열고 들여다보고 싶다. 미오 경의 가슴도, 클라인의 가슴도. 그리고 내 가슴도.

그때 우리가 떠나온 중앙 광장 쪽에서 함성이 들려왔다. 여왕이 처형을 당했나 보다.

나는 손을 시엘의 가슴 위에 올린 채로 고개만 돌려 함성이 들려오는 광장 쪽을 바라보았다.

"여왕이 처형당한 모양이네요."

"소질은 나쁘지 않았습니다. 살았다면 강력한 마법사가 되었겠죠."

신기하다. 이 세계의 사람들은 어쩜 이렇게 담담하게 죽음을 이야기할까.

"대단한 것 같아요. 그리고 조금 슬프기도 하고요."

"하지만 여왕은 당신을 공격해서 왕비 궁을 박살을 냈습니다. 아스의 친구도 그때 죽었잖아요?"

"네, 제가 그녀를 좋아할 이유는 없죠. 그냥, 제가 슬퍼서 그래요."

"뭐가 슬프십니까?"

나를 위해 낮을 밤으로 바꿔준 마법사가 물었다.

"제 인생에 기사도 왕자도 없는 건 스무 살부터 인정했어요. 하지만 여왕은 저렇게 어린데도 그녀를 구해줄 기사와 왕자가 없다는 게 슬퍼요."

가슴에 얹었던 손가락에 힘을 줘서 들어 올리니까 시엘이 순순히 손을 놓아주었다. 그는 고민스러운 얼굴로 나를 보더니 분수대 안에 손을 넣어서, 꽃을 만들어 건네주었다.

본 적이 없는 작고 하얀 꽃이었다. 아마 전쟁터에서 봤다는 그의 인생 첫 꽃인 것 같다.

"카펠라 공작도 이런 기분이었겠군요."

이상하지. 시엘은 행복하게 웃고 있는데, 내 가슴이 답답한 이유를 모르겠다.

"더 많은 걸 알고 싶습니다. 알려주세요."

"그게요, 마법사님. 원래 인생은 자력구제예요. 살아보니까 왕자도 기사도 없더라고요. 그러니까……."

"하지만 아스의 인생에 마법사는 있잖습니까. 이 정도면 어지간한 기사보다 낫죠?"

태양은 우리의 머리 위에 있었고 왕관처럼 태양을 쓴 대마법사는 밤과는 다른 의미로 아름답게 보였다. 나는 그 기사가 그 기사가 아니라는 말은 못 하고 애매하게 웃었다. 자꾸 이렇게 예쁘고 기쁜 말만 해주면 좀 곤란한데.

한참이나 시엘의 분수대 물장난을 기다려 주고 있던 클라인이 말했다.

"마법사, 장난은 그만하고 이만 가지."

"카펠라! 날 마법사라고 불러도 되는 건 아스뿐이다! 가끔 미오 경이랑."

응, 뭐, 그래. 그렇게 날 생각해 줘서 고맙습니다? 나는 근처로 다가온 미오 경을 보았다. 그도 심경이 복잡한 얼굴로 시엘과 클라인의 말다툼을 보고 있었다.

"피곤하군."

"그렇죠? 저도요."

그러고 보니 미오 경은 형이 있다고 했었나? 왠지, 남동생이 없어서 시엘을 남동생처럼 예뻐하는 것 같더라니 그게 맞는 것 같다. 그래도 다행이다. 그가 예뻐하는 만큼 그 남동생도 미오 경을 예뻐하는 것 같다. 가끔은 미오 경도 마법사라고 불러도 괜찮다고 말은 하는데…… 시엘은 적어도 나와 미오 경에 한해서 마법사라고 부르는 호칭을 싫다고 한 적은 없었다.

사랑받는군, 미오 경.

"슬슬 나와 마법사는 따로 갈 테니 너는 클라인 경과 있는 게 맞는 것 같다."

"괜찮으세요?"

"뭐, 상도덕이라는 게 있는 거니까."

경이롭다. 미오 경 인생 사전에 그런 단어는 없을 줄 알았는데.

클라인이 아무리 괜찮다고 했어도 슬슬 쫄리는 참이라 그의 말이 고마웠다.

데이트인 듯 데이트 아닌 데이트 같은 데이트인데, 클라인이랑 친분도 없는 제삼자가 둘이나 껴 있는 게 그도 그렇게 유쾌한 기분은 아닐 거다.

클라인은 시엘을 구박하는 것치고는 손수건으로 시엘의 손을 꼼꼼하게 닦아주고 있었다.

저거 마법으로 그냥 말리면 안 되는 건가?

"마법사님이요. 제 인생에 기사님도 왕자님도 없다고 했더니 마법사는 있지 않느냐고 하셨어요."

비록 내 의도와 다른 대답이었지만 솔직히 조금 기쁜 말이다. 누군가를 사랑해서는 안 되는 대마법사가 마치 나를 사랑하고, 위해준다고 착각할 것 같았다.

"하지만 넌."

미오 경이 말했다.

"기사도 왕자도 없다고 말하면서도 백마 탄 왕자를 바라지 않던가?"

그 순간 가슴을 붉은 번개가 뚫고 지나가고 얼린 장미꽃이 눈을 덮은 것처럼 어딘지 알 수 없이 몸 전체가 아파왔다.

심장을 얼음으로 문대고 불에 태운 황금을 삼킨 것처럼 아무 말도 할 수 없었다.

"백마 탄 왕자요?"

미오 경은 나를 보고 있지도 않았다. 하지만 신음처럼 나온 내 목소리를 듣고 그도 나를 바로 내려다보았다. 그는 꽤 피곤해 보이는 얼굴이었다.

"난 그렇게 느꼈다. 아스, 네가 바라는 종류의 완벽하고 완전히 최선인 사랑은 아마 이 세상에 존재하지 않을 거야. 소설 속이라면 모를까."

그는 내 어깨 근처로 손을 올렸다가 그 손을 왜 들어 올렸는지 모르는 사람처럼 곤란한 얼굴로 자신의 손을 내려다보았다. 허공에서 손가락 끝이 무언가를 건드리는 것처럼 움츠러들었다. 지금 그가 나를 보는 시선이 꼭 그가 시엘을 볼 때와 닮았다.

"……그런 걸 바라면 안 되는 거예요?"

여기가 소설 속인데, 왜 소설같이 완벽하고 완전하고 이상적인 것을 바라면 안 되는 걸까?

미오 경은 정말로 곤란하고 당황한 얼굴로 나를 보다가 허공으로 들어 올렸던 손으로 내 어깨를 툭, 치고 지나쳐 갔다.

"시엘! 점심 식사를 해야지."

대답을 얻지 못한 나는 그 자리에 서서 세 사람을 바라보았다. 나를 사랑한다는 공작님과 내게서 사랑을 배운다는 마법사님과 나와 인생을 함께한다는 기사님이 모두 그곳에 있었다.

여기가 소설 속이 아니었다면 저 사람들이 하는 말을 모두 믿었을까. 하다못해 정석적으로 이계로 소환이 되거나 차원 이동을 한 것이었다면, 완전하고 이상적인 소설이 아니라 또 다른 현실을 살게 된 것이었다면, 내게 결코 해를 끼치지 않는다는 저 사람들의 말을 완전히 믿을 수 있었을까?

물끄러미 바라보고 있으니까 내 시선을 눈치챈 클라인이 나를 바라보며 미소 지었고, 대화가 끊긴 것과 동시에 시엘이 클라인의 시선을 따라 나를 보며 손을 흔들어주었다. 그리고 마지막으로 미오 경이 짙은 눈빛을 내게 돌렸다.

그렇구나.

저 사람들은 어쩌면 나를 사랑할지도 모르는 사람들이었다.

외전 6
비 오는 날

비가 생각보다 많이 내리고 있었다. 그녀가 왕비 궁을 나올 때까지만 해도 하늘은 비 오기 직전의 먹구름만 끼어 있었다. 그래서 빨리 갔다 오면 될 거라 생각했는데……. 뭔가 불길할 때 우산을 챙겼어야 했다.

아스 토케인은 젖은 손을 들어서 이미 비에 푹 절은 머리 위를 가려보았다. 젖는 걸 막을 의도는 전혀 없었고 그저 시야를 확보하고 싶었다.

이 세계에도 장마가 있다면, 거의 장마철 비에 가까운 비였다. 사실 중간에 돌아갈까 고민하지 않았던 것은 아니지만 그 짧게 고민하는 사이에 이미 폭삭 젖어버려서 전진을 선택했었다.

"이 근처인 걸로 아는데……."

조용했더라면 소리로 찾아갔을 텐데 폭우가 모든 소리를 다 가려서 그마저도 쉽지가 않았다. 길이 엇갈린 건 아닐까? 아스 토케인은 고개를 갸웃거리면서도 발이 가는 대로 걸어가기 시작했다. 어차피 완벽한 목적지를 모른다면 직감에 따라 헤매는 게 최고였다. 그녀의 키만 한 덤불을 지나쳤을 때 그녀가 찾던 미오 조디악이 그녀의 이름을 불렀다.

"아스……?"

"멀리도 와 계시네요, 미오 경."

그는 덤불에 숨듯이 몸을 붙인 채 어리둥절한 얼굴로 아스 토케인을 내려다보았다. 그녀가 젖은 만큼 그도 젖어 있었다. 평범한 기사가 비를 피할 방법이 있을 리가 없지, 아스는 속으로 생각하고 알아서 고개를 끄덕였다.

"어딜 가던 중인가?"

"미오 경 찾으러 왔죠."

"왜?"

"점심 안 드셨다던데요."

미오 조디악은 아스 토케인을 바라보았다. 그녀도 느리게 눈을 깜빡이면서 그를 올려다봤다. 그대로 말 없는 몇 초가 지난 후에야 미오 조디악은 한숨을 섞어서 먼저 말을 꺼낼 수 있었다.

"내가 점심 식사를 거른 것과 네가 찾아온 것의 상관관계를 모르겠다."

비는 계속 내리고 있었고 미오 조디악의 얼굴에서도, 아스 토케인의 얼굴에서도 계속 빗물이 흘러내렸다. 아스 토케인은 근엄하게 고개를 끄덕이며 작은 바구니 하나를 들어 보였다.

"안 드셨다고 해서 제가 도시락 얻어 왔어요. 드시고 훈련하세요."

그는 한숨을 내쉬었다. 아스 토케인과 대화를 하면 자꾸 한숨만 나왔다.

보기 드문 폭우였다. 미오 조디악의 옷도 속까지 푹 젖어 있으니 멀지 않은 거리를 걸어온 아스 토케인도 마찬가지일 거다. 모처럼 틀어 올리지 않고 풀어 내린 검은 머리카락도 볼과 목덜미에 찰싹 달라붙어 있었다. 생각하기도 전에 손이 먼저 나가서 볼에 달라붙은 머리카락을 떼어주고 있었다.

아스 토케인은 순한 강아지처럼 눈을 깜빡이며 그의 손이 머리카락을 모두 걷어내기를 기다리고 있었다. 그 짧은 순간에도 손바닥 안으로 물이 고였다. 그녀가 말했다.

"미오 경, 우리 오래 살도록 해요."

"그럴 예정이긴 하다만?"

"이렇게 식사를 둘쭉날쭉하다가는 오래 살 수가 없어요."

그러면서 직접 미오 조디악의 손을 들어 바구니를 쥐어 준다.

정말 오래간만에 내리는 엄청난 폭우였다. 미오 조디악은 빗물이 이미 옷을 모두 적셔 피부를 따라 흘러내리는 것을 느끼고 있었다. 내내 걸어왔을 아스 토케인도 무사하지 않을 것 같은데 이 바구니 안의 내용물이 무사할지는 장담을 할 수가 없었다. 그녀가 거기까지 신경을 쓸 것 같지 않아서 미오 조디악은 그저 고맙다고 바구니를 받았다.

"그럼 갈게요. 안나한테 미카엘 왕자님을 맡겨놓고 왔어요."

미오 조디악은 늘 아스 토케인이 신기했다.

자신의 아이를 낳아보기도 전에 유모가 되어 왕자를 맡게 된 젊은 유모는 어설프게나마 어떻게든 자신의 일을 수행하고 있었지만, 그 나이 또래의 다른 여자들이 어린 아기들에게 보이는 관심과 호의는 어설프게라도 따라 하지 못했다.

그는 살면서 이렇게까지 아이를 안 좋아하는 여자는 처음 보았다. 그녀 나름으로는 티를 내지 않으려고 하는 것인지 아닌지도 모르겠다. 어쨌든 조금만 그녀를 보고 있어도 그녀가 왕자에게 별반 호의가 없다는 것은 모두가 알 수 있었다.

보통의 유모들이라면 사랑과 헌신으로 장래 권력자가 될 어린 왕자를 돌볼 텐데 그녀는 그런 미래는 안중에도 없다는 듯이 현재의 감정에 충실했다. 그리고 왕자가 울든 웃든 옆에 눈살을 찌푸리고 있는 이 젊은 유모는 가끔은 알 수 없는 눈빛으로 미오 조디악을 물끄러미 응시할 때가 있었다, 지금처럼.

이럴 때마다 미오 조디악은 그녀를 붙들고 무슨 생각을 하는 거냐고 묻고 싶기도 했고 눈을 돌리고 모르는 척을 하고 싶기도 했다.

어쨌든 아기와 왕자 어느 쪽도 좋아하지 않는 것치고 의외로 성실한 아스 토케인은 근무시간 중에 마땅한 이유 없이 근무지를 이탈하는 법이 없었다. 문제라면 그녀의 근무시간이 하루 24시간이라는 것일까.

"아스."

근처 가지가 무성한 커다란 나무 아래에 그가 벗어둔 겉옷과 약간의 짐이 있었다. 그쪽은 가지가 무성해서 바닥도 많이 젖지 않았다. 그는 손짓해서 아스 토케인을 그늘로 불렀다. 그들을 둘러싸고 있던 빗소리가 잠시 그들을 놓아주었다.

미오 조디악이 벗어뒀던 겉옷은 습기가 배긴 했지만 많이 젖지는 않았다. 그는 그것을 아스 토케인의 머리 위에 씌워주었다. 겉옷이 기니까 그대로는 불편할 것 같았다. 그래서 긴 부분을 정수리 위로 올렸다. 걸어가다 보면 옷이 떨어지지 않을까? 그래서 팔 부분으로 머리를 동그랗게 감싸서 묶었다.

튀어나온 부분을 정리하고 넣고 어쩌다 보니까 정신을 차렸을 때 그녀는 머리에 커다란 터번 하나를 올린 모습이 되었다.

"음, 미오 경. 네, 감사합니다."

별로 좋아할 것 같지 않은 모양새였지만 보이지 않아서일까, 아스 토케인은 손을 들어 몇 군데 터번의 상태를 눌러보더니 더듬더듬 감사를 표해왔다.

그도 어느 정도는 아스 토케인을 안다. 할 말이 많지만 하지 않을 때 그녀는 저렇게 말을 더듬는다. 맘에 들지는 않겠지. 하지만 당장 벗어버리지 않는 것이 그녀의 어설픈 상냥함을 드러냈다.

"그럼 전 가볼게요. 비 오니까 적당히 하고 들어오세요."

인사를 하고 그녀는 미오 조디악의 곁을 떠났다. 몇 걸음 걷기도 전에 빗소리가 다시 그녀의 온몸을 감싸왔다. 정말 장맛비 같은 빗줄기였다. 어깨로 떨어지는 빗줄기가 아팠다.

아스 토케인은 손을 들어 미오 조디악이 칭칭 싸매준 터번을 만졌다. 어차피 폭삭 젖을 대로 젖어서 이렇게 하는 의미가 없긴 하지만 성의와, 머리로 떨어지는 빗줄기가 아파서 그냥 가만히 있었다.

어차피 왕비 궁 주변에는 인적이 거의 없어서 무슨 꼴이든 사람 만날 일은 없어서 크게 상관없기도 했다.

미오 조디악의 옷은 기본적으로 기사단의 제복이었고 제복에는 이것저것 주렁주렁 달린 것이 많아서 무거웠다. 거기다 옷이 비를 머금기 시작하자 이제 걸을 때마다 머리가 갸우뚱거렸다. 그냥 벗을까? 그녀가 양손을 올려 기우뚱거리는 터번을 지탱하고 있을 때였다.

"아스트리드……?"

들려서 좋을 것 없는 목소리가 그녀를 불렀다. 아스 토케인은 반사적으로 이름을 부른 곳을 돌아보았다. 예상대로 그녀를 아스트리드라고 부르는 유일한 인물이 엄청난 얼굴로 그녀를 보고 있었다.

"안녕하세요, 주인님."

"그 괴상한 꼴은 뭐지?"

"그게, 비가 와서요."

거울이 없어서 미오 조디악이 해둔 꼴을 아직 보지 못했던 그녀는 이게 그렇게 이상한가 생각하며 살짝 웃으며 대답했다. 약간 민망하기는 했다. 이미 비에 온몸이 젖어 있고 터번 같은 것을 올리긴 했지만 제 역할을 제대로 하지 못해 얼굴로 빗물이 계속 흐르고 있는 상태였다.

세사르 카직은 눈썹을 찌푸렸다. 그가 저런 얼굴을 했을 때 얻어맞은 전적이 있는 그녀는 살짝 긴장했다. 그러나 그는 자신이 쓰고 있던 우산을 그녀의 머리 위로 씌워주었다.

"어······?"

토독토독, 비는 이제 그녀의 몸을 때리는 대신에 우산을 때리고 땅으로 떨어졌다.

맞는 몸이 아파지는 폭우였다. 그녀에게 우산을 기울여 준 세사르 카직은 순식간에 비에 젖었다. 회색 머리카락이 짙은 색으로 변하는 것을 그녀는 보았다.

"꼴불견이니 이걸 쓰도록."

"백작님이 비에 맞으시잖아요."

세사르 카직의 얼굴이 무시무시하게 일그러졌다.

"너 따위가 신경 쓸 일이 아니다."

그는 그대로 휙 몸을 돌려 우산 밖으로 성큼성큼 걸어 나갔다. 긴 옷자락에 빗방울들이 떨어져 순식간에 옷을 다른 색으로 물들였다. 아스 토케인은 그 자리에 서서 혹시나 그가 되돌아오지는 않을까 몇 호흡을 기다렸지만 그는 한 번도 뒤를 돌아보지 않았다.

"걱정해 줘도 승질은."

우산 안에서 그녀는 터번에 대해 고민했다. 고개를 왼쪽으로 살짝 기울이면 왼쪽으로 휘청 꺾였고 억지로 다시 오른쪽으로 기울이면 휘청, 목이 오른쪽으로 꺾였다.

워낙에 엄청난 폭우라 이미 온몸이 젖어서 터번이나 우산이나 사실 큰 의미가 없는 것 같았지만 그래도 비를 그냥 온몸으로 맞는 것보다는 나았다.

잠깐, 아주 잠깐 터번을 벗을까 고민하던 아스 토케인은 어차피 벗어봤자 짐이 된다는 것을 깨닫고 그냥 머리에 인 채로 왕비 궁을 향해 걸어갔다.

어느 정도 적응하니까 휘청이는 머리도 재밌고 우산 안에서 듣는 오랜만의 빗소리도 마음에 들어서 콧노래 비슷한 것도 나왔다. 그렇게 걷던 그녀는 왕비 궁 근처 저만치에서 비에 쫄딱 젖은 붉은 머리카락을 발견했다. 고개를 갸우뚱해 본다. 흠뻑 비를 머금은 터번이 한쪽으로 쏠려 기우뚱거린다.

그 상태로 아스 토케인은 이 왕궁에 저 정도로 선명하고 화려한 붉은 머리카락을 가진 사람이 또 있을까를 고민했다. 있다 쳐도 왕비 궁까지 올 사람이 있는지 헤아려 보았다. 고민할 필요도 없었다.

"카펠라 공작님~!"

자신의 콧노래 소리도 빗소리에 가려 들리지 않을 정도로 엄청난 폭우였다. 과연 목소리가 클라인 카펠라에게 닿을 수 있을까 자신 없이 외쳤다. 그런데 그 순간, 클라인 카펠라는 정확히 아스 토케인을 돌아보았다.

비가 오는 먹구름 아래에서 그의 청회색 눈동자도 그저 먹색으로만 보였다. 그 황폐한 색깔의 눈동자가 아스 토케인을 발견한 순간 다채로운 색깔로 빛나기 시작했다.

"아스! 왜 이 시간에 밖에 계시는 겁니까?"

"그러는 공작님은요?"

"저는⋯⋯."

아스 토케인은 기우뚱거리는 머리를 최대한 조심하면서 클라인 카펠라가 있는 곳까지 뛰다시피 걸어갔다. 그녀가 가까이 갈수록 먹색 눈동자 안의 어두운 그림자는 빠져나가고 한 움큼씩 청회색 눈동자가 돌아왔다. 그녀가 생각하기로 아마 이 세계의 비가 갠 하늘이 그런 색일 것 같았다.

무사히 클라인 카펠라의 앞에 도착한 아스 토케인은 까치발을 해 그의 머리 위로 우산을 올렸다. 빗줄기가 잘려 나가고 그는 우산 아래에서 물을 뚝뚝 흘렸다.

"당신이 보고 싶어서 가던 중이었습니다."

"우산도 안 쓰시고요?"

"왕비 궁 안까지 들어갈 생각은 없었습니다. 그냥 그 앞까지만 갈 생각이었습니다."

그는 그녀의 터번에 대해 묻지 않았고, 그녀도 그에게 그런 식으로 그녀를 보지 않고 돌아간 일이 많았냐고 묻지 않았다.

클라인 카펠라는 손을 내밀어 아스 토케인에게서 우산을 받아 들었다. 귀족 남성이 쓰는 우산은 아스 토케인처럼 키가 작은 여자가 들기에는 커다랗고 묵직했다.

"저 사실 비 오는 소리 많이 좋아해요."

"그렇습니까? 저는 빗속에 서 있는 걸 좋아합니다."

"아, 그래서 우산 없이 나오셨나 봐요? 전 젖는 건 싫어해서요."

"빗속에 있을 때는 좋지만 마른 곳에 들어가는 순간부터 싫어지지요."

"맞아요. 딱 그래요."

"안 추우십니까?"

"혹시 옷 벗어주시려고 그러는 거면 사양하겠습니다."

우산은 커다랬지만 비를 모두 막을 수는 없었다. 머리와 어깨는 무사했지만 허리 아래부터는 우산을 쓴 의미가 없게 계속 젖고 있었다. 그러다 문득 아스 토케인은 멈춰 서서 발로 땅을 톡톡 쳐보았다.

"왜 그러십니까?"

"아니. 기분 탓인가요, 이거? 비가 닿지를 않는 것 같은데……?"

확실히, 우산을 때리던 빗소리와 무게가 옅어져 있었다. 클라인 카펠라는 우산을 옆으로 기울여 그들의 머리 위에서 치워보았다. 이미 젖을 대로 젖어 있어서 분간이 조금 힘들었지만 빗줄기는 그들의 몸에 닿기 전에 튕겨 나가고 있었다. 마치 마법처럼.

클라인 카펠라는 고개를 들어서 왕비 궁 위쪽을 바라보았다. 비가 내리는 하늘 아래에서도 찬란하게 보이는 백금발이 있었다.

그의 시선을 눈치챈 아스 토케인도 고개를 들어 그쪽을 보았다. 이제는 비가 그녀의 몸에 닿기도 전에 튕겨 나가는 것을 확인한 아스 토케인은 우산을 벗어나 시엘 커퍼필드를 향해 크게 손을 흔들었다.

"마법사님!"

멀리 하얀 그림자가 마주 손을 흔들어주었다.

3권에서 계속…